那不勒斯四部曲

STORIA DELLA BAMBINA PERDUTA

Elena Ferrante

失踪的孩子

〔意大利〕埃莱娜·费兰特/著
陈英/译

人民文学出版社
PEOPLE'S LITERATURE PUBLISHING HOUSE

著作权合同登记：图字 01-2018-0249 号

STORIA DELLA BAMBINA PERDUTA

by Elena Ferrante

图书在版编目(CIP)数据

失踪的孩子/(意)埃莱娜·费兰特著;陈英译.
—北京:人民文学出版社,2018(2025.1 重印)
(那不勒斯四部曲)
ISBN 978-7-02-013992-7

Ⅰ.①失… Ⅱ.①埃… ②陈… Ⅲ.①长篇小说-意大利-现代 Ⅳ.①I546.45

中国版本图书馆 CIP 数据核字(2018)第 050591 号

责任编辑 李 娜 潘爱娟
封面设计 吉 洋

出版发行 人民文学出版社
社　　址 北京市朝内大街 166 号
邮政编码 100705
印　　制 凸版艺彩(东莞)印刷有限公司
经　　销 全国新华书店等
字　　数 290 千字
开　　本 889 毫米×1194 毫米 1/32
印　　张 15
版　　次 2018 年 7 月北京第 1 版
印　　次 2025 年 1 月第 23 次印刷
书　　号 978-7-02-013992-7
定　　价 78.00 元

目　录

人物表

♦ 赛鲁罗一家（鞋匠的家人）

费尔南多·赛鲁罗：鞋匠，莉拉的父亲。
农齐亚·赛鲁罗：莉拉的母亲。
拉法埃拉·赛鲁罗：所有人都叫她莉娜，只有埃莱娜叫她莉拉。她生于1944年8月，年纪轻轻就嫁给了斯特凡诺·卡拉奇，在伊斯基亚岛度假时，她爱上了尼诺·萨拉托雷，并为之离开了丈夫。她和尼诺的同居生活失败，儿子詹纳罗出生之后，她发现艾达·卡普乔怀了斯特凡诺的孩子。莉拉彻底离开了丈夫，她和恩佐·斯坎诺搬到那不勒斯郊区圣约翰·特杜奇奥居住，几年之后，她又和恩佐、詹纳罗搬回城区。六十六岁时，她从那不勒斯消失，没有留下任何痕迹。
里诺·赛鲁罗：莉拉的大哥，也是鞋匠。他和斯特凡诺的妹妹——皮诺奇娅·卡拉奇结婚，生了两个孩子。莉拉的第一个孩子——詹纳罗后来也叫里诺。
其他孩子。

♦ 格雷科一家（门房的家人）

埃莱娜·格雷科：也叫莱农奇娅，或者莱农。她出生于1944年8月，是我们正在读的这本小说的作者。小学毕业之后，她继续读书，学业一帆风顺，成绩优异，后来上了比萨高等师范，并在那里结识了彼得罗·艾罗塔，几年后与之结婚，搬到佛罗伦萨居住。他们生了两个女儿：黛黛和艾尔莎，但埃莱娜对婚姻很失望。她和童年时暗恋的人——尼诺·萨拉托雷开始了一段感情，为他离开了丈夫和两个孩子。
佩佩、詹尼和埃莉莎：埃莱娜的弟弟妹妹。尽管埃莱娜反对，妹妹埃莉莎还是和马尔切洛·索拉拉同居了。
埃莱娜的父亲：市政府门房。
母亲：家庭主妇。

♦ 卡拉奇一家（堂·阿奇勒的家人）

堂·阿奇勒·卡拉奇：黑帮成员，放高利贷，后来被人杀死。
玛丽亚·卡拉奇：堂·阿奇勒的妻子，斯特凡诺、皮诺奇娅和阿方索的母亲，斯特凡诺和艾达·卡普乔生的女儿起名叫玛丽亚。
斯特凡诺·卡拉奇：已故的堂·阿奇勒的儿子，商人，莉拉的第一任丈夫。他对于和莉拉糟糕的婚姻生活很不满，就和艾达·卡普乔开始了一段婚外恋，后来和她同居。他有两个孩子：詹纳罗和玛丽亚，詹纳罗是莉拉生的，玛丽亚是艾达生的。

皮诺奇娅：堂·阿奇勒的女儿，她和莉拉的哥哥里诺结婚了，生了两个孩子。
阿方索：堂·阿奇勒的儿子，和玛丽莎·萨拉托雷订婚很长时间之后，不得不娶了她。

♦ 佩卢索一家（木匠的家人）

阿尔佛雷多·佩卢索：木匠，共产党员，后来死在监狱。
朱塞平娜·佩卢索：阿尔佛雷多忠诚的妻子，丈夫死后，她自杀身亡。
帕斯卡莱·佩卢索：阿尔佛雷多和朱塞平娜的长子，泥瓦匠，共产党积极分子。
卡梅拉·佩卢索：也叫卡门，帕斯卡莱的妹妹，她和恩佐·斯坎诺订婚。但后来和在大路上的加油站工作的一个男人结了婚，生了两个孩子。
其他孩子。

♦ 卡普乔一家（疯寡妇的家人）

梅莉娜：寡妇，莉拉母亲农齐亚的一个亲戚，曾是多纳托·萨拉托雷的情人，因为这段情感，梅莉娜几乎丧失了理智。
梅莉娜的丈夫：菜市场卸货工，死因不明。
艾达·卡普乔：梅莉娜的女儿，一直是帕斯卡莱·佩卢索的女朋友，后来成为斯特凡诺·卡拉奇的情妇，怀孕后，开始和斯特凡诺同居，玛丽亚是他们的女儿。
安东尼奥·卡普乔：艾达的哥哥，技工，曾是埃莱娜的男朋友。
其他孩子。

♦ 萨拉托雷一家（铁路职工兼诗人的家人）

多纳托·萨拉托雷：情场老手，行为不检点，曾是梅莉娜·卡普乔的情人。埃莱娜在年少时，为了化解莉拉和尼诺在一起之后带给她的伤痛，曾在海滩上委身于他。
莉迪亚·萨拉托雷：多纳托的妻子。
尼诺·萨拉托雷：多纳托和莉迪亚五个孩子中的老大，他和莉拉保持了很长时间的秘密情人关系。之后，他和埃利奥诺拉结婚，生了一个儿子，叫阿尔伯特，但后来和埃莱娜发展了一段婚外恋，这时候埃莱娜已经有两个女儿了。
玛丽莎·萨拉托雷：尼诺的妹妹，和阿方索·卡拉奇结婚，后来成为米凯莱·索拉拉的情妇，为米凯莱生了两个儿子。
皮诺、克莱利亚以及西罗：多纳托和莉迪亚后面的几个孩子。

♦ 斯坎诺一家（卖水果的一家人）

尼科拉·斯坎诺：卖水果的男人，死于肺炎。
阿孙塔·斯坎诺：尼科拉的妻子，死于癌症。
恩佐·斯坎诺：尼科拉和阿孙塔的长子，很长时间里都是卡门·佩卢索的男朋友，但后来他服完兵役就和卡门分手了。当莉拉决定彻底离开斯特凡诺时，他把莉拉还有她的孩子接到圣约翰·特杜奇奥居住。
其他孩子。

♦ 索拉拉一家（他们家有一家酒吧兼点心房）

西尔维奥·索拉拉：索拉拉酒吧和点心房的老板。
曼努埃拉·索拉拉：西尔维奥的妻子，放高利贷的，年纪很大，被杀死在自家门口。
马尔切洛和米凯莱：西尔维奥和曼努埃拉的儿子，马尔切洛爱上了莉拉，遭到拒绝，多年以后和埃莱娜的妹妹埃莉莎同居。米凯莱和糕点师傅的女儿吉耀拉结婚，和她生了两个儿子，玛丽莎·萨拉托雷是他的情妇，为他生了两个儿子，但他一直对莉拉怀有一种病态的迷恋。

♦ 斯帕纽洛一家（糕点师傅的家人）

斯帕纽洛先生：索拉拉酒吧和点心房的糕点师傅。
罗莎·斯帕纽洛：糕点师傅的妻子。
吉耀拉·斯帕纽洛：糕点师傅的女儿，米凯莱·索拉拉的妻子，为他生了两个儿子。
其他孩子。

♦ 艾罗塔一家

圭多·艾罗塔：古希腊文学教授。
阿黛尔·艾罗塔：圭多·艾罗塔的妻子。
马丽娅罗莎·艾罗塔：艾罗塔教授的大女儿，在米兰大学教艺术史。
彼得罗·艾罗塔：年轻有为的大学老师，埃莱娜的丈夫，黛黛和艾尔莎的父亲。

♦ 几位老师

费拉罗：小学老师，兼任图书馆管理员。
奥利维耶罗：小学女老师。
杰拉切：中学老师。
加利亚尼：高中老师。

♦ 其他人物

吉诺：药剂师的儿子，埃莱娜的第一任男朋友，城区法西斯团伙的头目，在自家的药店前遭到暗杀。

内拉·因卡尔多：奥利维耶罗老师的表姐。

阿尔曼多：医生，加利亚尼老师的儿子。他和伊莎贝拉结婚，有一个儿子叫做马尔科。

娜迪雅：女学生，加利亚尼老师的女儿，尼诺曾经的女朋友，在政治活动中，和帕斯卡莱·佩卢索走在一起。

布鲁诺·索卡沃：尼诺·萨拉托雷的朋友，继承了他父亲的一家香肠厂，后来在工厂里遭到枪杀。

弗朗科·马里：埃莱娜刚开始上大学那几年的男朋友。政治活动积极分子，受到法西斯分子的伏击，失去了一只眼睛。

西尔维亚：女大学生，政治积极分子，和尼诺·萨拉托雷有过短暂交往，和他生了一个孩子米尔科。

壮　年

失踪的孩子

- 1 -

一九七六年十月我离开那不勒斯，一九七九年才回来。回到那不勒斯后，我一直尽量避免与莉拉联系。我不想和她像之前那样密切，但这并不容易，她想方设法介入我的生活，我无视她，承受她，容忍她。在那个艰难的时刻，她表现出要陪在我身旁，支持我，但我始终无法忘记她对我的鄙夷。

我通过电话告诉她我和尼诺的事时，她在电话里对我大吼大叫，她说："你是个笨蛋！"她之前从没用过这种语气对我说话，从来没有过。如今我想，假如伤害我的只是这句话，我可能会很快平静下来。事实上，除了那句骂我的话，她还提到了黛黛和艾尔莎，这一直让我耿耿于怀。她告诫我说："你不想想，你这样做，会对你的两个女儿造成多大伤害！"我当时没太在意这句话，但随着时间的流逝，这句话不断在我耳边响起，变得越来越有分量。对黛黛和艾尔莎，莉拉从来没表现出一丁点儿兴趣，几乎可以肯定，她甚至都不记得她们的名字。有几次，我在电话里提到她们有趣的童言童语，莉拉会很快岔开话题，说起其他事情。在马尔切洛·索拉拉家里，莉拉第一次见到她们时，她只是漫不经心地看了她们一眼，说了几句客套话，根本就没注意到她们得体的衣着，梳得整整齐齐的头发，尽管年龄小，但两个小姑娘已经能很准确表达自己的想法了。这两个孩子是我生的，我养的，她们是我的一部分，莉拉作为我从小到大的好朋友，她应该满足一下我作为母亲的虚荣，不考虑情谊，至少是出于礼貌，也应该关注一下她们，但她连一句调侃都没有，只是一副漠不关心的样子。只有现在——肯定是出于嫉妒，因为我和尼诺在一起了——她才想起了我的两个女儿。她想强调，我是一个糟糕透顶的母亲，我正在牺牲两个女儿的幸福，换取自己的幸福，我一想到这事儿就觉得很心烦。当年，她离开斯特凡诺时，她考虑过她的儿子吗？她为了工厂的工作，把孩子寄放在邻居家里，或者把孩子寄放在我这里，就像是为了摆脱他，她考虑过孩子的感受吗？啊！我是有我的过错，但作为母亲，我绝对比她强。

- 2 -

那些年，类似这样的想法，反复出现在我脑海里。关于黛黛和艾尔莎，莉拉只说过那一句居心叵测的话，但她俨然成了我两个女儿的律师，好像要捍卫她们的权益。我每次只顾着自己，忽略她们时，我就感觉有必要向她表明：事情并非如此。也许那只是她一时说的气话，但我不知道她对于我的真实看法。我是不是一个好母亲，她是唯一有发言权的人，假如她能介入这漫长的叙述，假如她能修改我写的文字，加入那些缺少的环节，去掉一些她不想让人看到内容，她也可以讲述更多我的事情——我不想说的事情，我说不出来的事情。我真希望她能介入，从我开始写下我们的故事时，我就希望她能插手，但我要坚持写到最后再回头证实，她有没有改动过这些文字。假如我现在就这么做的话，我一定会写不下去。我写了太长时间了，我很疲惫。那么多年里纷纷扰扰，发生了大大小小的事情，经历了各种心境，要抓住主线是很难的：我要么回顾一下自己的故事，把那些和莉拉相关的、错综复杂的事情筛选出来；或者退而求其次，讲述发生在我身上的事，这样写起来容易一些。但我必须尽量避免这两种情况：首先，我们俩关系的本质决定了，只有通过我才能抵达她，如果我把自己放在一边，最后的结果是，莉拉的痕迹会很少；其次，我也应该避免过多讲述那些我热衷谈论、但她觉得无关紧要的事情。她也许会对我说："说吧！说说你现在的生活，谁在乎我啊！说实话，你也不是很在乎吧！"她最后会总结说："我是一笔糊涂账，错了又改，改了又错，根本不值得写下来。算了，放过我吧，莱农！我的事情都不值得用一个删除号。"

那怎么办呢？再次顺着她的意思？接受这样一个事实：成熟意味着停止展示自己，学会隐藏自己，甚至从这个世界上消失？我应该承认这样一个事实：年岁越大，我对莉拉的了解就越少？

今天早上，我克制着自己，强打起精神，坐到写字台前开始写作。我将要写到我们的故事中最痛苦的一段，我想要通过文字实现一种平衡——我和她之间的平衡，这是在生活中，我和我自己之间都没能达到的。

- 3 -

关于蒙彼利埃，我基本没有关于这个城市风光的任何记忆，就好像我从来都没去过一样，但我记得那里发生的所有一切。在宾馆外面，尼诺参加研讨会的宏伟大礼堂之外，如今，我看到的是一个刮风的秋季，天高云淡。尽管如此，在我的记忆里，出于各种各样的原因，这个城市的名字——蒙彼利埃，对我依然是一种逃离的象征。我当时已经出过一次国了，我和弗朗科去过巴黎，我的大胆让自己都很振奋，但那时我感觉我的世界仅限于城区、那不勒斯，而这个世界的其他地方，我只能像郊游一样浅尝辄止。外面的氛围，让我可以想象自己永远不可能过上的生活。蒙彼利埃虽然远没有巴黎那么激动人心，但它给我的感觉是，我的世界的界限被打破了，变得更宽广。仅仅是身处于蒙彼利埃，就让我亲眼看到，我的城区、那不勒斯、比萨、佛罗伦萨、米兰，甚至整个意大利，都是这个世界很小的一部分，我对这些小地方感觉不满是正常的。跨越边境是一件非常神奇的事儿，沉浸于别的文化里，会发现之前以为是定局的事情，其实是暂时的。在蒙彼利埃，我发现自己之前目光短浅，还有写作采用的语言很局限。那年我三十二岁，我明显感觉到：作为母亲和妻子，我的处境很逼仄。在蒙彼利埃，在沉迷于强烈爱情的那些天里，我第一次感觉到，我摆脱了那些年来一直束缚着我的东西，那些东西部分源于我的出身，部分是我通过学习构建起来的束缚，还有我所选择的生活带来的羁绊，首先是我的婚姻。在那里，我明白了过去我的第一本书被翻译成外语时我感到喜悦的原因，我也明白了我的书在意大利之外没有市场的原因。相比而言，莉拉从来都没离开过那不勒斯，她甚至对圣约翰·特杜奇奥也心怀畏惧。假如在过去，我觉得这不容置疑——就像她通常做的那些选择，可以使她转败为胜，但现在我觉得，那都是她思想局限的表现。我当时的反应，就像一个被羞辱了的人，想用同样的话回敬对方："亲爱的，看看我现在，你没看走眼吧？但我却看错你了：你情愿一辈子都待在大路边上，看着那些经过的卡车。"

日子一天天过得飞快。研讨会的组织者早就给尼诺在一家宾馆里定了一个单间，因为我很晚才决定陪他来，没办法换成一间拥有大床的房间，因此我们俩住在两个房间。但每天晚上我洗了澡，打扮好自己，脸红心跳地来到他的房间。我们一起睡觉，我们紧紧拥抱在一起，就好像害怕在睡梦中会被什么东西分开。早上，我们让人把早餐送到床前，享受着在电影里看到的奢华生活，我们一直都在欢笑，我们在一起很幸福。白天，我陪他去召开研讨会的大厅，那些发言的人总是用一种有些厌烦的语气，念着一页又一页的稿子，但和他在一起让我很振奋，我坐在他身边，尽量不打扰他。尼诺很专心地听着那些发言，做笔记，时不时会在我耳边说一些风趣话，还有甜言蜜语。我们和来自世界各地的学者在一起吃午饭和晚饭，异国的名字，还有各种外语在耳边此起彼伏。当然了，那些最有名望的学者会单独坐一桌，我们和一些年轻学者坐在一起。无论是在开研讨会时，还是在餐厅里，尼诺的活跃都让我很吃惊，他和当学生的时期是多么不同啊！他和大约十年前在米兰的书店里捍卫我的那个年轻男人也不一样了。他不再采用那种挑衅的语气，他很自如地跨越了学术界的等级界限，他用一种带着一丝严肃，同时又很客气的语气和别人聊天。他有时候用英语（说得极好），有时候用法语（说得不错）和别人说话，非常潇洒地展示着他对于数字和效率的热爱。在短短几个小时里，他赢得了所有人的好感，他们都拉着他说话。大家都很喜欢他，这让我感到很骄傲。

后来，在他发言的前一天晚上，他忽然没那么愉快了。他变得很失礼，很难相处，我觉得他太紧张了。他说他准备的稿子很糟糕，好几次都强调，写作对于他来说，不像对我而言那么容易。他还发火说，他没有足够的时间准备。我想，这是因为我们复杂的处境让他分心了吗？我觉得很愧疚，我试着拥抱他，亲吻他，让他把稿子念给我听。他对我念了那几页纸，像一个充满忧虑的小学生，他让我变得心软。我觉得，他的稿子并不比我在报告厅听的那些发言有趣，但我说了很多赞扬他的话，让他平静下来了。第二天早上，他用一种佯装的激情念了稿子，大家都为他鼓了掌。晚上，有一个美国知名学者邀请尼诺和他坐在一起，虽然我被抛下了，但我并不难过。尼诺在我跟前时，我从不和其他人说话，他不在我身边，我不得不用费劲的法语，和一对来自巴黎的男女聊天。我很快发现，他们的处境和我们差不多。两个人都觉得，家庭让人很压抑，他们都忍痛离开了自己的配偶和孩子，现在两人都看起来很幸福。那个男的叫奥古斯汀，大约五十多岁，脸红扑扑的，金色的大胡子，他天蓝色的眼睛炯炯有神。女的叫科隆布，和我年龄差不多，三十岁出头，她的头发是黑色的、很短，脸很小，眼睛和嘴唇的妆容很精致，非常优雅。科隆布有一个七岁的儿子，我一直和她聊天儿。

“再过几个月，”我说，“我大女儿就七岁了，她已经上小学二年级了，学习非常好。”

“我儿子也很聪明，想象力很丰富。”

“你们分开，他有什么反应？”

“没什么问题。”

“他一点儿也不痛苦吗？”

“孩子和大人不一样，大人思想很僵死，但孩子弹性很大，适应能力很强。”

她一直都在强调儿童的适应能力，我觉得她是想让自己放心。她补充说：“在我们的环境里，父母分开很普遍，孩子也都比较容易接受。”我正要说，在我周围，除了我一个朋友，没有其他离婚的夫妇。但她忽然改变了语气，开始抱怨起那个孩子：“他很乖，但反应很慢。”她感叹说，在学校里，老师说他很不够认真。她那种毫不留情的语气让我很意外，她几乎带着敌意提到这些，就好像她儿子表现不好，是为了对她表示不敬，这让我觉得很不安。她的情人应该也意识到了这一点，他插了一句，用炫耀的语气说到了他的两个儿子：一个十四岁，一个十八岁。他开玩笑说，这俩儿子喜欢所有女人，无论是小姑娘还是成熟女人。当尼诺回到我身边，两个男人——尤其是奥古斯汀——说了大部分发言人的坏话。科隆布带着一种有点轻浮的愉快，加入了他们的谈话。几个人一起抱怨、拆台，这让他们很快变得很亲密。奥古斯汀整个晚上都在喝酒，说了很多话，尼诺一张嘴，科隆布就会笑起来。最后，他们邀请我们一起开车去巴黎。

他们的邀请，我们没答应，也没拒绝，但谈论到孩子，让我回到了现实。其实，我脑子里一直想着黛黛和艾尔莎，也想着彼得罗，他们就好像生活在一个平行世界里，在佛罗伦萨的厨房餐桌前坐着，在电视前，或者在床上，一动不动。忽然间，我的世界和他们的世界联系起来了，我意识到，在蒙彼利埃的日子快要结束了，我和尼诺无法避免要回到各自的家里。我在佛罗伦萨，他在那不勒斯，我们不得不面对各自的婚姻危机。孩子们会和我团聚，那是一种真实的身体接触，我的感觉很强烈。这五天，我不知道她们怎么样了，我意识到她们的存在，这让我感到一阵强烈的眩晕，那种思念让人受不了。我并不是害怕未来怎么办，我的未来已经被尼诺占据了，这是绝对肯定的事，但我害怕马上要到来的时刻，就是明天，后天。那时候已经是半夜了，我没法抑制自己。我想，这有什么要紧的呢，彼得罗总是不睡觉，我试着给家里打了电话。

经过一通周折，才打通了电话。喂，我说。喂，我又重复了一遍。我知道彼得罗在电话那头，我叫了他的名字："彼得罗，我是埃莱娜，两个孩子怎么样了？"这时候，电话断了。我等了几分钟，让接线员重新打过去。我下定决心要坚持一个晚上，但这次彼得罗说话了：

“你想要干什么？”

“两个孩子怎么样了。”

“她们在睡觉。”

“我知道她们在睡觉，她们好吗？”

“这跟你有什么关系？”

“她们是我的女儿。”

“你把她们抛弃了，她们再也不想做你的女儿了。”

“是她们告诉你的？”

“她们告诉了我母亲。”

“你让阿黛尔来家里了？”

“是的。”

“你告诉她们，我过两天回去。”

“不，你别回来了。我、两个孩子，还有我母亲，我们都不想再看到你。”

- 4 -

我哭了一场，后来我平静下来了。我去找尼诺，我想告诉他我打电话的事儿，我想让他安慰我。正要敲门时，我听见他在和人说话，我犹豫了一下。我听见他在打电话，但听不见他在说什么，我也听不出来他在说什么语言，但我马上想到，他正在给妻子打电话。因此，每天晚上他都会打电话给妻子？当我回到我的房间里，为入睡做准备，他单独一个人时，会打电话给埃利奥诺拉？他们想找到一种没有冲突的方式分开？或者他们正在和解，在蒙彼利埃的这几天结束之后，她会接受尼诺回到自己身边？

我决定敲门，尼诺的声音停了下来，一阵沉默，然后他又压低了声音，接着说话。我变得很着急，又敲了一次门，他还是没开门。我不得不用力地敲了第三次，他才给我开了门。门一开，我就开始指责他，我直接说，他对我隐瞒他妻子的事儿。我叫喊着说，我给彼得罗打电话了，我丈夫再也不让我见两个女儿，我的全部生活都搭进去了，但他却偷偷摸摸给埃利奥诺拉打电话。那是一个充满矛盾和争吵的夜晚，我们很难和好。尼诺用尽一切办法想让我平静下来，他很神经质地笑着，他为彼得罗的态度感到愤怒，他吻了我，我推开了他。他嘀咕了一句，说我疯了。但无论我怎么逼他，他都不承认他在和妻子打电话，相反，他用儿子的性命发誓，说离开那不勒斯之后，就再也没有和她打过电话。

“那你给谁打电话啊？”

“一个学者，也住在这家宾馆。”

“半夜打？”

“就是半夜。”

“你撒谎！”

“这是事实。”

我拒绝和他做爱，抵抗了很长时间，但后来让步了，因为我害怕他不再爱我。我献身于他，就是为了不用考虑：这一切已经结束了。

第二天早上，我醒来后心情就很坏，这是五天的同居生活之后，我第一次感觉很糟糕。研讨会已经接近尾声，我们要走了，但我不希望蒙彼利埃只是我生活中的一个插曲，我害怕回家，我害怕尼诺回他自己的家。奥古斯汀和科隆布建议我们一起坐车去巴黎，他们甚至说，我们可以住他们家里，我对尼诺说我想去。我希望他和我一样，只想延长那段时间，推迟回家，但他很遗憾地摇了摇头说，这不可能，我们要回意大利。他提到了飞机、机票、火车和钱的问题。我内心很脆弱，我既失望又恼怒。我看得没错，我想，他对我说谎了，他没有彻底和妻子断绝关系。他真是每天晚上都和妻子讲电话，在研讨会结束之后，他很着急回家，连两三天也不能耽搁，但我呢？

我想起了南泰尔的出版社，还有我写的那个关于男人捏造女人的故事。直到那时候，我从来都没和任何人说起过我自己，我和尼诺也没说过这家出版社。那几天里，我只是一个面带微笑、一声不吭的女人，晚上和那个年轻有为的那不勒斯教授睡在一起，一个总是粘着他，对他无微不至、百依百顺的女人。但现在，我用一种佯装愉快的语气说："尼诺要回家去，我在南泰尔有点事儿；我有一本书正在出版——也可能已经出来了，那是一本介乎于小说和杂文之间的东西；我有点儿想和你们一起走，去出版社拜访一下。"那两个人看着我，就好像只有在那时候，他们才真的认识我一样，他们问我做什么工作。我对他们讲了我的写作，说来说去，我发现，科隆布认识那家小出版社的主编，这时候我才发现，那并不是一家不起眼的出版社。我整个人很放松，我想，随他去吧！我有些过于热情地谈到了我的写作生涯，也许有些夸大其词。我并不是说给那两个法国人听的，而是做给尼诺看的。我想让他记着，我的生活很有成就，假如我有勇气离开我的两个女儿和彼得罗，那我离开他也能活，不是在一个星期之后，也不是在十天之后，马上离开他都可以。

尼诺听我说完，很严肃地对科隆布和奥古斯汀说："好吧，假如不打扰你们的话，那我们就搭你们的顺风车。"但我们单独在一起时，他跟我说了一通话，语气很焦虑，内容充满激情。他说，我应该相信他，尽管我们的处境非常复杂，但一定能理清，为了把这些事情处理好，我们要先回家。我们不能从蒙彼利埃逃到巴黎去，然后不知道要逃到哪个城市。我们需要面对各自的家庭，才能最后生活在一起。忽然间，我觉得他说得有道理，而且也很诚恳。我脑子很乱，我拥抱了他，嘟哝着说，好吧。然而，我们还是去了巴黎，我只想在外面多待几天。

-5-

我们在路上走了很长时间，风很大，时不时会下雨，路上的风景很黯淡，像生锈了一样，但忽然间天会放晴，照得每样东西都熠熠生辉，然后又接着下雨。一路上，我都紧紧地挨着尼诺，有时候我会靠着他的肩膀睡觉，我又感觉到一种超乎寻常的幸福，几乎是一种享受。我喜欢车里大家说的外国语言，我很高兴，我是奔着我写的那本书去的，因为马丽娅罗莎的缘故，这本书会用另一种语言面世。真是一件很棒的事儿！有那么多了不起的事儿发生在我身上。我感觉，那本小书就像我撇出去的一颗石子儿，速度很快，我无法预测它的轨迹，小时候我和莉拉扔向那帮男孩子的石头和这没法儿比。

但整个旅行并不是一帆风顺，我时不时会陷入忧伤。我很快就发现，尼诺和科隆布说话时，用的语气和跟奥古斯汀说话时不一样，更不用说他经常用手指尖触碰她的肩膀。看到他们越来越熟悉，我的心情越来越坏。当我们到达巴黎时，他们的关系已经很亲密了，他们聊得热火朝天，科隆布经常笑，用一种不经意的动作整理头发。奥古斯汀住在圣马丹河旁的一套漂亮的房子里，科隆布刚刚搬过去和他一起住。他们给我们展示了晚上要住的客房，但没让我们去睡觉。我感觉，他们好像害怕单独在一起，他们说个没完没了。我很疲惫，也很烦恼，是我想去巴黎的，但我感觉，身处那套房子，在陌生人家里，这是一件很荒谬的事情。我远离两个女儿，尼诺也一点儿也不在意我。我们一到房间，我就问他：

“你喜欢科隆布？”

“她很热情。”

“我问的是你喜不喜欢她。”

“你想和我吵架吗？”

“不想。”

“那你就考虑一下：我爱你，我怎么能喜欢科隆布？”

他语气变得有点儿强硬，让我有些害怕，我担心我发现我们之间存在问题。我想，他只是对我们很热心的人态度很好，我睡了过去，但我睡得一点儿也不踏实。我忽然觉得自己是一个人睡在床上，我竭力想醒过来，但后来又睡了过去，过了一会儿，我又感觉到尼诺站在黑暗中，他说，睡吧，我就睡着了。

第二天，两个主人陪我们去南泰尔。尼诺一路上都在和科隆布开玩笑，说一些很暧昧的话，我尽量不在意这一点。假如我要时时刻刻监视着他，那怎么能想着和他一起生活？当我们到达了目的地，他对马丽娅罗莎的朋友——出版社的女主编，还有她的另一个合作者也很殷勤，她们一个六十多岁，另一个四十多岁，都不像科隆布那么秀丽，我松了一口气。我最后总结说，他在女人面前就是这样的，这里面没有恶意，我终于觉得心里舒服些了。

那两位女士对我很热情，她们问到了马丽娅罗莎。我得知，我的那本书已经上架了，而且已经出现了一些评论。那个年老一些的女人给我看了那些评论，她对科隆布、奥古斯汀和尼诺不停说，我的书收到的评论如此积极让她也很吃惊。我看了那些文章，这里几行，那里几行，都是女性写的——我从来都没有听说过她们的名字，但科隆布和那两位太太都知道，她们真的是不遗余力地在赞美那本书。我应该感觉到高兴，前一天我还不得不吹嘘自己，但现在已经不需要那么做了。但我发现，我没法振奋起来，就好像从我和尼诺开始相爱的那一刻起，我身上那些精彩的事儿，还有将要发生的所有事儿都变得黯然失色。我很得体地表达了我的满意，对于出版社的推广计划，我很淡然地说了几个“好的”。那个年纪大一点儿的女士说：“您要早点再回来和我们会面，我们希望您能早点来。”那个年轻的女人补充说：“马丽娅罗莎跟我们说了您的婚姻危机，我们希望您能顺利渡过难关。”

这时候我发现，我和彼得罗婚姻破裂的事情，不仅仅把阿黛尔卷入其中，而且这个消息还传到了米兰，甚至是法国。我想，这样最好，能让我们分得痛快点儿。我对自己说：该发生什么事儿就发生吧，我不应该在担心失去尼诺的忧虑中生活，我也不应该为黛黛和艾尔莎操心。我很幸运，尼诺一直都会爱我，我的女儿都还是我的女儿，一切都会理顺的。

- 6 -

我们回到了罗马，告别前，我们信誓旦旦，一直在说保证的话，尼诺回那不勒斯了，我回了佛罗伦萨。

我几乎是踮着脚尖回到家里的，我确信自己要面对人生中最艰难的时刻，但两个女儿都欢天喜地地迎接了我。在家里，我走到哪儿，她们都跟着我——不仅仅是艾尔莎，黛黛也跟着我，她们有些警惕，就好像一不留神，我就会消失。阿黛尔对我很客气，她一次也没提到我给我的家庭带来的灾难。彼得罗很苍白，他只是给了我一张纸，上面写着几个给我打了电话的人的名字（莉拉出现了四次），他嘟哝着说，他要出一趟差，两个小时之后他就消失了，跟他母亲和两个女儿都没打招呼。

过了几天，阿黛尔才向我表明了她的态度：她希望我清醒一些，回到我丈夫的身边。我用了几个星期时间让她明白，我既不想清醒，也不想回到我丈夫身边。在这一段时间里，她从来都没有抬高过嗓门，没有失去耐性，也从来没讽刺我和尼诺之间长时间的、频繁的通话。她对于南泰尔那两位编辑的电话倒是很感兴趣，她们告诉我那本书的进展，还有在法国将要举办的读者见面会的日期。法国报纸对我的好评没让阿黛尔惊讶，她说，这本书在意大利一定会引起关注，在国内报纸上肯定会有更多好评。尤其是，她一直在赞扬我的智慧、文化和勇气。现在彼得罗一直都不出现，她从来都没说什么捍卫儿子的话。

我排除了彼得罗真的需要出差离开佛罗伦萨的可能。我马上就发现——我带着愤怒和一丝鄙夷察觉到，他把解决我们危机的任务，交到了他母亲手里，他不知道躲在哪个角落里，去写那本没完没了的书。有一次，我忍不住对阿黛尔说：

“和你儿子一起生活，真是太难了。”

“和任何一个男人一起生活都很艰难。”

“相信我，跟他在一起尤其艰难。”

"你觉得和尼诺在一起，情况会好一些吗？"

"是的。"

"我已经打听过了，他名声不怎么好，米兰有很多关于他的传言。"

"我不需要知道米兰的闲言碎语，我已经爱他爱了快二十年了，对于他，我比任何人都了解，我可以不用听那些闲话。"

"你怎么那么喜欢说你爱他呢。"

"我为什么不能说？"

"你说得对，为什么不呢？我错了，恋爱的人都很盲目。"

从那时候开始，我们就再也没提到过尼诺。我把两个孩子托付给她，自己跑到那不勒斯去，她连眼睛都不眨一下。我跟她解释说，从那不勒斯回来，我要去法国一个星期，她同样眼睛都不带眨一下。她只是有点儿话里带刺地问我：

"圣诞节你在吧？你会和两个孩子一起过吧？"

这个问题几乎让我有点儿生气，我回答说：

"当然了。"

我收拾了行李，带了一些精致的内衣和高雅的裙子。尽管黛黛和艾尔莎很长时间都没有看到彼得罗了，但她们一直都没问起过她们的父亲。这时候，我说我要走了，她们的反应很糟糕。黛黛对我嚷嚷——显然不是她自己的话："好吧，你走吧，你真的又丑又讨厌！"我看着阿黛尔，希望她能介入，能逗她们一下，带她们去玩，分散一下她们的注意力，但她什么也没有做。她们看着我走到门口，就哭了起来。先是艾尔莎，她叫喊着说："我要和你一起去！"黛黛还在硬撑着，她对我表现得很漠然，也许是鄙视，但最后她也崩溃了，比妹妹还要绝望。她们都扯着我的衣服，想让我放下行李，我不得不把她们的手拉开，她们的哭声一路上都在我耳边回响。

去那不勒斯的旅途好像无穷无尽，快要进入城市时，我从车窗向外看，火车速度越来越慢，一点点滑向了城区，我越来越不安。我看到那不勒斯城郊的糟糕境况：铁轨两边的灰色房子、棚架、红绿灯的光、石头围栏。火车进站以后，我感觉和我息息相关的那不勒斯，我正在回归的那不勒斯，已经完全被尼诺取代了。我知道，他的处境比我还要糟糕，埃利奥诺拉已经把他从家里赶了出去，对于他来说，一切都成了暂时的。这几个星期，他住在一个大学同事家里，一个距离大教堂几步远的地方。我想，他要把我带到哪里？我们会做什么？尤其是，现在我们没有任何具体的想法，我们要做什么样的决定？我唯一感到明确的事情是：我的渴望火烧火燎，我迫不及待要见到他。我下了火车，担心会发生什么意外的事情，使他不能来站台上接我，但我看到他站在那里：那么高挑，在游客中非常显眼。

看到他之后，我平静下来了，他在梅格丽娜区一家小宾馆里开了房。我看到，他没有任何意图要把我藏在他朋友家里，这让我更放心了。当天晚上，我们紧紧挨着，在沿海路上散步，他的手臂搭在我肩膀上，时不时会低下头来吻我。我们为爱疯狂，时间过得飞快。我尽一切努力，想说服他和我一起去法国。他有些动心，但最后退缩了，借口说大学有很多工作。他从来都没有提到过埃利奥诺拉和阿尔伯特，就好像提到他们，就会破坏我们在一起的快乐。我跟他讲述了我两个女儿的绝望，我说，我们要尽快找到解决办法。我对于他的情绪的任何变化都很敏感，我感觉他有些焦虑。我已经无法回头了，但我很担心，他随时会说出这样的话：我受不了了，我要回家。到了吃晚饭的时候，他跟我说了他的心事。他忽然变得很严肃，他说，有一个很烦人的消息。

“说来听听。”我小声说。

“今天早上，莉娜给我打了电话。”

“哦。”

“她想见我们。”

-7-

那个夜晚给毁了。尼诺说，是我婆婆告诉莉拉我在那不勒斯的。他斟词酌句，说这些话时非常尴尬，强调了一些信息。他说：“她没有我的联系方式，她问了我妹妹我住的地方的电话号码，我正要去火车站接你时，她给我打了电话，我没马上告诉你，是因为我害怕你生气，我害怕破坏一天的心情。”他最后很沮丧地说：

“你知道她是怎么样的人，我没办法对她说不，我和她约的是明天十一点，在阿米迪欧广场上的地铁口见面。”

我无法控制自己，不禁脱口而出：

“你们是什么时候开始联系的？你们有没有见面？”

“你说什么？绝对没有。”

“我不相信你。”

“埃莱娜，我向你发誓，一九六三年之后，我再也没有见过莉娜。”

“你知不知道，那个孩子不是你的？”

“她今天早上告诉我了。”

“因此，你们谈了一些很隐私的事情。”

“是她提到那个孩子的。”

“你呢？这么多年来，你从来都没有产生过好奇，打听一下那个孩子？”

“这是我的问题，我觉得，我们没必要说这些。”

“你的问题现在也是我的问题。时间很短，我们有很多话要说，我抛下我女儿，不是为了和莉娜浪费时间。你怎么想要和她见面？”

“我以为你会很高兴呢。无论如何，那里有一部电话，你打电话给你朋友，告诉她，我们有事儿，不能和她见面。”

他忽然失去了耐性，我沉默下来了。是的，我知道莉拉是什么样的人。我从法国回到佛罗伦萨之后，她给我打了很多电话，但我有其他事情要考虑，每次我都挂掉电话。我还请求阿黛尔，接到电话时，告诉莉拉我不在家。但莉拉从来都没有放弃，也有可能她是从阿黛尔那里得知我在那不勒斯，她很确信我不会去城区，也可能，为了见到我，她想尽一切办法联系到尼诺。这有什么问题吗？尤其是，我到底在指望什么呢？我一直都知道，尼诺爱过莉拉，莉拉也爱过他。还能怎么样呢？这是很久之前的事情了，再为这事儿吃醋，那有点说不过去。我轻轻抚摸了他的一只手，嘟哝了一句：“好吧，明天我们去阿米迪欧广场。”

我们吃了饭，他谈到了我们的未来，说了很多。尼诺让我答应他，从法国回来，我就跟我丈夫提出离婚。同时他向我保证，虽然一切都很复杂——因为埃利奥诺拉和她的亲戚都会给他找麻烦，但他决定坚持到底，他已经联系了一个律师朋友，咨询离婚的事情。“你知道，”他说，“在那不勒斯，办这些事情，要比其他地方更艰难：这里的人思想落后，我妻子的父母——尽管他们有钱，是上层社会的专业人士，但他们和我们的父母想法差不多。”他就好像为了解释得更清楚一点，就说起了我公公婆婆的好话。“不幸的是，”他感叹了一句，“我和你不一样，我要交涉的人，不是艾罗塔家那些通情达理、有文化的人。”

我听他说话，但我感觉莉拉已经在那里了，在我们的餐桌前，我没办法把她从脑海里驱散。当尼诺说话时，我想起了莉拉当时为了他陷入了多么糟糕的处境，更不用说斯特凡诺、她哥哥或者米凯莱·索拉拉可能对她做的。他提到了他父母，有那么一刹那，我脑子里浮现出伊斯基亚岛的日子：莉拉和尼诺在弗里奥，我和多纳托在玛隆蒂沙滩上，在潮湿的沙子上。我感到很恐怖，我想，这是一个我永远也不能说的秘密。对于两个相爱的人来说，有多少难以启齿的话啊！要冒着多大的风险啊！假如有人把这些话说出来，那这段关系就毁掉了。我不敢细想，他的父亲和我，他和莉拉。我说到了彼得罗，我说他现在很痛苦。尼诺脸红了，轮到他吃醋了，我尽量让他放心。他期望我和彼得罗断得干干脆脆，我也希望是这样。我们要马上开始新生活，这是刻不容缓的事儿。我们讨论了一下我们一起生活的时间和地点，但尼诺的工作把他拴到了那不勒斯，两个女儿把我拴到了佛罗伦萨。

“你回这里生活吧。”他忽然对我说，“你们尽快搬过来。”

“不可能，彼得罗要和两个孩子见面。”

“你们可以轮流着来：你带着她们去佛罗伦萨和彼得罗见一次，他来这里一次。”

“他不会接受的。”

“他会接受的。”

整个夜晚就是这样过去的。我们越是往深了聊，就越觉得事情很麻烦。我越是想象我们在一起的生活——每天白天黑夜都在一起，我就越希望能战胜那些困难。这时候，餐厅已经空了，餐厅服务员在聊天，打哈欠。尼诺付了钱，我们回到了滨海路上，外面还有很多人。忽然间，我看着漆黑的水面，闻到海水的味道，我感觉我们的城区离我非常遥远，比我生活过的比萨、佛罗伦萨还要遥远。忽然间，我感觉那不勒斯距离“那不勒斯”、莉拉距离“莉拉”也很遥远。我感觉，我不是在她附近，而是在我诸多烦恼附近，我只和尼诺非常非常近。我在他耳边小声说：“我们去睡觉吧。”

- 8 -

第二天早上，我起得很早，我把自己关在洗手间里，洗了很长时间澡，我很小心地吹干头发，我很担心宾馆里的电吹风风力太强，会把我的发卷搞乱。快到十点时，我把尼诺叫醒了，他睡得晕晕乎乎的，但对我身上的裙子赞不绝口。他又想把我拉过去，但我把他的手拿开了。无论我多么努力装作若无其事，但我还是很难原谅他。他把我们相聚的甜蜜的一天，变成了和莉拉见面的一天，现在，我满脑子都是那场迫在眉睫的会面。

我拉着他去吃早饭，他很顺从地跟着我。他没有笑，也没开我玩笑，他用指尖掠过我的头发说：“你看起来很美。”很明显，他能感觉到我的不安，我的确很焦虑，我害怕莉拉出现时，是她最光彩夺目的样子。我再怎么打扮，也是这副样子，但她天生优雅，再加上她现在又有钱了，假如她愿意，她可以把自己打扮得光艳照人，就像当姑娘时，她用斯特凡诺的钱打扮自己的那个阶段。我不希望尼诺又一次被她吸引过去。

我们十点半离开了宾馆，外面刮着风，天气很冷。我们不紧不慢地走着去阿米迪欧广场，尽管我身上穿着大衣，尼诺搂着我的肩膀，但我还是冷得发抖。我们一路上都没提到过莉拉。尼诺跟我说，那不勒斯现在已经好多了，现任市长是一位共产党员。他说了很多夸夸其谈的话，然后他又让我尽快带着两个女儿搬过来。他一路上都紧紧搂着我，我希望他保持那个姿势，一直到地铁站。我希望莉拉在地铁站口那里，远远看到我们，会觉得我们是很般配的一对，她不得不想：真是天造地设的一对。但在距离见面地点几米远的地方，他放开了搂着我的胳膊，点了一根烟。这时候，出于本能，我拉住了他的一只手，紧紧握着，我们就是这样走上广场的。

我没有马上看到莉拉，有那么一瞬间，我希望她没来，但我听见她在叫我，还是通常那种命令的口吻，就好像她不允许我听不到她的呼唤，不允许我不转身。她在一家酒吧门口，那家酒吧正对着地铁口，她的手放在一件褐色的破大衣口袋里，她比通常还要瘦，腰有点儿弯，她的头发油黑发亮，在脑袋后梳成了一个马尾，头发中间已经夹杂着几缕银发。我感觉她还是往常那个莉拉——成年之后的莉拉，她根本就没打扮自己，她身上还带着在工厂工作的痕迹。她紧紧拥抱了我，充满了热情，我有气无力地回应了她，她亲了一下我的两颊，非常响亮的两记吻，然后很愉快地笑了。对尼诺，她只是漫不经心地伸出手，握了一下。

我们在酒吧里坐定了，几乎都是一直她在说话，就好像我们单独在一起。她马上就察觉到了我对她的抵触，可能我的情绪都写在脸上。她用一种充满温情的语气笑着说："好吧，我错了，你生气了。你现在怎么变得那么爱生气啊！别生气了，你要知道，你怎么样，我都接受，我们和好吧。"

我不冷不热地微笑了一下，我没说好，也没说不好。她坐在尼诺对面，但从来都没抬眼看他，也没对他说过半句话。她想见的人是我，她抓住了我的一只手，我把手轻轻抽了回去。尽管她并不支持我现在的选择，但她希望我们和好，她的目的是再次盘踞在我的生活里。我意识到这一点，是因为她一个接一个地问我问题，但从来都不管问题的答案。她是那么渴望再次占据我生活的每个角落，她说到一个问题，但马上会跳到另一个问题。

“你和彼得罗怎么样了？”

“很糟糕。”

“那你的两个女儿呢？”

“她们很好。”

“你会离婚吗？”

“是的。”

“你们俩会生活在一起吗？”

“是的。”

“在哪儿，哪个城市？”

“我不知道。”

“你回来这里生活吧。”

“事情太复杂了。”

“我帮你找一套房子。”

“假如需要的话，我会告诉你的。”

“你在写东西吗？”

“我刚出版了一本书。”

“另一本书？”

“是的。”

“但还没人提到这本书。”

“现在只在法国出版了。”

“是法语吗？”

“当然了。”

“是一本小说吗？”

“一个短篇小说，但它有一个主题。”

“是关于什么的？”

我长话短说，说得很含糊。我更愿意打探恩佐、詹纳罗和城区的事儿，还有她的工作。关于她儿子，她看了我一眼，笑着说，他现在还在学校里，过会儿我就会见到他了，等一下他和恩佐一起过来，另外还有一个惊喜。但关于我们的城区，她做出一副漫不经心的样子。她提到了曼努埃拉·索拉拉的惨死，还有后面引发的一系列事儿：“没什么特别的，这里和意大利其他地方一样，充满暴力死亡。”这时候，她忽然提到了我母亲，她明明知道我们之间充满了矛盾，还是说了我母亲很多好话，赞赏她的精神和劲头儿。让我惊异的是，她提到自己的父母时，也用了一种充满温情的语气，她说，她现在已经开始攒钱了，要把他们一直都住着的房子买下来，好让他们安心一些。她说：“我是在那儿出生的，我对那套房子充满了感情，假如我和恩佐好好干，我们会把它买下来的。”就好像为了说明自己这个慷慨之举的原因。她每天工作几乎十二个小时，不仅仅是给米凯莱·索拉拉工作，还有其他客户。她说：“我在研究一种新机型，叫‘系统 32’，比你在阿切拉看到的要好很多，有一个白色机箱，上面有一个六寸的屏幕，很小很小，有一个键盘，还有一个内置打印机。”关于那些新出来的机子，她说了很多，她知道得也很多，通常她对新事物总是充满热情，但过几天，这种劲头就消了，会变得很厌烦。她觉得，新机子有它美好的一面。“很遗憾，”她说，“机子之外，围绕着那个机子周围的全是狗屎。”

这时候尼诺插了一句，他的态度和我全然不同：无论什么事儿，他都跟莉拉讲得很详细。他热情洋溢地提到了我的书，他说，那本书在意大利马上要出版了，他谈到了法国对这本书的评论。他强调，我和我丈夫还有两个女儿有很多问题要面对，他说起了他和妻子的决裂。他重申，我们没有别的选择，只能生活在那不勒斯，他甚至鼓励莉拉帮我们找房子。关于她和恩佐的工作，他还很得体地问了几个问题。

我听着他们说话，有一点心焦。他说话时非常平静，就是想向我展示：首先，他之前没有和莉拉见过，其次，莉拉对他已经没有任何影响。他没有用之前和科隆布或其他女人说话时的那种亲切语气。他没看她的眼睛，没有触碰她，也没说一些甜言蜜语，在赞美我时，他的声音才稍微变得有些火热。

但是，所有这些都无法阻止我想起琪塔拉沙滩的夜晚，那时候，他和莉拉谈到各种各样的话题，他们心有灵犀、息息相通，完全把我排除在外。但现在事情却完全相反，他们相互提出问题，回答问题，他们在交谈时，根本完全无视对方，而是在对我说话，就好像我是他们唯一的对话对象。

他们用这种方式聊了半个小时，但没在任何事情上达成一致。尤其让我惊异的是，关于那不勒斯，他们各执一词。我已经很少过问政治上的事情了：我要照顾两个女儿，为我的新书做准备，写东西，尤其是我私生活里的重大变化，让我都没有心思看报纸。但他们俩却什么都知道。尼诺列举了那不勒斯共产党和社会党的人名，都是他认识、信任的人。他说，现在的市长是一个诚实热忱的人，跟之前那些贪污受贿的蛀虫完全不一样，现在的政府很廉洁。最后他总结说：“现在，终于有理由好好在这里生活和工作了，这是一个好机会，不容错过。”但莉拉完全不拿他的话当回事儿。她说，那不勒斯和之前一样让人恶心，假如不收拾那些法西斯、独裁分子，还有天主教民主党的人，清算一下他们之前做的烂事儿，而是像现在左派政府那样一笔带过，这个城市很快都会落到那些商贾——说到这个词，她笑了一下，声音有些刺耳——还有官僚、律师、地头蛇、银行家和克莫拉分子的手里。我很快发现，他们说的这些话题，也是围绕着我的。他们俩都希望我回到那不勒斯，都是那种公然的态度。我尽量不受他们影响，他们都希望我尽快搬到他们正在描绘的城市居住。尼诺描绘的是一个治理良好的他向往的和平城市；而莉拉描绘的是一个需要惩办过往的作恶者的城市，她毫不在乎那些共产党和社会党，她要一切从零开始。

我一直在揣摩着他们，让我震撼的是，他们说的话题越复杂，莉拉就越倾向于用她那种秘密的意大利语。我知道她有那个本事，但用在那种场合，还是让我很惊异。她说的每个句子都能展示出，她实际上要比看起来有文化得多。让我震动的是，尼诺通常都口若悬河，非常自信，但这时候也斟词酌句，甚至有些羞怯。我想，他们俩都有些不自在，在过去，他们曾经赤裸裸坦诚相见，但现在他们为自己的过去感到害羞。发生什么事儿了？他们是在蒙骗我吗？他们真的是为我争辩，还是在控制自己，避免旧情复燃？我很快就表现出很不耐烦的样子。莉拉看出了这一点，她站了起来消失了，好像去了厕所。我一句话都不说，我很担心自己对尼诺说出什么不客气的话，他也不吭气。莉拉回来时，她很愉快地喊了一句：

“走吧，我们去接詹纳罗吧。”

“我们就不去了。”我说，“我们还有事儿。”

“我儿子对你很有感情，他会难过的。”

“代我向他问好，告诉他，我也很爱他。”

“在马尔蒂里广场上，我约了人，只要十分钟，你们跟阿方索打个招呼再走。”

我盯着她看，她眯着眼睛，好像不想让我看到她的心思。因此，这就是她的计划？她想把尼诺拉到索拉拉的鞋店里去？她想把他带到之前他们偷偷幽会近一年的地方？我微笑了一下说：“不了，我很遗憾，我们马上要走了。”我看了一眼尼诺，他叫服务员过来，要付款。莉拉说：“我已经付过了。”尼诺在抗议时，她还是用那种媚人的语气，对我说：

“詹纳罗不是一个人来的，恩佐带他来的，跟他们一起的还有一个人——一个特别想见你的人，你不跟他们打招呼就走了的话，那可不太好。”

那个人是安东尼奥·卡普乔——我少女时代的男朋友，索拉拉兄弟因为母亲被杀了，就火急火燎地把他从德国叫了回来。

- 9 -

莉拉跟我说，安东尼奥是回来参加曼努埃拉的葬礼的，他是一个人回来的，他现在已经瘦得认不出来了。他母亲梅丽娜和斯特凡诺、艾达住在一起，在短短几天里，他在距离疯寡妇梅丽娜不远的地方租了一套房子，让他的德国妻子还有三个孩子都来城区了，看来他是真的结婚生子了。安东尼奥是我出生的那个世界的重要组成部分，遥远的生活片段在我的头脑里连接起来。莉拉说的关于他的话，让那天早上沉重的气氛慢慢消散了，我感觉轻松一点儿了。我小声对尼诺说：“我们再待几分钟，好吗？”他耸了耸肩，我们向马尔蒂里广场走去。

一路上，我们经过千人街和菲兰杰里街时，莉拉都一直拉着我，尼诺把手放在口袋里，低着头跟在我们后面，他一定心情很糟糕，莉拉还是像往常一样，对我掏心掏肺地说话。她说，我应该见见安东尼奥的家人，她栩栩如生地给我描绘了他的妻子和孩子。安东尼奥的德国妻子非常美，头发颜色比我的还要浅，三个孩子也是金发，没一个头发像他们的父亲——安东尼奥的头发黑得像个土耳其人。他们一家五口人沿着大路散步时，他的妻子和孩子皮肤都非常白，头发非常鲜艳，他们出现在城区，简直就像安东尼奥在外面打仗带回来的战俘。她笑了，然后说了一大串名字，就是除了安东尼奥，那些想跟我见面打招呼的人：卡门——她要工作，只能待几分钟，就要马上和恩佐一起去上班；当然还有阿方索，他还在帮索拉拉兄弟经营那家鞋店；还有玛丽莎和几个孩子。她说，你只要给他们几分钟，他们就会很高兴，他们都很爱你。

她说话时，我想到了那些马上就要重逢的人，他们会把我婚姻结束的消息传遍整个城区，我的父母也马上会知道这件事情。我母亲会知道，我成了萨拉托雷的儿子的情人。但我意识到，这样的结果并没让我很不安，相反，我很高兴我的朋友们看到我和尼诺在一起。我希望他们会背着我说：她想干什么就干什么，她离开了丈夫和女儿，另找了一个男人。我吃惊地意识到，我渴望正式和尼诺在一起，我渴望别人看到我和他在一起，我渴望抹去埃莱娜-彼得罗夫妇，由尼诺-埃莱娜夫妇来取代。我忽然感到很平静，几乎是心甘情愿一头扎进莉拉给我准备的罗网里去。

她一句接一句，说个不停。忽然间，她挽住了我的胳膊，就像之前的老习惯，但我对这个动作没什么感觉。她很想表现得和之前一样，但我觉得，我们都应该能意识到：一切都和之前不一样了，我们对彼此的情感已经耗尽，对于我来说，她的胳膊就像一段木头，或者是之前那种激动人心的身体接触残余的幻影。我忽然想起了，几年之前，我真希望她得了重病，要死了。我想，那时候虽然我产生了这样阴暗的想法，但我们的关系是活生生的、强烈的，所以也很痛苦。现在有一个新情况，我的所有激情——虽然也催生了那个阴暗的想法——现在都集中在一个男人身上，一个我一直爱着的男人。莉拉觉得，自己还拥有以前的那种魅力，随时都可以把我拉到她身边。但她最终上演了一场什么戏？就是重现少女时代青涩的爱情和青春期的激情吗？几分钟之前，这还是一场蹩脚的戏，现在忽然像参观博物馆一样无害。不管她愿不愿意，对于我，有更重要的事儿——我和尼诺在一起，这才是最重要的，甚至是在以前生活的这个小城区上演一桩丑闻，也让我觉得是一件惬意的事儿。莉拉挽着我的胳膊，就像衣服的布料挨着布料，我已经感受不到她了，她的手臂里没有血液在流动。

我们到了马尔蒂里广场。我转身对尼诺说，他妹妹和外甥也在那家店里，他很不耐烦地嘀咕了一句什么。这时候，我们看到了“索拉拉”的牌子，进去后，尽管所有人的目光都看向了尼诺，但只有我受到了热烈欢迎，就好像我是一个人去的。玛丽莎是唯一一个对她哥哥说话的人，他们兄妹都没有为这次重逢感到高兴。玛丽莎马上就开始谴责尼诺，说他从来都不打电话，也不出现。她大声说：“妈妈现在病了，爸爸变得让人受不了，你根本不在乎。”他什么话也没说，只是漫不经心地吻了两个外甥，玛丽莎还在说他。他嘟囔了一句：“我有我的麻烦，玛丽！不要再说了！”我备受关注，和这个说话，和那个聊天，但我一直都留心着尼诺，不是吃醋，我只是担心他会不自在。我不知道他记不记得，或者还能不能认出安东尼奥，只有我知道，我的前男友狠狠揍过他一顿。我看到他轻轻地点了一下头，脸上浮现出一个微笑，他跟安东尼奥打招呼时，和跟恩佐、阿方索、卡门打招呼的表现没什么不同。对于尼诺来说，他们都是陌生人，属于我和莉拉的世界，和他没有太多交集。之后，他在店里转悠，抽着烟，没人理会他，甚至他妹妹都不再和他说话，正是为了他，我离开了我丈夫，莉拉也是——尤其是她——应该意识到了这一点。现在，他出现在那里，每个人都打量过他了，我只想尽快把他从这里拉出去，带走。

- 10 -

有半个小时，我都处于混乱之中，那些说出来的话，还有没说出来的话，过去和现在都在冲击着我：莉拉设计的鞋子、她的婚纱照、鞋店的开业典礼、她的流产，她出于自己的目的把商店改造成一个沙龙，或者说一个爱巢，而现在我们都三十好几了，各自的生活完全不同。

我打起精神，故作轻松，和在场的人贴脸拥抱。我和詹纳罗说了几句，他已经长成了一个十二岁的小男生了，有点儿胖，上嘴唇已经有一道黑色的软毛。他和斯特凡诺小时候像极了，就好像莉拉在怀上他时，把她自己的一切特征都抽走了。我觉得，我要对玛丽莎，还有玛丽莎的孩子表示出同样的热情，我的关注让她很高兴，她说了一些包含深意的话，就好像她知道我的生活要发生什么转变。她说："你现在经常来那不勒斯，拜托了，来了要告诉我们啊！我们都知道你们很忙，你们都是学者，我们不是，但你们要抽出时间来看我们。"

她待在丈夫身边，留心照看着两个孩子，怕他们会跑出去。我试图在她脸上看到她和尼诺的血缘关系，但她和哥哥长得一点儿也不像，也不像她母亲。她胖了一些，现在倒有些像多纳托，她也学会了她父亲那种虚伪浮夸的说话方式，她想让我相信，她有一个很美好的家庭，生活很惬意。这时候阿方索为了支持她，一个劲儿地在点头，他默默地对我微笑，露出了洁白的牙齿。他的外表让我太迷惑了，他非常优雅，头发很长，绑成一个马尾，这突出了他俊秀的线条，但他的动作和面孔里有一种我无法理解的东西，有一种出乎我预料、让我不安的东西。在当时的那些人中，除了我和尼诺之外，他是唯一正式上过学的人，在我看来，随着时间的流逝，他上的那几年学的痕迹并没有淡去，而是渗入了他灵活的身体里，体现在他精致的面孔上。他真帅啊！也很有教养。当时，玛丽莎想尽一切办法和他在一起，但他却想逃走。现在看看，他们俩站在一起：她老了一点，脸上的线条有些男性化，而他在想办法抹去自己的男性特征，要变得更加女性化，还有他们的两个儿子，大家都说那是米凯莱·索拉拉的儿子。阿方索迎合了妻子，轻声说："是呀，假如你能来家里吃晚饭，那我太高兴了。"这时候玛丽莎说："莱农，你什么时候再写一本新书啊？我们都在等着呢。你要更新一下，你的第一本书当时看起来很大胆，但现在已经不够大胆了，你看看，现在那些人写的多色情？"

所有在场的人，对尼诺都不怎么热情，但他们从来都没有指责我的情感转变，连一道谴责的目光或者恶意的笑容都没有。相反，当我和所有人拥抱聊天时，他们都对我表示出热情和欣赏。恩佐拥抱了我，他在那个拥抱里融入了他严肃的力量。尽管他只是在微笑，一个字都没有说，我感觉他的意思是：无论你做出什么决定，我都支持你。卡门把我拉到了一个角落，她一直在看表，很着急，她跟我说了她哥哥的事儿，就好像我是一个无所不能的权贵，我的任何错误做法和行为，都无法抹去我的光辉。她没有提到自己的孩子和丈夫，她没有讲到自己的私人生活，或者打听我的私人生活。我明白，因为帕斯卡莱的缘故，她现在背负着恐怖主义的恶名，但她想洗清这个恶名。在短短几分钟里，我们不仅仅谈到了她哥哥受到的不公正迫害，她还想说明，她哥哥是一个充满勇气的好人。她眼里充满了决心，表示她会一直支持自己的哥哥。她说，她想要随时能联系到我，她问我要了我的电话号码和地址。“你是一个大人物，莱农！”她小声说，“你认识人，假如他们没把帕斯卡莱杀了，你可以帮助他的。”这时候，她对安东尼奥招了一下手——安东尼奥待在角落里，在恩佐跟前。“你过来。”她非常小声地说，“你也跟她说说。”安东尼奥低着头过来了，他很羞怯地跟我说了几句：“我知道，帕斯卡莱很信任你，在做出他的选择之前，他去你家找了你。假如你再看到他，你要告诉他：他要消失，他再也不能出现在意大利。我已经告诉了卡门了，问题不仅仅是警察，问题是索拉拉兄弟，他们都很确信，是他杀死了曼努埃拉太太，假如他们看到帕斯卡莱——不管是现在、明天还是过几年，我都帮不了他了。”安东尼奥用沉重的语气说这番话时，卡门时不时会插一句，她问我：“你明白了吗，莱农？”她用充满忧虑的目光看着我。她拥抱了我，亲吻了我的脸，嘟哝了一句：“你和莉娜都是我的好姐妹。”然后她和恩佐先走了，他们有事儿。

就这样，我和安东尼奥面对面，我感觉，我面对的是两个人：他们截然不同，但出现在同一个身体里。他之前是在池塘边上，紧紧拥抱着我的那个男孩子，他狂热地爱恋过我，他那种强烈的气息留在了我的记忆里，就像一种从来都没有得到满足的欲望。还有现在这个男人，他身上一点儿脂肪都没有，从他没有表情的坚毅面孔，一直到硕大鞋子里的脚，都瘦得皮包骨。我有些尴尬地说，我不认识任何能帮到帕斯卡莱的人，卡门高估我了。但我明白，假如帕斯卡莱的妹妹认为我的地位很高，安东尼奥高估我的程度更深。安东尼奥嘀咕着说，我和往常一样谦虚，他看到我的书的德语版本，全世界的人都知道我。尽管他一直生活在国外，但他还是城区的一员，他一定是看到了索拉拉兄弟做的不少坏事儿，他想象——或者他假装，谁知道呢，可能是为了让我开心——我有权力，就是那些上等人的权力，因为我大学毕业，会说意大利语，写书。我笑着说："在德国，可能只有你买了那本书。"我问了他妻子、孩子的情况，他都是用单音节的词回答，这时候，他让我去外面聊。在广场上，他很客气地说：

"你现在不得不承认，当时我是对的。"

"哪个方面？"

"你想要他，你对我说的全是谎言。"

"我那时只是一个小姑娘。"

"不是，你已经很大了。你比我聪明，你不知道，你对我的伤害有多大，你让我觉得自己是一个疯子。"

"别说这些了。"

他沉默了，我向鞋店走了回去。他跟着我，在门口那里，他停了下来，盯着坐在角落里的尼诺看了几秒。嘀咕了一句：

"假如他伤害你，你要告诉我。"

我笑了，说：

“当然了。”

“你不要笑，我和莉娜说了。莉娜非常了解他，她说，你不应该相信尼诺，我们都尊敬你，但对他不会。”

莉拉？这就是她对安东尼奥的利用，让他当信使，说一些她不好说出口的话。她现在在哪儿？我看到她在一边和玛丽莎的孩子玩儿，但实际上她眯着眼睛，看着每个人的举动。她用自己的方式控制着所有人：卡门、阿方索、玛丽莎、恩佐、安东尼奥、她儿子，还有别人的孩子，甚至是这个商店的老板。我告诉自己，再也不要受她的任何影响，那个漫长的阶段已经结束了。我跟她打招呼告别，她过来紧紧拥抱了我，就好像要把我拉入她的生活。当我挨个和所有人告别时，让我最受震动的还是阿方索。现在，我明白是什么东西让我看到他第一眼就感到不安了，他身为堂·阿奇勒和玛丽亚的儿子、斯特凡诺和皮诺奇娅的弟弟而具有的那些特征，都从他脸上消失了，因为某种神秘的原因，他的长头发、马尾辫让他看上去和莉拉很像。

- 11 -

回到佛罗伦萨后，我和彼得罗谈了离婚的事情，我们吵得不可开交。阿黛尔尽量保护两个孩子，她和两个孙女关在她的房间里。我们忽然意识到，在女儿面前，我们吵得不尽兴，没法尽情表达自己，吵不起来，我们就出去了，在街上接着相互咒骂。最后，彼得罗走了，我不知道他去哪儿了。我非常气愤，我再也不想看见他或者听他的声音。我回到了家里，两个孩子都睡了，我看到阿黛尔坐在厨房里看书。我说：

“你看到他是怎么对我的？”

“那你呢？”

“我？”

“是的，你有没有意识到自己是怎么对他的，还有你之前是怎么对他的？”

我把她一个人撇在厨房里，摔上门把自己关在卧室里。她语气里传递的那种鄙视让我很惊异，也让我很受伤，这是她第一次公开对我表示出敌意。

第二天，我就动身去了法国，背负着沉重的内疚感和很多要读的书。在我走的时候，两个女儿不停地哭泣。我越是要集中注意力读书，就越是心乱：尼诺、彼得罗、我的两个女儿、卡门颂扬她哥哥的话、安东尼奥的话、阿方索的变化，都一起浮上我的心头。经过漫长的、让人精疲力竭的火车旅行，我最后到达了巴黎，脑子比任何时候都乱。但是，当我到达火车站，在站台那里，我就看到了出版社的那两位女士中比较年轻的那位，我的心情马上变得愉悦，我感到一阵喜悦，那是我和尼诺在蒙彼利埃品尝过的、一种视野拓宽的喜悦。但这次一切都要黯淡一些，没有宾馆，也没有古迹一样的大礼堂。那两位女士带着我在大小城市做巡回推广，每天都有一场旅行，每天晚上在书店，甚至是在私人的房子里，会组织一些辩论。至于吃饭睡觉，吃的是家里煮的饭，睡在一张小床上，有时候甚至是沙发上。

这场旅行让我非常疲惫，我越来越不注意自己的外表，我瘦了。但是，每天晚上我遇到的读者和编辑都很喜欢我，我在见面会的会场走来走去，用我匆忙学会和掌握的外语和他们进行讨论。我逐渐又采用了几年前我已经掌握的策略，就是我在推广第一本书时的表现：我很自然就把那些细小的个人经历，变成一种普遍的反思。每天晚上，我都能即兴提到我的个人体验。我谈到了我成长的环境，那里的贫穷和落后；我谈到男人和女人的愤怒；谈到了卡门，还有她和哥哥的关系，我认为，那些暴力事件一定不是帕斯卡莱做的。我谈到了从小我在我母亲以及其他女人身上，看到的家庭生活和生育最糟糕的一面，还有男性对女性的奴役。我谈到了，出于对一个男人的爱，一个女人会肆意中伤别的女人，伤害孩子。我谈到了我和佛罗伦萨以及米兰的女性主义团体的艰难关系，我当时低估了它作为一种体验的重要性，现在我发现，通过参加那些活动，还有那些痛苦的讲述和反思，我学到了很多东西。我谈到了我从小就一直想要掌握男性的思维方式。我感觉自己是男性捏造出来的女性，是他们通过想象构建的，每天晚上，我都这样说。我说到了，最近我看到了一个小时候的朋友，他是一个男性，但他正在尽一切努力，展示自己女性的一面。

我经常提到我在索拉拉的鞋店里度过的那半小时，这是我后来才发现的事儿，也许这是因为我从来都没想起过莉拉。不知道为什么，在任何时候，我都没提到过我们之间的友谊。有可能，我感觉到，她把我拖入了她和我们童年朋友的欲望里，但她没能力来描述她展示在我眼皮底下的东西。比如说，我忽然在阿方索身上看到的东西，她有没有看到？她有没有想过这个问题？我排除了这种可能。她完全沉迷于城区的内部斗争，她也满足于这一点。我呢，在法国的那些天，我感觉自己身处一个纷乱的中心，但我有能力总结出这些事情的规律。这些想法，通过我那本小书的成功得到了印证，这有助于平息我对未来的忧虑，就好像我通过写出来的字，说出来的话能厘清的事情，在现实中也一定能厘清。我想，事情就是这样：夫妻关系会崩溃，家庭会解体，文化支柱也会塌陷，社会民主的任何协调和适应也不可靠，这时候，我和尼诺的关系、他的孩子、我的孩子、工人阶级专政、女性——每样东西都显露出让人出乎预料的一面。一个夜晚接着一个夜晚，我四处走动，我看到了一种全面解构又重新组合的诱人前景。

同时，我总是匆匆忙忙给阿黛尔打电话，我和两个女儿说话，她们要么用单音节词回答我，要么总是重复问一个问题："你什么时候回来？"快到圣诞节时，我和两个编辑告别了，她们非常关心我的遭遇，不想放我走。她们看了我的第一本书，想重新出版那本书，出于这个目的，她们把我带到了出版了我的第一本书的那家法国出版社，多年前，那本书在法国并没有成功。我有些羞怯地参与了那些讨论和协商，那两位女士支持我，她们和我不一样，她们很有战斗精神，懂得软硬兼施。通过米兰出版社的协调，他们最后达成了一个协议：一年之后，我的第一本书，可以通过我现在的法国出版社——这两位女士的出版社再次出版。

我打电话给尼诺，把这件事情告诉了他，他很热情。但是，说着说着，他表达了自己的不悦。

"也许，你已经不需要我了。"他说。

"开玩笑？我已经迫不及待地想拥抱你了。"

"你现在全心全意地忙你的事情，一点儿空间都没给我了。"

"你错了，因为你，我才写了这本书，因为你，我的脑子才清楚起来了。"

"那我们在那不勒斯见？或者在罗马也行，就现在，在圣诞节前。"

见面已经不可能了，我用了很长时间，才解决出版社的问题，我要回到两个女儿的身边。但我没办法抵抗尼诺的诱惑，我们最后决定在罗马见面，在一起几个小时也行。十二月二十三日早上，我坐卧铺，精疲力竭地到了罗马火车站，但我没看到尼诺，我有点担心，也很难过。当我正要坐火车去佛罗伦萨时，虽然那时候很冷，我看到他汗流浃背地出现了。他遇到了很多麻烦，但还是开车来了，因为坐火车的话，根本就赶不上。我们匆忙地吃了点东西，在距离火车站几步远的民族路上，我们开了一间房，两人马上关在房间里。我想在下午出发，但我没有心力离开他，于是我推迟到第二天出发。我们度过了美好的一夜，醒来后很幸福。啊！在昏睡了一夜之后，伸出一条腿，碰到睡在床上的尼诺，他就在我身边，我真的很幸福。已经是圣诞节前一天了，我们出去买礼物。我的出发时间一小时一小时地向后延，他也一样。只有到了午后，我才拖着行李来到他的汽车前，我没办法和他分开。最后，他发动车子出发了，他的车消失在车流里。我拖着箱子，很艰难地来到了共和国广场，然后到了火车站，但我迟到了几分钟，火车已经开走了。我可能半夜才能到佛罗伦萨，我很绝望。我没有别的选择，我只能打电话给家里，是彼得罗接的电话。

"你在哪儿？"

"在罗马，火车停在这儿了，不知道什么时候才能出发。"

"啊，铁路可真不可靠啊，那我告诉两个女儿，你圣诞节晚餐不回来了？"

"是的，可能我不能及时赶到。"

他笑了起来，挂上了电话。

火车上基本没有什么人，车厢里空荡荡的，很冷，连检票员都没有。我感觉自己失去了一切，我的前方什么也没有，一切都是那么惨淡，我的愧疚感更加强烈。深夜我到了佛罗伦萨，没有找到出租车，在冷冰冰的深夜，我拖着行李，走在空荡荡的街上，圣诞节的钟声也早已经响过了。我拿出钥匙，打开家门进去，发现房子里一片漆黑，寂静得让人不安。我在房间里走了一圈，没有看到孩子，也没有看到阿黛尔。我很疲惫，充满惊恐和绝望，我想找一张纸条，告诉我她们去哪儿了，但我没找到。

家里非常整洁。

- 12 -

我产生了很不好的想法，可能黛黛或艾尔莎病了，或者她们俩都受伤了，彼得罗和他母亲把她们带到医院去了。或者说是我丈夫进医院了，他可能做了什么疯狂的事儿，阿黛尔带着两个孩子在医院陪他。

我在家里转来转去，简直担心死了，不知道自己该怎么办。忽然间，我想，无论发生什么事情，我婆婆一定会通知马丽娅罗莎。尽管那时候已经是夜里三点了，我决定打电话给她。我很艰难地把她从睡梦中叫醒，过了好一会儿，我的大姑子才接了电话。我从她那里得知，阿黛尔决定把两个孩子带到热内亚，她们是两天前出发的，这样我和彼得罗就能从容解决我们的问题，同时黛黛和艾尔莎也能无忧无虑地过个愉快的圣诞节。

这个消息一方面让我平静下来了，另一方面让我很愤怒。彼得罗对我撒谎了：我给他打电话时，他已经知道了没有圣诞节大餐，两个孩子都不会等我，她们已经和奶奶离开了。阿黛尔呢？她怎么能带走我的女儿？我在电话里发泄了一通，马丽娅罗莎静静地听我说。我问："我做错了吗？我现在这个处境，都是活该吗？"她用一种庄重得体但同时让人振奋的语气说，我有权过自己的生活，有必要继续研究和写作。然后她说，任何时候我有困难，都可以带着孩子去她那儿住，她的大门永远向我敞开着。

她的话让我平静下来了，但我还是无法入睡。我心里各种滋味都有：不安和愤怒，对尼诺的渴望，还有对他和家人、阿尔伯特一起过节的不满。我成了一个孤单的女人，没有温情，待在一个空荡荡的家里。早上九点，我听见家门打开的声音，是彼得罗回来了。我马上就开始对他大喊大叫："你为什么不经我允许，就把两个孩子交给了你母亲？"他看起来很凌乱，胡子很长，一身酒气，但好像并没喝醉。他任凭我叫嚷，没有任何反应，他只是用非常沮丧的语气重复了好几次："我要工作，没法照顾她们，你有你的情人，也没时间照顾她们。"在厨房里，我尽量试着平静下来，我让他坐了下来。我说：

"我们必须找到一个解决方案。"

"你说吧，我们应该怎么办。"

"两个孩子要和我一起生活，你周末可以和她们见面。"

"周末在哪里见面。"

"在我家里。"

"你家在哪里？"

"我不知道，我会决定的：这里，米兰或者那不勒斯。"

他一听到那不勒斯这个词就跳了起来，眼睛瞪得很大，张着嘴巴，好像要咬我。他抬起了拳头，脸上露出了一个非常可怕的表情，让我很惊恐。那是漫长的一刻：水龙头在滴水，电冰箱发出低沉的轰鸣，有人在院子里笑。彼得罗很壮，他的拳头又大又硬，他已经打了我一次，我知道现在他会再次对我动手，可能会当场把我打死，我马上抬起胳膊保护自己。但他忽然改变了主意，他转身用手砸了一个放扫帚的金属架子。假如不是我抱住了他的一条胳膊，他还会一直砸下去。我对他喊道："别这样，够了！你会弄伤自己的。"他的愤怒使我到家前担心的事情成为事实：我们去了医院。医生给他包扎了，上了石膏。回家时，他看起来甚至有些愉快。我想起了那天是圣诞节，我做了一些吃的。我们坐在桌前，他忽然说：

"我昨天给你母亲打电话了。"

我惊得简直要跳起来了。

"你怎么会想起给她打电话？"

"好吧，总得有人告诉她，我跟她讲了你对我做的事情。"

"这也应该由我来说。"

"为什么，让你对她说谎？"

我又激动起来了，但我强忍着没发作。我害怕，为了避免把我的骨头打折，他又会把自己的骨头弄断。但我看着他微笑着，平静地看着打了石膏的手臂。

他嘟囔了一句：

"这样我没办法开车。"

"你要去哪儿？"

"去火车站。"

我发现，我母亲在圣诞节那天——这是她最看重家庭团聚的一天，她坐上了火车，马上就要到佛罗伦萨了。

- 13 -

我母亲正赶来这里，我想从佛罗伦萨逃走，想去那不勒斯，我要逃到我母亲出发的城市，在尼诺那里找到一点安宁。但我没有动，尽管我感觉自己变了，但我还是那个很倔强的女人，不会在任何事儿面前退缩。我想，我是个大人了，不再是个孩子，她能对我做什么呢？她顶多会带一些好吃的东西，就像十年前的那个圣诞节，我生病了，她带着吃的来比萨高等师范找我。

我开着车子，和彼得罗一起去火车站接我母亲。她昂首挺胸地从火车上下来，她穿着新衣服，背着一个新包，连鞋子也是新的，甚至脸颊上还涂了一点儿胭脂。我对她说："你看起来气色不错，也很优雅。"她一字一句地说，这也不是因为你，然后她就不再跟我说话了，但她对彼得罗很客气，她问他手上的石膏是怎么回事儿。他说得含糊其辞——说是碰到门了，她用一种不是很标准的意大利语说："碰了？我知道是谁让你碰的，瞧你说的，碰的！"

一到家里，她就不再假装镇静，她拖着一条跛了的腿在客厅里走来走去，不停地数落我，很夸张地赞美我丈夫。她要求我，马上向我丈夫道歉，她看到我没有任何举动，就自己去恳求我丈夫原谅我，并且以佩佩、詹尼和埃莉莎的性命发誓，假如我们俩不和好的话，她就不回家。刚开始，她的调子那么高，我几乎感觉她是在开我和我丈夫的玩笑。她列举了彼得罗的种种好处，简直无穷无尽，我不得不承认，她也说了我无数好话。她强调了一千遍，我多么聪明，多么好学，我和彼得罗是天生的一对。她提醒我们要考虑一下黛黛的感受——那是她最喜欢的外孙女，她忘了提到艾尔莎。她说，这孩子什么都知道，让她受罪，真是太不应该了。

我母亲说话时，我丈夫一直在点头，尽管他脸上的表情说明了她说的那些话，还有她的做法，看起来很不得体。她拥抱了彼得罗，还亲了他的脸，感谢他的慷慨。她说，在我丈夫面前——她叫喊着说，我应该跪下来求饶。她用一种粗暴的动作把我们推搡在一起，希望我们能拥抱亲吻，我很不耐烦地躲开了。整个过程，我只有一个想法：我受不了她了。在彼得罗的眼皮底下，展现出我是这个女人的女儿，这让我受不了。我试着平静下来，我想：这是她通常上演的闹剧，等下她累了，会去睡觉的。后来，她又一次抓住我，让我承认我错了，这时候我受不了了，她的手让我很厌烦，我甩开了。我说了一句这样的话："够了！妈，没用的，我再也不能和彼得罗生活在一起，因为我爱上了别人。"

我不应该那么说，我了解她，她等着我给她火上浇油。情况忽然发生了变化，她不再数落我，她一记耳光狠狠掴在了我脸上，还一边声嘶力竭地喊道："闭嘴，你这个婊子！闭嘴，闭嘴，闭嘴！"她想要抓住我的头发。她说，她再也忍受不了我了，没有可能，正是我，为了萨拉托雷的儿子，要毁掉自己的生活。她说，这个男人要比他父亲那个王八蛋更糟糕。她嚷嚷着说："以前，我以为是你朋友莉娜把你带坏了，但我错了，你——你才是那个不要脸的，莉娜现在不跟你在一起了，她成了一个非常正经的女人。我怎么从小没打断你的腿啊！你有这样一个好丈夫，你在这个非常漂亮的城市过着阔太太的生活。他爱你，和你生了两个女儿，你就是这样报答他的，混账东西？过来，我生了你，我现在要打死你。"

她摁着我，我感觉她真的要杀了我。我深切地感觉到我带给她的失望，还有那种母爱的真相：她很绝望地想为我好，让我按照她说的来，让我继续过着她想都不敢想，但我已经实现的生活，这使她在前一天还是整个城区最幸运的母亲。这种自豪现在都转化成了仇恨，她要毁掉我，惩罚我，因为我所做的，糟蹋了上天对我的眷顾。这时候我推开了她，我推开她时，叫喊声比她还大，我不是故意推她的，而是出于本能，用的力气很大，让她失去了平衡，跌倒在地板上。

彼得罗吓坏了。我在他的脸上，在他的眼睛里，看到了我的世界和他的世界的撞击。当然，他可能一辈子都没见过这样的场面，这样粗暴无理的举动，听过这样有冲击力的话。我母亲撞翻了一把椅子，跌坐在地上。因为那条病腿的缘故，她很难再站起来，她伸出一条胳膊，想抓住桌子边儿站起来。她没有让步，还继续对着我又叫又骂。彼得罗已经懵了，他跑过去，用那条好着的胳膊扶她起来，她还是没停止叫骂。她非常愤怒，瞪着眼睛，用哽咽的声音，混杂着一种真切的痛苦，喘着气对我叫喊："你不是我的女儿，他是我儿子。现在，你父亲也不要你了，你弟弟也不认你了。萨拉托雷的儿子会让你传染上淋病和梅毒，我到底做了什么孽才看到这一天啊！啊，上帝，上帝，我还不如死了算了，我想马上死了！"她那么痛苦，这勾起了我所有的伤心事儿，我也哭了起来。

我跑去把自己反锁在卧室里。我不知道该怎么办，我从来都没有想过离婚会带来这么大的痛苦。我很害怕，也很难过。我心里哪个阴暗的角落，隐藏着和她类似的暴力，我哪里来的勇气，让我把她推开？过了一会儿，我才平静下来了，彼得罗过来敲门，他用一种出乎意料的温柔语气，小声说："不用开门，我不是想进来，我只是想告诉你，我也不希望这样，这有些过分，你不应该受到这样的对待。”

- 14 -

我希望我母亲的态度能缓和下来，希望她在第二天早上，能够像往常一样，态度来一个急转弯，重新又会觉得：尽管出了这样的事儿，她还是爱我，为我感到骄傲，但这种情况并没有出现。我听见，一个晚上她都在和彼得罗嘀咕着什么。她在安抚他，她一再说，我一直都让她很操心，她叹息着说，对我要有耐心。第二天，为了避免再次争吵，我要么在家里转悠，要么拿一本书来看，尽量不插到他们中间。我很难过，我为自己推了她那么一下感到很羞耻，我为自己，为她感到羞耻。我希望能向她道歉，拥抱她，但我害怕这会引起她的误会，会让她以为我作出了让步。她现在已经得出了这样的结论：是我把莉拉带坏了，而不是莉拉把我带坏了。我应该让她感到非常失望。我想为她找借口：她的眼界仅限于我们的城区，在她眼里，我们家在城区里的处境越来越好。因为埃莉莎的缘故，她现在和索拉拉家攀上了亲；她的两个儿子开始为马尔切洛干活了，她很自豪地称马尔切洛为“我的女婿”；她身上穿着的新衣服，象征着她现在过上好日子了。很自然，莉拉现在为米凯莱·索拉拉工作，和恩佐的关系已经很稳定，而且变得很有钱，甚至要把她父母租住的房子买下来，她觉得莉拉要比我好。但她的这些想法，只能让我和莉拉划清界限，现在我们已经走得越来越远了，没有什么共同点了。

我们再也没有说一句话，她就走了。我们开车送她到火车站，她假装没看到是我在开车。她只是祝愿彼得罗一切都好，一直到火车出发前一刻，她一个劲儿地叮嘱彼得罗，说要和她联系，告诉她两个女儿和他胳膊的事儿。

她刚一消失，我就发现，她的闯入带来了一个意想不到的结果。我们回家时，我丈夫就接着前一天晚上在我门口说的话，继续说了一些安慰我的话。我和我母亲的激烈冲突，应该也揭示了我的本性，还有我成长的环境，这要比他想象的、我对他讲的还要管用。我想，这让他对我产生了同情。他很快就恢复了理性，我们的关系又变得客气起来。过了几天，我们去找了一个律师，我们聊了几句。那个律师问我们：

“你们确信不想继续生活在一起了？”

“你怎么能和一个不要你的人生活在一起？”彼得罗回答说。

“您呢，太太，您不要您丈夫了吗？”

“这是我的事儿，”我说，“您只需要办理我们的离婚手续。”

在回家的路上，彼得罗笑着说：

“你和你母亲一个样。”

“这不是真的。”

“你说得对，这不是真的。假如你母亲也上过学，也开始写小说，就会和你一样。”

“你想说什么？”

“我想说，你比她更糟糕。”

他的话让我很生气，但也没有太生气，无论如何，我很高兴，他现在已经恢复了。我深深叹了一口气，集中精力想着下一步该怎么办。我给尼诺打了一个长途电话，跟他讲了我们分开之后，发生在我身上的所有事情。我们讨论了一下我搬去那不勒斯的事情，出于慎重，我没对他说，我和彼得罗现在又生活在一个屋檐下，虽然我们睡在不同的房间。尤其是，我给我的两个女儿打了好几次电话，我带着一种明显的敌意告诉阿黛尔，我要去把她们接回来。

“你不用担心她们。”我婆婆想让我放心，“你忙你的事儿，把她们放在这里好了。”

“黛黛要上学了。”

“我会把她送到距离这里几步远的学校，我会照顾好她的。”

“不用了，我要让她们和我在一起。”

“你想想，一个离异的女人，带着两个女儿，还有你的事业，你应该看清现实，要想清楚要保留什么，放弃什么。”

她说的最后那句话，每个字都刺痛着我，让我很厌烦。

- 15 -

我想马上动身去热内亚，但出版社的人从法国给我打电话，那个年龄大一点儿的女士，让我给一个非常重要的杂志写一篇文章，把我前一阵子在公众场合说的那些话整理出来。我马上就得做出选择，要么去接我的女儿，要么开始写东西。我推迟了出发时间，开始没日没夜地写文章，想拿出一篇好文章。我还在修改我的文章，这时候尼诺告诉我，在大学开学之前，他有几天时间，可以来找我。我被爱情冲昏了头脑，没办法拒绝他，我们开车去了阿尔真塔里奥海滨。我们在那里度过了非常美妙的几天，看到了冬天的大海，这是我和弗朗科还有彼得罗在一起时从来都没有感受过的：吃喝的乐趣、高雅的交谈，还有性事。早上我从床上爬起来，从黎明开始写作。

有一天晚上在床上，尼诺给我看他写的几页文章。他说，他很在意我的看法。那是一篇非常复杂的杂文，关于巴尼奥利的意大利冶金业。我紧紧挨着他，看那篇文章。他时不时会嘟哝一句，谦虚地说："我写得不好，假如需要改的话，你随便改，你文采比我好，在上高中时，你就比我写得好。"我赞扬了他写的东西，我建议他作几处修改。但尼诺还不满意，他让我再进一步作修改。当时，几乎是为了说服我动手修改，他说他有一件不光彩的事情要告诉我。他带着一丝尴尬和自嘲，说了他的秘密："这是我这辈子做过的最羞耻的一件事。"他跟我说，当年上高中的时候，我写了描述和宗教老师冲突的那篇文章——他让我写那篇文章，说是要发表在一份学生办的小杂志上，事情和那篇文章有关。

"你做了什么？"我笑着问他。

"我现在告诉你，但你要记住，那时候我还是个孩子。"

我感觉，他真的很羞愧，这让我警惕起来。他说，他看了我的文章，觉得那篇文章看起来很舒服，而且充满智慧，让他感觉不可思议。他说的恭维话让我很高兴，我亲吻了他。我记得，当时我和莉拉费了很大力气，才写好了那几页纸。这时候，我用一种自嘲的语气，对他说了因为没有版面，他们没发表那篇文章时我感到的失望和痛苦。

"我当时是这么告诉你的？"尼诺有些不自在地问我。

"可能吧，现在我也想不起来了。"

他做了一个难过的表情。

"事实是，当时有足够的版面发表你那篇文章。"

"那为什么他们没有发表呢？"

"因为嫉妒。"

我笑了起来。

“那些编辑嫉妒我？”

“不是，是我嫉妒你。我看了你的文章，就把它扔在了垃圾筐里，我没法容忍你写得那么好。”

有那么一会儿，我什么都没说。我是多么在意那篇文章啊，我当时多难过啊！我没办法相信这件事情：一个高中生——加利亚尼老师的得意门生，竟然嫉妒一个中学女生的才华，以至于把她的文章丢在了垃圾筐里？我感觉，尼诺在等着我的反应，但我不知道怎么把这个卑鄙的行为和小时候那个在我眼里光芒四射的男生联系在一起。时间一秒一秒地过去，我试着把这个卑劣的行径想清楚，不让它和阿黛尔告诉我的（在米兰，尼诺恶名在外）或者莉拉和安东尼奥告诉我的（不要相信这个男人）和他做的事情搅在一起。最后，我作出了回应，我正面接受了他的坦白，我拥抱了他。实际上，那是很久之前的事儿，他没必要对我坦白。即使是他刚刚对我做出这样的事儿，也会让我对他另眼相看，他的开诚布公让我很感动。忽然间，我感觉从那一刻开始，我要一直信任他。

那个夜晚要比其他夜晚更充满激情，醒来的时候，我发现，承认了那个错误之后，尼诺其实也已经承认了：尽管他当时已经和娜迪雅·加利亚尼开始交往，尽管他已经成为了莉拉的情人，但在他眼里，我一直是一个不同寻常的女孩子。啊，我不仅仅是被他爱着，也被他欣赏着，这是一件多么振奋人心的事儿。他把自己写的文章交给我，让我润色。在阿尔真塔里奥的那几天，我感觉到我的理解力、感受力和表达力也得到了彻底拓宽。我带着自豪想，这是因为我在意大利之外也获得了认可，我当时写那本书是因为他的激励，为了获取他的欢心。那一刻，我拥有一切，现在就剩下黛黛和艾尔莎的问题需要解决了。

- 16 -

我没对我婆婆说尼诺的事儿，我说了法国杂志的事儿，说我现在正在全力以赴赶一篇文章。同时，尽管我很不情愿，但我还是对她照顾两个孩子表示感谢。

虽然我不信任她，但我明白，阿黛尔给我解决了一个大问题。我怎么能过上我想要过的生活，同时又和我的两个女儿在一起？当然，我指望着尽早和尼诺生活在一起，在那种情况下，我们可以相互帮助。但这之前呢？我要把和尼诺见面、黛黛、艾尔莎、写作、公共事务、彼得罗的压力——尽管他现在理性一点了，但还会对我施压——这几件事情协调起来，真是太不容易了。更不用说钱的事儿，我剩的钱不多了，新书能给我带来多少收益，我还不知道。我还不可能马上付得起房租、电话费，还有我和两个女儿的日常开销。另外，我们要在哪儿生活呢？现在，我去接两个女儿，我要把她们带到哪里呢？带到佛罗伦萨——她们是在这栋房子里出生的，她们会看到一个温和的父亲、一个热情的母亲，她们会不会以为，一切都神奇地恢复了？尽管我知道，尼诺的下一次闯入，会让她们更加失望，我要让她们有这样的幻觉吗？我要让彼得罗搬走吗？但是，是我自己打破我们的关系的，我应该离开那套房子。

出发去热内亚时，我脑子里有一千个问题，但没有任何答案。我的公公婆婆很冷淡，但很客气地接待了我，艾尔莎满怀热情，但有些怀疑，黛黛对我充满敌意。我不太熟悉热内亚的房子，我只记得那里采光很好。实际上我看到，那栋房子的墙壁上全是书，有很多古老的家具，还有水晶灯，地上铺着精美的地毯，窗帘很厚重。起居室非常豁亮，有一面非常大的窗户，像是把外面的天光云影，还有大海镶在了画框里，就像一幅名画。我发现，我的两个女儿在那个家里行动自如，比在自己家里还自由。她们拿什么都可以，从来都不会受到谴责，她们对家里的女佣说话时，就像她们的奶奶那样，用一种客气但是命令的语气。我刚到那里时，她们给我展示了她们的房间，让我看看她们的玩具，那都是非常昂贵的玩具，我和她们的父亲都不会买的，她们想看看我见到这些玩具时的反应。她们跟我讲了她们做的，还有看到的很多有趣的事。我慢慢发现，黛黛很爱她爷爷，而艾尔莎呢，尽管她紧紧拥抱着我，亲吻着我，一刻也不想和我分开，但她需要什么东西，或者累了，总是会对阿黛尔说。她坐在阿黛尔的膝盖上，大拇指放在嘴里，用一种忧伤的目光看着我。在那么短的时间里，两个女儿就适应了没有我的日子吗？或者说，最近几个月，她们看到的、听到的，已经让她们厌烦透顶了。她们担心我会带来更多麻烦，她们害怕重新接受我？我不知道。当然，我不敢对她们说：准备一下你们的东西，我们马上走。我在热内亚待了几天，我开始照顾她们。我的公公婆婆从来都不插手我和两个女儿之间的事儿，相反，假如黛黛利用他们的权威来对抗我，为了避免任何冲突，他们会躲开。

圭多·艾罗塔尤其小心，他从来都顾左右而言他，刚开始，他都没提到我和他儿子离婚的事儿。在晚饭后，黛黛和艾尔莎去睡觉时，圭多·艾罗塔出于客气，在关上房门、在书房里开始工作之前——彼得罗每次也是工作到深夜，毫无疑问，这是跟他父亲学的——会和我聊了几句，他有些尴尬。他还是像往常一样，聊到了政治问题：资本主义危机越来越明显了，艰苦奋斗可以解决很多问题，边缘化的地区越来越多，弗留利地区的地震，象征着意大利的脆弱和不稳定，左派面临的严峻考验，还有以前的老政党和政治小集团。但是，在谈论这些问题时，他对我的观点丝毫不感兴趣，除此之外，我也没有费劲去表达自己的看法。假如他实在想听我的看法，他可以谈谈我的书，我看到的第一本意大利语版，就是在那个家里：那是小小的一本书，很不起眼，和其他很多书和杂志一起，被送到这里，堆积到书桌上，等着被翻阅。有一天晚上，他提出了一些问题——我知道，他之前没看过我的书，之后也不会看的——我就把书里的内容给他介绍了一下，给他念了几行。通常，他都是很严肃地听着，非常专注。只有在读到我大篇幅引用索福克勒斯的段落时，他才用了一种专业的语气，说我写得很不恰当，让我觉得羞愧。他是一个浑身上下散发着权威的男人，尽管权威就像一种色泽，只要一点点就够了，因为即使只有几分钟，这种权威都会出现裂缝，让人隐约看到另一个人，这个人并非那么无懈可击。当我提到女权主义时，圭多·艾罗塔忽然一改他的庄重，他眼里忽然冒出一种恶意，他满脸通红——通常他的脸色是苍白的，用一种充满讽刺的语气，开始嘲讽他听到的一些女权主义口号：性，我渴望的性，谁在专治下感到过高潮？没有人！还有，我们不是繁殖工具，女人为自由解放而战。他一边用讽刺的语气说这些话，一边笑着，整个人都很激动。当他发现，这个举动让我很惊异时，他拿起了眼镜，很仔细地擦了擦，然后去学习了。

这少数的几个夜晚，阿黛尔几乎一声不吭，但我很快明白，无论是她还是她丈夫，都通过一种冷淡的方式让我自己暴露。因为我一直不开口，最后，我公公用他自己的方式提到了这个问题。当黛黛和艾尔莎跟他道了晚安之后，他和颜悦色地问了两个孙女几个问题，就好像那是一种家庭仪式：

“这两位漂亮的小姐叫什么名字啊？”

“黛黛。”

“艾尔莎。”

“然后呢？爷爷想听你们的全名。”

“黛黛·艾罗塔。”

“艾尔莎·艾罗塔。”

“还有谁姓艾罗塔啊？”

“爸爸。”

“还有谁呀？”

“还有爷爷。”

“妈妈叫什么名字？”

“埃莱娜·格雷科。”

“你们是姓格雷科，还是姓艾罗塔啊？”

“艾罗塔。”

“真棒。晚安，宝贝儿，做个好梦。”

这时候，两个孩子由阿黛尔陪着，从房间出去了。他接着刚才两个孩子的话，说：“我知道你和彼得罗离婚，是因为尼诺·萨拉托雷。”我马上面红耳赤，点了点头。他微笑了，开始说了尼诺的好话，但不像前些年那么认同他。他说，尼诺是一个非常聪明的小伙子，他知道自己是谁，要做什么，但是——他非常强调地说出了这个转折连词——他随波逐流——他把这个词重复了好几次，就好像要搞清楚，他是不是用了一个恰当的词。他强调说：“最近，萨拉托雷写的那些东西，我都不喜欢。”他的语气忽然变得很鄙夷，他把萨拉托雷归于那些认为需要修订国家政策以便使新资本主义继续正常运行，而不是对社会和生产关系进行彻底革新的人。他话是这么说的，但他说的每句话都像是骂人。

我受不了这一点，试着驳斥他的观点，我利用尼诺的文章里那些我觉得非常具有革命性的话来反驳他。这时候阿黛尔进来了，圭多·艾罗塔在听我说，同时嘴里在含糊地说着“嗯”，那是他表示介于赞同和不赞同之间的一种态度。我忽然住嘴了，整个人很激动。有几分钟，我公公的态度好像有些缓和了。他说：“另外，意大利的危机让人很难明白状况，我明白那些和他一样的年轻人，尤其是那些想改变现状的人，会遇到很多困难。”他站起身来，准备去书房，但在他出去之前，他又犹豫了一下。他在门槛那里停了下来，充满敌意地说：“但是，每个人有不同的做法，萨拉托雷的聪明是没有根基的，他喜欢取悦掌权者，而不是为某种理想而奋斗，他会成为一个附庸权贵的技术官僚。”这时候他停了下来，犹豫了一下，就好像下面要说的话会更加刻薄，但他没说，他只是嘀咕了一句晚安，就去了书房。

我感觉阿黛尔的目光落在我的身上，我也要找个借口走开，我想说我很累，但我希望阿黛尔能说 些缓和的话，能让我平静下来。我问：

“尼诺的聪明是没有根基的，这是什么意思？”

她一脸嘲讽地看着我。

“他谁都不是，对于一个谁也不是的人，渴望成为一个重要人物，这对他比任何事情都重要，导致的结果是：萨拉托雷先生会是一个不可靠的人。”

“我的聪明也是没有根基的。”

她微笑了。

“是的，因此你也是一个不可靠的人。”

我没说话。阿黛尔不紧不慢地说着话，就好像那些话不会传递任何情感，而只是说明事实，但我还是很气愤。

“你想说什么？”

“我把儿子托付给你，你却对他不诚实。假如你喜欢别人，那你为什么要嫁给他？”

“我当时不知道。”

“你在说谎。”

我迟疑了一下，然后承认了。我说：

“是的，我说谎，但为什么你要逼我给出一个前后统一的解释，那些连贯的解释通常都是谎言。你也跟我说了彼得罗的坏话，而且你还曾经支持我对抗他。你说谎了吗？”

“我没有说谎，我是真的站在你那边的，但要遵守一个前提。”

“什么？”

“你以前和丈夫孩子在一起，你是艾罗塔家的一员，你女儿是艾罗塔家的孩子。我不希望你不高兴、不称职，我试着帮助你，让你成为一个好母亲，一个好妻子。但现在这个前提没有了，一切都变了。从我这里，从我丈夫身上，你不会得到任何东西，相反，我之前给你的，我现在要拿回来。”

我深深吸了一口气，想保持平静，我要像她一样，用那种平和的语气说话。

“阿黛尔，”我说，“我是埃莱娜·格雷科，我的女儿是我的女儿，我他妈才不管你们艾罗塔怎么样！”

她点了点头，脸色苍白，脸上的表情很严肃。

“现在能看出来，你是埃莱娜·格雷科，简直太明显了！但这两个孩子也是我儿子的，你不能把她们毁掉。”

然后她把我一个人扔在那里，去睡觉了。

- 17 -

这是我和我公公婆婆的第一次正面冲突。后来也发生了类似的冲突，但从来都没有变成一种公然的鄙视。在接下来的几天里，他们试图通过各种方法向我表示，假如我只考虑自己的生活，我应该把黛黛和艾尔莎交给他们来抚养。

当然，我不同意。我没有一天不是在愤怒中度过，没有一天不想着把我的两个女儿带走，去佛罗伦萨、米兰、那不勒斯，去任何地方，而不是待在那个家里。但我很快就放弃了，我推迟带她们离开的日子，因为总是会发生一些事情，跟我的想法作对。比如说，尼诺打电话给我，我没办法拒绝，我总是去他说的地方找他。还有，我的那本新书在意大利也掀起了一股小小的浪潮，尽管那些大报纸都没有谈论它，但它还是赢得了一批读者。因此，我要参加一些读者见面会，再加上要和情人见面，都让我不得不和两个孩子分开。

我很难和她们分开，我能感受到她们审判的目光，我很痛苦。尽管如此，但我一坐上火车，当我学习时，当我准备公众讨论时，当我想象着马上要和尼诺会面时，我都会感觉有一种快乐在我内心沸腾。我很快发现自己逐渐适应了同时感受到幸福和不幸，就好像这是我新生活的一种常态。当我回到热内亚，我会感到很愧疚，黛黛和艾尔莎已经很习惯那里的生活了，她们都开始上学了，而且有自己的玩伴和所有她们需要的东西，她们已经完全独立于我了。但我一离开，那种愧疚感就会变弱，成了一种轻微的不适。这两种情绪的波动让我觉得自己很卑微，我意识到这一点，我不得不承认，对于尼诺的爱，他的光辉会使黛黛和艾尔莎黯然失色，这对我来说是一件很屈辱的事。虽然如此，莉拉的那句话还回响在我耳边："你要想想，你会给你两个女儿带来多大的伤害！"在这个阶段，我一想起这句话，就会陷入一种不愉快的情绪里。我出去旅行，居无定所，经常晚上睡不着觉。我想起了我母亲对我的诅咒，她的话和莉拉的话混合在一起。对于我来说，我的母亲和我的朋友莉拉，她们一直都是两个截然相反的存在，但在那些无法入睡的夜晚，她们常常会站在一条战线上。我感觉她们对我充满敌意，她们不赞同我的新生活。从另一个方面，我觉得这说明我终于成了一个独立的人，但我要一个人面对那些困难，我感到很孤单。

我试着和我的大姑子建立联系。她像往常一样热情，她在米兰的一家书店组织了一场读者见面会来推广我的新书，来的大部分都是女性。对于我的那本书，他们要么非常赞赏，要么提出了尖锐批评。因为有几个人的姿态和我完全不同，刚开始我非常害怕，但马丽娅罗莎用一种充满权威的语气说了几句，我意外地发现，她能以一个协调者的身份出现，能协调赞同方和反对方的观点。她会采用这样的措辞："这不是格雷科女士想说的……"最后我赢得了大家的掌声，尤其是她的。

晚饭之后，我去她家住。我在她家里看到了弗朗科，也看到了西尔维亚和她儿子米尔科——我算了一下，他应该有八岁了，我把他长得像尼诺的地方都记了下来，甚至是一些和尼诺很像的性格特征。我从来都没有对尼诺说过，我认识这个孩子，我决定永远都不提这件事。但整个晚上，我一直都在和他说话，和他玩儿，我让他坐在我的膝盖上，宠爱他。在我们混乱的生活之中，我们自身有多少碎片会崩裂开，这些小孩就像是我们迸裂掉落的碎片。在米兰有这个孩子，在热内亚是我的两个女儿，在那不勒斯是阿尔伯特。我忍不住和西尔维亚、马丽娅罗莎、弗朗科谈到了这些散落在四处的孩子，我分析这些事儿，表现得很客观冷静。实际上，我可能期待着，我的前男友能用他通常的方式，说出一些鞭辟入里的话，用他犀利的语言陈述现在，展望未来，让我们理清思绪。但是，他是整个晚上最让我吃惊的人。他说，历史的这一页快要翻过去了，从客观上来说——他说“客观”这个词时，语气里充满了讽刺——革命的一季现在已经日薄西山了，而且会把曾经作为风向标的阶层全部抹去。

“我不觉得。”我提出了反对，但只是为了挑衅他，“在意大利，一切都很活跃，充满了斗争精神。”

“你不觉得，那是因为你对自己很满意。”

“才不是，我很抑郁。”

“那些抑郁的人不会写书，那些幸福的人、旅行的人、恋爱的人才会写书，他们说呀说，说呀说，他们确信自己说的话都会派上用场。”

“是这样吗？”

“是的，那些话真的会派上用场，但只是在很短的时间里，其余时候，只需要随便说说，信口开河，就像现在，要么假装一切在自己的控制之下。”

“假装？你是一直都掌控着一切，还是在假装？”

“为什么不呢？假装一下很正常。我们想搞革命，就搞了革命，我们在混乱之中，也发明了一种秩序，我们假装知道事情朝着哪个方向发展。”

“你是在做自我批评吗？”

“是呀，文采很好，句法也说得通，前后也很连贯，出现这个状况有前因也有后果，对所有人都有一个交代，事儿就成了。”

“这行不通了吗？”

“哦，行得通，特别行得通。面对任何事情，从来都不会迷失，没有任何感染的伤口，缝合的地方也没有留下伤疤，没有任何让你害怕的小黑屋，这真是让人感到安慰啊！只是忽然间，这个伎俩已经不管用了。”

“也就是说？”

“莱农，叨叨叨，叨叨叨，意义已经脱离语言了。”

但他还没说完，他又围绕着这句话说了很多，都是自嘲或讽刺我的话。他嘀咕了一句：“我说了多少傻话。”然后就沉默下来，听我们三个人说。

让我震动的是，假如西尔维亚遭受暴力的痕迹已经彻底消退，弗朗科几年前遭受的殴打，让他的另一个身体和精神逐渐暴露出来了。他不停起身去厕所，他有点儿跛，但不是很明显，他发红的眼眶里装着一只义眼，看起来要比另一只眼睛更凶，他的一个眼睛是活的，但因为抑郁而变得灰暗。尤其是，受伤前的那个充满能量、让人欣赏的弗朗科消失了，康复期的那个阴郁温柔的弗朗科也消失了。我感觉他现在是一个忧伤、温和的人，有一点愤世嫉俗。

关于我要接回我的女儿的事，西尔维亚说了她的看法。马丽娅罗莎说，没找到一个彻底的安置方案之前，黛黛和艾尔莎最好还是爷爷奶奶待在一起。这时候弗朗科赞美了我的决心，他用一种满是讽刺的语气说，我不用考虑女性的那些义务，我要接着努力，增强我男性的一面。

回到房间后，我很难入睡。怎么做才是对我女儿好，怎样会不好？我的好，我的不好，都体现在哪里呢？怎样才能把好和不好融合在一起，或者说分开呢？那个夜晚，尼诺成了次要的事情，莉拉又浮现在我的脑海，只有莉拉，没有我母亲。我感觉到我需要和她吵架，我要对着她叫喊：不要老是想着批评我，你要替我想想，告诉我应该怎么做。第二天，我回到了热内亚，我当着公公婆婆的面，毫无过渡就对黛黛和艾尔莎说：

“孩子们，这个阶段我有很多工作。再过几天，我又要出发了，但我会回来。你们是想和我一起，还是想和爷爷奶奶在一起？”

对于这个问题，现在我写到这里时，我还是感到很羞愧。

先是黛黛，然后是艾尔莎，她们回答说：

“我们要和爷爷奶奶在一起。但如果可以的话，你要来看我们，给我们带一些礼物。”

- 18 -

有两年多时间，我都是这样度过的：充满着快乐、痛苦、意外，还有折磨人心的等待。后来，我逐渐理顺了我的生活。虽然我的私生活经历了种种痛苦和折磨，在同时，我的公众生活却很幸运。我写的那不到一百页的小书，最初我将它写出来只是为了讨得尼诺的欢心，这本书后来也被翻译成了德语和英语。在法国和意大利，我十年前写的第一本书也开始重新再版，我又开始给报纸和杂志写文章。我的名字，还有我这个人逐渐获得一定的知名度，报纸上频繁地出现我的名字，就像过去一样，我引起了一些人的好奇，有时候是欣赏，这些人都是那时候公众生活的代表人物。米兰出版社的那个主编向来对我很热情，我从他那里听到了一句闲话，让我信心倍增。有一天，我们一起吃晚饭，要谈论我的书的出版事宜，不得不说，当时我还把尼诺写的一本杂文集推荐给他。他对我说，阿黛尔给他施压了，那是上个圣诞节前的事情了，她想阻止我的书在意大利出版。

“艾罗塔家的人，”他开玩笑说，“他们已经习惯了在吃早饭时推荐一个副部长，晚饭时撤掉一个部长，但他们拿你的书没办法，你的书当时已经送到印刷厂了。”

刚开始，我的书在意大利报纸上没有引起什么评论，按照他的看法，这也是我婆婆在其中作梗。结果，那本书获得了成功，并不是因为艾罗塔太太改变了想法，而是因为我的文字的力量。这样一来，我觉得现在我不欠阿黛尔什么，每次我去热内亚，她都要强调自己的影响力，编辑的话给了我自信，让我变得很自豪，最后我觉得，我依赖艾罗塔家的日子已经结束了。

莉拉绝对不会意识到这些，她在城区的最深处，对现在的我来说，那地方就是一口痰那么大，她继续觉得我是她的附庸。她从彼得罗那里要了热内亚的电话，把电话打到我公公婆婆家里，根本不考虑这会让他们很烦。接到她的电话时，我心不在焉，她假装对此不在乎，她一直说个不停，把两个人的话都说了。她谈到了恩佐，她的工作，她儿子在学校里学习很好，还说到了卡门和安东尼奥。她打电话没找到我时，还会坚持再打过来，就像有强迫症。阿黛尔在一个本子上记着我的所有来电，就我所知，上面记录了某月某日，萨拉托雷（三个电话），赛鲁罗（九个电话）。阿黛尔会抱怨说这些电话让她很烦。我试着说服莉拉，假如他们说我不在，就不要老打电话了，因为热内亚的家不是我的，这会让我很尴尬，但没用，她开始给尼诺打电话。很难说清楚我和尼诺的真实情况：他处境尴尬，长话短说，很担心说错什么话，会让我生气。刚开始，他跟我说，莉拉给埃利奥诺拉家里打了好几个电话，这让后者很生气。我得知，莉拉还往多莫大街上那栋房子，也就是尼诺现在住的地方打电话，最后他不得不找到莉拉的号码，让她不要一直给他妻子打电话。事情的结果是，莉拉逼着他见面，但不是单独见面——尼诺马上澄清说，她是和卡门一起来的——因为卡门有急事要跟我讲。

我听着尼诺给我讲他们见面的情景，内心很平静。尼诺说，莉拉想知道我在公众场合讲我的书时的细节：我穿什么衣服，梳什么样的发型，怎么化妆，是不是很害羞，我讲得是不是很有趣，我是念稿子还是即兴发言。其他事情，她一个字都没说，都是卡门说的。后来尼诺发现，她们那么着急联系我，是因为帕斯卡莱的缘故。卡门通过自己的渠道得知娜迪雅·加利亚尼已经去了国外，在一个安全的地方生活，因此她想请求我的帮助，让我联系我的中学老师，打听一下帕斯卡莱是否也安全了。卡门感叹了几次："我不希望，那些有钱人家的孩子都没事儿了，我哥哥却在劫难逃。"卡门让尼诺把这些事儿都告诉我，就好像她对于帕斯卡莱的担忧，担心他成为被追捕的罪犯，这事儿我也脱不开干系。假如我想帮助她，我不能通过电话，不能打电话给加利亚尼老师，也不能打给她，因为电话可能会受到监听。最后，尼诺总结说："卡门和莉娜都有些糊里糊涂的，你最好别管这事儿，她们可能会给你惹麻烦的。"

我想，几个月前，即使是卡门在场，尼诺和莉拉见面也会让我很警惕，现在我发现，对这些我已经无所谓了。很明显，我已经确信尼诺对我的爱，不能排除莉拉还想把他从我手上抢走的可能，但我觉得她不可能得逞。我抚摸着尼诺的面孔，用开玩笑的语气对他说："拜托了，你自己不要陷入麻烦就好！你从来都没有一刻空闲，这次，你是怎么腾出时间和她们见面的？"

- 19 -

在那个阶段，我第一次感觉到，莉拉给自己划定的活动范围多么小，多么不容跨越，这让我也觉得很震撼。她越来越不关注发生在城区之外的事情，她的兴趣范围仅限于城区，还有那些发生在童年就认识的人身上的事儿。就我所知，甚至是工作，她的活动范围也很窄。因为工作的缘故，恩佐有时候会去米兰、都灵，莉拉从来都不挪窝。我自己越来越热衷于旅行，她的自我封闭让我觉得很奇怪。

在那个阶段，我利用一切机会离开意大利，尤其是能和尼诺一起同行的时候。比如说，当德国一家小出版社出版了我的书，在西德和奥地利组织了一个巡回推广，尼诺放下了所有工作和我一起出发了，给我当司机，他非常愉快，也很配合。我们一起旅行了十五天，从南到北，从东到西，窗外油画一样的风景，从我们眼前掠过。那些湖光山色、所有的城市和古迹都成了我们在一起的美好见证，都为我们的幸福增添了光彩。甚至是我们遇到的一些糟糕处境——因为我们在一些非常极端的读者面前说了一些挑衅的话——当时我们很害怕，但事后谈起来，就像那是一种愉悦的经历。

有一天晚上，我们开着汽车正要回宾馆，警察拦住了我们。

在黑暗中，那些身穿制服的人手上拿着武器，口中说出的德语，无论是在我还是尼诺听来都觉得很邪恶。那些警察把我们从车里拉出来，把我们俩分开了，我上了一辆响着警笛的车，尼诺上了另一辆。我们被关在一个小房间里，好像被遗忘在那里，但后来我们受到了审问：证件、到德国的原因，还有我们的工作。一面墙壁上贴着一组照片，照片里都是一些阴沉的脸：有很多留胡子的男性，还有短头发的女性。我非常不安地在照片里寻找帕斯卡莱和娜迪雅的面孔，但没看到他们。我们到黎明时才被释放，警察把我们带到了汽车那里，没有人向我们道歉：我们的车牌是意大利的，我们是意大利人，检查是必须的。

在德国，我不由自主在被全世界通缉的那些罪犯的照片里，寻找莉拉非常在意的一个人，这让我自己也觉得意外。那天晚上，我觉得帕斯卡莱·佩卢索像一个冲天炮，从莉拉盘踞的那个小天地里发射出来落进我的世界里——一个更宽广的世界，她是想提醒我，她现在也卷入了这桩全球性事件的旋涡里。有那么几秒钟，卡门的哥哥成了她越来越小的世界和我的越来越大的世界的接触点。

在我谈论我的书的夜晚，在那些我根本就不熟悉的小城市，关于政治气氛的严肃问题越来越少了，我总是用一些泛泛的话，围绕着“压迫”这个词发表看法。作为一个小说家，我觉得自己应该充满想象力。我说，没有任何地方可以避免压迫。一台巨大的压路机，正在从西到东一直辗轧过来，会在整个世界建立一种新秩序，会改变现状：工人卖命工作，失业的人无精打采，挨饿的人虚弱憔悴，知识分子夸夸其谈，黑人被称为黑鬼，女人雌伏着。所有这一切会得到改变。但有时候，我觉得有必要说一些真实、真诚的事儿——我自己经历的事情，我讲了帕斯卡莱，还有他的悲剧性转折，从他童年的经历，到他选择走上犯罪道路。我说不出更具体的话，我采用的词汇是我十年前就掌握的，我觉得那些词汇只有在和我们城区发生的事联系在一起时才会充满涵义，剩下的全是一些精心构造的句子，只是为了打动人心。之前，在我讲自己的第一本书时，无论如何我都会提到“革命”这个词，就好像这是一个大家都认同的词，但现在我避免使用这个词。尼诺觉得这个词太简单、太天真，从他身上，我了解到政治是一件非常复杂的事儿，我要更慎重。我重新调整了自己的表达方式，在说到“革命”时，我会说“反抗是正义的”，很快我会补充说，反抗需要获得认同和支持，这种状态会比我们想象的持续时间更长，我们需要学会管理一个国家。这些夜晚结束时，我并不是每次都很高兴，很满意。尼诺坐在那些乌烟瘴气的大厅里，坐在那些和我年纪相仿或者比我年轻的外国女人中间听我讲。有时候，为了让尼诺高兴，我降低了语调，但有时候我会忍不住很夸张，暗自沉溺于一种当年促使我和彼得罗吵架的莫名冲动，这种情况主要发生在我的听众是那些看过我的书的女人，她们期望我说出犀利的话时。我会说，我们要小心，不要把自己变成警察，只有在我们彻底赢了之后，战争才会结束，要流尽最后一滴血进行斗争。在会后，尼诺会开我玩笑，他说我总是会夸大其词，我们会一起笑起来。

有的夜晚，我偎依在他身边，想向他表白，讲清楚自己的想法。我坦白说，我喜欢那些极端的词汇，那些控诉不同党派之间的勾结，控诉国家暴力的话。我说：“你所想的政治，政治的本质让我很厌烦，你去搞政治吧，我干不了这个。”不过，再三考虑后，我觉得，我也不适合自己之前不得不做的一件事儿，就是拉扯着两个孩子出现在游行队伍里。游行队伍里的叫喊和威胁让我很害怕，那些暴力的少数派、武装力量、路上的尸体，以及反对一切的革命仇恨，都让我感到害怕。我坦白说，在公共场合讲话，我不知道自己是谁，对我说的话也不是很确信，我不知道自己是不是真的那么想。

现在，和尼诺在一起，我可以推心置腹，说出内心最秘密的情感，包括那些对自己也不愿意说的事情，即我的怯懦、我的言行不一。他那么自信坚定，对任何事情都有非常细致入微的看法，我感觉自己像是在童年混乱的反抗上贴了一个标签，好像只是用工整的字迹写着很得体的话，给自己脸上贴金。有一次，我们去了博洛尼亚——我们去支持一个主张城市自由生活的反抗组织——我们不断遇到警察的盘查，一路上被拦下了五次：警察的武器都对准我们，我们被要求从汽车里出来，亮出证件，被迫对着墙站着。那时候我很害怕，要比在德国经历的那次更害怕：这是我的国家，这是我的语言，我想沉默，想按照他们说的来，但我很恼火，我开始嚷嚷。在自己没有意识到的情况下，我开始用方言叫喊，对着那些警察破口大骂，因为他们对我推推搡搡，毫无礼貌。我内心充满了愤怒和恐惧，通常我没办法控制这两种情绪。但尼诺一直都保持平静，他和警察开玩笑，让他们不要生气，让我也平静下来。对于他来说，只有我们俩在一起是最重要的。他对我说："你要记住，现在我们在一起，其他一切都只是背景。"

- 20 -

那些年，我们的生活一直都没有安定过。我们想出面参与、观察、研究、理解、分析、作证，尤其是相爱。警察无情的鸣笛、检查站、直升机螺旋桨的声音、被杀死的人，都是我们在一起的时间线上的一些标志。几个星期，几个月，第一年，然后是一年半，总是从佛罗伦萨的那个夜里，我进到尼诺的房间开始算起。我们说，从那时候起，生活才刚刚开始，我们称之为“真正的生活”，即使每天面对可怕的场景，那种神奇的感觉也没有散去。

阿尔多·莫罗被绑架之后的那几天，我们在罗马。尼诺在罗马推广他在那不勒斯的一位同事写的一本关于南方政治地理的书，我去和他团聚。关于那本书，大家都没说什么，但在场的人一直在讨论天主教民主党主席被绑架的事情。有一部分听众开始骚动，我非常害怕，这时候尼诺说，正是莫罗政府给国家抹黑，暴露出了国家最糟糕的一面，给“红色旅”恐怖集团的诞生创造了条件，当时他掩盖对他的政党不利的一些事实，放过了那些腐败分子，而是把天主教民主党等同于国家，让自己的政党免于所有惩罚和起诉。他最后总结说，要捍卫国家机构，并不需要暗箱操作，而是要使一切变得透明，不回避任何事情，也需要提高效率，使正义能够得到伸张，人们的良心是无愧的。我看到，尼诺的脸色越来越苍白，一有机会，我就把他拉开了。我们藏身于爱情，就像那是一道刀枪不入的盔甲。

那段时间，我们基本上都是这种状态。后来又有一次，我也遇到了麻烦，有一天晚上在费拉拉，当时阿尔多·莫罗的尸体已经被找到了一个月了。我不小心说漏嘴，我说，那些绑架他的人都是凶手。我的那些听众希望我斟酌用词，按照极左派的措辞来讲话，我一直都很小心，但通常我都会变得很激动，我会说出一些不经过大脑过滤的话。“凶手”这个词，对于在场的听众来说很刺耳。“法西斯才是凶手！”他们是这样批评、攻击和嘲笑我的。我不说话了，忽然间失去人们的支持和认同，我是多么难受啊！我失去了信心，感觉自己又回到了出发点，我感觉自己是一个小女人，在政治上很无能，对于这类事情最好不要开口。有一段时间，我尽量避免在公众场合出现。假如杀死了一个人，那杀人的人不是凶手吗？那天晚上不欢而散，尼诺几乎要和坐在大厅后面的一个人打起来了。但是，在那种情况下，最重要的是我们俩是一心的。事情就是这样：假如我们俩在一起，没有任何批评能伤害到我们，我们反倒会变得很骄傲，我们的观点是最重要的，其他事情都没有意义。我们一起去吃饭，享受美食、红酒和性爱，我们只想紧紧拥抱在一起。

- 21 -

一九七八年年末，第一盆凉水迎面浇了下来，当然是莉拉对我泼的凉水。从十月中旬起发生了一系列让我很难受的事儿，到莉拉那里达到了最高峰。第一件事情是，一天彼得罗从大学下班回家的路上，被几个男孩子打了。红头发？黑头发？没人知道。他们蒙着脸，手里拿着棒子。我急忙跑到医院去看他，我确信他会比往常更消沉。但是，尽管他的头被包着，一只眼睛乌青，但他很愉快。他很和气地接待了我，很快就忘记了我的存在，他和几个学生聊得热火朝天，在这些学生里有一个很漂亮的女生。后来大部分学生走了，那个女生坐在他的床边上，拉着他的一只手。她身上穿着一件白色的高领T恤，一条蓝色的迷你裙，黑发一直垂到腰上。我对她很客气，问了她的学习情况。她说，再考两门，她就可以毕业了，但她已经开始写论文了，写的是古罗马诗人卡图鲁斯。她很出色，彼得罗这么赞扬她说。她的名字叫多莉娅娜，我离开时，她一直握着彼得罗的手，帮他整理枕头。

当天晚上，在佛罗伦萨家里，我婆婆带着黛黛和艾尔莎出现了。我跟她提到了那个姑娘，她很满意地微笑了，她知道儿子的新恋情。她说："你离开他了，还指望着什么？"第二天，我们一起去了医院。黛黛和艾尔莎马上就被多莉娅娜的手镯和项链吸引了过去，基本没有注意她们的父亲和我，一直在院子里和多莉娅娜还有她们的奶奶玩儿。我想，现在开始了一个新阶段，我和彼得罗很小心地相互试探。在他被打之前，他去看孩子的次数已经减少了很多，现在我明白是为什么了。我问了那个女生的情况，他用自己的方式谈到了那个姑娘，语气充满了深情。我问："她会和你一起生活吗？"他说，这还为时尚早，他还不知道，但有可能会的。我说："我们要谈谈孩子的问题。"他表示同意。一有机会，我就和阿黛尔说明了这个新情况，她以为我会抱怨，但我跟她说，现在的情况我觉得很好，我的问题是两个女儿。

"也就是说？"她很警惕地问我。

"到目前为止，出于需要，我把她们都放在你那儿，我想，彼得罗也需要时间调整，现在情况发生了变化，他有了自己的生活，我也有权过一种稳定的生活。"

"你打算怎么办？"

"我会在那不勒斯租一套房子，会和我女儿搬到那里去住。"

我们吵得不可开交。她非常爱两个孩子，不放心把孩子交给我。她说我太专注于自己的事儿了，根本就照顾不过来。她说，家里有两个女孩子，然后让一个外人——她说的是尼诺，来家里，这是一件很不慎重的事情。最后，她强调说，她不会让两个孙女在一个像那不勒斯那样混乱的城市生活。我们吵得很凶，什么话都说出来了。她提到了我母亲，她儿子应该跟她讲了在佛罗伦萨家里上演的那一幕。

“你出差时会把两个孩子留给我，怎么不留给她呢？”

“我想留给谁就留给谁。”

“我不希望黛黛和艾尔莎和这些不理性、经常会失控的人接触。”

我回答她说：

“这么多年里，我一直觉得，你是我想要的那种母亲，但我错了，我母亲要比你好得多。”

- 22 -

随后，我对彼得罗提出我要把两个女儿带走。很明显，他很为难，但为了能多和多莉娅娜待在一起，他愿意作出任何让步。我去那不勒斯和尼诺谈这件事情，我不想在电话里谈论这么重要的事情。他把我带到了多莫路上的那套房子，现在，我们通常都是去那里。尽管每次都有一种仓促的感觉，那里破旧的床单让我有些厌烦，但我知道他一直住在那里，那是他的家，见到他很幸福，所以我总是心甘情愿地去找他。我对他说，我已经想好了，要和两个女儿搬回那不勒斯居住。他表现得十分惊喜，我们庆祝了一下，他说要尽快给我们找一套房子，他想承担找房子的责任。

我松了一口气，经过那么长时间的四处奔波、悲喜交集的生活，现在是消停的时候了。我有了一点儿钱，彼得罗也会给我孩子的抚养费，而且我正要签一本报酬丰厚的新书。除此之外，我终于感觉自己成熟了，地位越来越高，我以新身份回到那不勒斯，这对我的工作可能会是一个激励和促进。尤其是，我要和尼诺生活在一起，和他一起散步，会见他的朋友，进行交谈，晚上参加很多文化活动是多么美好的事儿。我想租一套明亮的房子，可以看到大海，这样两个女儿就不会怀念热内亚的舒适生活。

我避免给莉拉打电话，我没告诉她我的决定。我很肯定，她一定会强行掺和进来，介入我的生活，我不希望出现这样的情况。但我给卡门打了电话，在那些年，我和她建立了比较稳固的关系。为了让她高兴，我和娜迪雅的哥哥阿尔曼多见面了，我发现，他现在不仅仅是一个医生，也是无产阶级民主党的一个要人。他充满敬意地接待了我，他赞扬了我最近写的那本书，并邀请我去城里的某个地方，和读者谈论这本书。他把我拉到了一个有很多人收听的电台，那是他自己建立的一个电台，在一个异常凌乱的地方，他对我进行了采访。但是，我打听他妹妹时，他变得遮遮掩掩，他把我的询问称为“持之以恒的兴趣”。他说，娜迪雅现在很好，她和母亲一起去远方旅行了，没有别的。关于帕斯卡莱，他什么都不知道，也不感兴趣。“像他那样的人，”阿尔曼多强调说，“是这伟大政治阶段的毁灭者。”

在卡门跟前，我非常委婉地谈到了这次会面，很明显，她还是很难过，那是一种沉重的难过。这让我每次去那不勒斯时，都会去看她，从她身上，我能感觉到一种我可以理解的不安。帕斯卡莱是我们的帕斯卡莱，无论他做过什么，我们都很爱他，或者说，无论人们认为他做了什么，我们都爱他。关于他，我的记忆变得支离破碎，非常模糊：我们在城区图书馆相遇的那次，在马尔蒂里广场上打架的那次，他开车带着我去看莉拉的那次，还有他和娜迪雅出现在佛罗伦萨的家里。我对卡门的记忆要更清晰一些，她孩童时代的痛苦——警察抓走她父亲的场景，我记得很清楚——现在加上了她对哥哥的忧虑，她一直在操心着哥哥的命运。假如之前我们只是孩童时代的朋友，因为莉拉的缘故，她成了卡拉奇家的新肉食店的售货员，现在她是我很愿意见面、很在意的一个人。

我们在多莫街上的一家酒吧里见面，那地方很黑，我们坐在对着街道的门边儿。我跟她详细说了我的计划，我知道，她会告诉莉拉的。我想，这也没什么问题。卡门穿着黑色的衣服，满脸沉重，她一声不吭地听我讲，中间没打断我。我感觉我的一切都很轻浮：我穿的体面衣服、尼诺，还有想生活在一栋漂亮房子里的愿望。最后她看了一下表，对我宣布说：

“莉娜马上就要过来了。”

我有些不安，我约的是她，而不是莉拉。这时候，我也看了看手表说：

“我要走了。”

“等一下，她过五分钟就来了。”

她满怀温情和感激，说起了我们的朋友莉拉对大家的照顾。莉拉关心所有人：她父母、她哥哥，甚至是斯特凡诺。莉拉帮安东尼奥找了一套房子，她和安东尼奥的德国妻子成了好朋友。莉拉想开一家自己的计算机公司。莉拉很诚实、有钱、慷慨，假如你有困难的话，她就会拿钱出来。莉拉会想尽一切办法来帮助帕斯卡莱。“啊，是的，莱农！”她说，“你们一直都那么要好，那么息息相通，真是太幸运了，我从小就很嫉妒你们俩。”我感觉，我在她的声音、语气和手势里，都看到了莉拉对她的影响。我想到了阿方索，我想起来，我当时看到他——一个大男人，连轮廓都和莉拉相似时的震撼。整个城区都向她看齐，她现在又成了一种风潮了吗?

“我要走了。”我说。

“再等一下，莉拉要跟你说一件非常重要的事。”

“你告诉我就好了。”

“不，这是她的事儿。”

我在那儿等着，但我越来越不耐烦了。最后莉拉终于来了，这次她对于自己的外表很重视，不像在阿米迪欧广场上那次那么不修边幅。我发现，假如她愿意的话，她会变得非常漂亮。她感叹了一句：

“看来你已经决定了，要回那不勒斯生活。”

“是的。”

“你跟卡门说了，却不跟我说?”

“我知道她会告诉你的。”

“你父母知道么?”

“不知道。”

“埃莉莎呢?”

“也不知道。”

“你母亲病了。”

“她怎么了?”

“咳嗽，但她不愿意去看医生。”

我坐在凳子上，有些不安，我又开始看表。

“卡门跟我说，你要告诉我一件很重要的事情。”

“并不是一件好事儿。”

“说来听听。”

“我让安东尼奥跟踪了尼诺。”

我惊得简直要跳起来了。

“怎么个跟踪法？”

“就是看看他每天都在做什么。”

“为什么？”

“我是为了你好。”

“这是我自己的事儿。”

莉拉看了一眼卡门，想获得她的支持，然后她看着我说：

“假如你是这个态度，那就别说了，我不希望你又生气。”

“我不生气，你快点儿说。”

她盯着我的眼睛，用意大利语言简意赅地说尼诺从来都没离开他妻子，他还是继续和她还有他们的儿子一起生活。作为奖赏，这两天，他开始在一个非常重要的研究机构做头儿，这个机构是他丈人的银行赞助的，他丈人是那家银行的行长。

最后，她严肃地问我：

“你知道这事儿吗？”

我摇了摇头。

“不知道。”

“假如你不相信我说的，我们现在可以去找他，你会看到，在他面前我也会说一样的话，一字一句都不差，就像现在我告诉你的。”

我摆了摆手，就是想让她明白，没这个必要。

“我相信你。”我小声说，为了回避她的眼睛，我看着门外的街道。

这时候，卡门的声音听起来好像从很远的地方传来，她说：“假如你们去找尼诺，我也要去，我们三个会把事情说清楚，会让他无话可说。”我感觉她在轻轻触碰我的胳膊，就好像为了引起我的关注。从小，我们一起在教堂旁边的小公园里看照片小说，我们对陷于困境的女主角深怀同情。她内心一定和那时候一样坚定，但现在她很严肃，那是一种真实的感情，不是对一种虚构的东西，而是对真实发生的事情产生的反应。莉拉一直都很鄙视我们看的那些小书，那时候她坐在我对面，她心里一定是怀着和卡门不一样的情感。我想象，她一定感到很满意，安东尼奥发现尼诺的虚伪行径时，他一定也是同样的感情。我看到莉拉和卡门交换了一下眼神，就好像她们要做一个决定，那是很漫长的一瞬。我在卡门的嘴唇上看到了这个字——不！同时，她还轻轻地摇了摇头，呼出来一口气。

什么不？

莉拉盯着我看，她的嘴半闭着。像通常一样，她在我的心上扎了一针，并不是让我的心脏停下来，而是让它跳得更快。她的眼睛眯着，眉头紧皱着，她等着我的反应。她希望我会叫喊，会哭泣，会对她说出我内心的话。但我轻声说：

“我不得不走了。”

- 23 -

我后来所做的事情，完全把莉拉排除在外。我感觉很受伤，并不是因为她向我揭示了，这两年多以来，关于他的婚姻，尼诺一直在说谎，而是她成功地向我展示了，她从开始对我说的话是有根据的：我的选择是错的，我很愚蠢。

几个小时之后，我见到了尼诺，我假装什么事儿也没有发生，我只是不愿意再接受他的拥抱。我心里充满怨恨，一整晚都没办法合眼，我渴望拥抱身旁那个修长的男性身体，但我的欲望遭到了破坏。第二天，他想带着我去塔索街看一套房子，我答应了。他对我说："假如你喜欢的话，不用太操心租金，我来付租金，我现在有了一份新工作，可以解决我们的经济问题。"只有在晚上时，我忍不住爆发了，我们当时在多莫街上的房子里，他的朋友像往常一样不在家。我对他说：

"明天我想见见埃利奥诺拉。"

他很不安地看着我。

"为什么？"

"我要跟她谈谈。我想知道，她对于我们的事儿了解多少，你是什么时候离开家的，你们有多久没睡在一起了。我想知道，你们有没有开始办理离婚手续。我想让她告诉我，她父母亲知不知道，你们的婚姻已经结束了。"

他不动声色，平静地说：

"你可以问我，假如有什么事情不清楚，我可以给你解释。"

"不，我只相信她说的，你一直都在说谎。"

这时候，我开始叫喊，用方言嚷嚷。他马上就妥协了，他承认了所有事情，我其实一直没有怀疑莉拉对我说的是实话。我用握紧的拳头捶打着他的胸口，我这么做时，我感觉到另一个自己从我身上脱离出去了，那个"我"更加痛恨尼诺，想扇他耳光，想朝他脸上吐口水，就像我小时候在城区里看到的那夫妻吵架的情景。我想对着他叫喊，骂他是一坨狗屎，用手抓他，把他的眼睛抠出来。这种反应让我很惊异，同时也让我很害怕。那个愤怒、失控的女人还是我吗？在那不勒斯，在这个明亮的房子里，我现在会不会用尽所有力量，把一把刀插入他的心脏？我要控制那个影子——我母亲的，我所有先辈的影子，或者我要让他们都释放出来？我一边叫喊，一边打着他。刚开始的时候，他躲过我的拳头，假装出一种开玩笑的态度，但忽然间，他脸色阴沉下来了，一屁股坐在沙发上，不再躲避我的攻击。

我的手放慢了，我的心简直要崩裂了。他小声说：

“你坐下吧。”

“不。”

“你至少要让我解释一下吧。”

我坐在一把距离他很远的椅子上，让他说。他用一种哽咽的声音说：“你很清楚，在去蒙彼利埃之前，我把一切都告诉埃利奥诺拉了，我们的裂痕无法挽回，但回来之后，事情变得很复杂。我的妻子发疯了，阿尔伯特的生命也变得很危险。为了缓和一下危机，我不得不跟她说，我和你不再见面了。这个谎言有几天是可以站得住脚的。但后来我每次离开，对埃利奥诺拉撒的谎，都变得很没有说服力，我们又开始争吵。有一次，我妻子拿了一把刀，想捅到自己的肚子里。有一次，她站在阳台上，想要跳下去。还有一次，她带着孩子离家出走了，消失一整天，当时我吓得要死，最后，我在一个和她感情很好的姑姑家里找到了她。我觉察到，埃利奥诺拉变了，她不再对我满怀怒气，只有一丝的鄙视。”尼诺喘了一口气说：“有一天早上，她问我有没有离开你。我跟她说，是的。她只是说：‘好吧，我相信你。’她就是这么说的，从那时候开始，她真的假装相信我，我们生活在这个谎言里，现在一切都好。实际上，就像你看到的，我现在在这里，和你在一起，和你睡觉，假如我愿意，我可以和你一起出国。她知道所有事儿，但她假装什么事儿也没有。”

这时候，他又叹了一口气，清了清嗓子，他想搞清楚，我到底是在听他讲，还是在酝酿着新的争吵。我开始什么都没说，看着别处。他应该是相信我正在作出让步，他决定进一步向我解释。

他说呀说，说呀说，这是他平时最擅长的，他非常投入。他很有说服力，充满了自嘲和痛苦，也很绝望。但当他试图接近我，我叫喊着推开他。这时候，他忍不住哭了起来，他挥舞着手臂，胸口向我的方向伸了出来。他一边哭，一边说："我不期望你原谅我，我只希望你理解我。"我非常气愤地打断了他，比之前更愤怒，我喊道："你对她说了谎，你对我也说了谎，你这么做，并不是出于对我们中任何一个人的爱，只是为了你自己，因为你没有勇气做出选择，你是一个懦夫！"我用一些肮脏的方言来骂他，他任凭我骂，结结巴巴地说了一些懊悔的话。我喘不上气来，我抽泣了一会儿，不说话了，这让他又打起精神了。他又试着向我展示，对我说谎是唯一可以避免发生悲剧的方式。当他感觉到自己已经说服我时，当他对我小声说，"因为埃利奥诺拉的认同，现在我们可以毫无障碍地在一起。"我平静地对他说："我们之间已经结束了。"我离开了，我去了热内亚。

- 24 -

我公公婆婆家里的气氛也越来越紧张了。尼诺不停打电话来，我要么挂上电话，要么大声和他争吵。有两次，莉拉给我打了电话，她想知道事情怎么样了。我对她说："很好，好极了，还能怎么样呢？"然后我把电话挂上了。我变得很难相处，为一点小事儿，就对着黛黛和艾尔莎发火。尤其是，我开始生阿黛尔的气，有一天早上，我甚至翻出陈年旧账，说了她阻止我的书出版的事儿。她对此毫不否认，她还说："那只是一个小册子，根本就算不上一本书。"我回答说："假如我写的是小册子，你一辈子，连一本小册子都没写出来，真搞不清楚，你哪儿来的权威说这些。"她生气了，一字一句地说："你根本不了解我。""噢，真的吗？你无法想象我知道什么。"但那次，我及时打住了。几天后，我和尼诺发生了一场非常激烈的争吵，我用方言对着电话嚷嚷。我婆婆用一种鄙视的语气责备了我，我回应说：

"别管我，管好你自己。"

"你想说什么？"

"你自己心里清楚。"

"我一点儿也不清楚。"

"彼得罗跟我说，你有过情人。"

"我？"

"是的，就是你，不要假装了。我在所有人面前，包括在黛黛和艾尔莎面前，承担了我的责任，我会付出我该付出的代价。你呢，你装出一副圣洁的样子，但你是一个虚伪的资产阶级，你把你做的那些脏事儿，隐藏在地毯下面。"

阿黛尔的脸色变得苍白，她一句话也说不出来。她变得冷漠、坚硬。她站了起来，把客厅门关上了。她低声对我说，几乎是一种耳语，她说我是一个坏女人，我根本无法明白真正爱一个人，放弃一个爱的人意味着什么。她说，在我温顺客气的外表下，是一种非常粗鲁的本性，我想攫取一切，但任何东西，包括学习，写书，也没办法驯服这种本性。她最后总结说："明天，你就离开这里吧，带上你的两个女儿。我很遗憾，假如两个孩子在这里长大，她们就会避免成为你的样子。"

我没有回应，我知道自己太过火了，我想向她道歉，但我没那么做。第二天早上，阿黛尔让他们家的佣人帮着我收拾行李。我说，我自己来。我和圭多·艾罗塔没打招呼就离开了，他待在自己的书房里，假装什么事儿也没有发生。我拎着很多行李，来到了火车站，两个孩子都小心翼翼地打量着我，她们想知道我有什么意图。

我记得当时的我心力交瘁，还有火车站候车大厅人潮嘈杂的声音。我拉着黛黛，她一直在抱怨我说："别拉我，不要老是嚷嚷，我又不是聋子。"艾尔莎问："我们是去找爸爸吗？"因为不用去上学，她们俩都很高兴，但我觉得，她们一点儿也不信任我。她们小心翼翼地问我要做什么，怎么办？什么时候回到爷爷奶奶身边？我们去哪儿吃饭？我们今晚上睡哪儿？我生气时，她们会马上闭嘴。

刚开始，我非常绝望，我想带着两个孩子去那不勒斯，在没有事先通知的情况下，去尼诺和埃利奥诺拉住的地方。我想：是的，这就是我该做的，我和两个女儿的这种处境，也是他造成的，他应该付出代价。我想把他也卷入我现在的处境，让他也陷入混乱。他欺骗了我，他保留了自己的家庭，还把我像玩偶一样抓在手里。我做出了最后的选择，但他却没有。我离开了彼得罗，他却保留了埃利奥诺拉。我是对的，我有权闯入他的生活，对他说：好吧，亲爱的，我们来了，假如你担心你妻子会做出疯狂的事儿，现在我也会发疯，我们看看会发生什么事儿。

但是，正当我准备去那不勒斯时——这是一段漫长、让人无法忍受的旅行，我忽然改变了主意，因为我听到了一则高音喇叭的通知，我去米兰了。在当时的情况下，我比任何时候都需要钱，我想，我首先应该去出版社，恳求他们赏我一份工作。只有在火车上，我才意识到自己为什么会忽然改变目的地。我心里翻江倒海，但无论如何，任何伤害尼诺的做法都让我很厌恶。虽然关于女性的独立，我已经里里外外、前前后后写了很多东西，也想了很多，但我没办法离开他的身体、声音和智慧。对我来说，承认这一点非常可怕，但我还是非常渴望他，我爱他胜过爱我的两个女儿。那种毁掉他、不再见他的想法逐渐消散了，那个自由、有文化的女性一点点儿在凋谢，同时那个作为母亲的女人逐渐浮现。那个作为母亲的女人，想和那个作为情人的女人划清界限，但那个作为情人的女人在恼怒地反抗，所有一切都好像要滑向不同的方向。越靠近米兰我就越发现，我越是和莉拉保持距离，我就越没办法摆脱对尼诺亦步亦趋的命运，没办法恢复正常，成为我自己。没有他，我就是一堆废墟，没有主心骨，我就没办法从这个主心骨出发，来到城区之外，出现在这个世界上。我筋疲力尽、满怀恐惧来到了马丽娅罗莎的家里。

- 25 -

我在马丽娅罗莎的家里待了多长时间？有几个月，但中间有几段时间非常艰难。我的大姑子得知了我和阿黛尔的冲突，她还是像往常一样，很直率地对我说：

“你知道，我爱你，但你不应该那样对我母亲。”

“是的，她对我态度也很不好。”

“现在是不好，但之前她帮过你。”

“她帮我，只是不想让她儿子丢脸。”

“你说这话就不对了。”

“不，我很清楚。”

她用一种很厌烦的目光看着我，这种神情在她身上并不常见。最后，就好像在说一条不能打破的规矩，她说：

“我也想跟你把话说清楚，我母亲是我母亲，关于我父亲、我哥哥，你想说什么都可以，但你不能说我母亲。”

其他时候，她都很客气。她用那种很随意的态度，让我们住在她家里，她给了我们一间有三张折叠床的房间，给了我们毛巾，然后就不管我们了，就好像我们是在她家里出现又消失的那些客人。通常，让我震动的是她的目光，她的眼睛充满热情，她的整个身体就好像一件柔软的睡衣，挂在那双眼睛上。我没有注意到她出乎寻常的苍白，还有她消瘦的身体。我完全沉浸在自己的世界里，沉浸在我的痛苦里，我没有太关注她。

房间里堆满了各种东西，到处落满了灰，非常脏。我整理了一下我的房间，我铺好了我要睡的床，还有两个孩子的床。我把我和她们需要的东西列了一个单子，但我的努力没有持续多长时间。我心不在焉，我不知道要做什么样的决定，刚开始的几天，我一直都在打电话。我那么想念尼诺，以至于我马上给他打了电话。他让我把马丽娅罗莎家的电话给他，虽然每次打电话都是以争吵结尾，但从那时起，他一直都在给我打电话。刚开始，我感觉他的声音里充满了快乐。有时候，我都快要作出让步了。我想：我也对他隐瞒了一些事情，彼得罗回家时，我们住在同一个屋檐下。然后我对自己感到很生气，因为我意识到，那根本就不是一回事儿：我没和彼得罗一起睡觉，他和埃利奥诺拉一起睡；我已经开始办离婚手续，他却稳固了他的婚姻。我们又接着吵了起来，我对他叫喊着说，让他再也不要打电话过来。但电话又响了，他早上和晚上都会打来。他对我说，他离开我没办法生活，他恳求我去那不勒斯和他团聚。有一天，他告诉我，他在塔索街上租了一套房子，他已经做好一切准备来迎接我和我的女儿。他说着，做着保证，好像为了我，他愿意付出一切，但他还是没说出最重要的那句话："现在我和埃利奥诺拉真的结束了。"因此，总是有那么一刻，无论两个孩子有没有在家，旁边有没有别人，我都会尖叫起来，我说不要再骚扰我了，把电话挂上之后，我心情比任何时候都要恶劣。

- 26 -

那些天，我对自己充满了鄙视，我没办法把尼诺从脑子里抹去。我试着完成手头的工作，但我没有心思，我强迫自己，抑制自己，但最后还是很混乱、崩溃。我感觉，事实证明莉拉说得对：我正在忽视我的两个女儿，我让她们失学，也失去照顾。

黛黛和艾尔莎被这种新处境迷住了。之前，她们几乎不认识她们的姑妈，但她们迷恋马丽娅罗莎身上散发的那种绝对自由的气息。马丽娅罗莎在圣安布罗吉奥区的房子像一个港湾，会收容任何人。她用那种姐妹般的，或者说像没有任何偏见的修女的语气，接待那些人，她不在意他们是否肮脏，有没有精神问题，是不是罪犯，有没有吸毒。两个小姑娘没有任何功课，她们带着好奇在各个房间走来走去，一直到很晚才睡觉。她们听着用各种语言说的奇谈怪论，大家演奏音乐，唱歌跳舞时，她们会很开心。她们的姑妈早上去大学上课，午后才回来，她从来都不焦虑，她会逗她们开心，在房间里追着她们，玩捉迷藏的游戏。假如她在家，她就会搞一些大扫除，也会让她们、我还有那些临时的客人来参加。她不是很在乎我们的身体，而是重视我们的精神。她组织了一些晚间课程，邀请她大学的同事来上课，有时候是她亲自上课，她讲得很有意思，有很多知识，她坐在两个侄女旁边上课，对她们讲，让她们参与进来。

在那种时候，房子里会有很多她的男女朋友，是专门来听她讲的。有一天晚上，在她上课的时候，有人敲门，黛黛跑去开门，她喜欢迎接别人。孩子回到客厅，用一种很激动的声音说："警察来了。"在场的人都有一丝恼怒，表情几乎有点凶恶。马丽娅罗莎不慌不忙地站了起来，去和警察谈话。来了两个警察，好像是邻居打电话叫的。她非常客气地接待了那两个警察，她坚持让他们进来，几乎是强迫他们坐在客厅里，坐在我们中间，她又接着讲课。黛黛几乎从来都没有近距离看到过警察，她和那个年轻一点的警察搭讪，还把自己的手肘放在人家的膝盖上。我记得她说的话，她给警察解释，马丽娅罗莎是一个很好的人：

"实际上，"她说，"我姑妈是个大学教授。"

"实际上。"那个警察带着微笑，低声说了一句。

"是的。"

"你说话说得真好啊。"

"谢谢。实际上，她的名字叫马丽娅罗莎·艾罗塔，她教授艺术史。"

他们被困在那里十几分钟，那个警察在另一位年长一点的警察耳边说了什么，最后他们走了。黛黛把他们送到门口。

后来，我也主持了那种课程，我讲的时候，来的人比往常要多。在大厅里，我的两个女儿坐在第一排的垫子上，她们很仔细地听我讲课。从那时候开始，我觉得，黛黛开始带着好奇研究我。她非常崇拜自己的父亲，还有她爷爷和马丽娅罗莎。但关于我，她并不了解，她也不想了解。我是她母亲，什么都不让她做，她受不了我。她用一种之前从来没有过的专注在听我讲，她可能自己也感到非常惊异。可能，她喜欢我用那种平静的语气回应马丽娅罗莎出人意外的批评。我大姑子是所有在场的女人中，唯一表示不赞同我的任何一个字的人。在前不久，她还一直支持我写作、研究和发表文章。没经过我同意，她就讲了我和我母亲在佛罗伦萨的冲突，她对那件事情了如指掌。她引用了很多书籍，说明了一个不爱自己母亲的女人，是一个迷失的女人。

- 27 -

有时候，我为工作的事情出去，会把两个孩子交给我的大姑子，但我发现，其实是弗朗科在照顾她们。他通常都待在自己的房间里，从不参加我们举办的课程，也不在意来来往往的人，但他对我的两个女儿很上心。她们饿了，他会煮饭给她们，还会想出一些游戏和她们玩儿，用自己的方式教育她们。黛黛从他那儿，学会了批判梅尼乌斯·阿格里帕[①]的愚蠢寓言——她在对我讲时，就是用了这个词。她在我最近送她去的新学校里听过这个故事。她笑着说："贵族梅尼乌斯·阿格里帕说了一堆话，把那些平民蒙了，但他没有办法证明，一个人填饱肚子，可以给另一

---

① 梅尼乌斯·阿格里帕（Menenius Agrippa），生年不详，卒于公元前493年，古罗马贵族。

个人的四肢提供养分。哈哈哈！”从弗朗科那里，她还学到了财富在世界地图上的分布非常不均匀，有些地方在遭受让人无法忍受的贫穷。她一直都在重复，这是最大的不公正。

有一天晚上，马丽娅罗莎不在家，我比萨时期的男朋友弗朗科用一种严肃的、满是惋惜的语气指着两个在家里跑来跑去、发出尖叫的小姑娘对我说：“想想看，她们也可能是我们的。”我纠正了他的说法：“如果是我们的话，年龄可能会大一些。”他点了点头。我瞥了他一眼，他盯着自己的脚尖。我脑子里把他和十五年前那个有钱、有文化的大学生进行对比：他还是他，但又不是他了。他已经不读书，不写东西了，过去一年里他也很少参加聚会、讨论还有游行。他会谈论政治——这是他唯一感兴趣的东西，但已经没有之前的激情和自信了，相反，他对未来不抱什么希望，同时对自己的悲观失望充满自嘲。他用一种夸张的语气，列举了将要到来的灾难：首先，工人阶级——革命的主体会慢慢地衰落；其次，社会党和共产党的政治财富会彻底分散，现在关于资本的作用频繁的争吵，已经改变了它们各自的性质；第三，不可能发生任何变化了，我们要适应现状。我满是怀疑地问：“你真的觉得，会产生这样的结果？”“当然！”他笑了起来，“但你知道，我特别擅长说这些事情，假如你愿意，反过来说也一样，我可以向你证明相反的立场：共产主义无法避免，无产阶级专政是最高的民主，苏联要比美国好得多，有些时候，血流成河是正义的，有时候却是犯罪。你愿意我反过来说吗？”

只有两次，我看到了大学生时代的那个他。有一天早上，彼得罗出现了，多莉娅娜没和他一起来。他好像是来考察两个孩子的生活环境的，看她们现在都在学习什么，她们高不高兴等等。那是非常紧张的时刻。也许是两个孩子跟他说了很多我们生活的情况，她们是用那种天真、充满想象和夸张的方式说的。结果是，彼得罗先是和他姐姐吵了起来，然后和我也吵了，吵得很凶，他说我们俩都不负责任。我失去了耐性，对着他喊道：“你说得对，你把她们带走吧，你和多莉娅娜照顾她们吧。”这时候，弗朗科从房间里出来，他介入了我们的争吵，他展示了他特别雄辩的一面，在过去，这种说服力让他可以控制那些争吵得非常激烈的大会。他后来引经据典，和彼得罗讨论起了夫妻生活、家庭、对后代的抚养，甚至说到了柏拉图，全然忘记了我和马丽娅罗莎。我丈夫兴高采烈地走了，他的眼睛熠熠生辉，很高兴自己能遇到一个对话者，可以用一种文明和智慧的方式进行讨论。

尼诺没事先通知就出现了，那天我们吵得最不可开交，对于我来说，那是非常可怕的一天。他开着车，在长途旅行之后胡子拉碴，非常疲惫，满脸焦虑。刚开始，我以为他是来让我跟他走呢，通告我和两个孩子的命运。我希望他说，现在好了，我已经搞清楚了我的婚姻状况，让我们一起回那不勒斯生活。我感觉自己已经做好了让步的准备，二话不说就跟他走，我已经受不了那种居无定所的生活，但事情并非如此。我们俩关在一间房子里，他支支吾吾，一直在抓耳挠腮，出乎我意料地说，他没办法和他妻子分开。他很激动，他想要拥抱我，他语无伦次地给我解释说，只有和埃利奥诺拉在一起时，他才能不放弃我以及我们的共同生活。其他时候，他说的这些可能会激起我的同情，因为很明显，他的痛苦是很真诚的。但那时候，我根本就没注意到他有多痛苦，我很惊异地看着他。

“你在说什么？”

“我不能离开埃利奥诺拉，但我也不能没有你。”

“因此，我的理解没有错。你给我的提议是，让我改变情人的身份，做你的第二个妻子。你觉得，这是一个合理的解决方案？”

“你说什么？事情不是这样。”

我回击了一句，当然是这样，我指着门对他说，我已经对他的所有伎俩感到厌烦，还有他所有的权宜之计，他找的那些借口。这时候，他的声音哽咽在嗓子眼里，他又要说明，他的行为是有一些不容置否的原因。他叫喊着对我说了一件事情，他说，他不想让其他人告诉我，因此他亲自跑来告诉我：埃利奥诺拉已经怀孕七个月了。

- 28 -

如今，我已经是一个历经沧桑的女人，我知道，听到那则消息时，当时我的反应有些过激。今天，在写这段经历时，我发觉自己会微笑起来。我认识很多男人和女人，他们的经历和我相似：爱情和性都是非理性的，都很残暴。但那时候，我意识不到这一点。仅仅这个事实——埃利奥诺拉已经怀孕七个月了，都让我觉得，这是尼诺对我最大的伤害。我想起了莉拉，上次和我谈到尼诺时，她欲言又止，和卡门交换了一个眼神。因此，安东尼奥已经发现了埃利奥诺拉怀孕的事情？他们都知道了？为什么莉拉最后放弃告诉我？她掂量了一下这事儿可能给我带来的痛苦吗？我感觉我的肚子和胸口好像有什么东西破裂了。这时候，尼诺强行抑制着自己的不安，他语无伦次地向我解释着他妻子怀孕的事，假如一方面，这有助于让他妻子平静下来，另一方面，这使得他们离婚变得更难。我痛苦得弯下腰，双臂无力地垂着，我的身体到处都很疼，说不出话，也叫喊不出来。我忽然直起了身子，那时候家里只有弗朗科在，没有任何一个反复无常、满怀痛苦，哼唱着小曲儿或者患病的女人。马丽娅罗莎把两个孩子带出去散步了，她想给我和尼诺机会单独面对我们的问题。我打开房间门，用虚弱的声音呼唤着我大学时代的男友。他马上就过来了，我用手指着尼诺，几乎是嘶吼着对弗朗科说："把他赶走！"

但弗朗科没把他赶走，而是做手势示意他不要说话。他没问发生了什么事情，而是抓住了我的手腕，让我不要动，让我恢复理智，然后他把我带到了厨房里，让我坐下来，尼诺跟着我们。我很失控，我用断断续续、痛苦的声音说："让他走！"尼诺试着靠近我时，我一直在重复这句话。他让尼诺站远一点，很平静地说："让她安静一下，你出去吧。"尼诺听从了他的话，我用非常混乱的语句跟弗朗科讲了发生的事。他听我说话，中间没有打断我。等到他意识到我已经没有力气时，他才用那种非常文雅的方式，对我说："对别人不要有太大的期望，要尽量享受你拥有的，这就是规则。"他说的全是男人说的那些套话，我开始生他的气，我对他叫喊着说："谁他妈在乎享受能享受到的，你说的什么蠢话！"但他不生气，他想让我审视一下那时候的状况。"好吧，"他说，"这位先生对你撒了一年半的谎，他跟你说他离开了妻子，他说他已经和妻子没有任何关系了，但现在你发现，在七个月前，他让妻子怀孕了。你的反应很正常，这是一件很可怕的事情，尼诺是一个卑鄙的男人。但你要让我说一句，尼诺被发现以后，原本可以消失，再也不理会你。为什么他开一晚上车，从那不勒斯来到米兰？为什么他要低三下四，自我揭发？为什么他要恳求你不要离开他？所有这些做法，一定是有理由的。"我对着他喊道："这只能说明他是一个骗子！一个很轻浮的人，他没办法作出选择。”弗朗科一直在点头，说他表示同意。但这时他问我：“假如他真的爱你，他知道自己只能这样爱你呢？”

我还没来得及对他喊，这就是尼诺的想法，一模一样。这时候家里的门开了，马丽娅罗莎出现了，两个孩子马上认出了尼诺，她们有些腼腆，但都想吸引他的关注。她们忽然就忘记了，这几个月，她们的父亲每天都会提到这个人的名字，那就像是一个诅咒，尼诺马上就去照顾她们了。马丽娅罗莎和弗朗科在安抚我，一切都是那么艰难，黛黛和艾尔莎在大声地说话，她们在欢笑，我眼前的这两个人跟我谈论着一些严肃的话题。他们想让我好好想想，但即使是他们，也很难控制自己的情绪。让人惊异的是，弗朗科刚开始还主张妥协，但他现在建议我一刀两断，和他往常的态度一样，但我大姑子刚开始完全向着我，但后来她想尽量搞明白尼诺的理由，尤其是埃利奥诺拉的处境，她最后甚至伤害了我，她可能是无意的，也可能是故意的。她说：“你不要生气，先反思一下，你是一个有觉悟的女人，当你的幸福建立在另一个女人的毁灭之上，你会有什么样的感受？”

我们的讨论就这样向前推进。弗朗科促使我要面对现实，要在有限的范围内获得自己能获得的东西，马丽娅罗莎给我描绘了埃利奥诺拉带着一个孩子，肚子里还怀着一个，遭到抛弃的场景。我已经没有力气了，我想，这是一个没有经历过这种事情，没办法理解的人说的蠢话。在这种情况下，莉拉肯定会选择退出，就像她之前做的。莉拉会建议我说：“你已经错得够多了，你现在应该甩开眼前的这些人，该干吗干吗。”这是她所希望的结局，但我很害怕，弗朗科和马丽娅罗莎说的那些话让我脑子很乱，我不再听他们说，我用眼睛瞄着尼诺。他在博得我的两个孩子的好感时，看起来真帅啊！他假装什么事儿也没发生，现在他和两个孩子进到房间里，他对马丽娅罗莎说："你看，你这两个侄女多棒！"他已经恢复了那种感人至深的语气，他的指尖自然而然地触碰到她赤裸的膝盖。我把他从家里拉了出来，让他和我在圣安布罗吉奥区走了很长一段。

我记得，天气非常炎热，我们沿着一条砖红色的路向前走，空气中飘满了法国梧桐树上飘落的绒毛。我对他说，我想习惯于没有他的生活，但现在我还做不到，我需要时间。他回答说，他永远都不能离开我。我回答说，他和任何人、任何事都无法分开。他说那不是真的，他是因为环境所迫，为了得到我，他不得不留下其他的。我明白，让他进一步作出决定是不可能的，他看到前面是一道深渊，他很害怕。我陪他来到汽车跟前，打发他走了。在出发前，他问我："你打算怎么办？"我没回答他，因为我也不知道该怎么办。

- 29 -

促使我决定的是几个星期后发生的事。马丽娅罗莎出差去了法国波尔多，我不记得她是去做什么。在离开之前，她把我拉到一边，说了一些关于弗朗科的话，有些语无伦次，基本意思是：她不在时，我要看着他点儿。她说，弗朗科现在很抑郁。我忽然明白了我只是猜测的一件事情，之前我总是有其他事情需要操心，没有发现这一点：她对弗朗科不像对其他人那样，只是出于一种乐善好施的态度，她真的爱着弗朗科，成了他的母亲、姐姐和情人。她那种痛苦的表情，还有消瘦的身体，都是因为弗朗科让她备受煎熬，她很焦虑，也很操心，她觉得弗朗科现在变得过于脆弱，随时都可能裂开。

她一共离开了八天。我脑子里很乱，有很多事情要考虑，我尽量对弗朗科很客气，每天晚上都会和他聊到很晚。让我高兴的是，他没和我谈政治，而是跟我谈到了他自己，还有我们在一起的时光：春天在比萨城里散步，阿尔诺河沿岸的臭味。他还跟我说了一些从来没对别人提起过的事情：他小时候的事儿，他父母还有爷爷奶奶的事儿。尤其让我高兴的是，他让我说出我的不安，和出版社签订的新合同，我现在要写的小说，回到那不勒斯生活的可能，还有尼诺。他从来不会把话题扯到其他事情上，也不会斟词酌句，他说话很直接，有时候甚至很粗俗。有一天晚上，他好像有些犯糊涂了，他说："假如你爱他超过爱自己，你还是接受他现在的样子吧：有妻子孩子，和其他女人上床的爱好，还有他做的那些龌龊事儿。"他一边充满温情地叫着我的名字，"埃莱娜，埃莱娜！"一边摇着头。他笑着从沙发上站了起来，脸色阴沉地说，他觉得一个人如果毫无畏惧，或者非常厌烦地恢复了理性，这样爱情就会结束。他拖着一条腿，从房间里出去了，就好像要保证脚踩到实处。我不知道为什么，那天晚上我想起了帕斯卡莱——一个和弗朗科的出身、文化和政治选择彻底不同的人。尽管如此，有那么一刻，我想象着这位童年的朋友，假如他能从把他吞没的黑暗中重新浮现，他可能也会那样走路。

一整天，弗朗科都没从房间里出来。晚上，我因为工作上的事儿出去，我去敲他的门，问他能不能给黛黛和艾尔莎弄点晚饭吃，他答应了。我回去得很晚，和平时不一样的是，他把厨房搞得很乱，我收拾了桌子，洗了盘子。我没怎么睡着，早上六点时就已经醒了。我去洗手间时，经过他的房门口，让我好奇的是，他门上有一张方形的纸条，是用大头针固定的，纸条上写着："埃莱娜，不要让两个孩子进来。"我想，可能是那几天黛黛和艾尔莎搅扰到他了，或者说前一天晚上，她们惹他生气了。我打算吃早饭时批评她们。但我又想，弗朗科和我的两个孩子关系很好，我排除了他生她们的气的可能。早上八点，我小心翼翼地去敲他的门，没人回答。我又使劲儿敲了一下，最后轻轻打开了门。房间很黑，我叫了一声，没人回答。我打开了灯，看到枕头和床单上全是血，黑红色的血迹一直流到他脚下，死亡是这么让人作呕。在这里，我只能说，当我看到那具我很熟悉的身体——之前那具幸福、活跃的身体，读了很多书，经历了很多事儿，我感到同情，同时也感到恶心。弗朗科是沉浸于当时的政治文化的一个典型人物，他具有远大的理想和希望，而且很有风度。现在，他上演了这样可怕的一幕，他用一种残酷的方式从这个世界上逃离，留下了那么多记忆、语言和意义。我感觉，他对自己的外表、心情、思想和语言，还有这个世界的糟糕去向的仇恨已经将他吞噬。

在接下来的几天里，我一直想着帕斯卡莱和卡门的母亲朱塞平娜，她也无法继续容忍自己，容忍她生活中剩下的那些碎片。但朱塞平娜是上一代人，而弗朗科是我同时代的人，那种充满暴力的离世方式让我很震动，让我无法自拔。很长一段时间我都想着他写的那张纸条，那是他留下的唯一的纸条，那是他留给我的，其实是想对我说：不要让两个孩子进来，我不希望她们看到我，但你可以进来，你应该看到我。我现在还想着他对我的双重命令：一个是说出来的，另一个是没说出来的。有很多积极分子都参加了弗朗科的葬礼，他们的拳头都轻轻地握着（弗朗科当时很有名，备受崇拜）。在葬礼之后，我试着和马丽娅罗莎重新建立情感，我想安慰她，和她谈论弗朗科，但她没有给我机会。她神思恍惚的时候越来越多了，而且时不时会有一种病态的怀疑，她眼里的光芒和活力也黯淡下来了，家里慢慢地空了。她对我也不再是那种姐妹的态度，而是越来越充满敌意，要么她整天都待在大学，要么在家里的时候，她也会关在自己的房间里，不愿意被打扰。如果两个孩子在家里玩的时候弄出声响，她会非常生气，会骂她们，不让她们喧闹。我收拾了行李，我带着黛黛和艾尔莎去了那不勒斯。

- 30 -

尼诺真的在塔索街上租了一套房子，在这一点上，他没说谎。我搬去那套房子住了，尽管房子里全是蚂蚁，只有一张没有靠背的双人床、两个孩子的床、一张桌子、几把椅子，没有别的家具。我们不谈论爱情，也不提及未来。

我对他说，我做出这个决定，很大程度上是因为弗朗科的死。我带给他了一个好消息，还有一个坏消息。好消息是我的出版社接受了他的杂文集，但要重新润色；坏消息是我不想让他碰我。他听到第一个消息时很高兴，听到第二个消息后很失措。后来，我们每天晚上坐在桌前，一起重写他的文章，这种相互靠近的方式，让我的愤怒不再那么强烈。埃利奥诺拉还怀着孕，我和尼诺已经又相爱了。后来，埃利奥诺拉生了一个女儿，起名叫莉迪亚。同时，尼诺和我像一对正常的情人，有着自己的生活，一套漂亮的房子，两个孩子，还有非常丰富的私人和公众生活。

“你不要觉得，”我从开始就对他说，“一切会按着你的想法来，我现在没办法离开你，但离开是迟早的事儿。”

“不会的，你没有理由离开我。”

“我已经有太多理由了。”

“一切都会变的。”

“我们等着瞧吧。”

但这都是做做样子，我做出一副理直气壮的样子，但实际上，我觉得自己很不理性，很屈辱。我现在要得到我所能得到的，等到我厌烦了他的面孔、语言，消磨了对他的所有欲望，我就会离开他，就像弗朗科说的。假如有几天他不出现，我白白等着他，我就会想，最好这样，我很忙，他来了只会添乱。当我感到一阵阵醋意往上涌的时候，我会试着平静下来，小声对自己说：他爱的女人是我。假如我想到了他的孩子，我会说：他现在和黛黛、艾尔莎在一起的时间要比和阿尔伯特、莉迪亚的时间多。当然，这都是真的，也不是真的。是的，尼诺的吸引力会慢慢消散。是的，我有一堆事情要做。是的，尼诺爱我，他也爱黛黛和艾尔莎。是的，他现在对我越来越有吸引力了。是的，我已经想好了，假如他需要我的话，我会不顾一切和他在一起，不管其他人。是的，他和埃利奥诺拉、阿尔伯特还有刚刚出生的莉迪亚关系很密切，就像他和我、还有我的两个女儿的关系一样。但在这些“是的”上面，笼罩着一层层黑纱，但还有我假装看不到的其他事儿。假如这层黑纱的这里或那里有一些破绽，就会使事情真相暴露出来，我马上会用一些冠冕堂皇的话来安慰自己：未来一切都会变的，我们在尝试一种新的同居形式，或者用我在外面参加读者见面会时那些夸夸其谈，或者用我写的东西。

但是，我每天都要面临各种各样的考验，不断有这样或者那样的破绽会裂开。整个那不勒斯一点儿也没有变好，它的问题让我精疲力竭。在塔索街上住着其实很不方便，尼诺给我弄来一辆二手车，是一台白色的R4，我很喜欢，但刚开始，我不得不放弃开它，因为一出去就塞车。我很难面对日常生活中那些琐碎的事儿，我在佛罗伦萨、热内亚和米兰时从来都没有那么辛苦过。黛黛上了一天学，回来就说，她非常讨厌同学和老师。艾尔莎才小学一年级，回来时总是眼睛红红的，很伤心，但她拒绝跟我讲发生了什么事情。我开始数落她们俩，我说她们不知道怎么对付对手，不知道捍卫自己，不能适应环境，她们应该学着点儿。结果是，两姐妹联合起来对付我：她们现在谈到她们的奶奶阿黛尔，还有姑妈马丽娅罗莎，就好像她们是神仙，曾经为她们量身设计了一个幸福世界，她们公然怀念和奶奶还有姑妈在一起的日子。为了重新赢得她们，吸引她们，我尽量和她们亲热，但有时候，她们会有些不情愿地和我拥抱，有时候会推开我。我的工作呢？我越来越明显地感觉到，在这个工作顺利的阶段，假如我留在米兰、在出版社找一份工作，结果会好很多。或者去罗马，因为我认识的出版圈子里的朋友们愿意帮助我。我和两个女儿待在那不勒斯干什么？我们只是为了让尼诺高兴吗？我做出一副自由独立的样子，我是在说谎吧？我拿着我的那两本书，扮演着一个妇女拯救者的角色，说出她们无法说出口的话，我是在对我的听众说谎吗？那些都是现成的话，我最好相信，但实际上，我和我那些最传统的同龄人有什么差别？尽管我说了那么多，但我还是让一个男人“捏造”我，使得他的需求，高于我和两个女儿的需求？

我学会了逃避问题。只要尼诺敲了门，我的任何懊悔和矛盾都会消失。我对自己说：“现在”的生活就是这样，没有别的可能。同时，我对自己提出了一些要求，我不想妥协，我要充满斗志。有时候，我会觉得幸福。我住的那套房子采光很好，从阳台可以看到那不勒斯的建筑，一直延伸到大海边沿，大海反射出一种蓝黄色的光芒。我把两个女儿从热内亚、米兰的临时处境中抽离出来，这里的海风、颜色和街上的方言，还有尼诺周围的那些有文化的人让我充满安全感，让我很愉快。我带着两个女儿去佛罗伦萨见她们的父亲，彼得罗来那不勒斯看她们时，我也表现得很愉快。我让彼得罗住在家里，虽然尼诺不是很情愿，我在两个女儿的房间里给他搭了一张床。两个女儿都很爱他，就好像要通过展示她们多爱他，让他留下来。我试着和他自在地相处，我打听多莉娅娜的情况，问他的书怎么样了。他的那本书一直预告要出版，但总是会冒出来一个什么问题，需要进一步完善。当两个女儿黏着她们的父亲，完全无视我时，我会趁机休闲一下。我从米雷里拱门下去，沿着卡拉乔洛海滨街散步，在沿海路上坐着休息。我一直走到阿涅洛·法尔科内街，到达佛罗里笛安娜，选一张长椅，开始看书。

- 31 -

从塔索街上看，我们的城区很远，就像一个苍白的石头堆，就像维苏威火山脚下的一个模糊的废墟。我想事情最好是这样：我现在成了另一个人，我要想办法，不再落入那个城区。但在这种情况下，我的立场不是很坚定。一到了那不勒斯，我就匆匆忙忙安置下来，三四天之后我就改变了主意。我精心地打扮了一下两个女儿，也收拾了一下自己。我对她们说："现在我们去看伊马可拉塔外婆、维多里奥外公，还有几个舅舅阿姨。"

我们一早出发，在阿米迪欧广场上坐上地铁，两个女儿坐地铁时，都非常激动，因为地铁开过来时带来了一阵强风，衣服都贴在了身上，让她们喘不上气。自从我母亲来佛罗伦萨闹了一场之后，我再也没见过她。我很担心她不想见我，也许是因为这个原因，我在去看她之前，并没有打电话通知。但我应该坦诚，我没打电话还有另一个秘密的原因。我出现在这里，是因为这样或那样的原因，我想去这里或那里，但我很难承认：这个城区对于我来说，除了有我的亲戚，主要是因为莉拉在那里，回城区去看一下，就意味着要思考怎么处理和她的关系。我没有一个确切的想法，还是随遇而安吧。无论如何，我可能遇到她，我特别精心地把两个女儿打扮了一下，也收拾了自己。我希望，假如我遇到她的话，她会觉得我是一个出众的太太，我的两个女儿都很好，她们没有遭罪，也没有迷失。

结果是，那天我的情感经过了各种波折。经过隧道下面时，我绕过了卡门和她丈夫罗伯特工作的那个加油站，我穿过院子，忐忑地爬上了楼梯，走上支离破碎的台阶，那是我出生的那栋旧楼房。黛黛和艾尔莎都很兴奋，就好像要面对一场无法想象的历险，我走在她们前面，摁响了门铃。这时候，我听到了我母亲一瘸一拐的步子，她打开门，眼睛一下瞪得很大，就像我们三个人都是鬼。尽管我有备而来，但我还是感到很惊异，因为眼前的这个人和我想象的有很大差别。我母亲变化很大，有那么一刹那，我感觉她很像她的一个堂姐，我小时候见过那个女人几次，她堂姐比她大六七岁，她们长得很像。她瘦了很多，脸上全是骨头，鼻子和耳朵显得很大。

我想拥抱一下她，她躲开了。我父亲不在，佩佩和詹尼也不在，也根本打听不到他们在做什么。有一个多小时，她一个字都没对我说，但她对两个孩子很好。她说了很多她们的好话，给她们穿上了围裙，让她们不要把衣服弄脏，然后她带着两个孩子一起做糖果。时间一点点过去，她就当我不存在，这一点对我来说真的很尴尬。当我说两个孩子吃太多糖了，我让她们别吃了的时候，黛黛马上对她外婆说：

“我们还能再吃一点儿吗？”

“你们想吃多少就吃多少。”我母亲连看我一眼都不看地说。

两个孩子问她能不能在院子里玩时，也出现了同样的场景。在佛罗伦萨、热内亚、米兰，她们从来都没有单独出去过。我说：

“不，孩子们，不能出去，你们要在这里待着。”

“外婆，我们可以去吗？”我的两个女儿几乎是异口同声地问。

“我跟你们说了，可以。”

我和我母亲单独在一起，我满怀不安地对她说话，就像我还是一个孩子：

“我现在搬家了，住在塔索街上的一栋房子里。”

“很好。”

“已经过来三天了。”

“很好。”

“我又写了一本书。”

“那关我屁事儿？”

我不说话了。她做了一个很厌烦的表情，然后把一个柠檬切成两半，把柠檬汁挤到杯子里。

“你为什么要喝柠檬水？”我问。

“因为看到你，让我胃里不舒服。”

她在柠檬汁里加了一点水，又加了一些小苏打，一口气把那杯冒着气泡的水喝了。

“你不舒服吗？”

“我很好。”

“这不是真的。你去看医生了吗？”

“我才不会把钱浪费在看医生和买药上面！”

“埃莉莎不知道你生病了吗？”

“埃莉莎怀孕了。”

“为什么你们都没对我说？”

她没回答我，她把杯子放进洗碗池里，很费劲儿地喘了一口气，用手背擦了一下嘴唇。我说：

“我带你去看医生。你还有什么感觉？”

“这都是因为你的缘故，因为你的错，我肚子里的一个血管破了。”

“你在说什么？”

“是的，你让我伤透了心了，身体也垮了。”

“我很爱你，妈妈。”

“我不爱你，你只和两个女儿来那不勒斯了？”

“是的。”

“你丈夫没来？”

“没来。”

“那以后我不会让你进门了。”

“妈，现在已经和以前不一样了，一个人离开丈夫，和另一个人在一起生活，也会是一个好女人。你为什么那么生我的气？埃莉莎还没结婚就已经怀孕了，你怎么什么都不说？”

“因为你不是埃莉莎，埃莉莎不像你，上过那么多年学。我对埃莉莎没有对你的期待大。”

“你应该对我所做的事情感到高兴，现在格雷科已经变得很有名了，在国外也已经有一定的声誉了。”

“你不要在我跟前炫耀你自己，在我面前你谁都不是。你觉得特别了不起的事情，对于一个普通人来说，什么都算不上。我在这个城区受人尊敬，并不是因为我生了你，而是因为我生了埃莉莎。她没上过几年学，连中学毕业证都没有，但她已经成为了一个阔太太。你呢？大学毕业，你看看你现在成了什么样子了？我只是为两个孩子感到难过，她们那么漂亮，话也说得很好。你有没有想过她们？跟她们的父亲生活在一起，她们会像电视里的孩子一样长大，你做了什么？你把她们带到了那不勒斯？”

“是我在教育她们，而不是她们的父亲。无论我把她们带到哪里，她们都会一样成长。”

“你太自以为是了，天呐！我在你身上犯了多少错误。我一直以为傲气的人是莉娜，结果是你。你的朋友现在给她父母买了房子，你呢？你的朋友指挥着所有人，甚至米凯莱·索拉拉都要听她的。你现在指挥着谁？萨拉托雷家的那个混账儿子？”

从这时候开始，她说起了莉拉的各种好话：啊，莉娜真漂亮，莉娜真慷慨，现在她已经有了自己的一家公司，她和恩佐真的很能干。我明白，我现在的状况让她不得不承认，我没有莉拉本事大，这就是我最大的罪过。当她说，她要做些吃的给黛黛和艾尔莎，并没有说让我吃。我意识到，她不愿意让我在家里吃午饭，我觉得很苦涩，就离开了。

- 32 -

一走到大路上，我就变得很迟疑：我是在栅栏门那里等着我父亲回来跟他打声招呼呢，还是在街上走走，看看我两个弟弟在哪里，或者去看看我妹妹有没有在家里？我找了一个电话亭，给埃莉莎打了电话，我领着两个孩子，来到了那幢能看见维苏威火山的大房子。我妹妹现在还看不出来怀孕了，但她变化很大。好像仅仅是怀孕，就让她忽然成长起来了，也让她有些扭曲，她的语言和语气忽然间变得粗俗了。她面如死灰，心情很坏，好像很不愿意接待我们。在她身上，我没有感到一点儿温情，也没有感到一丝她小时候对我怀有的那种带有天真的崇拜。我提到了母亲的状态，她的语气很霸道——我一直以为她不会这样说话，至少是和我。她感叹了一句：

“莱农，医生说她身体好得很，是她的精神在受罪。妈妈身体很健康，身体没事儿，都是心病。假如你没让她那么失望，她也不会成为现在这个样子。”

“你在胡说什么？”

她的语气更加刻薄了：

“胡说？我只是想告诉你，我的身体状态比妈妈还要差。总之，你现在一直在那不勒斯，你认识的医生多一些，你带她看看吧，你不能把什么事儿都扔给我。只要你稍微关心一下她，你看吧，她会好起来的。”

我尽量忍着没发作，我不想吵架。她为什么要这样和我说话？我和她一样，也变得更糟糕了吗？我们身为姐妹的好时光已经结束了吗？或者说，埃莉莎——我们家里最小的孩子——证明了现在这个城区会比过去更能变本加厉地毁掉一个人？至于我的两个孩子，她们都安安静静坐在那里，她们很失望，因为小姨对她们一点儿也不热情。我说，她们可以把外婆给的糖果吃完。然后，我问我妹妹：

“你和马尔切洛怎么样了？”

“非常好，还能怎么样？假如不是他母亲忽然死了，他有很多事情要操心，那我们会更幸福的。”

“什么事情？”

“莱农，操心就是操心。你想着你的书，但现实生活是另一回事儿。”

“佩佩和詹尼呢？”

“他们在干活。”

“我一直都见不着他们。”

“那是你的事儿，因为你从来都不回来。”

“现在我会经常回来的。”

“很好。那你试着和你的朋友莉娜说说。”

“发生了什么事儿。”

“没什么，让马尔切洛操心的事儿里头，也有她。”

“也就是说？”

“你问问莉娜——假如她还理会你的话，你告诉她，她最好要守着自己的本分。”

我从这些话里听出了索拉拉兄弟的威胁语气，我意识到，我们再也不能回到之前那种亲密的关系。我告诉她，我和莉拉之间的关系现在已经淡了，但我刚从我们的母亲那里听到，她现在已经不给米凯莱·索拉拉干活了，她自己开了一家公司。这时候，埃莉莎忍不住爆发了：

“她是用我们的钱开的。”

“你跟我解释一下，这是怎么回事儿。”

“我怎么给你解释，莱农？现在米凯莱任她摆布，但她拿马尔切洛没办法。”

- 33 -

埃莉莎也没有留我们吃午饭，她把我们送到门口时，才意识到那样做太不近人情了。她对艾尔莎说："跟小姨过来。"她们一起消失了几分钟，这让黛黛非常难受，她拉着我的手，不想觉得自己被忽视了。当她们重新出现时，艾尔莎满脸严肃，但目光里却透露着喜悦。我妹妹好像站在那里都很累，我们一走到楼梯上，她就把门关上了。

一来到路上，艾尔莎就把我妹妹的秘密礼物展示给我们了：两万里拉。埃莉莎的做法像我们小时候，那些稍微比我们富裕的人送钱给我们的行为。但那时候，表面上那些钱是给我们这些孩子的，但实际上，我们收了钱之后，会交给母亲，她用这些钱来补贴家用。埃莉莎也一样，很明显，她想给我钱，而不是给艾尔莎钱，但目的却是另一个，她用这两万里拉——等于一家好出版社付给三本书的版税，向我展示，马尔切洛很爱她，让她过着很富裕的生活。

我让两个吵吵嚷嚷的孩子平静下来。我一个劲儿逼问艾尔莎，才使得她最终承认，小姨的意思是这些钱要她俩分，一万给她，一万给黛黛。她们还在争吵，这时候我听见有人叫我，是卡门，她身上穿着加油站的蓝色衣服。我刚才没留心，没绕开她的加油站，她向我招手，我看到她黑色的鬈发，还有宽宽的脸。

我很难抵挡她的热情，卡门把加油泵关了，想带我们去她家吃午饭。她丈夫也来了，我从来都没机会认识他。他去了幼儿园把两个孩子接了回来，两个男孩子，一个和艾尔莎年龄相仿，一个比她小一岁。卡门的丈夫看起来是一个温和的男人，很热情，他让两个孩子帮忙，吃饭前把餐具摆好，吃完又把餐具撤了，洗了盘子。这一代人里面，我还没见过这样关系和谐、息息相通的夫妻，他们看起来很高兴生活在一起。我终于得到了热情的款待，我看到，我的两个女儿都很自在：她们吃得很愉快，用大姐姐的语气和两个小男生说话。饭后，罗伯特跑去开加油泵，我和卡门单独在一起。

她很小心，没有问我尼诺的事儿。尽管她看起来已经知道了一切，没有问我搬到那不勒斯，是不是为了和他生活在一起。她跟我说起了她丈夫，他干活很卖力，也很顾家。她说："莱农，虽然有很多痛苦要面对，但他和两个孩子是我的安慰。"她又提到了过去：她父亲的悲惨遭遇，她母亲做出的牺牲和她的死，在斯特凡诺·卡拉奇的肉食店工作的那段时间，就是艾达取代了莉拉成了老板娘，折磨她的那个阶段。我们甚至谈到了她和恩佐订婚的那段短暂的时间，我们笑了起来。她说，真傻！她一次都没提到过帕斯卡莱，是我问的她。她盯着地板，摇了摇头，然后站了起来，就好像要摆脱一些她不想说，或者不能说的事儿。

"我去给莉娜打电话。"她说，"假如她知道我们见面了，没有告诉她，她会不理我的。"

"算了，她要上班的。"

"瞧你说的，现在她是老板了，她想干吗就干吗。"

我试着和她继续聊下去，我小心翼翼地问了莉拉和索拉拉兄弟的关系。但她好像很尴尬，说她真一点儿也不清楚，她还是去打电话了。我听见她用非常激动的声音说我在她家里。打完电话后，她说：

"她非常高兴，她马上过来！"

从那时候开始，我越来越不安。无论如何，我感觉自己能扛得过去，在那个体面舒适的家里待着，也很自在，四个孩子在另一个房间玩儿。这时候，门铃响了，卡门去开门，我听到了莉拉的声音。

- 34 -

刚开始时我没有注意到詹纳罗，也没有看到恩佐，有漫长的几秒，他们就像是空气。我只看到莉拉，我感到一种出乎预料的愧疚感。也许，我觉得自己错了，因为她又一次赶着跑来看我，而我一直把她排除在我的生活之外。或者，我感觉自己很小气，她一直对我充满好奇，我却通过沉默、不出现，暗示她我对她已经不感兴趣了。我不知道。当然了，当她拥抱我时，我想：假如她不对我说尼诺的坏话，假如她假装不知道尼诺又一次要成为父亲，假如她对我两个女儿很关注，那我会对她笑脸相迎，其余的事再说吧。

就这样，我们几个人坐了下来。自从上次在多莫街的酒吧见面之后，我们再也没有见过。是莉拉开始说话的，她把詹纳罗推到我前面，他现在已经是一个很壮的小伙子了，脸上全是痘印。她马上就开始抱怨他在学校的成绩，但她是用一种充满感情的语气："他上小学成绩很棒，在中学学习也很好，但今年恐怕是要不及格了，他的拉丁语、希腊语肯定会考不过。"我轻轻拍了一下詹纳罗，安慰他说："詹纳，只要做点儿练习题就好了，你来找我吧，我帮你补补课。"忽然间，我决定采取主动，提出了那些比较尴尬的问题。我说："我刚搬到那不勒斯没几天，和尼诺之间的问题基本上说清楚了，现在一切都好。”这时候，我用一种平静的语气，把我的两个女儿叫过来，当她们出现时，我大声说：“两个孩子在这里，你看看她们长得多快！”当时场面比较混乱，黛黛认出了詹纳罗，她很幸福，做出一副甜蜜的样子，拽着他不放，她九岁了，而他已经快十五岁了，艾尔莎也黏着詹纳罗不放，热情不在姐姐之下，我带着一种母亲的自豪看着她们。莉拉这时候说：“你回那不勒斯是个好主意，人应该做自己想做的事儿。两个姑娘真是漂亮，看起来很机灵！”

这时候，我松了一口气，恩佐为了加入我们的谈话，问起了我的工作。我炫耀了一下最近一本书的成功，但我很快明白，我的第一本书当时在城区有几个看过的人聊起过，但第二本书，不仅仅是恩佐和卡门，就连莉拉也没注意这本书的出版。就这样，我用一种自嘲的语气说了几句，然后问到了他们开的公司。我笑着说：“我知道，你们现在从无产阶级变成老板了。”莉拉撇了撇嘴，看向了恩佐，恩佐是用一种言简意赅的方式，向我解释了一下他们的情况。他说，最近几年，计算机已经得到了革新。他说，IBM 已经推出了一些和之前完全不同的机型。就像通常一样，他说到了一些技术细节，让我觉得很乏味。他说了很多简称，“系统 34”、“5120”，他说现在已经不用那些需要穿孔的卡片，也没有穿孔机和检验机，而是另一种程序语言“BASIC”。那些机子也越来越小了，虽然计算能力有限，存储数据的空间很小，但也没那么贵了。最后我明白了，对于他们来说，那种新技术起到了决定性作用，他们学会了编程语言，决定自己干。就这样，他们创建了自己的公司“Basic Sight”，公司的本部就在他们家的一间房间里，“我们算什么老板啊！”“公司名字是英文的，因为如果不是英文的话，大家都不认。”恩佐是公司的最大股东和总裁，也是公司的灵魂，但真正的灵魂是莉拉——恩佐用自豪的语气指着她说，“你看看这个牌子，是她设计的。”

我看了那个商标，上面有一些不规则的图案围绕着一根竖线。我看着那个商标，忽然有些感动，那是她难以控制的头脑的进一步展现——我不知道我已经错过了多少。我对我们过去的一些美好时刻充满了怀念。莉拉学习，莉拉放下，然后再学习，她没办法停下来，她从来都没有退缩：“系统 34”、“5120 系统”、“BASIC”语言、“Basic Sight”公司，还有他们的商标。我说，设计很漂亮。我感觉到一种温情，那是我在我母亲和妹妹那里没有感受到的。他们都为我出现在这里、和他们在一起感到高兴，他们慷慨大方地把我拉入他们的生活。为了向我证明，尽管他现在做起了生意，但他的思想没变，他开始用他那种干巴巴的方式，说到了他为之工作的那些工厂里看到的事情：人们为了几里拉在非常恶劣的环境里工作。有时候他觉得很羞愧，因为他要把剥削和压榨的肮脏材料转变成干净的程序。从莉拉的角度来说，她说，那些老板为了获得这些干净的程序，不得不让她近距离地看到他们的脏事儿。她用带着讽刺的语气，谈到了这些老板的虚伪和奸诈，还有他们在账面上的欺骗。卡门说，在加油站也是一样，她感叹了一句：“也全是狗屎！”只有在这时候，卡门才提到了她哥哥，她强调说，她哥哥是一个有头脑的人，不会做什么出格的事儿。她提到了小时候在我们的城区发生的事情。她说——这是之前她从来都没有提到过的事情——她和帕斯卡莱小时候，他们的父亲一条一条地对他们列举了以堂·阿奇勒为首的法西斯分子对他做的那些事情：有一次，他们在隧道口狠狠打了他一顿；还有一次，他们强迫他吻一张墨索里尼的照片，因为他在上面吐过口水；假如他当时没被杀死，没有像其他共产党员一样消失——那些被法西斯杀死的人，被抹去的人都没有历史记载——那是因为他的木匠铺子当时在城区很显眼，假如把他从这个世界上抹去的话，大家都会发现的。

时间就这样过去了。后来，就是这种默契，使他们告诉了我一件事，证明了他们对我的友情和信任。卡门用询问的目光看了恩佐和莉拉，很小心地说："莱农是信得过的人。"当她看到他们也表示同意，就对我说，他们最近见到了帕斯卡莱。他是晚上出现在卡门家里的，她马上打电话给了莉拉，莉拉和恩佐就过来了。帕斯卡莱现在很好，他身上干干净净，毫发无伤，看起来很阔气，就像一个外科医生。但他们都觉得他很忧伤，他的想法还是和原来一样，但他看起来非常非常难过。他说，他永远都不会妥协，除非把他杀了。在离开之前，他看了一眼两个正在沉睡的外甥，他都不知道他们的名字。卡门说到这里时哭了起来，是不出声的哭，因为怕她的两个儿子发现。我们说，我们不赞同帕斯卡莱的选择，因为我们很害怕全世界，包括意大利到处发生的流血事件。先是卡门表达了立场，她要比我和莉拉坚定（莉拉没什么反应，恩佐只是点了点头）。他和我们一样，都了解那些最根本的东西，除了在报上看到的消息，谁知道他还做了什么其他可怕的事情。尽管我们的生活已经通过电脑、拉丁语、希腊语、写书、加油站等等安置下来了，但我们永远都不会背叛他。任何一个爱他的人都不会那么做。

那天就这样结束了。最后我问了莉拉和恩佐一个问题，因为我当时比较自在，我想着刚才埃莉莎对我说的话。我问："现在索拉拉兄弟怎么样了？"恩佐马上盯着地板看。莉拉耸了耸肩膀，说："还是和之前一样，两个混蛋！"然后，她用讽刺的语气说米凯莱现在发疯了：他母亲去世之后，他离开了吉耀拉，他把妻子和孩子从波西利波的家里赶了出去，路上遇到他们，也会对他们拳脚相加。“索拉拉兄弟，”她带着一丝满意说，“他们完蛋了。你想想，马尔切洛在外面对人说，他弟弟现在变成这个样子，是因为我的缘故。”这时候，她眼睛眯了起来，做了一个满意的表情，就好像马尔切洛说的是一句恭维话。最后，她总结说：“莱农，你在外面这段时间，情况发生了变化，你应该多和我们在一起。你把你的电话号码给我吧，我们应该尽可能多见面。我还想让你教教詹纳罗，你应该明白，只有你能帮助他。”

她拿起了笔，准备记下号码。我马上跟她说了前面两个数字，后来我的脑子有些乱，那个号码是我前几天才记住的，我记得不是很清楚，但当我想起来时，我又有些犹豫，我很害怕她又搅进我的生活，我又说了两个数字，其他数字都是故意乱说的。

我做得对。正当我要带了两个孩子离开时，她当着所有人的面，当然包括黛黛和艾尔莎，问我：

“你要和尼诺生一个孩子吗？”

- 35 -

“当然不会。”我回答说，然后很尴尬地笑了起来。一路上，黛黛阴着脸不说话，我要不断地向艾尔莎解释：我不会生其他孩子，她们是我的孩子，这已经够了。有两天，我的头很疼，晚上没办法合眼。莉拉三言两句，就把我认为很美好的一场会面搅乱了。我想：没办法，她还是屡教不改，她知道怎么让我的生活变得复杂。我说的不仅仅是黛黛和艾尔莎的不安，而是莉拉一针见血地揭示了我隐藏了很久的心事，那是在大约十二年前，我在马丽娅罗莎家里怀抱着米尔科时感受到的母性，那是一种非理性的冲动，就像受到爱的驱使，完全席卷了我。我那时候已经感觉到，那不是仅仅想要一个孩子，而是想要一个具体的孩子，一个像米尔科的孩子，也就是尼诺的孩子。实际上，和彼得罗生了黛黛和艾尔莎，并没有让我的那种狂热平息下来。相反地，最近我每一次看到西尔维亚的孩子，或者说尼诺告诉我埃利奥诺拉怀孕时，这种狂热的念头又浮现了。现在，这个念头一直萦绕在我的心头，莉拉用她犀利的眼光，看到了我的这个想法。这是她最喜欢的游戏——我想——她就是这样对待恩佐、卡门、安东尼奥和阿方索的，她一定也是用同样的办法对付米凯莱·索拉拉和吉耀拉的。她假装自己是一个友好、温情的人，但实际上，只要她轻轻碰你一下，挪动一下你，就会把你毁掉。她也想这样对我，对尼诺。她一下子就看清了在我内心的轻微波动，说透了我试着掩盖的想法。

有几天时间，在塔索街上的房子里，当我一个人或者和别人在一起时，我都会不断地想一个问题：我要和尼诺生一个孩子吗？现在，这已经不是莉拉提出的问题，而是我给自己提出的问题。

- 36 -

从那时候开始，我经常回城区，尤其是彼得罗过来看两个孩子时。我步行从阿米迪欧广场坐上地铁。有时候，我站在铁路上面的天桥上，看着下面的大路，有时候我只是穿过隧道，一直走到教堂。但是，通常我都是去找我母亲，和她做斗争，让她去看医生，我让我父亲还有两个弟弟佩佩和詹尼也加入了这场斗争。她是一个倔强的女人，丈夫还有两个儿子一提看医生的事儿，她就会发火。对于我，她只是会嚷嚷：“你闭嘴，是你让我害病的！”要么她把我赶走，要么她把自己关在厕所里。

莉拉有本事，这是大家都知道的事儿，比如说，米凯莱早就发现了这一点。埃莉莎对她的敌意，不仅仅是因为马尔切洛的怨气，而是因为莉拉在利用了索拉拉兄弟之后，又一次把他们甩开了，“Basic Sight”公司给她赢得了名声还有金钱。她不再像小时候那样是一个难缠的女人，而是能在你脑子的那团混乱中理出一个头绪的人，假如她不喜欢你，她会让你头脑昏乱，不知所措。现在，她已经学了一门新本领，一份没人懂但能赚很多钱的工作。她生意那么好，据说恩佐正在找一个地方做办公室，而不是他们在卧室和厨房之间布置的那个临时凑合的办公室。但恩佐是谁？虽然他那么聪明，他仅仅是莉拉的一个跟随者。现在她运筹帷幄，决定做什么，不做什么。假如说得夸张一点，就好像城区在短时间内形成了这样的格局：要么学着马尔切洛和米凯莱的样子，要么成为莉拉。

当然了，这可能只是我的想法。但在那段时间，我感觉从她身上，以及所有曾经和她有关、现在围绕着在她身边的人身上，都能看到这一点。比如说，有一次我遇到了斯特凡诺·卡拉奇，他现在很胖，脸色发黄，穿得很糟糕，他身上已经一点儿也看不出当年那个和莉拉结婚的年轻商人的痕迹，他的钱也越来越少了。尽管我们没聊几句，但我觉得，他说的很多话都是莉拉说的。也包括艾达，在那个阶段她也很崇拜莉拉，因为莉拉给斯特凡诺钱，艾达说了莉拉很多好话，我感觉到她在模仿莉拉的动作，甚至是笑的方式。

亲戚和朋友都去找她，希望能得到安置，他们也尽量表现得称职。艾达忽然就被“Basic Sight”雇用了，因为她还什么都没学到，她要从接电话开始。里诺也被雇用了——有一天，他和马尔切洛吵架了，他离开了那家超市，他问都没问就加入了他妹妹的公司，他还夸口说，他三下五除二就掌握了那些需要掌握的东西。但最出乎我意料的消息是一天晚上尼诺跟我说的，他从玛丽莎那里得知，就连阿方索也投靠了“Basic Sight”。米凯莱·索拉拉疯疯癫癫的，他无缘无故就把马尔蒂里广场上的商店关了，阿方索失业了，结果是，就连他也通过莉拉重新找到了工作。

假如我愿意的话，我本可以了解更多，给她打电话就好了，或者说去她的公司看一眼，但我从来都没有那么做过。有一次，我在路上遇到她了，她很不情愿地停了下来。因为我给了她一个错误号码的事儿，她应该很生我的气；我说了我要给她儿子补课，但我没有露面；她想尽一切办法想和我和好，但我躲开了。她说她有急事，她用方言问我：

“你还是住在塔索街上？”

“是的。”

“那里很方便。”

“可以看见大海。”

“从那上面看到的海是什么样的？一片蓝色？你最好到近处看看，这样你就会看到，海上全是垃圾、尿、带病毒的脏水。你们这些读书写作的人喜欢说谎，而不是说出真相。”

我不想多说，就说：

“我已经住在那里了。”

她就更干脆了：

“总是可以换的，有多少次，我们说一套，做一套，你在这里找个房子吧。”

我摇了摇头，和她告别了。她想要什么？想让我再次回到城区吗？

- 37 -

这时候，在我原本已经复杂的生活里，同时发生了两件出人意料的事儿。尼诺主持的研究中心受邀去纽约参加一场非常重要的活动；另外，波士顿的一家小出版社决定出版我的那本小书。这两件事情加在一起，让我们可以去美国旅行一趟。

经过再三犹豫、再三讨论和争吵之后，我们决定给自己放个假。但出去两个星期时间，谁照顾黛黛和艾尔莎呢？我自己都很难管好她们：我给几本杂志写东西，做翻译，还要在一些大大小小的活动中心参加辩论会，要为我的新书做笔记，我那么忙碌，加上两个孩子，的确是越来越难了。通常我都会找米雷拉——尼诺的一个学生，人很可靠，要的钱也不多。假如她没空的话，我就让安东内拉来照看她们，安东内拉是一个女邻居，有五十多岁，是一个很能干的母亲，孩子已经大了。在当时的情况下，我想让彼得罗照顾她们一段时间，但他说，那段时间照顾她们两个星期，对他来说不太可能。我分析了一下我的处境（我和阿黛尔已经没有联系了。马丽娅罗莎离开了米兰，不知道她去了哪儿。我母亲现在生病了，她很脆弱。埃莉莎对我充满敌意），我觉得，我实在找不出什么好办法。最后，彼得罗对我说："你问问莉娜，过去，她让你帮她照顾儿子，照顾了好几个月时间，你让她帮你看一下孩子，也是应该的。"我很难做决定，我一方面想象着，尽管她有很多工作，她还是会表示愿意照顾她们，但她对待我的两个女儿的态度，就像她们是一身毛病、有各种要求的娇小姐，她会折磨她们，会让詹纳罗看着她们。但我心里最隐秘的地方认为——可能这个想法比第一个想法更让我厌烦——那就是，我认为她是我认识的人里唯一会精心照顾她们、让她们开心的人。我必须马上做出决定，这促使我给她打电话。我充满忧虑、绕来绕去说了很久之后，让我惊异的是，她毫不犹豫地回答说：

"你的女儿就是我的女儿，你想什么时候把她们送过来都行，你忙你的事情吧，照顾多久都没事儿。"

尽管我跟她说，我要和尼诺一起出发，但我把孩子交给她，千叮咛万嘱咐时，我从来都没有提到过尼诺。就这样，一九八〇年五月，虽然有很多顾虑，我还是满怀热情地出发去美国了。对于我来说，这场旅行异乎寻常。我又一次感觉自己在打破界限，我在大洋上飞行，面对整个世界，感到一种激动人心的狂喜。当然，那两个星期非常辛苦，而且花费巨大。那两位出版了我的书的女士，虽然她们没有钱，还是对我这趟旅行慷慨解囊。至于尼诺，他报销来回机票都很难。无论如何，我们都很幸福，至少是我，我从来都没有像那几日那样舒心过。

那趟旅行回来，我很确信自己怀孕了。出发去美国之前，我已经有些怀疑了，但我从来没有跟尼诺说过，整个旅行，我都在暗自品尝这一巨大的欣喜，这种可能性。当我去接两个女儿时，我已经很确信自己怀孕了，我感觉自己充满活力，几乎要对莉拉坦白这件事儿。但像往常一样，我放弃了。我想：对于她来说，这可能不是什么好事儿，因为我之前已经否认了我想再要一个孩子。但无论如何，我都兴高采烈的，好像我的幸福感染到了莉拉。她看到我也很高兴，感叹了一句："你真美啊！"我把给她、恩佐还有詹纳罗的礼物拿给了她。我非常详细地跟她讲述了我看到的城市、见到的人。我说，在飞机上，我透过云层上的一个洞，看到了大西洋。美国人都很开放，他们不像德国人那么拘谨，也不像法国人那么傲慢。即使你英文说得不好，他们也会耐心地听你说。在餐馆里，大家都在大声嚷嚷，比那不勒斯还要吵，如果拿诺瓦拉大街上的摩天大楼和波士顿或者纽约的摩天大楼相比，你会发现，诺瓦拉街上那栋根本算不上什么。美国的街道都是编了号的，而不是用一些大家都不记得的人的名字来命名。我从来都没提到尼诺，从来都没说到任何和他相关的东西，还有他的工作，我讲到美国时，就好像是我一个人去的。她很专心地听我说，问了一些我没办法回答的问题，最后她很诚恳地赞美了我的两个女儿。她说，她们相处得很好。我感到很愉快，几乎要脱口而出说我又怀孕了，但莉拉没有给我机会。她很严肃地嘟哝了一句："你现在回来真是太好了，莱农，我刚得到一个好消息，我想马上告诉你。"她也怀孕了。

- 38 -

莉拉全身心地照顾着两个孩子。每天早上她要叫醒她们，让她们洗漱，穿衣服，又快又好地吃一顿早餐，在早晨混乱的交通中，把她们送到塔索街上的学校里，在晚高峰时把她们准时接回来，把她们带回城区，让她们吃饱饭，监督她们完成作业，同时还要完成自己的工作，做家务。但是，仔细询问了黛黛和艾尔莎之后，我才清楚地知道，她对她们的照顾简直太周到了。现在对于她们来说，我成了一个不怎么称职的母亲。我做的西红柿拌面没莉娜阿姨做的好吃，我给她们吹头发，不像莉娜阿姨那么温柔，为她们梳头没有她梳得好看。除了有一些她们喜欢的歌儿她不会唱，莉娜阿姨在解决任何问题时，都要比我敏感。还需要补充一点，尤其是在黛黛看来，这么了不起的一个女人，我们不经常和她来往，简直是太遗憾了（“妈妈，为什么我们不去找莉娜阿姨呢？为什么你不让我们经常住她家啊？你不走了吗？”）。莉娜还有一个不可比拟的地方就是：她是詹纳罗的母亲。我的大女儿说到里诺时，就好像他是这个世界上最成功的男性。

当时，我觉得很难过，之前我和两个女儿的关系是田园式的，非常安宁，她们对于莉拉理想化的看法使我们的关系恶化了。有一次，她们的批评让我失去了耐心，我嚷嚷起来：“别说了，你们现在去母亲市场上再买一个吧。”“母亲市场”——这是我们经常说的玩笑话，通常都是用来缓解矛盾，让我们重归于好。我通常会说说：“假如你们觉得我不好，就把我卖到母亲市场上去。”她们的回答是：“不，妈妈，我不想卖你，我们就喜欢你这个样子。”但那天，可能是因为我的语气非常不满，黛黛回答说：“好吧，我们马上去，我们把你卖了，再把莉娜阿姨买回来。”

家里的气氛就是这样。在当时的情况下，我当然不能对她们说，之前我撒谎了，我其实要再生一个孩子。我当时的情绪很复杂：义无反顾、羞耻、自豪、不安、无辜和愧疚都有。这话很难说出口：孩子们，我以为我再也不想再要一个孩子，但实际上，我很想要，其实我已经怀孕了，你们会有一个小弟弟，或者一个小妹妹，她 / 他的父亲不是你们的父亲，这个孩子的父亲是尼诺。但他已经有一个妻子和两个孩子了，我不知道他会怎么想。我不知道从哪儿开始说，我一直在考虑着这件事情，一直在拖延。

后来，我和两个女儿交谈时，她们冷不丁地说了一些让我惊异的话。黛黛用一种很正式的语气——那是她想说明一个原则性问题时采用的语气，艾尔莎在一边听着，满脸不安：

“你知道吗？莉娜阿姨和恩佐一起睡觉，但他们没结婚？”

“是谁告诉你的？”

“里诺。恩佐不是他父亲。”

“这个也是里诺告诉你的？”

“是的。我问了莉娜阿姨，她给我解释了一下。”

“她怎么解释的？”

她有些紧张。她审视着我，想搞清楚我是不是生气了。

“我要说给你听吗？”

“是的。”

“莉娜阿姨和你一样，她之前也有一个丈夫，他是里诺的父亲，叫斯特凡诺·卡拉奇。她还有恩佐——恩佐·斯坎诺是和她睡觉的人。这和你的情况完全一样：你有爸爸，他姓艾罗塔，但你和尼诺睡觉，他姓萨拉托雷。”

我微笑着，想让她放心，我没有生气。

“为什么你记住了这些名字？”

“这是莉娜阿姨提到的，她说，这些事儿很荒唐。里诺是从她肚子里出来的，和她一起生活，但他随他父亲姓，姓卡拉奇。我们是从你的肚子里出来的，我们大部分时间都是和你在一起，而不是和爸爸在一起，但我们姓艾罗塔。”

“然后呢？”

“但是，妈妈，有人要说起莉娜阿姨的肚子，不会说这是斯特凡诺·卡拉奇的肚子，而会说这是莉娜·赛鲁罗的肚子。你的情况也是一样：你的肚子是埃莱娜·格雷科的，而不是彼得罗·艾罗塔的肚子。”

“这是什么意思呢？”

“意思是，如果里诺叫里诺·赛鲁罗，我们叫黛黛和艾尔莎·格雷科的话会更合理。”

“这是你的想法吗？”

“不是，这是莉娜阿姨的想法。”

“你是怎么想的？”

“我想法和她一样。”

“是吗？”

“是的，这一点我很肯定。”

这时候，艾尔莎看到气氛很融洽，她拽了我一下，插了一句：

“这不是真的，妈妈。她说过，她结婚以后，会叫黛黛·卡拉奇。”

黛黛很气愤地吼道：

“闭嘴，你胡说什么！”

我问艾尔莎：

“为什么会叫黛黛·卡拉奇呢？”

“因为她想和里诺结婚。”

我问黛黛：

“你喜欢里诺吗？”

“是的，”她用一种带着怒气的声音说，“假如我们不结婚，我也要和他睡觉。”

“和里诺？”

“是的，就像莉娜阿姨和恩佐，就像你和尼诺。”

“她可以这么做吗，妈妈？”艾尔莎满脸怀疑地问。

我没回答，回避了她们的问题。但她们的这番话让我心情大好，我开始了一个新阶段。实际上，我没费很大力气就注意到，通过关于真假父亲还有新旧姓名的闲谈，莉拉让黛黛和艾尔莎觉得，她们现在的处境不仅仅是可以接受的，而且很有意思。结果是，我的两个女儿奇迹般地不再怀念阿黛尔和马丽娅罗莎；她们从佛罗伦萨回来时，也不再说她们想一直和她们的父亲还有多莉娅娜在一起；她们不再给她们的保姆米雷拉制造麻烦，不再觉得米雷拉是她们最大的敌人；她们不再敌视那不勒斯、学校、老师、同学；尤其是，她们接受了尼诺睡在我床上的事实。总之，她们看起来开朗了很多。看着她们的变化，我慢慢也松了一口气。莉拉现在进入了我两个女儿的生活，把她们吸引到自己身边。虽然这是一件让我很烦的事儿，但我必须承认：她在我两个女儿身上投入全部的感情，对她们无微不至，减轻她们内心的负担和不安。实际上，这就是我爱的那个莉拉：从那些邪恶的事情里，忽然间会冒出一些惊喜，让我很感动。忽然间，我的怨气都消了。她很阴险，她一直都是那样，但她有很多优点，需要容忍她。我发现，她在帮助我，也减轻了我的两个女儿受到的伤害。

有一天早上，我醒来时发现，经过了那么长时间之后，我第一次不是带着敌意想起她。我想起了她结婚的情景，还有她的第一次怀孕：她当时十六岁，只比黛黛大七八岁，我女儿很快就到了当时我们那个充满噩梦的年龄。我感觉无法理解，在那么短的时间里，也就是七八年之后，我女儿会像当年莉拉那样，穿上婚纱，在床上遭受一个男人的凌辱，被禁锢在卡拉奇太太这个身份里。我觉得，假如这件事情发生在她身上，那简直太不可思议了，就像发生在我身上的事情，在玛隆蒂海滩，心情阴郁，夜里被一个成熟男人压在身下，身上沾满了沙子，只是出于报复，才做那些事情。我想起了很多让人懊恼的事情，我们经历的那些事情，让我们的关系更加坚固的事儿。我想，忘记我们共同经过的事，而是对她心怀嫉恨和芥蒂，这是多愚蠢啊！那些糟糕的想法无法避免，但重要的是，要抑制负面情绪。我借口两个孩子很想见她，逐渐又靠近了莉拉。我们肚子里的孩子让我们走得更近了。

- 39 -

但我们是截然不同的两个孕妇，我的身体很适应，她的反应很强烈。尽管从刚开始，莉拉都强调她想要那个孩子，她笑着说："这在计划之内。"然而，她的身体还是像往常一样在抵抗，在排斥。我感觉好像有一道光照亮了我身体内部，我红光满面，她却脸色发绿，眼白发黄，她特别讨厌某些味道，一直在呕吐。她说："我怎么办啊？我自己很高兴，但我肚子里的这个东西不高兴，还专门跟我作对。"恩佐否定了这一点，他说："你说什么啊，他也很高兴，比任何人都高兴。"莉拉开恩佐的玩笑，说他的意思是：你不要担心，这是我放进去的，我看到他很好，你要放心。

遇到恩佐的那几次，他比往常更可爱，更让人欣赏。那就好像他以前的那种自豪感现在有了一条新理由，通过百倍的干劲儿展现出来了。无论在家里，在办公室，还是在街上，他都非常精心地照顾着他的伴侣，会满足她各种各样的需求，让她免于各方面的风险。他自告奋勇，把莉拉怀孕的消息告诉斯特凡诺。斯特凡诺听到这个消息，眼睛都没有眨一下，脸上的肌肉抽动了一下，就走开了，也许是因为他的肉食店现在一点儿钱都赚不到，前妻给他的支持非常重要，也许是因为他和莉拉之间，已经是非常遥远的故事了。莉拉怀孕了，那和他有什么关系，他脑子里有其他问题、其他事儿要考虑。

尤其是，恩佐承担起了把这件事情告诉詹纳罗的任务。莉拉在她儿子面前，和我在黛黛和艾尔莎面前一样尴尬，但她更有理由尴尬，詹纳罗已经不是一个孩子了，不能跟他用一种幼稚的语言和语气说这件事儿。他是一个身处青春期危机的男孩，在高中已经连着两次考试不及格了，他现在变得非常敏感，经常会忍不住流眼泪，他没办法摆脱那种耻辱。他一天到晚要么在街上逛荡，要么会坐在他父亲的肉食店里，待在角落里，一句话也不说，研究着斯特凡诺的一举一动，一边折腾自己脸上的青春痘。

莉拉很担心詹纳罗听到这个消息后会不高兴，但同时她也担心别人，比如斯特凡诺，会告诉儿子这件事儿。恩佐有一天晚上把詹纳罗叫到一边，跟他说了莉拉怀孕的事儿。詹纳罗当时不动声色，没有反应。恩佐鼓励他说："去拥抱一下你母亲，让她感觉到你爱她。"孩子按照他的意思做了。但过了几天，艾尔莎避开了她姐姐，悄悄问我：

"妈妈，婊子是什么？"

"是猪的妻子。"

"你肯定吗？"

"肯定。"

“里诺跟黛黛说，莉娜阿姨是一个婊子。”

总之，这都是问题。我没和莉拉谈到这些，我觉得，说了也没什么用。再加上我也有自己的问题：我没办法对彼得罗开口，我没办法告诉两个孩子这件事情，尤其是，我没办法告诉尼诺。我很肯定，尽管彼得罗现在有了多莉娅娜，他听到我怀孕一定也会感到不悦，他会把这件事情告诉他父母，她母亲又会想尽办法给我使绊子。我很确信，黛黛和艾尔莎听到这个消息之后，会对我充满敌意。但真正的问题是尼诺，我希望这个孩子的诞生会把他拴在我身边，我希望埃利奥诺拉知道他又一次成为父亲后会离开他。但我的这个希望很渺茫，我感到害怕。尼诺已经很清楚地告诉我了：他选择过这种双重的生活。尽管这会给我们造成各种各样的问题，不安、焦虑和紧张的气氛，但他也不愿意彻底和妻子决裂。结果是，我很害怕他会要求我把孩子打掉。这样每天，我都想告诉他我的状况，每天我都想：不，最好还是明天再说吧。

但是，一切问题好像都开始化解了。有一天晚上，我给彼得罗打电话，我对他说：“我怀孕了。”他沉默了很长时间，然后清了清嗓子，嘟哝了一句，他早就料到会有这一天。他问：

“你告诉两个孩子了吗？”

“没有。”

“你想让我告诉她们吗？”

“不用。”

“你想想怎么说。”

“好吧。”

就是这些。但从那时候开始，他的电话变得频繁起来，他语气很温情，很担心两个孩子的反应，每次都说让他来说。但这件事不是我们俩说的，是莉拉告诉两个孩子的。虽然她拒绝和自己的儿子谈她怀孕的事儿，但她说服了黛黛和艾尔莎，她说，她们很快就有一个活生生的娃娃可以玩，这是一件非常值得期待的事儿。这个小娃娃不是我和她们的父亲生的，而是我和尼诺生的。她们都很高兴。因为莉娜说那是一个小娃娃，她们也开始这样叫。她们对我的肚子产生了兴趣，每天早上醒来都会问："妈妈，小娃娃还好吧？"

告诉了彼得罗和两个孩子之后，我最终要面对尼诺。事情是这样的，有一天下午，我感觉非常不安，就去找莉拉，跟她说这件事。我问她：

"假如他要我把孩子打掉呢？"

"好吧，"她说，"那一切都变得很清楚。"

"什么？"

"他最在意的是他妻子和孩子，而不是你。"

都是很直接、毫不留情的话。莉拉有很多事都瞒着我，但她反对我和尼诺结合，这一点她丝毫不隐瞒。但我一点儿也不难过，我觉得，她这样直言不讳挺好的。从根本上来说，她对我说了我不敢对自己说的话，也就是尼诺听到我怀孕的消息的反应，是我们之间关系是否坚实的一种证明。过了一会儿，卡门带着她的孩子来了，莉拉让她也加入了这场讨论，那个下午和我们少年时一起度过的那些午后很像。我们说出自己的隐私，互相出谋划策。卡门很气愤，她说，假如尼诺不愿意要这个孩子，她可以亲自去找他谈谈。然后补充说："我不明白，莱农，事情怎么可能这样？你这个水平的女人，怎么能让人踩在脚下。"我试着替自己辩解，也想为我的爱人开脱。我说，他的岳父家以前帮过他，现在还在帮他，我和尼诺现在能在一起过上这种生活，这是因为他通过他妻子的家庭能挣到很高的工资。我承认，我和两个孩子如果只靠我的书挣的钱，还有彼得罗给的抚养费生活的话，日子很难体面地过下去。最后，我补充说："你们不要想歪了，尼诺对我很好，他一个星期至少要在我这儿住四天。他尽量让我免受各种屈辱，有时间的话，他会照顾黛黛和艾尔莎，就像她们是他亲生的。"但我刚说完，莉拉几乎是用命令的语气对我说：

"那你今晚就告诉他。"

我听从了她的建议。我回到家里，等着他回来，我们吃完晚饭之后，我把两个孩子哄睡了，我终于对他说了我怀孕的事儿。那是非常漫长的一刻，他拥抱了我，吻了我，他很幸福。我放心了，小声说了一句："我早就知道了，但我担心你会生气。"他说我不应该那么想，然后说了一句让我惊异的话："我们应该带着黛黛和艾尔莎去见一下我父母，告诉他们这个好消息，我母亲会非常高兴。"他想对他家人公开我们的关系，他想正式宣布他再次当父亲的事儿。我很顺从地表示同意，然后小声嘀咕了一句：

"你会告诉埃利奥诺拉吗？"

"这跟她没关系。"

"你现在还是她丈夫。"

"纯粹是名义上的。"

"我们的孩子要跟你姓，你要做认证。"

"我会的。"

我很激动地说：

"不，尼诺，你不会去的，你会一直假装下去，到现在你一直都在假装。"

"你跟我在一起不开心吗？"

"我很开心？"

“我忽视你了吗？”

“没有。但我离开了我丈夫，来到了那不勒斯，我的生活发生了翻天覆地的变化。而你呢，你还拥有你的家庭，你的家庭依然完好无损。”

“我的生活是你、你的两个女儿，还有你要生的这个孩子，其他都是必要的背景。”

“对谁是必要的？对你？对我当然不是。”

他紧紧地拥抱了我，喃喃地说：

“你要相信我。”

第二天，我打电话给莉拉，对她说：“一切都很顺利，尼诺听到这个消息后很高兴。”

- 40 -

接下来的几个星期，情况非常复杂。我经常想，假如我的身体没有那么自然愉快地适应妊娠，假如我和莉拉一样一直处于一种遭罪的状态，那我肯定会撑不过来的。在经过很多次推托之后，我的出版社最后出版了尼诺的那本杂文集。我现在的任务是要联系那几个我认识的、有点名气的人，让他们在报纸上推广一下这本书，我还要联系那些尼诺认识，但他因为骄傲不愿意打电话联系的人。我依然在模仿阿黛尔的处世方式，虽然我们现在关系非常糟糕。在同一个时期，彼得罗的书也终于面世了，他一有机会来看两个女儿，就给我带了一本。他很不安地等着我看上面的赠言（那句话有些尴尬：“给埃莱娜，教给我带着痛苦的爱”），我们俩都很激动，他邀请我去佛罗伦萨参加一个庆祝会，我不得不去，仅仅是因为他要把两个孩子带去。但在当时的情况下，我不得不面对公公婆婆公然的敌意，还有在去之前和回来之后尼诺的醋意。我和彼得罗的任何接触，都会让他醋意大发，看到书上面的赠言，他很生气，也愤愤不平，因为我说，我前夫的那本书非常精彩，现在整个学术界，还有报纸都带着敬意在谈论那本书。他很不高兴，因为他的那本书出版后默默无闻，无人理会。

无论我们的关系让我多么疲惫，无论我们的每个举动、我说的每句话、他说的每句话之后隐藏着多少危机，他不愿意听到彼得罗的名字，我提到弗朗科时，他的脸色也会变得阴沉。我和他的某个男性朋友说笑，他也会吃醋，但他觉得，他同时拥有我和他妻子，这很正常。有几次，我在菲兰杰里路上遇到了他，他和埃利奥诺拉，还有他们的两个孩子在一起。第一次，他们假装没有看到我就走了过去；第二次，我兴高采烈地堵在他们俩跟前，和他们说了几句，还谈到了我怀孕的事情，虽然那时候我的身材还看不出来。我后来极端愤怒地走开了，心都快从喉咙里跳出来了。后来，他批评了我的做法，他说，那种挑衅的行为是没有用的。我们吵架了（“我没告诉她，你是这孩子的父亲！我只是说我怀孕了”），我把他从家里赶了出去，后来我们又和好了。

在那些时刻，我忽然看到了自己真实的样子：很卑微，总是对他妥协，很小心，不让他陷于困境，不让他尴尬。我浪费我的时间，为他做饭，把他扔在家里的脏衣服洗干净，很留心地听着他在大学遇到的问题，还有他肩负的各种工作。因为周围人对他的喜爱，还有他丈人的权力，他的职务越来越多。每次他来的时候，我都和颜悦色，我希望他在我这里要比在另一个家里更舒适。我希望他休息好，对我倾诉，他肩负的各种责任让他很累，这会激起我的温情。我甚至问自己，埃利奥诺拉会不会比我更爱他，她为了不彻底失去尼诺接受了所有的事情。但有时候，我冒着被两个孩子听到的风险，忍不住会对着他叫喊：“我在这里是为了你，你跟我说说，我为什么要住在这座城市里，为什么我每天晚上都要等你，为什么我要容忍现在这个处境？”

在这种时候，他都会很害怕，会恳求我平静下来。可能是为了向我证明只有我是他的妻子，埃利奥诺拉对他来说是无关紧要的，他真的想在星期天带我去他父母家吃饭，他父母那时候住在民族路上。我没办法拒绝他，那天时间过得很慢，气氛很融洽。尼诺的母亲莉迪亚已经是一位年老的女人了，看起来一副饱受磨难的样子，她的眼睛里充满了惊恐，好像不是对于外面的世界的惊恐，好像威胁来自她的内心。至于皮诺、克莱利亚和西罗，我认识他们时，他们还是小孩子，现在他们已经长大成人了，有上学的，有工作的，克莱利亚甚至已经结婚了。后来，玛丽莎和阿方索也带着他们的孩子来了，我们开始吃饭。那餐饭非常漫长，有无数道菜，从中午两点开始，一直持续到晚上六点，有一种强颜欢笑的气氛，但也有真诚的情感。尤其是莉迪亚，她对我的态度，就像我是她家真正的媳妇一样，她让我坐在她旁边，她赞扬了我的两个女儿，为我肚子里怀的孩子感到高兴。

自然，多纳托是让我不自在的唯一原因，二十年后再见到他，这让我非常震惊。他穿着一件深蓝色的家居服，脚上穿着一双褐色的拖鞋。整个人好像变小变宽了，他不停地挥舞着粗大的手，他手背上有着深色的老年斑，指甲缝里有污垢。他的脸太松弛了，肉都垂了下来，他的目光很浑浊。他光秃秃的头顶上只有几缕染过的头发，颜色好像有些发红。他笑的时候会露出牙齿掉了之后留下的空洞。开始，他努力做出那种见过世面的男人的语气，好几次，他盯着我的胸看，说了一些暧昧的话。然后，他开始抱怨："这是什么世道，所有人都不守本分了，好像摩西十诫已经被废除了，女人谁还管那些，社会风气乱七八糟的。"但是，他的几个孩子都不理他，让他不要说了，最后他闭嘴了。吃完饭之后，多纳托把阿方索拉到一个角落里，想要得到他的关注。现在阿方索那么精致，那么俊秀，在我的眼里，他比莉拉还要好看。我时不时用一种难以置信的目光看着那个年老的男人。我想：小时候，在玛隆蒂海滩，我怎么能和这个龌龊的男人在一起过，那件事一定不是真的。噢！我的天，看看他现在的样子：秃顶、懒散、目光猥亵。他在我中学同桌的身边，阿方索现在那么女性化，就像一个穿着男性衣服的年轻女人。我和他在同一个房间，我和伊斯基亚时期的我已经全然相反。我想：今夕何夕？往昔何夕？

忽然间，多纳托叫我的名字，他很有礼貌地说："莱农。"阿方索也在对我招手，用目光示意我过去。我有些不安地走向他们待着的那个角落。多纳托开始用一种很高调的方式赞美我，就好像对着人群做演讲："这位女士是一位伟大的学者，一位在世界上无与伦比的作家！我很高兴在她小时候就认识她了。在伊斯基亚，和我们一起度假时，她还是一个小孩子，她通过我写的那些初浅的诗句，靠近了文学，她在睡觉前会读我写的书，是不是，莱农？"

他用一种不太确信的目光看着我，他的目光忽然变成了一种祈求。他用眼睛祈求我，让我确认，他对我走上文学道路起到了重要作用。我说，是的，是真的，我从小就不敢相信，我认识一个出版过一本诗集的人，而且他还在报纸上写文章。我对十几年前他在报纸上发表的书评表示感谢，那是关于我的第一本书的，我说那篇文章对我很有用。多纳托高兴得满脸通红，他变得神气起来，开始自我吹嘘，一边还抱怨说，因为那些平庸之辈的嫉妒和阻碍，他没能获得自己应有的声誉。这时候尼诺介入了，他二话不说，就把我拉到了他母亲跟前。

在回去的路上，他说了我，他说："你知道我父亲是什么人，根本不能理他。"我点了点头，用余光看着他。尼诺也会脱发吗？也会发胖吗？也会说那些比他幸运的人的坏话吗？现在，他是那么英俊的一个男人，我不想考虑这个问题。他在继续批评他父亲："他还不死心，真是越老越糟糕。"

- 41 -

在这个阶段，经过各种周折和不安，我妹妹也生了一个孩子，是个男孩，取名叫西尔维奥，是马尔切洛父亲的名字。因为我们的母亲身体一直都不好，我尽量去帮助埃莉莎，生完孩子后她的脸色像纸一样苍白，充满惊恐地看着刚出生的孩子。她看到刚生出来的儿子浑身是血，像是一个要死的小动物，她一下子就恶心了，但西尔维奥太有生命力了，他紧握着拳头在啼哭。她不知道怎么把孩子抱在怀里，怎么给他洗澡，怎么照料他脐带上的伤口，怎么给他剪指甲。他是一个男孩子，这也让她受不了。我试着教她怎么养孩子，但持续的时间很短。马尔切洛还是笨手笨脚的，他对我带着敬畏，但我能感觉到他的厌烦，就好像我在他家里会让他的生活更麻烦。埃莉莎也一样，她对我并不领情，我说什么，做什么好像都让她很烦。每天我都告诉自己：好了，我有很多事儿要做，明天我不来了，但第二天我还是会不由自主地去她家。

这是一个很糟糕的阶段，博洛尼亚火车站爆炸案刚过去几天，有一天早上，我在妹妹家里，天气很热，整个城区笼罩在一层灼热的雾气里。我接到了佩佩的电话：我们的母亲在洗手间里晕倒了。我马上跑去看她，她浑身发抖，在出冷汗，腹痛令她无法忍受。我终于强行带着她去看医生了。在短短的时间里，经过一系列的检查和诊断，她的病症得到了确诊，是一种恶疾，名字很难记，但我还是一下就记住了。城区的人说到癌症时，都不会直说，医生也一样，他们会把诊断结果很委婉地说出来，比城区的人要文雅一些，他们会说：这病很糟糕，是不治之症。

我父亲听到这个消息后就马上垮了，他根本没办法面对这个现实，他一下子就消沉下去了。我的两个弟弟眼里冒着泪花，脸色发黄，殷勤地侍奉了几天，留下钱之后就消失了，他们日日夜夜都忙于那些难以描述的工作，但他们留的钱在买药和治疗上简直太重要了。至于我妹妹，她受到了惊吓，整日穿着睡衣蓬头垢面地待在家里，西尔维奥一哭，她就把奶头塞到他嘴里。就这样，在我怀孕的第四个月，我母亲生病的责任就完全落在了我的肩头。

我并不觉得这是一个负担，我只是想让我母亲明白，尽管她一直都在折磨我，但我还是很爱她。我变得非常活跃：我让尼诺和彼得罗帮我找了一些著名的医生，我陪着她去看了几个名医，她动手术时，我一直守在医院里。她出院了，我带她回到家里，一直在精心照顾她。

天气热得让人受不了，我一直都很操心。我的肚子越来越大，非常明显，我的肚子里有另一颗心脏在跳动，和我胸膛里的心跳不一样，但同时，我一天天地看到我母亲越来越憔悴衰竭，这让我很心痛。我们走在路上，为了不让自己走丢，她一直都拉着我，就像我小时候拉着她的手一样，她对我的依赖让我很感动。她变得越来越脆弱和惊恐，我能安慰她，照顾她，这让我觉得自豪。

刚开始，她和之前一样古怪难缠。无论我说什么，她都会非常蛮横地拒绝。她觉得，她离了我什么都行。看医生？她想自己一个人去。医院？她也想自己一个人去。治疗？她也想自己来。她嘟囔着说："我什么都不需要，你走吧，你在我跟前，尽给我添乱，让我心烦。"但是，假如我晚到一分钟，她也会发火（"如果有事儿，你就不要跟我说你会来"）。我没有马上把她需要的东西拿给她，她也会骂我，或者她会一瘸一拐自己去拿，说我比睡美人还昏沉，她比我更有活力（"在那里，那里！你脑子在想什么呢！莱农，你心不在这儿，我要等着你，黄花菜都凉了"）。我跟医生和护士客气，她也会狠狠地批评了我。她咬牙切齿地说："这些烂人，你不啐到他们脸上，他们才不会管你呢，他们只会照顾那些让他们屁滚尿流的人。"但她内心还是在发生变化，她常常为自己的激动感到害怕，她走路时，好像会担心脚下的地板会裂开。有一次，看到镜中的自己，她感觉很惊异——她现在经常照镜子，带着一种前所未有的好奇。她用一种有些尴尬的语气问我："你记不记得我年轻时的样子？"然后她强迫我——用之前那种很暴戾的方式，让我向她保证，我不会让她在医院里接受治疗，不会让她一个人死在病床上。她说这话时，眼睛里充满泪水，就好像这两件事有必然联系一样。

尤其让我担心的是，她很容易激动，这是之前从来没有过的事情。我提到黛黛时，她会感动，假如她想到我父亲没干净袜子穿，也会很激动。她谈到埃莉莎现在要照顾小孩，她看着我越来越大的肚子，她想到了以前，我们城区房子周围的那些田野，也会感动得无法自己。总之，生病了之后，她表现出一种前所未有的脆弱，她不再那么易怒，但她变得很任性，经常难过得满眼泪水。有一天下午，她忽然大哭起来，因为她想起了奥利维耶罗老师，她以前一直那么讨厌我的这位老师。“你记不记得？”她说，“为了让你参加升中学考试，她坚持了多久？”她的眼泪简直止不住。“妈，”我对她说，“你平静一下，这有什么好哭的？”她为一些很小的事情绝望，这让我很震动，我不习惯她的这种表现。她一会儿哭，一会儿笑，就连她自己也难以置信地摇着头，她笑着跟我说，她也不知道有什么好哭的。

- 42 -

就是那种日渐脆弱，让她对我逐渐敞开心扉，那是我们之间从来都没有过的。刚开始，她为自己的疾病感到羞愧。假如她在我父亲、我的两个弟弟，或者埃莉莎和西尔维奥面前感觉到不适，她就会藏到洗手间，当他们很小心地问她：“妈，你感觉怎么样？开开门。”她不会开门，会斩钉截铁地回答说：“我很好，你们想干吗？我在厕所里待一会儿都不得安生。”但在我面前，她忽然就放开了，决定不掩饰自己，不再表现得那么羞怯。这是从一个早上开始的，当时我们在她家里，她跟我说起了为什么她成了瘸子——她是自己主动说的，没有任何开场白。她很自豪地说：“在我很小的时候，就像现在一样，死亡已经来找我了，虽然我还是一个小孩子，但我不屌它。你看吧，这次我还是不会屌它，我知道怎么受罪，我在十岁时就已经学会了，从那时候开始，我一直都没有停止过。假如你知道怎么受罪，死亡会敬重你，过一阵子它就自己走开了。”说这些话时，她把裙子拉起来，给我看了她那条有毛病的腿，就像那是一场古老战争留下的战利品。她挥舞着手，嘴唇上有一个僵硬的微笑，用惊恐的目光瞄着我，想看着我的反应。

从那之后，她充满怨气一言不发的时候越来越少了，她毫无禁忌袒露心声的时候越来越多。有时候，她会说一些很尴尬的话题。她对我说，她一辈子，除了我父亲，从来没有过其他男人。她还说出了关于我父亲的一件难以启齿的事情，就是他早泄。她不记得和我父亲拥抱时，是不是真的很喜欢。她说，她一直都很爱我父亲，到现在也一样，就像爱一个兄弟。她说，她一辈子最美好的时刻就是我——她的第一个女儿——从她肚子里出来时。她跟我说了她犯的最严重的罪过，因为这个罪过，她可能要下地狱，那就是：她对其他孩子没什么感情。她觉得他们都是对她的惩罚，都是来跟她讨债的，到现在她也这么觉得。她直截了当，没有绕弯子，最后对我说，我是她唯一真正的女儿。当她跟我说这些时，我记得我们当时在医院里，她那么难过，比平时哭得更厉害。她嘀咕着说：“我只为你操心，一直都是这样，就好像其他孩子都是养子，因此我活该遭到报应。真是失望啊！我心如刀绞啊，莱农！你知道吗？你不应该离开彼得罗，你不应该和萨拉托雷的儿子在一起，他比他父亲还糟糕，一个结了婚的诚实男人，一个有两个孩子的男人，不会去抢别人的妻子。”

我捍卫了尼诺。我想让她放心，我对她说，现在可以离婚了，我们两人都会离婚，然后再结婚。她听我说话，没有打断我。她已经没有力气像之前那样，在任何事情上都想证明自己有理，现在她只是摇着头。她已经瘦得皮包骨了，她脸色苍白，假如她要驳斥我，也是用一种缓慢、忧伤的语气：

“什么时候？在哪里结婚？我要看着你的日子，变得比我更糟糕吗？”

“不会的，妈，你不要担心，我会向前走的。”

“我不相信你，莱农，你已经停下来了。”

“你看吧，我会让你满意的，我们都会让你满意，无论是我还是几个弟弟妹妹。”

“我已经放弃了你的弟弟妹妹，我很羞愧。”

“这不是真的。埃莉莎什么都不缺，佩佩和詹尼现在工作赚钱，你还想要怎么样？”

“我想纠正之前的错误，我把他们仨都交给了马尔切洛，我错了。”

就这样，她小声跟我说了一些让我惊异的事情，一些让她无法放心的事儿。马尔切洛要比米凯莱还要坏，她说：“他把我的几个孩子拉入了一个泥潭，他看起来像是两个兄弟中比较善良的一个，但其实不是这样的。他已经让埃莉莎变心了，埃莉莎现在觉得自己完全是索拉拉家的人，不再为格雷科家着想，所有事情都向着马尔切洛。”她低声跟我说了这些，就好像我们不是在这个城市最大的一家医院——在一个肮脏、挤满人的等候大厅里，已经等了好几个小时了，而是在一个距离马尔切洛几步远的地方。我尽量让她不要担心，我说，事情没那么严重，年老和疾病让她容易夸张。我对她说：“你太过虑了。”她回答我：“我担心是因为我了解，你不了解，假如你不相信我，你可以问莉娜。”

这时候，说到最伤心处，她跟我说，现在城区比以前更糟糕了（堂·阿奇勒·卡拉奇在的时候，日子还好过些）。她跟我说到了莉拉，比其他时候更明确地肯定她，莉拉是唯一一个能把城区的事情理顺的人。莉拉能够利用那些好人，更会利用那些坏人。莉拉什么都知道，她也知道人们干的那些坏事儿，但她从来都不审判你，她明白，每个人都会犯错，她自己也会犯错，因此她会帮助你。在大路上，在小花园里，在那些或旧或新的大楼中间，莉拉在她眼里就像一个圣女战士，带着一种报仇雪恨的狂热。

我默默地听她说着，我感觉，在她的眼里，我的价值在于我和城区的这个新权威关系很好。她说，我和莉拉之间的交情很有用，我应该好好培养一下，我并没马上明白她为什么会那么说。

“你帮我一个忙。”她给我解释说，“你跟莉拉还有恩佐说说，让你的两个弟弟去他们那里上班，我不想让他们继续在街上晃荡了。”

我对着她微笑了一下，帮她理了一缕灰白的头发。她觉得自己不在乎其他几个孩子，但同时，她尤其为他们担心，她弯着身子，手抖动着，指甲苍白，紧紧握着我的手臂。她想把他们从索拉拉那里拉回来，交给莉拉。那是她弥补错误的方法吗？她一直都习惯于面对这场善与恶的斗争，这是她应对战争的策略吗？最后我总结出来，莉拉在她眼里是善的代表。

我对她说：“妈妈，你怎么说，我就怎么做，但即使是莉娜想要佩佩和詹尼——我觉得莉娜不会要他们，因为那里有很多新东西要学——他们也不会为了很少的钱去莉娜那里工作，在索拉拉那里赚的钱要多一些。”

她点了点头，脸色很阴沉，但她坚持说：

“你还是试试吧。你在外面，不知道这里的事情，所有人都知道，莉娜让米凯莱趴下了。现在她怀孕了，会变得更加强大。假如有一天她愿意，她会打断索拉拉兄弟的腿。”

- 43 -

尽管我要操心各种事情，怀孕的那几个月过得很快，但对于莉拉来说，时间却过得非常缓慢。我们经常发现各自怀孕的感觉彻底相反。我会说出类似于这样的话：我已经到第四个月了；她会说：我才到第四个月。当然她的脸色很快变好了，脸上的线条也变得柔和。但面临同样的生育过程，我们的身体继续以不同的方式承受这个阶段，我的身体是积极合作的态度，她的身体则是很不情愿的妥协。包括周围那些认识我们的人，也惊异于我的孕期那么顺利，而她的那么难熬。

我记得某个星期天，我们带着我的两个女儿在托莱多区散步，我们遇到了吉耀拉。那次会面对于我来说很重要，让我非常不安的是，我发现莉拉真的和米凯莱·索拉拉的疯狂举动有关。吉耀拉的妆画得很浓，但衣着却很马虎，她头发凌乱，丰乳肥臀，胯也更宽了。她看到我们好像很高兴，一直缠着我们。她对黛黛和艾尔莎很亲热，她把我们拉到了甘布里努斯餐吧里去了，她点了很多食物，甜的咸的都有，然后很贪婪地吃了起来。她很快就把我的两个女儿抛诸脑后，两个孩子也不再关注我们的谈话。当她极其大声地很详细地给我们讲起了米凯莱对她做的那些过分的事儿，两个孩子很快就厌烦了，她们满怀好奇地在餐吧里探索。

吉耀拉没办法接受这样的待遇。她说，米凯莱简直就是个畜生。他甚至对着她喊："不要老是威胁我，你去死啊！从阳台上跳下去，去死啊！""他觉得我一点儿脸皮也没有，一点儿也不敏感，他往我的胸口塞进一沓一沓的钱，以为事情就这样扯平。"吉耀拉很愤怒，也很绝望。她说——她是对着我说的，因为我一直在外面，不知道这些事儿——她丈夫对她拳打脚踢，把她从波西利波的家里赶了出来，让她带着孩子住在城区两间黑漆漆的小房间里。她开始诅咒米凯莱，希望他染上可怕的疾病，让他不得好死。说这些时，她改变了对象，她是对着莉拉说的。她对莉拉说这些话让我很惊异，就好像莉拉可以帮助她实现她的诅咒。她觉得莉拉是站在她这一边的。她非常激动地说："你通过工作从他身上挣了那么多钱，然后把他踢开了，你做得对！"又说："假如你使了手段，从他身上搞到更多钱，那就更好了。你真是幸运，你知道怎么对付他，你应该让他继续放放血。"她用刺耳的声音说："他最受不了你的漫不经心，你根本不理睬他，他会受不了，你越是不见他，你就过得越好，很好，很棒，你应该让他彻底疯狂，你要让他不得好死。"

这时候，她长长舒了一口气，假装放松了。她想起了我们的大肚子，想摸一下，她的大手几乎是搭在我的耻骨上，问我几个月了。我刚说我四个月了，她就感叹了一句："还好你已经四个月啦！"但面对莉拉，她忽然换了一种不客气的语气："有的女人，从来都生不出孩子，她们想把孩子永远怀在肚子里，你就是这种女人。"我跟她说，我们的月份相同，来年一月两个孩子都会出生。这也没用。她摇了摇头，对莉拉说："想想看，我还以为你已经生了呢。"她前言不搭后语地又补充了一句："米凯莱越是看到你的肚子，他就越受罪，你要尽量怀得时间长一点，你知道怎么做吧？你要挺着肚子，在他眼皮底下走来走去，要让他炸开。"这时候，她忽然说她有急事儿要走，但她重复了两三次，说我们应该经常见面（就像我们小时候，几个姑娘在一起，那时候多美啊！我们不管那些混蛋，应该只想着我们自己）。我的两个女儿这时候在餐吧外面玩儿，她跟两个孩子连招呼都没打，她只是笑着和服务员说了一些下流话就走了。

“她是一个笨蛋！”莉拉很不高兴地说，“我的肚子有什么不对劲的地方吗？”

“没有。”

“我呢？”

“你不要担心，你好好的。”

- 44 -

我说的是真的，莉拉好好的，没什么新状况。她还是那个非常不安的女人，有那种让人无法抵挡的吸引力，这种吸引力让她与众不同。她做的每件事情，无论好坏（她对怀孕的反应，她对米凯莱做了什么，他现在趴下了，她在城区做什么）还是让我们觉得，她的体验要比我们强烈，因为这个缘故，她的时间好像过得比我们慢。我跟她见面的次数越来越多了，尤其是我母亲生病的缘故，我经常回城区，我们之间形成了一种新的平衡。也许因为我的公众形象，也许因为我私人生活里的那些麻烦，我觉得自己要比莉拉成熟，而且我越来越确信，我可以把她接纳入我的生活，承认她的魅力，但不为之痛苦。

在那几个月，我总是东奔西跑，时间过得飞快。奇怪的是，即使是我带着母亲穿过整个城市去看病，我也感觉很轻松。假如我不知道把孩子交给谁照顾，我有时候会去找卡门，有时候甚至向阿方索求助——他给我打了好儿次电话，说我有事儿可以找他。但我最信任的人，尤其是黛黛和艾尔莎最愿意一起待的人，还是莉拉，但她一直工作缠身，而且怀孕也让她很疲惫。我们的肚子膨胀的方式也不一样。我的肚子又大又宽，像是向两边伸展开了，而不是向前；她的肚子很小，在窄窄的胯骨中间，像一个正要从骨盆滚下来的皮球。

我一对尼诺说了我怀孕的事儿，他就把我带到了一个妇科医生那里，那是他同事的妻子。我比较喜欢那个女医生，她很专业，也很热情，她的态度和能力，佛罗伦萨的那帮医生简直没法比。我很热情地和莉拉谈到了这位医生，促使她和我一起去试一下。后来我们一起去找医生检查，我们和医生说好了要同时进去。轮到我检查时，她待在一个角落里，默不作声；当轮到她时，我会拉着她的一只手，因为她在医生面前还是会很紧张。但最完美的时候是我们在等候大厅的时候，我可以暂时忘却我母亲的病，回到小时候。我们喜欢挨着坐着：我是金发，她的头发是黑色的；我很安静，她很焦虑；我很客气，她很狐疑。我们是两个相反的人，但又那么一致，我们和其他怀孕的女人不同，我们用嘲讽的目光看她们。

那是一个小时的快乐时光，很难得。有一次，我想着我们身体里正在成形的小生命，我想到了小时候我们在院子里，一个挨着一个坐着，就像现在在等候大厅里一样，那时候我们抱着娃娃在扮家家。我的娃娃名叫蒂娜，她的叫诺。她把蒂娜扔到了黑暗的地窖里，出于报复，我把她的娃娃也扔了下去。我问她：“你记不记得？”她有些迷惘，脸上带着一个柔和的微笑，好像很难回想起来。然后，我在她耳边笑着告诉她，我们来到可怕的阿奇勒·卡拉奇的门前，当时的勇气，还有感到的恐怖。阿奇勒是她未来丈夫的父亲，我们说他偷了我们的娃娃。她也笑了起来，我们像两个傻子一样在笑，惊扰了周围那些安静地等待的大肚子女人。

只有在护士叫我们时，我们才止住笑：赛鲁罗和格雷科——我们给的都是我们在娘家时的名字。护士是一个很开朗的人，每次碰到莉拉，都会摸着莉拉的肚子说：“这里头是个小子。”对我说：“这是个丫头。”然后她带我们进去。我对莉拉小声说：“我已经两个丫头了，你真的生个小子，你能不能给我啊？”她回答说：“好呀，我们换一下，这有什么嘛。”

医生总是跟我们说，一切正常，检查结果很棒，都很顺利。她特别注重我们的体重——莉拉一直那么瘦，而我总是趋向于发胖，每次检查时，她都要说莉拉的状况比我要好。总之，尽管我们俩都有很多麻烦事儿要面对，但在那种情况下，我们一直都很幸福，在三十六岁时，我们又找到交流感情的方式，尽管各个方面差别很大，但我们的心很近。

但是，当我上到塔索街，她赶回城区，在我看来，我们之间的距离又扯开了。毫无疑问，我们现在的息息相通是真实的，我们喜欢待在一起，这会让我们的生活轻松一些。但是有一个无法否认的事实：我几乎对她讲了我所有的事，但她对我几乎什么都没说。从我的方面，我没办法不对她说我母亲的事儿，我正在写的文章，或者黛黛和艾尔莎的问题，甚至是我作为情人和妻子的处境（我没有说是谁的妻子和情人，因为最好不要提到尼诺的名字，其余的事情我都会跟她说）。当她说到自己，说到她父母、里诺、弟弟妹妹还有詹纳罗给她带来的不安，她还会说到我们的朋友和认识的人——恩佐、米凯莱、马尔切洛·索拉拉，还有整个城区时，她说得很含糊，就好像她无法彻底信任我。很明显，我是已经离开的人，尽管我又回来了，但我的眼光不一样了，我生活在那不勒斯的富人区，已经没法完全被我的城区接纳了。

- 45 -

我有着双重身份，这是真的。在塔索街上，尼诺会把一些有文化的朋友带过来，他们对我都很尊敬，他们尤其喜欢我的第二本书，有的想让我看看他们正在写的东西。我们经常讨论到深夜，一副头头是道的样子。我们会问，现在无产阶级还存在吗？我们会用比较友好的语气，提到左派的社会主义党，会带着怨气和敌意提到意大利共产党。关于这个越来越破旧的国家如何统治，我们讨论得不可开交。他们中有人吸毒，但他们很自豪。他们讽刺地说道现在有一种新趋势，好像是若望·保禄二世教皇的夸张布道，目的是要把自由性爱的所有实践都压制下去。

但是，我的生活不仅仅是在塔索街上，我不想被困在那不勒斯，我经常出门，和两个孩子去佛罗伦萨。彼得罗已经和他父亲在政治上决裂很长时间了，他和尼诺完全不同，尼诺现在已经开始靠近社会主义党，而彼得罗公开宣布自己是共产党。我在他那里待上几个小时，静静听他说话。他会赞扬他的党派诚实有效。他跟我提到了大学的问题，他的书在英语国家学术界受到了广泛好评。我把两个孩子留给他和多莉娅娜，又开始旅行，我去米兰，去我的出版社，尤其是要对抗阿黛尔对我的诋毁和非难。主编告诉我——有一天晚上，他请我吃晚饭——我婆婆不失时机地说我的坏话，她给我贴的标签是：一个不可靠、不专一的女人。我很费力地讨好在出版社遇到的每个人，尽量说一些有水平的话，我积极回应公关部门的任何要求。我对主编说，我的新书已经写得差不多了，但其实我还没开始写。我接着旅行，我去佛罗伦萨接两个孩子，南下到那不勒斯，重新陷入混乱的交通。在那里，本应属于我的东西也需要漫长等待，还有让人精疲力竭、充满争执的排队，我要努力让别人正确对待我，我带着母亲出去，辗转于医生、医院、化验室之间。结果是，在塔索街或者在意大利的其他地方，我感觉自己是一个带着光环的女士，但到那不勒斯，尤其是在我们的城区，我会失去我的优雅，没人读过我写的第二本书，假如骚扰我的人让我生气，我会马上用方言骂出非常肮脏的话。

我觉得，社会上层和下层的唯一联系是流血，在威尼托、伦巴第、艾米利亚、拉齐奥和坎帕尼亚大区，屠杀事件越来越多了。我早上会扫一眼报纸，有时候，我觉得我们的城区比意大利任何地方都要安宁。当然事情并非如此，城区还是充斥着我们习以为常的暴力事件：男人之间会斗殴，女人间也会打架，有人会因为一些莫名其妙的原因被杀死，有时候，暴力甚至会出现在那些相爱的人之间，关系变得紧张，语气也会充满威胁。但大家对我还是很敬重，他们对我的态度是：我是一个受欢迎的客人，但我不应该插手那些我不了解的事情。我感觉，我是一个外部观察者，掌握了足够多的信息，但我还是觉得，卡门或者恩佐以及其他人，他们知道得比我多，莉拉会对他们说一些不会对我说的秘密。

有一天下午，我和两个孩子在“Basic Sight”的办公室里——那里一共有三个小房间，从窗户可以看到我们小学的入口，卡门知道我在城区，就过来跟我打招呼。出于友情，我提到了帕斯卡莱，虽然我想象他已经成了一个误入歧途的孤胆战士，卷入到那些可怕的犯罪中。我想知道有什么新消息，但我感觉，卡门和莉拉的表情变得有些僵硬，就好像我说了不该说的话。但她们没有改变话题，我们谈论了很长时间帕斯卡莱，说得具体一点，我们是让卡门表达了她的不安。我感觉，出于某种原因，她们决定不对我多说。

有两三次，我在城区还遇到了安东尼奥。有一次，他和莉拉在一起，另一次他是和莉拉、卡门还有恩佐在一起。让我惊异的是，他们之间的友谊好像又重新变得坚固，最让我惊异的是安东尼奥，他之前是索拉拉兄弟的打手，他现在像换了主人，好像是为莉拉和恩佐工作。当然了，我们从小就相互认识，但我感觉他们之间和原来不一样了。他们四个看到我，就好像他们也是偶然相遇一样，但那不是真的，我感觉到他们之间有什么秘密协定，不愿意让我知道。是关于帕斯卡莱吗？是关于公司的经营吗？是关于索拉拉兄弟吗？我不知道。在我们见面的那几次，有一次安东尼奥对我说——但语气不是那么热烈："你怀孕后更漂亮了。"或者，这是我唯一记住的句子。

这是因为他们不信任我吗？我不觉得。有时候我想，因为我现在的体面身份，在莉拉眼里，我已经失去了理解他们的能力，因此她想保护我，免得我因为不了解情况而犯错。

- 46 -

无论如何，虽然一切都很明显，我还是感觉不对劲，那是一种不踏实的感觉。好像莉拉小时候就经常搞的老戏法，我觉察到了这一点：她会统筹全局，让人感觉事情的表面下面什么也没有。

有一天早上，还是在"Basic Sight"，我和里诺聊了几句，我已经很多年没看到他了，都快要认不出他来了，他很瘦，眼睛很迷离，对我过分热情，他甚至过来用手触摸我，就好像我是一块橡皮。他信口说了一些计算机的事儿，还有他负责的大买卖。后来忽然间，他的语气变了，我感觉他的哮喘好像犯了，他莫名地开始低声咒骂起他妹妹。我对他说："放松深呼吸。"我们在莉拉的房间门口，房门闭着，我想去给他倒一杯水，他忽然把我丢在那里，自己走了，就好像担心莉拉会骂他。

我敲了门进去了，我很小心地问，她哥哥是不是病了。她做了一个很厌烦的表情，说："你知道他是什么人。"我点了点头，想到了埃莉莎，我说，兄弟姐妹的关系不是总那么顺。这时候，我想起了佩佩和詹尼，就跟她说了我母亲的担忧，她想把他们从马尔切洛·索拉拉的手下弄出来，让我问问她能不能给他们谋一份差事。这些句子——从索拉拉的手下弄出来，给他们谋一份差事——让她眼睛眯了起来。她看着我，就好像要明白我知不知道自己在说什么。她很确信，我并不知道自己在说什么，就很刻薄地说："我不能让他们来这里，莱农！里诺已经够我受的了，更不用说詹纳罗的风险。"我当时不知道怎么回答她。詹纳罗、我的两个弟弟、她的哥哥、马尔切洛·索拉拉，我想和她谈谈这几个人，但她回避了这个话题把话题转到了其他事上。

后来我提到阿方索时，她也表现出这种避而不谈的态度。阿方索现在为莉拉和恩佐工作，但不像里诺那样在公司里转来转去，没有具体的事情做，阿方索工作非常出色。莉拉和恩佐把阿方索带出去，去客户的公司里收集数据。阿方索和莉拉之间的关系好像要比工作关系更加密切，那不是一种难以控制的吸引力——就像之前阿方索跟我说的，好像有更深一层的东西，我没办法说清楚。好像他有一种需求，就是想一直留意着莉拉的一言一行，那是一种非常特殊的关系，建立在她一系列秘密的指引上，那种关系重新塑造着阿方索。

我很快确信，马尔蒂里广场上鞋店的关张，还有阿方索的辞职都和莉拉的指引有关。但假如我要问起米凯莱的事儿——她是怎么摆脱米凯莱的，为什么米凯莱会开除阿方索，莉拉都会笑一声，说："我该怎么说呢，他的鞋店开张关张，做买卖，搞破坏，生别人的气，米凯莱知道自己想要什么。"

她的笑不是嘲笑，也不是满意或者高兴的笑，她的笑是为了避免我进一步问这个问题。有一天下午，我们在千人军街上买东西。很多年里那都是阿方索的领地，他自告奋勇陪我们去了，他有一个朋友开了一家店，卖的东西很适合我们。大家都已经知道他是同性恋，只是表面上一直和玛丽莎生活在一起，但卡门已经跟我说了，阿方索的两个孩子都是米凯莱的。卡门还跟我嘀咕了一句说："玛丽莎现在是斯特凡诺的情妇——是的，斯特凡诺，就是阿方索的哥哥斯特凡诺，莉拉的前夫，这是最近才传出来的闲话。"卡门的语气里充满了喜爱，"但是阿方索才不管这些呢，他和他妻子各过各的，日子还是向前过着。"所以，我看到他那个开店的朋友也是个飘飘——就像阿方索给我们介绍时说的，我一点儿也不惊讶，让我惊讶的是莉拉对他的摆布。

我们都在那里试穿孕妇装，从试衣间出来后，我们从镜子里看见阿方索和他的朋友在看着我们，建议我们穿什么衣服，不建议我们穿什么衣服，气氛非常融洽。后来莉拉毫无缘由地开始焦躁，她摸着自己圆滚滚的肚子，她不喜欢自己，很疲惫。她对阿方索说了一句类似这样的话："不要给我建议一些不适合我的东西，你会穿这个颜色吗？"

我感觉，发生在我身边的事情，就是介乎于可见的和掩藏的事实之间的东西。忽然间，莉拉抓起了一件深色的裙子，就好像店里的镜子坏了，她对过去的小叔子说："让我看看，我穿起来怎么样。"她说了一句不合常理的话，就像是一个普通的请求，阿方索二话不说就拿起了那件衣服，消失在试衣间里。

我还是接着试我的衣服，莉拉很漫不经心地看着我，无论我穿什么衣服，店老板都说很好看。这时候，我很不安地等着阿方索出现。他出来时，我简直目瞪口呆。我的老同桌披散着头发，穿着优雅的衣服，简直是莉拉的翻版。他对莉拉的模仿，我在很久之前就已经注意到了，现在忽然成为一个确凿的事实。也许当时他要比莉拉更漂亮，他是一个女性化的男性，就是我在书上写过的那些男人，他们总是在通向保存"维特莱山黑圣母像"圣堂的那条路上出没。

他带着一丝不安问莉拉："你喜欢自己这样吗？"店老板很激动地鼓起掌来了，很知情地说了一句："我知道谁会喜欢，你很漂亮。"他们说的都是隐语，都是一些我不知道，但他们知道的事。莉拉做了一个神秘的微笑，对阿方索说了一句："我送给你。"她没再说别的。阿方索很高兴地接受了，也没有多说，就好像莉拉已经和他还有他的朋友交代过了。不用问，够了，我已经看到和听到够多了。

- 47 -

她那种巧妙摇摆于直接和暧昧的态度，有一次让我感觉尤其痛苦，就是我们一起去看妇产科医生时，唯一不愉快的那次。那时候已经十一月了，城市还是很炎热，就好像夏天一直迟迟不肯离去。莉拉在路上忽然感觉不舒服，我们就在一家水吧里坐了一会儿，然后有点儿担忧地向妇产科诊所走去。莉拉用一种自嘲的语气跟医生说，她肚子里的小东西已经很大了，一会儿踢一会儿拽，让她一刻不得安生，让她很虚弱。妇产科医生满怀兴趣地听她说，让她放心下来。她说："您会生一个像您一样的儿子，很活跃，充满想象力。这很好，一切都很正常。"在离开之前，我多问了一句：

"您确信，她一切都很正常？"

"很确信。"

"那我怎么了？我感觉很不舒服。"莉拉也忍不住问。

"这和您怀孕没什么关系。"

"那和什么有关系？"

"和您的头脑。"

"您知道我头脑是什么情况？"

"您的朋友尼诺说，您的脑子很好使。"

尼诺？朋友？我们不说话了。

我们出去之后，我费了好大的劲儿，才说服莉拉不要换医生。在离开之前，她用那种最不客气的语气对我说："你的情人肯定不是我的朋友，我觉得，他也不是你的朋友。"

我不得不考虑这个问题：尼诺不牢靠。在过去，莉拉已经给我展示了那些我不知道的事情，现在她是在向我暗示她已经看到但我还没注意到的事吗？让她解释也没有用，她话没说完，就气呼呼地走了。

- 48 -

后来，我和尼诺为这事儿吵了一架。我说他不应该那么出言不慎，尽管他信誓旦旦地否认，但我确信，他一定是对他同事的妻子说过那些话。尽管我习惯把一切都埋在心里，那次我也忍不住发脾气了。

我没告诉他，莉拉觉得他是一个爱撒谎的叛徒。我知道那没有用，他一定会笑起来。但我怀疑，莉拉暗示他不值得信任，肯定有什么更具体的原因。那是一种迟缓的怀疑，夹杂着一丝不情愿，我没有任何意愿把这种怀疑转化成一种让人无法忍受的现实，但无论如何，怀疑一直在持续。因此，十一月的一个星期天，我先去了我母亲那里，然后在下午六点去了莉拉家里。我的两个女儿在佛罗伦萨她们的父亲家里，尼诺和他家人（那时候，我就是这么说的："你的家人"）去参加他丈人的生日聚会了。至于莉拉，我知道她一个人在家，恩佐有事要去阿维利诺的亲戚那里，他把詹纳罗也带去了。

我肚子里的孩子很不安分，我说，这是天气太热的缘故。莉拉抱怨肚子里的孩子太折腾，在她肚子里不停地拳打脚踢。为了让肚子里的孩子平静下来，莉拉想去散散步。但我去的时候带了点心，还煮了咖啡，在那个面朝大路、非常简朴的房间里，我想坐下来和她心平气和地谈谈。

我假装特别想和她聊，我先说到了一些我不是特别关心的话题——为什么马尔切洛说，是你把他弟弟毁掉了？你对米凯莱做了什么？然后我要用一种半开玩笑的语气，就好像只是想说说笑而已，但我的目的是一步步让她说出心里话，我要问她一个我最在意的问题：关于尼诺，有什么事情是她知道而我不知道的。

莉拉很不情愿地回答了我的问题。她一会儿坐着，一会儿站起来。她说，她肚子的感觉就像喝了好几升汽水儿。她说，奶油蛋卷的味道让她受不了，平常她很喜欢吃，但现在她觉得那味道太糟糕了。“你知道马尔切洛是什么人。”她说，“他从来都没有忘记我小时候对他做的，但他是一个懦夫，不敢当面把话说出来，他表面上装作是一个善人，一脸无辜，却喜欢在背后说人闲话。”这时候，她用那个阶段她常用的语气，就是热情里夹杂着一丝不恭，她说：“你现在是个阔太太了，你不要再操心我的那些烂事儿了，跟我说说你母亲怎么样了。”她只想和我聊我的事儿，但我没死心，说完我母亲的身体，还有她对埃莉莎还有我两个弟弟的担忧，我又把话题扯到了索拉拉兄弟身上。她用满是讽刺的语气说，叹了一口气说，男人最热衷的事儿就是搞女人。她笑着解释说：“不是马尔切洛——虽然他也一样——我说的是米凯莱，他后来发疯了。他一直以来都对我有意思，他对我影子的影子都会穷追不舍。”她特别强调地说了“我影子的影子”。她说，因为这个缘故，马尔切洛才很生她的气，威胁了她，他无法忍受她像对狗一样对待米凯莱，用绳子拴住他带上街去遛，他觉得这很丢脸。她说这些时，依然在笑，她后来忽然冒出来一句：“马尔切洛以为自己能吓唬到我，真是的！唯一真正让人害怕的人是他母亲，你知道她后来的下场了吧。”

她在说话时，一直在摸自己的额头，抱怨天气太热，还有她早上起来轻微的头疼，到现在还没消退。我明白，她一方面想让我放心，一方面又向我展示出，她每天工作和生活背后的一些事，在新旧城区的街道上，在那些房子里发生的一些事情。一方面，她好几次都否认这里很危险，另一方面，她又说了各种各样的犯罪：勒索、殴打、偷盗、放高利贷和恶性报复。曼努埃拉的那本秘密的红本子，在她死了之后开始由米凯莱掌管，现在是马尔切洛掌管——因为不放心，他从他弟弟手里要了过来。马尔切洛现在也掌管着他们家所有合法和非法的生意，也包括和警察局的交涉。她忽然说："好几年前，马尔切洛把毒品带到了城区，我想看看，这事儿怎么收场。"还有类似于这样的句子。她脸色很苍白，一边用裙摆扇风。

她提到的所有事儿，只有毒品让我印象深刻，尤其是她提到毒品时，用了那种非常鄙夷的语气。在那段时间，对于我来说，使用毒品很正常，在马丽娅罗莎家里，有时候在塔索街上的房子里，经常有人会吸。我自己从来没吸过，除了出于好奇，抽过几次大麻，但其他人这样做我觉得没什么大不了的。在我当时出没的那些场合，还有来往的人，大家都觉得这些没什么大不了。就这样，为了和她聊下去，我提到了这些使用非法毒品的人，还特别举了在米兰时的例子，在马丽娅罗莎看来，使用非法毒品是个人享受的众多渠道之一，是一种文明的释放形式，可以让人打破禁忌。莉拉很不赞同地摇了摇头："释放什么？莱农，帕尔米耶里太太的儿子两个星期前吸毒死了，他们在小花园里找到了他。"我感觉，我说的那个词——释放，还有我说这个词时赋予它的正面价值，激起了她极大的反感。我一下变得很不自在，鼓起勇气说了一句："他会不会是心脏病发作了呢。"她回答道："是海洛因发作了。"她草草结束了话题："不说了，我好烦，大星期天的，我不想说索拉拉兄弟的那些烂事儿。"

话虽然这么说，但她还是比其他时候说了更多他们的事儿。过了很漫长的一刻，因为烦躁不安，也因为疲惫，也可能是因为她的选择——我不知道——莉拉把话题扯开了。我意识到虽然只有寥寥几句，她还是在我脑子里填满了各种各样的影像。我早就知道米凯莱想要她——他用那种非常抽象、偏执的方式想要她，这种欲望折磨着他，很明显，她利用这一点让他趴下了，但她提到了她"影子的影子"，让我马上想到了阿方索。阿方索特别像她的影子，在千人军街的那家店里，阿方索穿着那条裙子时我仿佛看到了米凯莱——一个被迷惑的米凯莱，他掀开了那条裙子，把阿方索揽到自己怀里。至于马尔切洛，忽然间毒品已经不是我通常想的那样，只是那些富人们休闲的游戏，我感觉毒品已经转移到了教堂旁边的小花园里，已经变成了一条毒蛇，毒液慢慢渗入到我的两个弟弟、里诺，也许还有詹纳罗的身体里。这条毒蛇会杀人，会把钱带到曼努埃拉·索拉拉那里，那个红本子先是由她保管，后来经过米凯莱又交到马尔切洛手上，现在那个本子应该在我妹妹家里，在我妹妹手上。我又一次感到莉拉说话的那种魅力，她用短短几句话就能激起很多想象。她很随意地说着，说几句，停下来，让那些场景和情感慢慢浮现出来，她不补充别的。我有些凌乱地想：我错了，我在写作时，只是写出了自己所知道的。我应该像她说话那样写作，我要留下旋涡，我要建立一些桥梁，但并不完全描述出来，我要强迫读者去注视流水。马尔切洛·索拉拉、我妹妹埃莉莎、西尔维奥、佩佩、詹尼、里诺和詹纳罗很快掠过我的脑海，还有跟在莉拉的影子的影子后面的米凯莱，我想象着帕尔米耶里太太的儿子的血管——我连他是谁都不知道，现在我为他感到心痛，他的血管和尼诺带到塔索街上的那些人的血管全然不同，和马丽娅罗莎家里的那些人的也不一样。现在我想起来了，马丽娅罗莎的一个女性朋友病了，后来不得不去戒毒。有人可以幸免，有人会死掉。我不知道我大姑子现在在哪儿，我已经很长时间没有她的消息了。

我很努力地从脑子里抹去那些影像：男人之间放荡的性交，插入到血管里的针管，欲望和死亡。我试着和她继续聊下去，但我感觉有些不对劲儿，那个午后的炎热让我喘不过气来。我记得我的腿很沉重，脖子上全是汗水，我看着厨房墙壁上的钟，那时候刚刚七点半过一点。在灰暗的灯光下，我感觉自己再也不想提到尼诺，比如问坐在我面前的莉拉：关于尼诺，她知道什么我不知道的事儿。她知道很多，甚至太多了，她本可以让我想象一些再也无法抹去的场景：他们曾经一起睡觉，一起学习，她帮助过他写过文章，就像我帮他修改文章一样。我忽然感到一阵嫉妒和醋意，让我很痛苦，我尽量把这些话压制下去了。

或者，把这些话压下去的，是这栋楼和大路底下的轰隆声，就好像大路上那些来来往往的卡车向我们的方向开来了，就好像这些卡车马力十足，开到地下，在这栋楼房的地基下横冲直撞。

- 49 -

我喘不上气来，有那么一刹那，我不明白发生了什么事。咖啡杯在小碟子上颤抖，桌子腿碰到了我的膝盖。我一下子站了起来，我意识到莉拉也很忧虑，她也想站起来。椅子向后倒去，她试着想抓住它，但她的动作很慢，她弯着腰，一只手伸向前面，伸向我的方向。她的另一只手伸向椅子背，她眯着眼睛，好像在做出决定之前的表情。这时候房子下面的轰隆声依然在继续，就好像地下的一阵风，正在地板下掀起一阵神秘的波浪。我看着天花板，灯泡和上面的浅红色玻璃灯罩一起在摇晃。

地震了！我喊道。地在摇晃，脚下爆发了一场风暴，像一阵摧枯拉朽的风，在摇撼着整个房屋，墙壁在咯咯吱吱作响，好像膨胀起来了，墙角在开合。天花板洒下来一阵阵灰尘，和墙壁上抖落的灰尘混合在一起。我冲向了门口，又喊了一句：“地震了！”但冲向门口只是我的一个意图，其实我没办法向前迈一步，我的脚很沉重，一切都很沉重，脑袋、胸口，尤其是肚子。我想踩上去的地板，好像忽然收缩回去了，之前还在，一刹那间就远去了。我想到了莉拉，我用目光搜寻着她。那把椅子终于倒在地上，家具——尤其是一个老橱柜上面的所有东西：杯子、刀叉、中国的小玩意儿，都随着窗户玻璃一起抖动，就像刮风时屋檐口上长着的杂草。莉拉站在房间中央，她弯着腰，低着头，眯着眼睛，眉头紧皱，她的手紧紧抱着肚子，就好像担心肚子会蹦出去，消失在周围飞扬的灰尘里。过了漫长的几秒，一切都没有恢复。我叫她，她没有反应，我感觉她很冷静，她是在场的所有事物之中唯一能对抗这种抖动和摇晃的。她好像抹去了所有感觉：耳朵听不到，鼻子也不再呼吸，她的嘴巴紧闭着，眼皮也合拢着，她是一个僵硬的、一动不动的身体，只用张开手指捂着肚子的两只手是活的。

莉拉！我叫她。我要过去抓住她，把她从屋子里拉出去，那是最要紧的事情。但我的潜意识忽然又冒了出来，对我说：你应该像她那样，你应该一动不动，抱着肚子，保护好你肚子里的孩子，不要跑开。我很难做决定，尽管我们只有几步远，走到她跟前却是一件很艰难的事情。最后我抓住了她的一条胳膊摇晃了一下，她睁开了眼睛，我只能看到她的眼白。整个城市都在呼啸，维苏威火山、街道、大海、全部城区、法院路的老房子，还有波西利波的新房子，声音大得让人无法忍受。莉拉甩开了我，喊道：“不要碰我！”那是非常愤怒的叫喊，这声叫喊和地震漫长的几秒，深深地刻在了我的脑子里。我明白我错了：她总是能掌控一切，在那个时刻，她什么都掌控不了。她吓得已经动不了了，她害怕，即使我轻轻碰她一下，她就会破裂。

- 50 -

我用了很大的劲儿，又推又搡，再加上恳求，才把她拉到外面。我害怕，在刚才那阵让我们无法动弹的地震之后，会来另一场更彻底、更可怕的地震，会让一切都倒塌。我说她，恳求她，提醒她我们要保护肚子里的孩子。这样，我们也和大家一样，卷入慌忙失措的举动和叫喊中，就好像整个城区和城市的心脏快要破裂了。我们刚来到院子里，莉拉就吐了，我也强忍着呕吐。

那次地震——一九八〇年十一月二十三日的那次地震，还有随之而来的无穷无尽的余震，都深深刻在了我们的脑子里。这场地震，打破了我们往常那种坚固的信念：下一秒和上一秒会完全一样，下一秒的声音、动作都是我们熟悉的。我进入了对任何保证都会产生怀疑的阶段，我趋向于相信各种各样的预言，我开始关注这个世界支离破碎的迹象，我非常焦虑，很难恢复正常，每一秒都无比漫长。

街上要比家里更混乱，到处都是叫喊的声音，一切都在动，我们听到了一些传言，让我们的恐惧增加了百倍。我们看到铁路那边有红色的光，维苏威火山醒了过来。大海掀起的巨浪，撞击着梅格丽娜区、市政府还有起亚塔莫内。红桥那里塌陷了，“彼岸托”公墓和里面的死者一起下沉了，波焦雷亚莱监狱全塌了，犯人要么被压在了废墟下面，要么逃走了，现在他们在街上杀人放火，只是为了取乐。通往海边的隧道也塌了，把半个城区都埋了。传出很多危言耸听的消息，每个人都加入了自己的想象。我看到，莉拉什么都信，她在我怀里瑟瑟发抖。“整个城市都很危险，”她小声对我说，“我们要离开这里，房子会倒塌，把我们压在下面，下水道在往上喷水，你看看这些老鼠都在逃跑。”很多人都开车逃离，道路马上就塞住了。她拉住我，喃喃地说：“所有人都去乡下，那里要安全一些。”她想要去她的汽车那里，想去一个开阔的地方，头顶上只有天空，塌下来也不会那么重，我没办法让她平静下来。

我们来到了汽车跟前，但莉拉没钥匙。我们从家里跑出来时，什么都没拿，门在身后拉上了，我们回不了家了，再说，我们也没有勇气回去。我抓住了一个车门把手，使尽全部力气拉，摇晃，这时候莉拉在叫喊，就好像我拉车门这个动作制造了极大的噪音，让她受不了。我看着周围，我看到了一块从矮墙上脱落下来的大石头，我用石头砸开了一个车窗。“我会找人给你修的，”我说，“我们在车上待一会儿，一切都会过去的。”我们坐到汽车里，但地震并没过去，我还是感觉到地在抖动。透过落满尘土的挡风玻璃，我们看着城区的人都一堆一堆围在那里交谈。当一切似乎平息下来了，但这时候有人一边跑，一边喊着过来了，这让大家都四散跑开，有人狠狠地撞到了我们的车上，我的心跳简直都要停下来了。

- 51 -

我很害怕，是的，简直太害怕了。但让我吃惊的是，我没莉拉那么害怕。在地震的那几秒里，她忽然褪去了一切武装，和一分钟前成为了截然不同的一个人——之前，她是那么的工于心计，能控制自己的思想、语言和动作，但在当时的情况下，好像这些武装都没有用。她是另一个女人，她又一次成为了我在一九五八年元旦夜里看到的那个人，卡拉奇家和索拉拉家的烟火战争开始之后的那个女孩，或者是把我叫到圣约翰·特杜奇奥的那个女人，那时候她在布鲁诺·索卡沃的工厂里工作，她觉得自己得了严重的心脏病，确信自己要死了，想把詹纳罗托付给我。在过去，两个莉拉之间的联系还在，但我眼前这个女人好像直接从地里冒出来的，她一点儿也不像几分钟前，我嫉妒的那个女人——特别擅长遣词造句，说什么都很能打动人，现在她们就连面部的线条也不一样了，眼前这个莉拉因为恐惧，面部变得扭曲。

我永远都不能忍受这样急遽的变形，我的自控力是稳定的，周围世界在最可怕的时候，我也能自然接受。我知道，黛黛和艾尔莎在佛罗伦萨，和她们的父亲在一起，那里不会有任何风险，这让我很放心。我希望，最可怕的时刻已经过去了，我们的城区没有房屋倒塌，尼诺、我母亲、我父亲、埃莉莎还有我的两个弟弟，他们一定像我们一样受到了惊吓，但也像我们一样没事儿。但莉拉没办法平静下来，她没办法和我想法一样。她在发抖，整个身子缩成一团，她抚摸着自己的肚子，一点安全感也没有。对于她来说，詹纳罗和恩佐已经失联了，已经找不到了。她眼睛紧闭着，发出让人心悸的呻吟，她只是抱着肚子，语无伦次，不断重复着一些形容词和名词，说着一些没有意义的句子，但她说得很确信，还一边拽着我。

有很长一段时间，我给她指着一些我们认识的人，我打开车窗，挥舞着手臂，呼唤着他们，想让她想起他们的名字，让他们也讲讲这次地震糟糕的体验，也让她说几句正常的话，但没有用。我用手指着卡门和她的丈夫，还有几个孩子，他们用枕头挡在头上，看起来很滑稽；我给她指着一个男人，可能是卡门的小叔子，他甚至背了一个床垫，他们和其他人一起向火车站走去，走得很快。他们都带了一些很没意义的东西，有一个女人手上拿着一口平底锅。我给她指着安东尼奥、他的妻子还有孩子，那几个孩子很漂亮，就像电影里的人物，让我惊呆了，他们不慌不忙地坐上了一辆绿色的小面包车，然后出发了。我给她指着卡拉奇全家人，还有几个相干的人：丈夫、妻子、父亲、母亲、同居者、情人等等，也就是说斯特凡诺、艾达、梅丽娜、玛丽亚、皮诺奇娅、里诺、阿方索、玛丽莎还有他们的孩子——他们出现，然后消失在人群里，为了不走散，他们不停相互呼唤着彼此的名字。我指着马尔切洛·索拉拉的豪车，他的车子马达在轰鸣着，急于摆脱拥堵的路段：他旁边坐着我妹妹埃莉莎和他们的孩子，后面的位子上是我母亲和我父亲黯淡的影子。透过开着的窗子，我叫着那些认识的人的名字，我想让莉拉也看到他们，但她没有动。相反，我意识到，那些我们很熟悉的人会让她更加恐惧，尤其是那些激动的、叫喊的或者奔跑着的人。这时候，马尔切洛的车开上了人行道，从停在那里聊天的人中间开了过去，她紧紧握着我的手，闭上了眼睛。她呼喊了一声：“噢，圣母啊！”我从来都没听过她用这种感叹句。我问她：“你怎么了？”她喘息着说，那辆汽车的界限消失了，方向盘前的马尔切洛界限也消失了，那些东西和人都往外喷东西，金属和肉搅成了一团。

她用的就是“界限消失”这个词。在当时的情况下，她第一次在我跟前使用这个词，她很迫切地跟我解释这个词的意思，她想要让我明白，界限消失是怎么回事儿，多么让她害怕。她把我的手握得更紧了，她在喘息。她说，人和东西的界限是很脆弱的，会像棉线一样容易断裂。她小声说，对于她来说，一直都是这样，一样东西的界限消失之后，会落到另一件东西上，就像是不同材料都融化了，搅在一起，分不清谁是谁了。她大声说，她一直很难说服自己，生命的界限是很坚固的，因为她从小都知道，事情绝对不是这样的，因此她没办法相信，这些东西和人是坚固的，可以抵抗撞击和推搡。这时她又变成另一个极端，她开始说一些过于激动、深奥的话，夹杂着方言词汇，还有之前读的一些书的内容。她嘟囔着说，她永远要保持警惕，一不留神，那些东西的边缘会发生剧烈、痛苦的变形，会让她非常恐惧。那些本质的东西会占上风，会掩盖那让她平静的稳定实体，她会陷入一个黏糊糊的凌乱的世界，没办法清晰感知。这种触觉会卷入视觉，视觉会卷入味觉。“真实的世界是什么样的？莱农，我们现在看到了，我们不能说任何事情是稳定的。”因此，假如她一不小心，假如她不关注那个界限，洪水将会冲破它，所有内部的东西都会崩裂出来，就像经血一样脱落，血肉模糊，还有发黄的筋。

- 52 -

她谈了很久，那是第一次，也是最后一次向我说明了她的感情世界。一直到那时候为止，她说：“我以为这只是一时的坏心情，来了会走的，就像生长热。你记不记得，我跟你说过铜锅裂开的事儿？一九五八年元旦，索拉拉兄弟对着我们开枪，你记得吗？其实，当时他们开枪，并没让我觉得害怕，让我害怕的是烟花的颜色，我觉得那些颜色很锋利，尤其是绿色和紫色，会把我们切开。那些落在我哥哥身上的烟花像刀刃，像矬子，会把他身上的肉削下来，会让他身体里另一个让人作呕的哥哥冒出来，要么我把他塞进去——塞进他的老皮囊，要么他会伤害我。莱农，我这一辈子，除了躲开那样的时刻，没做过别的事儿。马尔切洛让我害怕，我通过斯特凡诺保护自己，斯特凡诺让我害怕，我通过米凯莱保护自己。米凯莱让我害怕，我通过尼诺保护自己。尼诺让我害怕，我通过恩佐保护自己。“保护”这个词儿意味着什么？我要给你列举一个详细的单子，所有我构建的那些大大小小的藏身之所，但后来都没有用。你记不记得，在伊斯基亚时，我当时多么害怕那里的夜空？你们说夜空真美，但我没法感受到。我闻到一股臭鸡蛋的味道，就像蛋壳和蛋白里装着发绿的蛋黄，就像一颗煮鸡蛋裂开了；我嘴里感觉到这种臭鸡蛋——毒星星的味道，它们的光是一种黏糊糊的、白色的光，会和天空软乎乎的黑色黏在我的牙齿上，压抑着恶心感，一口咬下去，会有一种咬沙子的嘎嘎吱吱的声音。我解释得清楚吗？你能听明白吗？在伊斯基亚时，虽然我挺高兴的，心里充满爱，但没有用，我的脑袋还是会看到别的东西——上面，下面，侧面——还是能看到让我害怕的东西。比如说在布鲁诺的工厂里，动物的骨头在我的手指下裂开，轻轻碰一下，就会有散发着臭味的骨髓流出来，我感到那么恶心，我以为我生病了，后来我真的生病了。我心脏有杂音吗？没有。还是头脑的问题。我没办法停下来，我要一直做这做那：掩盖、揭发、加固又忽然拆掉、破坏。比如说阿方索，从小他都让我很不舒服，我感觉把他缝在一起的棉线正要裂开。米凯莱呢？他觉得自己特别了不起，但我要做的只是找对线头，拽一下，哈哈哈！我把他的线拽断了，我把他的线头和阿方索的线头绑在一起，男性和男性，他们的材料混合在一起。我白天编，晚上拆，脑子就是这么指挥我的。但这也没什么用，恐惧还在，我一直都有这种怀疑，它在正常事物之间的空隙里，一直在那里等待着。从今晚开始，我更确信这一点：莱农，一切都那么易碎，包括在我的肚子里这个小生物，看起来是长久的，但实际上却不是这样。莱农，你记不记得，我和斯特凡诺结婚时，想让这个城区从头开始，只有美好的事情，让之前那些丑恶的事儿不会再有？那个阶段持续了多久？好的意愿是很脆弱的，在我身上，爱也很脆弱。对于一个男人的爱持续不了多久，对于孩子的爱也持续不了很久，很快就会出现破绽。你看看那些破洞，你会看到好意和恶意混合在一起。詹纳罗让我充满愧疚，我肚子里的这个小家伙是一种责任，他在抓我，在切割着我。爱和恨在一起涌动，我受不了，我没办法一直投入到一种好的意愿里。奥利维耶罗老师说得对，我很坏，我连一份友谊都没办法保持。莱农，你对我很好，很有耐心。但今天晚上，我彻底明白了一件事情：即使没有地震，也有一种溶剂在缓慢起作用，很温和，但会把一切都消融。因此，拜托了，假如我得罪你，假如我对你说了一些难听的话，你要捂住耳朵，我不想说这些，但我说了。求求你，求求你，不要离开我，我会跌倒起不来的。”

- 53 -

“好的，是的，”我一直这样回答，“但你现在要好好休息一下。”我让她偎依着我，她睡着了。我一直醒着，守着她，就像以前她要求我做的那样。我时不时会感觉到轻微的地震，还有外面某辆汽车里发出的恐怖叫喊。现在大路上空荡荡的，我肚子里的孩子在轻轻地踢打，我抚摸了一下她的肚子，她的肚子也在动。一切都在动：地层下的熔岩、恒星的火焰、行星、整个宇宙、黑暗中的光、寒冷中的寂静。但我现在回味着莉拉激动地说出口的那些让人不安的话。我感觉在我心里，恐惧从来都站不住脚。火山，甚至是地表下面我想象的炽热熔岩。恐怖会变成一些整齐有序的句子或者和谐的影像，安置在我的脑子里，它会变成一块黑色的铺路石，就像那不勒斯街道上的石头，无论如何，恐惧是我可以主宰的东西。总之，无论发生什么，我可以控制自己，我不会六神无主。所有让我受打击的事情——学习、出书、弗朗科、彼得罗、两个孩子、尼诺、地震，都会过去，但是我——无论是哪个阶段的我，我都是稳定的，我就是那个圆点，是固定的，其他事情像圆规上的铅笔，会围绕着我画圈。现在我明白了，莉拉却不是这样，她很难有稳定感，这让我变得骄傲起来，我平静下来，心软了。即使她一直在主宰着一切，即使一直以来甚至是现在她还是决定着一切，把自己的意愿强加于人，她做不到、也不相信这一点，她的怨恨和愤怒让人同情，她感觉自己就像一滴岩浆，她的所有努力最终来说只是保证自己不要裂开。虽然她工于心计，能控制人和事情，但她的状态是不稳定的，莉拉会失去自己，好像是唯一的事实是混乱。她是那么活跃勇敢，但她会吓得失魂落魄，失去自己，会变得谁也不是。

- 54 -

整个城区变得空荡荡的，大路安静下来了，气温降了下来。

城区里的那些楼房现在都成了深色的石头，没有一盏灯亮着，也没有电视的彩光闪烁着，我把座位放平躺下了。后来我忽然惊醒了，天还黑着，莉拉离开了汽车，她那边的车门虚掩着。我打开我这边的车门，四处看了看，停在周围的汽车里都有人，有人在咳嗽，有人在说梦话。我没看到莉拉，我很担忧，就朝着隧道方向走去。我在卡门的加油泵附近找到她了，她站在震落的屋檐和其他垃圾中间，仰头看着她的房子。她看到我之后，有些尴尬，说："我很抱歉，我之前不舒服，对你说了那么多废话，还好我们在一起。"她脸上挂着一个有些不自在的微笑，说出了那天夜里众多难以理解的话中一句，这个"还好"就像摁着香水瓶喷出来的香气。她开始发抖，她还没好，我让她回到车里，没过几分钟，她又睡着了。

天刚刚亮，我就叫醒了她，她很平静，想解释。她喃喃地说："你知道我的，有时候，有些事情让我很失控。"我说："没什么，人有时候很疲惫，这很正常，你现在要管很多事情。无论如何，昨天晚上地震持续了很久，对于所有人都是很糟糕的经历。"她摇了摇头说："我知道自己是怎么回事儿。"

我们采取了行动，想办法进到了她家里。我们打了很多电话，但要么电话占线，要么一直空响没人接。莉拉的父母没接电话，阿维利诺的亲戚也没接电话，也没有恩佐和詹纳罗的消息，尼诺的所有电话都没人接，他朋友家里也没人接电话。我和彼得罗打了电话，他也是才知道地震的事。我跟他说，让两个女儿再在他那儿多待几天，要等等看，看地震是不是彻底过去了。但时间一点点过去，我发现这次地震带来的灾难非常大，我们的恐惧真是有道理的。莉拉嘟囔着，为自己的表现开脱："你看到了，地要裂成两半了。"

我们很疲惫，也很激动，有些晕乎乎的，但我们还是步行在城区，在一片狼藉的市里转了转，城市的寂静经常被救护车刺耳的鸣笛打破。我们一直在说话，只是为了压制我们的不安：尼诺在哪儿？恩佐在哪儿？詹纳罗在哪儿？我母亲怎么样了？马尔切洛·索拉拉把她带到哪儿了？莉拉的父母在哪儿？我意识到，她需要回到地震的那几秒钟，不是想说明当时有多恐怖，而是要把这件事情作为一个核心，围绕着这个核心，她想重新调整自己的情绪。她一有机会就会提到那个时刻，我感觉她越是能控制自己，南方所有城镇的死亡和毁灭就变得越明显。她很快就不再带着羞耻谈到她的恐惧，这让我觉得放心下来了，但有一种难以描述的东西留在她身上：她走路更小心，声音有一丝忧虑。关于地震的记忆还在继续，那不勒斯地震的记忆还在继续。炎热已经过去了，就像这个城市，从她缓慢嘶哑的身体里，呼出了一阵热气。

我们一直走到了尼诺和埃利奥诺拉住的房子下面，我敲了很长时间门，叫了半天，但没有人回答。莉拉在距离我一百米的地方看着我，她的肚子挺着，很尖，满脸不悦。我和一个从门里出来的人说了几句，他拎着两个行李箱，他说，整栋楼都空了。我在那里待了一会儿，无法决定是否离开，我远远看着莉拉。我记得在地震之前，她跟我说的和给我暗示的事。我感觉到有一队魔鬼在追赶着她，她利用了恩佐、帕斯卡莱、安东尼奥，她重新塑造阿方索。她利用米凯莱对她的狂热的爱，把他制服了，把他的爱引向阿方索。米凯莱挣扎着想摆脱，他解雇了阿方索，关了马尔蒂里广场上的商店，但没用。莉拉羞辱他，不停羞辱他，利用他，驱使他。谁知道她了解多少事情，她知道索拉拉兄弟的交易。她为计算机搜集数据，她看到了他们的所有生意，她知道他们靠贩毒挣钱。这就是为什么马尔切洛痛恨她，这就是为什么我妹妹埃莉莎痛恨她。莉拉知道所有一切，她知道所有事情，只是出于对一切——无论是死是活的东西——的纯粹恐惧。谁知道，她了解多少尼诺见不得人的事儿。她远远站着，仿佛在说：算了吧，我们都知道，他已经和他家人躲到安全的地方去了，根本不管你的死活。

- 55 -

从根本上来说，这也是真的。恩佐和詹纳罗当晚都回到城区，他们都非常着急，看起来就像是一场残酷的战争后回来的士兵。他们唯一操心的事情是：莉拉怎么样了。尼诺是几天之后才重新出现的，看起来像度假归来。“我吓懵了，”他对我说，“我带着我的孩子就逃走了。”

他的孩子，真是一个负责的父亲，那我肚子里怀的这个孩子呢？

他用洒脱的语气跟我说，他和两个孩子、埃利奥诺拉，还有他岳父岳母，在明图尔诺的别墅躲了几天。我的脸拉了下来了，几天没理他，我不想看到他，我为我的父母担心。我从马尔切洛那里得知，他把他们送到一个安全的地方了，他们和埃莉莎、西尔维奥在一起，在加埃塔的一处房产里。他是一个人回到城区的，马尔切洛也是他的家人的拯救者。

这时候，我一个人回到了塔索街上的房子里。天气忽然变得很冷，房子冷冷清清的。我仔细地检查了所有墙壁，并没发现裂缝。但晚上我很害怕，我没法睡去，担心再次地震，我同时也很高兴，彼得罗和多莉娅娜同意帮我多照看几天女儿。

圣诞节来了，我忍不住又和尼诺和好了。我去佛罗伦萨接黛黛和艾尔莎，生活重新开始了，但像一个生病的人，看不到尽头。现在每次我遇到莉拉，我能感觉到她情绪不稳定，尤其是她用霸道的语气说话时，她看着我，就好像在说：你知道我的话里隐藏着什么。

但我真的知道吗？我经过边上有围栏的街道，还有那些数不清的摇摇欲坠、用柱子加固的楼房，这些都昭示着这个城市的低效，我也经常会陷入各种各样纷乱的麻烦中。我想到了莉拉，她马上就回去上班了，她操纵、移动、嘲笑和攻击。我想起了地震那几秒，令她崩溃的恐惧，我看到这种恐惧的痕迹还留在她的日常生活中，她经常张开手指放在肚子上了。我满心焦虑地想：她现在是谁？她会变成什么样子，会有什么样的反应？有一次，我为了跟她确认糟糕的时刻已经过去了，我说：

"现在世界恢复了。"

她用一种轻蔑的语气回答说：

"到底哪里恢复了？"

- 56 -

在怀孕的最后一个月，一切都变得很辛苦。尼诺很少露面，他有很多工作，这让我很恼火。他出现的几次，我对他也很粗暴，我想我现在很丑，他已经不在乎我了。这也是真的，我自己也不敢照镜子了，即使照镜子，也会很心烦。我的脸肿着，鼻子很大，我的胸脯、肚子就好像把身体其他部分吞没了，我看不到自己的脖子，我的腿很短，脚踝很粗大。我变得和我母亲一样了，但不是现在的她——她现在已经成了一个消瘦、忧虑的老太太，过去我最畏惧的、很难缠的那个母亲，已经仅仅存在于记忆里。

那个爱施虐的母亲忽然又冒了出来，开始通过我展示出她的疲惫不安，还有那个濒死的母亲，通过她的脆弱，像一个快要溺水的人的目光，让我感到心痛。我变得很难相处，每件偶然发生的事情，都让我觉得是一场阴谋，我经常会大喊大叫。在我最不开心的时候，我感觉，那不勒斯的那些问题已经进入我的身体，我已经没法做出一副可爱、讨人喜欢的样子。彼得罗给我打电话，让我和两个孩子说话，我也很不温和。我的出版社或者我讨厌的报纸给我打电话，我会说："我已经怀孕第九个月了，我很烦，放过我吧。"

我跟两个女儿的关系也越来越糟糕。跟黛黛倒好，因为她跟她父亲很像，很讲道理，很聪明。艾尔莎开始让我很讨厌，她从一个温顺的小姑娘，变得越来越没规矩了，老师一直在向我抱怨，说她是一个狡猾、暴戾的孩子。我自己呢，我会在街上或者在家里不停说她，说她爱无事生非，霸占其他孩子的东西，归还的时候她会故意把那些东西搞坏。真是三个女人一台戏。我心里想，尼诺当然会逃得远远的，他更愿意和埃利奥诺拉、阿尔伯特、莉迪亚待在一起。晚上我睡不着觉，因为肚子里的孩子踢腾得太厉害了，就好像肚子里全是气泡，我希望这个孩子和所有人预测的都不一样，我希望肚里的孩子是个男孩，一个像尼诺的男孩，一个他非常喜欢的儿子，让他爱这个孩子超过爱其他孩子。

无论我多么努力，想回到我喜欢的样子——我一直想成为一个心理平衡的人，能控制那些阴暗或者暴力的情感，但生产前的那些日子，我一直没办法取得平衡。我把一切都归罪于地震，当时好像没什么，但我内心深处开始感到不安，那种焦虑一直深入到我的肚子里。开车经过卡波迪蒙特的隧道时，我会感觉到一阵阵恐惧，我担心会另来一阵地震，让隧道倒塌下来。我经过马耳他大街上的高架桥，桥在动，我会加快车速，尽快地逃离那里，我担心地震随时都会让它断开。在某个阶段，我甚至不再消灭家里的蚂蚁，它们经常出现在洗手间里，我没把它们弄死，就是为了观察它们的动向，阿方索说，它们比人能更早觉察到灾难。

不仅仅是地震，莉拉说的那些模棱两可的话也让我失措。我在街上，现在假如我看到针管，就像我在米兰无意中看到的那些用过的针管，有时候我在教堂旁边的小花园会看到，我都觉得有一股无名的火往上冒。我想去找马尔切洛和我的两个弟弟吵架，尽管我不知道我要对他们说什么。在这种情况下，我做了一些让人讨厌的事情，也说了让人后悔的话。我母亲一直在追问我有没有和莉拉说我两个弟弟的事，有一天，我很不客气地回了一句：“妈，莉娜不能要他们，她已经有一个哥哥吸毒了，她还要为詹纳罗操心，你们自己解决不了的问题，怎么能指望她。”她非常惊恐地看着我，她从来都没提到过吸毒的事儿，我说了一句不该说的话。假如在其他时候，她会大声叫喊，捍卫我的两个弟弟，会骂我麻木不仁，但现在她待在厨房一个阴暗的角落里，再也不吱声了。这让我很懊悔地对她说：“你不用担心，我们总会找到一个解决办法。”

什么办法？我后来的做法让事情变得更加复杂。我在小花园里找到了佩佩——不知道詹尼在哪儿——我教训了他一通，我说，通过别人的恶习赚钱是很糟糕的事儿。我对他说："你随便找个工作吧，但不要干这个，你会把自己毁掉，会让我们的母亲担心死的。"我说话时，他一边耷拉着眼皮听着，一边用左手大拇指指甲清理右手指甲里的污秽。他比我小三岁，我是大姐，他是小弟，他觉得我是一个重要人物，因此对我还是有一点儿敬畏，但这也无法阻止他在最后冷笑着对我说："没有我的钱，妈妈已经死了。"然后他摆了摆手，走开了。

他的态度让我更加烦躁。过了一两天，我去找埃莉莎了，我希望马尔切洛也在家。天气非常冷，新城区的街道和老城区一样肮脏破烂。马尔切洛不在家，他们家非常凌乱，我妹妹非常懒散地接待了我，她对我很不敬：她穿着睡衣，没有梳洗，只是照看着孩子。我几乎是对她叫喊着说："告诉你丈夫——我强调了丈夫这个词，虽然他们还没有结婚——他要把我们的兄弟毁掉了，假如他要贩毒，让他自己去卖。"我就是这么说的，用的是意大利语，她的脸色变得苍白，说："莱农，马上从我家里出去！你在跟谁这样说话呢？和你认识的那些阔佬吗？你赶紧走吧，你是一个自大狂，你一直都是。"我还想着回答，她叫喊起来了："你再也不要来这里教训我，还有我的马尔切洛！他是一个好人，我们欠他的，假如我愿意，他会为我把你，还有莉娜那个婊子，以及所有你欣赏的那些混蛋全买下来！"

- 57 -

我在城区里遇到了越来越多让人闹心的事，都是莉拉让我看到的东西，我总是太晚发现，而且我自己也卷入了一些复杂的、很难厘清的事情。除此之外，我还打破了回到那不勒斯时我给自己立的一条规矩：不要被我出生的城区吞没。有一天下午，我把两个孩子留给了米雷拉照看，我先是去看了我母亲，然后，我不知道是为了平静一下，还是为了缓解一下我的不安，我去莉拉的办公室找她了，是艾达给我开的门，她看到我很高兴。莉拉在她的办公室里，正在和一个顾客大声讨论，恩佐和里诺去了一家公司办事儿。艾达觉得自己有义务陪我。她和我聊起了她女儿玛丽亚，她现在已经长大了，在学校里学习很好。这时候电话响了，她跑去接电话，一边叫阿方索："莱农来了，你出来一下。"我的中学同学阿方索露面了，他的发型、衣服的颜色，比任何时候都要女性化，他带着一丝尴尬，让我进到一间简朴的小办公室里。让我惊异的是，我看到了米凯莱·索拉拉在那里。

我已经很长时间没有见到他了，我们三个人都觉得很不自在。我觉得米凯莱变了，他脸色有些灰暗，有了一些皱纹，但他的身体看起来还是很年轻，像个运动员，但尤其不正常的是，他态度和往常截然不同，他看到我很尴尬。首先让我意外的是，我一进去他就站了起来，其次是他对我很客气，但话很少，他以前习惯没完没了地说些戏谑的话。他频频地看着阿方索，好像要寻求他的帮助，但很快就把目光移开，就好像不好意思。阿方索也一样不自在，他不停用手整理他漂亮的长发，抿着嘴，好像努力地寻找话题。很快我们的对话就冷场了，在我看来，那些时刻很脆弱。我变得很焦虑，但我不知道为什么。也许是因为他们瞒着我，他们觉得我没办法理解这事儿。其实，我过去和现在出入的地方，要比这个城区的小房间前卫多了，我什么没见过，我还写了一本在国外备受关注的书，说的就是性别界限多么容易打破。

我简直要脱口而出：假如我没搞错的话，你们是情人！我没那么说，只是我害怕我误解了莉拉的意思。但我也无法容忍冷场的局面，我说了很多，想把话题引到他们身上。

我对米凯莱说：

“吉耀拉跟我说，你们分开了。”

“是的。”

“我也离婚了。”

“我知道，我也知道你现在和谁在一起。”

“你从来都不喜欢尼诺。”

“是呀，我是不喜欢他，但人们应该做自己想做的事情，否则的话，会生病的。”

“你还住在波西利波？”

这时候，阿方索很热情地插了一句：

“是的，那里视野很美。”

米凯莱有些厌烦地看了他一眼，说：

“我在那儿住得还好。”

我说：

“一个人住，永远都不可能好。”

“宁缺毋滥。”他回答说。

阿方索应该已经觉察到了，我在找机会说一些米凯莱不爱听的话，他想把我的注意力吸引到他身上。

他感叹了一句：

“我也要和玛丽莎离婚了。”他说完这句话之后，非常详细地说了他和妻子之间的争吵，都是为了钱的事儿。他从来都没提到爱情、性，也没提到她的背叛。他就这样说了一阵子钱的事儿。他闪烁其词地提到了斯特凡诺，只是说，玛丽莎把他从艾达手上抢了过来（女人抢别人的男人，都是那么肆无忌惮，非但没什么顾忌，还心安理得）。在他嘴里，他妻子就像一个熟人，可以用戏谑的语气来谈论。他笑着说，想想看，真热闹啊！艾达从莉拉手上把斯特凡诺抢了过来，玛丽莎现在又从艾达手上把他抢了过来，哈哈哈。

听他说这些的时候，我逐渐发现，就好像我把他从一个深井里拉了上来，我们现在又像当时坐同桌时那么亲密。但只有这时候，我才发现，我过去从来都没觉察到他的不同，我当时对他产生了感情，正是因为他和其他男性不一样，他的表现不像城区的一般男性。现在，当他说话时，我发现我们的那种联系还没断。米凯莱依然让我很厌烦，他说了几句关于玛丽莎的话，很粗俗，阿方索的絮叨让他失去了耐性。后来，他几乎是带着怒气打断了阿方索的话（“你让我跟莱农说两句吧”）。他问了我母亲的情况，他知道我母亲生病了。阿方索不说话了，他的脸马上红了，我开始说了我母亲的一些情况，强调她很操心我的两个弟弟。我说：

“佩佩和詹尼给你哥哥工作，她并不高兴。”

“马尔切洛有什么地方做得不对的吗？”

“这我不知道，你说说是怎么回事儿。我知道，你现在和他也有分歧。”

他几乎有些尴尬地看着我。

“你搞错了。无论如何，假如你母亲不喜欢马尔切洛的钱，她可以让两个儿子去别人的手下干。”

我几乎要发作了，那个“手下”让我听起来很刺耳。我的弟弟在马尔切洛手下，在他手下，在别人手下。我的两个弟弟，我没帮助他们学习，现在因为我的缘故，他们只能在别人手下。下面？没人应该待在下面，更何况是索拉拉兄弟的手下。我更不高兴了，我想吵架。这时候，莉拉露脸了。

“啊，今天人真多啊！”她说，然后她对米凯莱说：“你要找我谈事吗？”

“是的。”

“需要很长时间吗？”

“是的。”

“那我先和莱农说。”

他有些羞怯地点了点头。我站了起来，看着米凯莱说——但我用一只手抚摸着阿方索的手臂，就好像为了把他推向米凯莱。

“这几天，你们可以邀请我去波西利波吃晚饭，我现在总是一个人，饭可以由我来做。”

米凯莱张着嘴，但什么都没说。阿方索很不安地说了一句：“不需要你做饭，我饭做得也不错，如果米凯莱邀请我们，我可以来做。”

莉拉把我拉走了。

她让我在她的办公室里待了很久，我们有一句没一句地聊了起来。她也快要生了，但她的肚子好像已经没那么沉重了。她用两只手托着她的肚子，用开玩笑的语气对我说：“我现在终于习惯了，我感觉很好，这个孩子一直在肚子里，也挺好了。”她说这些时，带着一种不常见的洋洋得意的神情，她侧着身子让我看。她个子很高，消瘦的身体曲线很美：她小小的胸脯，肚子的圆弧，还有背部和脚踝的曲线都很美。她用一种有点粗俗的语气说：“我怀孕了，恩佐更喜欢呢，日子快要到了，真烦啊。”我想，那场地震在她看来是那么恐怖，她期望一切都是稳定的、停滞的，包括她怀孕的状态。我时不时会看表，但她一点儿也不担心米凯莱在等着她，好像故意让他等。

“他来这里，不是工作的事儿。”她想起了米凯莱还在等着，“他是找借口，假装谈工作。”

“找借口做什么？”

“就是借口，但你要置身事外，要么你就做自己的事儿，不要管其他的，要么这些事儿你不要当真，包括去波西利波吃晚饭的事儿，你也真不应该说。”

我很尴尬，我小声说，那个阶段对我来说压力很大。我跟她说了我和埃莉莎还有佩佩的冲突，我对她说，我想去找马尔切洛谈谈。她摇了摇头，又重申了一次：

“这不是你可以插嘴的事儿，你还是在塔索街上好好待着吧。”

“我不希望我母亲因为担心两个儿子死不瞑目。”

“你要让她放心。”

“怎么？”

她微笑了。

“说谎，谎言比镇静剂还管用。”

- 58 -

那几天我心情很糟糕，连谎话都说不好。埃莉莎把所有事情都告诉了我们的母亲，我把我妹妹得罪了，结果是她现在不想和我有任何联系。佩佩和詹尼对着我们的母亲吼叫，叫她告诉我，不要跟他们说教，说那些只有警察才说的话。最后，我决定对我母亲说谎。我跟她说，我已经和莉拉谈了，莉拉已经答应我要照顾佩佩和詹尼。但她能看出我不是那么确信，就阴着脸对我说："好的，很好，你回家去吧，去吧，家里有孩子。"我生自己的气，在接下来的几天里，我看着她越来越不安，嘟囔着说，她巴不得早点儿死。但是，当我把她带到医院时，她看起来充满信心。

"她给我打电话了。"她用那种沙哑、痛苦的声音对我说。

"谁？"

"莉娜。"

我惊讶地张大了嘴巴。

"她跟你说了什么？"

"她说让我放心，佩佩和詹尼由她来想办法。"

"什么意思？"

"我不知道。但假如她答应我了，那她一定会找到一个解决方法。"

"这一点可以肯定。"

"我相信她，她办法多。"

"是的。"

"她现在多美，你看到了吧？"

"看到了。"

"她跟我说，生下来如果是个闺女，就起名叫农齐亚，和她妈妈一个名字。"

"她会生个儿子。"

"但假如是个女儿，就叫农齐亚。"她反驳道，她说这话时没看我，而是看着等待大厅里那些痛苦的面孔。

我说：

"我一定会生一个女儿，你看看我的肚子就知道了。"

“然后呢？”

我鼓起勇气向她保证：

“我会给她起你的名字，不要担心。”

“萨拉托雷的儿子会给女儿起他母亲的名字。”

- 59 -

我说，关于这事儿，尼诺没有发言权，在那个阶段，光是听到他的名字我就很生气。他消失了，他总是有很多事儿要做。但是，就在我对我母亲做出保证的那天晚上，我和两个女儿正在吃饭时，他意外地出现了。他看起来很愉快，他假装没听出我的语气很刻薄。他和我们吃了晚饭，然后逗着黛黛和艾尔莎，讲故事哄她们睡觉，等她们睡着。他那种轻浮、潇洒的态度，让我的心情更加糟糕。他现在露一下脸，但不知道会消失多久。他害怕什么？他害怕和我睡觉时，我会忽然开始阵痛，然后他不得不陪我去诊所？因此他不得不对埃利奥诺拉说：“我要和埃莱娜待几天，因为她要为我生一个孩子？”

两个女儿睡着了，他出现了客厅里，他爱抚了我一番，还跪在我面前吻了我的肚子。忽然间我想起了米尔科，他现在有多大了？也许十二岁了。

“你知道你儿子的事吗？”我开门见山地问。

他不明白我说什么，当然了，他以为我说的是肚子里的孩子，他很茫然地微笑了。这时候我打破了我答应自己的事情，跟他明说了：

“我说的是西尔维亚的儿子米尔科，我见到他了，他长得和你一模一样。但你呢？你认他了吗？你照顾过他吗？”

他的眉头皱了起来，然后站起身来。

“有时候，我真不知道拿你怎么办。”他小声说。

“你想拿我怎么办？告诉我。”

“你是一个聪明女人，但有时候你就像变了一个人。”

“也就是说？无理取闹？很愚蠢？”

他笑了一下，做了一个动作，就像要赶走一只讨厌的飞虫。

“你太听莉娜的话了。”

“这和莉娜有什么关系？”

“她会把你的脑子、情感，还有一切都毁掉的。”

他的话让我彻底失去了耐性。

我对他说：

“今天晚上我想一个人睡。”

他没有抵抗，脸上的表情就像是为了安生，才忍受了很不公正的待遇，他出去了，轻轻关上了身后的门。

两个小时后，我走来走去，不想睡觉，我感到肚子一阵阵痉挛，就像痛经一样。我给彼得罗打了电话，我知道他在夜里会学习。我对他说：“我要生了，明天你来接黛黛和艾尔莎。”还没挂上电话，我就感觉有热乎乎的液体沿着我的腿流了下来。我拿起了事先准备好的包，用手指摁着邻居家的门铃不放，直到他们打开了门——我和安东内拉已经说好了，她过来开门时还睡眼惺忪的，但她一点儿也不吃惊。我说：

“时候到了，你帮我照看一下我女儿。”

忽然间，我的怒气和不安都消失了。

- 60 -

一九八一年的一月二十二日，我生下了第三个孩子。生前两个孩子时，我不记得自己有多疼痛，但生第三个孩子是最轻松的，生完之后，我如释重负。妇产科医生赞扬了我的自控能力，我没有让她太费劲儿，她很高兴。她对我说："假如所有孕妇都像你就好了，你非常适合生孩子。"然后她在我耳边小声说："尼诺在外面等着呢，是我告诉他的。"

这个消息让我挺高兴的，但让我更高兴的是，我发现我已经没有怨恨了。生了孩子，我那几个月承受的心酸也忽然消失了，我很高兴，我又可以做一个和和气气的人。我很温柔地迎来了我的小女儿，她六斤四两，红扑扑的，还没有头发。我修整了一下自己，掩饰了一下生完孩子的狼狈，让尼诺进来了。我对尼诺说："现在我们是四个女的，假如你离开我的话，我也可以理解。"我没有任何要和他吵架的意思。他拥抱了我，亲吻了我，他发誓说不会离开我。他送给我一个带坠子的金项链，我觉得很漂亮。

当我刚刚感觉好一点，我就给我邻居打了电话。我知道彼得罗像往常一样高效，他已经到了。我跟他说了话，他想带两个孩子来诊所。我让他把电话给孩子，她们因为跟父亲在一起，对我说话都有些漫不经心，只是说一些单音节的词。我对我前夫说，我希望他把两个孩子带到佛罗伦萨住几天。他非常关心我，也很热忱，我想对他表示感谢，说我爱他，但我感觉尼诺审视的目光落在我身上，我没说。

之后，我马上打电话给我父母，我父亲冷冰冰的，也许是因为不好意思，也许是因为他觉得我的生活一团糟，也许他像我两个弟弟一样，对我怀有敌意，因为我最近插手他们的事，却从来没有让他们插手我的事儿。我母亲说，她要马上过来看孩子，我很难让她平静下来。我打了莉拉的电话，她兴高采烈地说：“你一切都顺利，我还没一点儿动静呢。”也许因为她有很多工作要做，她的电话很短，她没说要来诊所看我。我愉快地想，一切都很正常，然后就睡着了。

我醒来时，确信尼诺已经消失了，但他还在那里。他和那个妇产科医生——他的朋友聊了很久，问了以父亲身份承认孩子的手续，他没表现出任何不安，或者担心埃利奥诺拉的反应。当我对他说，我要给孩子起我母亲的名字，他很高兴。我刚休整过来，我们就去了市政府，在一个职员面前给孩子登记，我们决定给这个刚生出来的孩子起名叫伊马可拉塔·萨拉托雷。

在那种情况下，尼诺也没不自在，我倒是有些混乱，我说我是乔瓦尼·萨拉托雷的妻子。然后我改口了，小声说我和彼得罗·艾罗塔离婚了，我说了一些乱七八糟的姓名，不确切的信息。但那时候我感觉很好，我又开始相信，为了让我的私生活有条不紊，只要稍微耐心一点就可以了。

我刚生产完的那几天，尼诺放下了所有事儿，向我展示，我对他有多么重要。但当他发现，我不想给我们的孩子洗礼，他有些不情愿。

“孩子生下来是要洗礼的。”他说。

“阿尔伯特和莉迪亚都受洗了吗？”

“当然了。”

就这样，我了解到，尽管他经常表现出一副反教会的姿态，但他觉得洗礼很有必要，我们有些尴尬。我一直觉得，我们在上高中时他就已经不是一个信徒了，但他跟我说，正是因为我和宗教老师的争论，他确信我是一个信徒。

“无论如何，”他有些不安地说，“无论我们是不是信徒，孩子都要进行洗礼。”

“这是什么道理？”

“没有道理，这只是一种情感。”

他用轻快的语气说。

“你不要让我前后矛盾，”我说，“我没给黛黛和艾尔莎洗礼，我也不会给伊马可拉塔洗礼，让她们长大了自己决定吧。”

他想了一下，笑了起来：

“好吧，谁在乎呢，洗礼也只是为了庆祝一下。”

“我们会庆祝的。”

我答应他，我说，我会给他的朋友举办一场聚会。在女儿刚出生的那几个小时里，我一直在观察尼诺的每个动作，每个同意或者不同意的表情。我感觉高兴，但同时又有些迷惑。这是他吗？这是那个我一直深爱着的男人吗？还是说这是一个陌生人，我强迫他露出清楚明了的轮廓？

- 61 -

我的任何一个亲戚，还有城区的任何一个朋友都没来诊所看我。回到家里之后，我想，也许我要为他们搞一场聚会。我把我的出身和我的生活彻底分开了，虽然我现在在城区的时间很多，但我从来都没有把我童年和青春期的那些朋友邀请到塔索街上。我很愧疚，我感觉那种彻底的决裂，那是我生命中最脆弱的阶段的残余，几乎是一种不成熟的象征。我还在想着这些问题时，电话响了，是莉拉。

“我们要到了。”

“你和谁？”

“我和你母亲。”

那是一个寒冷的午后，维苏威火山山顶上有一层薄薄的雪，我觉得这次拜访非常不合时宜。

“天气这么冷，让她出来不太好吧。”

“我已经跟她说了，但她不听。”

“这几天我会举行一场聚会，邀请你们所有人来，你跟她说，到时候她就能看到孩子了。”

“你跟她说吧。”

我不想再坚持，但我也不再想庆祝的事儿。我刚回到家里，我要喂奶，给孩子洗澡，手术缝合的地方还是有些疼，我很累，我觉得这场拜访就像一种强行闯入。尤其是，那时候尼诺在家里，我不希望我母亲看到他生气。另外，在我身体没有恢复的情况下，莉拉和他见面，让我很不自在。我试着让尼诺离开，但他好像不明白，他很高兴我母亲要来，就特意留了下来。

我赶紧跑到洗手间里收拾了一下。当她们敲门时，我马上就去开了门。我有十几天没有见到我母亲了，莉拉和她站在一起，我觉得反差很大，莉拉现在充满活力，肚子里怀着孩子，非常美，我母亲紧紧抓着莉拉的一条胳膊，就像海浪打过来时拼命抓住一个救生圈，她看起来非常僵硬，好像已经精疲力竭，快要坠入深渊了。我过去扶住了她，我让她坐在一个靠近落地窗的沙发上。她小声感叹了一句：“海湾真美啊！”她盯着阳台外面看，也许是为了不看尼诺。但尼诺用那种自来熟的方式，给我母亲展示了大海和天空相接之处："那是伊斯基亚，那是卡普里岛，您过来，从这里看得更清楚，让我扶着您吧。"他从来都没和莉拉说话，也没跟她打招呼，是我在接待莉拉。

"你恢复得挺快的。"她说。

"我有点儿累，但感觉还不错。"

"你住在高处，上来可累死人。"

"但这里很美啊。"

"也是！"

"来吧，我们去把孩子抱过来。"

我和她一起去了伊马可拉塔的小房间。

"你现在脸色也恢复了，"她赞扬我，"头发也很美。这项链哪儿来的？"

"尼诺送给我的。"

我把孩子从摇篮里抱了出来，莉拉把鼻子凑到孩子脖子那里闻了闻，她说她一进门就闻到婴儿的味道。

"什么味道？"

"就是爽身粉、奶味混合着消毒水的味道，新生儿的味道。"

"你喜欢吗？"

"是的。"

"我还想着孩子会很大呢，结果只是我肚子很大。"

"谁知道我儿子会是什么样的。"

现在，她提到肚子里的孩子，总是说儿子。

"他会很乖，很漂亮。"

她点了点头，好像没听我说话，她很专注地看着孩子。她用食指掠过孩子的额头、耳朵。她又说了我们之前的玩笑话：

"要是我生了儿子，咱们换一下。"

我笑了，我把孩子带到我母亲面前，尼诺正扶着她站在窗前。现在她仰着头，满脸欢喜地看着尼诺，在对他微笑，就像她已经忘记了自己的状况，她想象着自己还很年轻。

“伊马可拉塔来啦。”我对她说。

她看着尼诺。尼诺马上说：

“这是一个很好听的名字。”

我母亲嘟哝了一句：

“一点也不好听，但你们可以叫她伊玛，要现代一点。”

她放开了尼诺的手，示意我把孩子给她抱。我把孩子递了过去，但我担心她没有力气，抱不动。

“天呐，你真是漂亮啊！”她对着孩子低语，然后对莉拉说：

“你喜欢吗？”

莉拉没在听她说话，她盯着我母亲的脚。

“是的，”她说，但她没有把目光移开，“但您最好坐下。”

我也朝着莉拉看的地方看，我母亲的黑裙子下面正在滴血。

- 62 -

几乎是出于本能反应，我马上把孩子抱了过来。我母亲也意识到了正在发生的事情，我在她脸上看到了她对自己身体的厌烦和羞愧。在她晕倒之前，尼诺抓住了她。“妈妈，妈妈！”我呼喊着她。尼诺用指尖轻轻地拍打着她的脸颊，她没醒过来。这时候，孩子哭了起来，我很害怕。我想，她会死的，她一直坚持到现在，在看到了伊马可拉塔之后，决定撒手人寰。我继续叫着妈妈，声音越来越大。

“快叫救护车。”莉拉说。

我走到了电话跟前，有些手忙脚乱地停了下来，我想把孩子交给尼诺抱着，但他躲开了，他对莉拉——而不是对我——说开车直接送过去会快一点。我感觉心跳到了嗓子眼儿，孩子在哭，我母亲恢复了知觉，她在呻吟。她哭着说，她不想踏进医院一步。她拽着我的裙子，提醒我，她已经进去住过一次院了，她不想死在医院里，那里太荒凉了。她在发抖，她说：“我想看着孩子长大。”

尼诺用一种坚定的语气说，我们走吧，这是他在当学生时，面对一些困难时刻时会用到的语气。尼诺把我母亲抱了起来，她还在抗争，不愿意去，尼诺让她放心，说一切包在他身上，他会安排好的。莉拉很不安地看着我，我想：那个在医院里给我母亲治病的教授，是埃利奥诺拉家的一个朋友，在这种情况下，尼诺真的很重要，还好他在。莉拉说：“我来帮你看孩子，你去吧。”我点了点头，我把伊马可拉塔递给她，但动作不是那么坚定，我和孩子依然紧密相连，就像她还在我肚子里一样。无论如何，我现在没办法和她分开，我要给她喂奶，给她洗澡；但我觉得，我也没办法和我母亲分开。这是从来没有过的事儿，我在发抖，那些血是怎么回事儿，意味着什么。

“快点。”尼诺很不耐烦地对莉拉说，“我们快一点。”

“好吧。”我小声说，“你们去吧，然后告诉我情况。”

门关上时，我才感觉到当时的处境给我带来的撕裂感：莉拉和尼诺一起把我的母亲带走了，他们照顾着我母亲，这本来应该是我做的事情。

我心烦意乱，也很虚弱。我坐在沙发上给伊马可拉塔喂奶，想让她平静下来。我没办法把目光从地板上的血迹上移开。这时候，我想象着汽车在城市冰冷的街道上跑着，手一直摁在喇叭上，拿一块手帕举在窗外，示意情况紧急，我母亲意识涣散，坐在后面的座位上。汽车是莉拉的，是她开车，还是尼诺开？我想，我要平静下来。

我把孩子放在摇篮里，我决定给埃莉莎打电话。我尽量把事情说得没那么严重，我没有提到尼诺，只是提到了莉拉。我妹妹马上就失去了平静，她哭了起来，开始骂我。她说，我让一个外人把我们的母亲送到不知哪里去了，我应该叫一辆救护车，我只想着自己的事，只图自己方便，假如母亲死了，那都是我的错。这时候，我听见她用一种命令的语气在叫马尔切洛，这是之前我从来没听过的，她的声音里饱含着怒气和焦虑。我对她说："你为什么要这么说？怎么是不知道什么地方，莉拉把她带到医院去了。"我没说完，她就把电话挂了。

无论如何，埃莉莎说得对。我真是犯晕了，我应该叫一辆救护车，或者把孩子交给莉拉。我太相信尼诺的权威，他像所有男人一样，在这种情况下，想显摆一下自己救人于危难的决定性作用。我坐在电话旁边，等着他们打给我。

过了一个小时，一个半小时，电话终于响了。

莉拉很平静地说：

"已经办理好住院了，尼诺认识那个主治医生，他们说，一切都在控制之中。你放心吧。"

我问：

"她现在是一个人吗？"

"是的，别人不能进病房。"

"她不想一个人死去。"

“她不会死的。”

“她很害怕，莉拉，想想办法吧，她已经和之前不一样了。”

“这是医院的规定。”

“她有没有问到我？”

“她说，你要把孩子带去给她看。”

“你们现在在做什么？”

“尼诺和医生再待一会儿，我要走了。”

“你走吧，谢谢，不要太累了。”

“他马上给你打电话。”

“好吧。”

“不要着急，不然就没奶水了。”

她提到奶水的事情，对我来说很管用。我坐在伊马可拉塔的摇篮旁边，就好像挨着孩子，就能保证我奶水充足。女人的身体到底是什么？我滋养了肚子里的孩子，现在我把她生出来，她也要接着吃我的奶水。我想，我以前也曾经在我母亲的肚子里，也吃了她的奶。她的乳房和我的一样大，或者比我的更大。在我母亲生病之前，我父亲还会用一种猥亵的语气，影射那对乳房。我从来都没见到过我母亲不戴文胸的样子，一年四季，她都把自己包得严严实实的，因为那条病腿，她很不自信，掩藏自己的身体。无论如何，一杯酒下肚之后，她就会变得比我父亲更厚颜无耻，会炫耀自己的美貌，纯粹是装模作样。这时候电话又响了，我跑去接，又是莉拉打来的电话，她的语气很仓促。

“这里很糟糕，莱农。”

“她病情加重了？”

“没有，医生很平静，但马尔切洛来了，他在发神经。”

“马尔切洛？这和马尔切洛有什么关系？”

“我不知道。”

“你把电话给他。”

“等一下，他在和尼诺吵架。”

我马上就听出了电话那边传来马尔切洛用方言说话的声音，声音很大，很粗暴，还有尼诺说意大利语的声音，尼诺的声音很刺耳，那是他失控时的声音。我很焦急地说：

“告诉尼诺不要生气，让他赶紧走吧。”

莉拉没有回答，我听见她也加入了一场我不了解的争吵。她用方言在嚷嚷：“你他妈说什么呢，马尔切！滚开吧，滚吧。”然后她对着我喊道：“你和那混蛋说说，拜托了，你们商量一个方案，我不想卷进来。”我远远听见他们争吵的声音。过了几秒，我听见了马尔切洛的声音。他尽量用一种客气的声音对我说，埃莉莎交代他了，不让我们的母亲待在医院里，他去那里，就是要把我们的母亲接出去，带到卡波迪蒙特一家漂亮的诊所里。他用一种严肃的语气问我，就好像真的要得到我的认可：

“我做得对吗？你说，我是不是应该这么做？”

“你平静一下。”

“我很平静，莱农，你是在私人诊所里生的孩子，埃莉莎也是在诊所生的，为什么你母亲要死在这个地方？”

我有些不安地说：

“那些给她治病的医生在那家医院工作。”

他变得很凶恶，他在我面前，从来都没有这样过：

“哪里有钱，医生就在哪里。谁说了算，你、莉娜还是那个混蛋？”

“这不是谁说了算的问题。”

“就是看谁说了算，你要么告诉你的朋友，我把她带到卡波迪蒙特，要么我撕破他们谁的脸皮，最终还是要把她转走。”

“把电话给莉娜。”我说。

那时候，我的太阳穴在跳，我站都站不稳了。我说，你问问尼诺，我母亲现在能不能转移，让他问问医生，然后打电话给我。我挂上电话后，觉得束手无策，一直在那儿搓手。

过了几分钟，电话又响了，是尼诺。

“莱农，你让这畜生不要乱来，否则我要叫警察了。”

“你有没有问医生，我母亲能不能转院？”

“不是能不能转院的问题。”

“尼诺，你到底问了没有？她不愿意待在医院里的。”

“那些私人诊所更恶心。”

“我知道，但你要平静下来。”

“我非常平静。”

“好吧，那你马上回家。”

“这里呢？”

“有莉娜在那里呢。”

“不能让莉娜一个人面对那个混蛋。”

我抬高了声音：

“莉娜会照顾自己。我现在站都站不住了，孩子在哭，我要给她换尿布。我让你马上回来。”

我把电话挂上了。

- 63 -

那是非常艰难的时刻。尼诺非常烦躁地回到家里，他很气愤，用方言不停地说："现在我们看看谁能赢。"我意识到，我母亲住院的这件事情，已经触及到了他的原则问题。我很担心，索拉拉真会把她带到那些为洗钱而设的黑诊所。尼诺用意大利语大声说："在医院里，你母亲会得到高级专家的治疗，尽管她的病已经到晚期了，但那些教授会让她体面地活着。"

我觉得他的担心是有道理的，他越来越关心这个问题了。尽管那时候是吃晚饭的时间，他开始给一些重要人物打电话，都是当时那不勒斯大名鼎鼎的人物。我不知道他是为了发泄一下自己的情绪，或者说是为了让这些人支持他，战胜不可一世的马尔切洛。但我感觉到，对方一听到索拉拉的名字，对话就变得很复杂，都是那边的人在讲，他在默默地听着。直到晚上十点时，他才停了下来。我非常焦虑，但我尽量不让他看出来，只是不希望他决定再回到医院里去，但我的不安情绪传递到了伊马可拉塔身上。她开始哇哇哭，我给她喂奶，她平静了一会儿，又哭了起来。

晚上我没法合眼，电话在早上六点时又响了，我跑去接电话，我希望电话没有吵醒孩子还有尼诺。那是莉拉的电话，她在医院待了一个晚上。她用非常疲惫的声音，跟我讲了那里的情况。马尔切洛表面上作出了让步，没跟她打招呼就走了。她通过一道道楼梯和走廊，最后找到了我母亲的病房。那里住的全是重症病人，里面还有五个痛苦呻吟、不停叫喊的女人，每个人都很受罪。她看到我母亲躺在病床上，一动不动盯着天花板，眼睛瞪得很大，嘴里在念叨着："圣母啊，让我马上死吧。"她因为疼痛而全身发抖。莉拉弯着身子，待在我母亲旁边，让她平静下来了。现在莉拉不得不离开了，因为天亮了，那些护士都出现了。她打破了医院的规定，这让她挺兴奋的，她总是喜欢干这种事儿。

但在当时的情况下，我觉得她是在故作轻松，她为我做了那么多，不想让我有压力。她快要生了，我想象她已经精疲力竭了，她自己本身也有很多事儿。我为她感到担心，不亚于对我母亲的担心。

“你感觉怎么样？”

“很好。”

“你确信？”

“非常确信。”

“你去休息吧。”

“你妹妹和马尔切洛一来我就走。”

“你确信他们会回来？”

“他们不来捣乱就怪了。”

我在讲电话时，尼诺出现了，他睡眼惺忪，在那里听了一会儿之后。他说：

“让我讲几句。”

我没有把电话给他，我说：“她已经挂断了。”尼诺没有抱怨，他只是说，他已经发动了一系列人，想让我母亲得到最好的照顾，他只是想知道他的努力有没有什么结果。现在还没有，我对他说。虽然风很大，天气很冷，我们协商好了，他陪着我和孩子去医院，他会和伊马可拉塔待在汽车里，我在喂奶间隙，去医院里照看我母亲。他说好的，他那么合作，这让我很心软，除了有一件事儿让我很生气，他想到了所有事情，但有一件实际的事情却没有考虑到，他没有记下可以探望病人的时间。我打电话问了一下，然后把孩子包好，我们就一起去了。莉拉没再打电话来，我确信她还在医院里。当我们到医院时，我们发现她没在那里，我母亲也没有在，她已经办好出院手续了。

- 64 -

我从我妹妹那里得知当时的情况。她跟我讲这些时，话里话外的意思是：你们都觉得自己特别了不起，但没有我们，你们谁也不是。早上九点整，马尔切洛和一位主治医生一起去了医院，马尔切洛早上亲自去了医生家里，把他接了过来。我们的母亲马上就坐上救护车，被转移到了卡波迪蒙特的诊所里。埃莉莎说，在那里，她受到女王般的待遇，家属和亲戚想什么时候去探望都行，房间里还有一张给爸爸睡的床，他晚上可以住在那里陪妈妈。尤其是，她用一种带有鄙夷的语气说："你不用担心钱的事情，都由我们来承担。"她后来说的话带着很明显的威胁："也许，你的教授朋友没弄明白他是在和谁打交道，你最好跟他解释一下。你给莉娜那个贱人也说说，尽管她很聪明，但马尔切洛现在变了，已经不再是她当年的那个小男朋友了，他也不像米凯莱，她想怎么摆布都行。马尔切洛说了，如果下次她还像在医院里那样，当着所有人的面那么对他，那就不要怪他不客气了。"

我没对莉拉说这些，我也不想知道，她和我妹妹之间具体有什么矛盾。但在之后的几天里，我对莉拉很关心，我经常打电话给她，想让她知道，我对她很感激，我很爱她，希望她的孩子尽快出生。

"一切都好吧？"我问。

"是的。"

"还是一点儿动静都没有？"

"顺其自然吧。今天你需要帮忙吗？"

"今天不用，明天——假如可能的话。"

那些天好多事儿，新旧的羁绊似乎都叠加在一起了，让人很难承受。我的身体和伊玛小小的身体紧密相连，我没办法和她分开，但我也想念黛黛和艾尔莎，我给彼得罗打电话，他终于把她们送回来了。艾尔莎开始假装很爱这个小妹妹，但她没坚持多久，没过几个小时，她就对伊玛做出很讨厌的表情，对我说："你把她生得可真丑啊。"黛黛想向我展示，她比我更擅长做一个母亲，有几次差点儿把妹妹掉在地上，在洗澡时差点儿把她淹死。

我需要帮助，尤其是刚开始那几天，我得说，彼得罗自告奋勇想要帮我。他还是我丈夫时，一直都没怎么减轻我的负担，现在我们正式分开了，他不忍心把我一个人扔下，照顾三个孩子，其中一个还刚刚出生。他说，他可以留下来照顾我几天，但我不得不让他走了，并不是我不需要他的帮助，而是他在塔索街上待的那短短的几个小时，尼诺一直在逼迫我，一直在打电话，想知道他是不是走了，想知道他能不能在不遇到彼得罗的情况下，回"他的家"。当然了，我前夫离开之后，尼诺开始忙自己的事儿，他有很多工作，加上政治工作，就这样，剩下我一个人管三个孩子：买东西，把两个女儿送到学校，接她们回来，看几眼书，或者写上几行，我不得不经常把伊玛放到邻居家里。

但这些事情都好办，最难办的是要去诊所看我母亲。我不信任米雷拉，因为两个孩子再加上一个新生儿，对她来说也太多了。我决定带上伊玛和我一起去，我把她包好，叫了一辆出租车，我利用黛黛和艾尔莎在学校的几个小时去卡波迪蒙特。

我母亲精神好多了。当然，她还是很脆弱，如果一天没看到几个孩子出现，她就会担心，就会开始哭。除此之外，她只能待在床上，在这之前，尽管很艰难，她还是能走动，她能出去。我感觉，诊所里的高档设施让她很舒心，她得到了阔太太一样的待遇，毫无疑问，这能分散一下她的注意力，让她觉得没那么疼痛。她使用的一些缓解疼痛的药品，会让她忽然很高兴。她喜欢那间宽敞明亮的病房，她觉得床垫非常舒适，她很自豪，因为她的房间里有洗手间，她想起来给我展示一下。“地地道道的洗手间，”她强调说，“而不是一个厕所。”更不用说我把伊玛带给她看，让她很兴奋。当我去看她时，她让我把伊玛放到她跟前，她用小孩的语气说话，非常兴奋。她觉得孩子对着她笑了，我觉得这是不太可能的事儿。

但是，通常她对孩子的注意力不会持续很长时间。她会说起自己的童年、少年。她说了自己五岁时的事儿，然后跳到了十二岁、十四岁，她跟我讲了那些年发生在她身上的事儿，还有她的小伙伴的故事。有一天早上，她用方言对我说：“从小我就知道人是会死的，我一直都知道，但我从来都没想到过这事儿会落在我头上，我到现在还是觉得难以置信。”有一次，不知道想到了什么，她忽然笑了起来，嘀咕一句：“你没给小孩洗礼，你做得对，这都是很傻的事儿，我现在知道，人死了之后会变成一小块一小块的，会变成小颗粒。”在那缓慢的几个小时里，我尤其感到我是她最爱的女儿。当我离开时，她拥抱我，就好像她要我像婴儿一样又回到她的肚子里。过去她健康时，和她身体接触让我觉得很讨厌，但现在我很喜欢。

- 65 -

那家诊所很快成为了城区的新人老人会面的地方，这让我很惊异。

我父亲和我母亲一起睡在病房里，有几次我早上遇见他时，他胡子很长，眼睛里充满了忧虑。我们只是打个招呼，但我觉得这很正常，我和他的关系不是很紧密，偶尔很亲，但通常都是漫不经心，有时候我们会联合起来反对我母亲。但我们的关系流于表面，我母亲会按照自己的需求，赋予他或者剥夺他的权威，尤其是关于我的问题——我母亲认为，只有她能决定我的生活，我父亲就成了陪衬。现在他妻子的精力已经基本耗尽了，他也不知道要跟我说什么。我说，早上好。他对我说，早上好，然后说："你现在陪着她，我去抽根烟。"有时候我想，像他这样平庸的男人，在这个残酷的世上，在那不勒斯，在我们城区，在他工作的地方，甚至在家里，是怎样活下来的？

埃莉莎带着孩子来时，我看到她和父亲的关系要亲切一些，埃莉莎对他充满敬意。我父亲经常一整天都在，有时候晚上也在，我们要一再坚持，才能让他回去睡在自己床上。我妹妹一来，就要把所有事儿说一遍：灰尘，窗户玻璃没擦干净，食品的问题等等。她这么做是为了让别人尊敬她，她想让所有人都搞清楚，这里是她说了算。佩佩和詹尼也一样霸道，他们一看到我母亲有点儿受罪，我父亲很绝望，就会马上按呼唤铃叫护士来。假如护士来得晚了，他们会很气愤，会斥责她，但前后矛盾的是，他们会给护士塞很多小费。尤其是詹尼，每次在离开时，都会在护士口袋里塞钱，说："你应该待在门口，我妈妈一叫你，你就来，下了班再去喝咖啡喝茶，你明白了吗？"为了让护士明白我们的母亲是一个重要人物，他又三四次都提到了索拉拉。"格雷科太太，"他说，"是索拉拉家的人。"

"索拉拉家的人。"这句话让我很愤怒，也让我感觉很羞耻，但同时我又想，要么是这样，要么就只能去公立医院了。我想：

但之后（我说的之后是什么时候，我自己也不清楚），我要和我的两个弟弟，还有马尔切洛把很多事说清楚。但现在每次到病房，我看到我母亲和她城区的朋友在一起，那些人都是她的同龄人，这让我很高兴，在她们面前，我母亲会用她虚弱的声音说着这样的话："几个孩子想要我来这里住院。"这时候她会指着我说："埃莱娜是一个著名作家，她在塔索街上有一套房子，那里可以看到大海。你们看，她生了一个多漂亮的孩子啊！孩子叫伊马可拉塔，和我的名字一样。"当她的那些熟人走了，小声说："她睡了。"我会马上进去查看，然后我会和伊玛回到走廊里，那里空气要好一些。我让病房门开着，想听着我母亲粗重的呼吸。通常，来访的人走了之后，她会睡过去，会在梦中发出痛苦的呻吟。

时不时也有那么一两天，日子会好过些。比如卡门说想看望我母亲，她会开着车来接我。阿方索也一样，但他们是想对我展示他们的友情。他们满怀敬意地对我母亲说话，有时候为了让我母亲高兴，他们会赞美一下那个房间的舒适，还有她的小外孙女，其他时候，他们要么和我在走廊里聊天，要么在楼下的车里等着带我去接两个女儿放学。我和他们一起度过的早上总是激动人心，也带来了古怪的效果：他们让我母亲属于的那个已经日薄西山的城区和在莉拉的影响下建立的城区联合起来了。

我给卡门讲了我们的朋友莉拉为我母亲所做的事。她很满意地说："我们都知道，莉娜想做什么，谁都拦不住。"她提到莉拉时的语气，就好像莉拉具有神奇的力量。但让我印象最深的，是我和阿方索在诊所干净的走廊里度过的一刻钟，当时医生在病房里。阿方索也对莉拉充满感激，但最让我震撼的是，他开诚布公地和我谈起了自己。他说："莉娜教给了我一个很有前途的工作。"他感叹说："没有她，我不知道自己会是什么，我什么都不是，就像一具行尸走肉，永远都不会实现自我。”他拿莉拉和他妻子做对比：“我给了玛丽莎最大的自由，她想给我戴多少绿帽子都行，我让她生的孩子跟我姓，但她还是很生我的气，她一直都在折磨我，到现在也是，她无数次啐到我的脸上，说我骗了她。”他为自己开脱：“我怎么欺骗了她，莱农，你是一个知识分子，你可以理解我，我才是那个被骗的人，我被自己骗了。假如莉娜没有帮我，我到死都不明白。”说到这里，他的眼里亮晶晶的，“对于我来说，她做得最好的事儿，就是让我脑子变得清晰。她教我说，假如我抚摸这个女人赤裸的脚没什么感觉，但我特别渴望抚摸那个男人的脚，就是他，我想抚摸他的双手，想用小剪刀帮他修剪指甲，帮他挤黑头，那我就去和他在舞厅里跳舞，对他说：假如你会跳华尔兹，你就带我吧，让我感受一下你高超的技巧。”他提到了一件年代久远的事儿：“你记不记得？你和莉娜来我们家里，让我父亲把你们的娃娃还给你们，他叫了我一声，很不屑地问：‘阿方！是不是你拿的？’因为我是家里的耻辱，我玩姐姐的布娃娃，戴我妈妈的项链。”他跟我说，就好像我已经知道了所有事，他只想跟我说明他的真实本性：“从很小的时候，我就已经知道我不是其他人看到的样子，也不是我自己所想的样子。我想：有一种不同的东西，一种隐藏在血液里的东西，它没有名字，在那里等着，但我不知道那是什么，尤其是我不知道自己应该是什么样子的。直到莉拉逼迫我——我不知道该怎么描述这事儿——学她的样子。你知道她的，她说：你从这里开始，你看看会发生什么事。就这样，我们混合在一起。这非常有趣，现在我既不是我之前的样子，也不是莉拉，而是另一个逐渐成形的人。”

他很高兴对我讲这些，我也很高兴听他说。在当时的情况下，我们之间产生了一种新的信任，和高中时一起步行回家的感觉完全不同。我感觉我和卡门的关系也变得更加坚实了。有两次——都是马尔切洛在诊所露面时，我意识到，他们俩通过不同的方式，对我也有了更多要求。

我妹妹埃莉莎和她的孩子，通常都是由一个名叫多梅尼科的老男人开车送过来的，多梅尼科把他们放到诊所，然后会把我父亲送回城区。但有时候，马尔切洛会亲自送埃莉莎和西尔维奥过来。有一天早上，他出现了，卡门和我在一起。我很确信，他们之间的气氛会很紧张，但他们只是淡淡地打了个招呼，没有太多热情，也没有太大矛盾。卡门围着他转悠，就好像一只家养的动物，马尔切洛一招手，她就会过去。等到我和卡门单独在一起时，她非常焦虑地小声对我说，尽管索拉拉兄弟很讨厌她，她还是很努力对他们很客气，她这么做是为了帕斯卡莱。“但是我，”她大声说，“我真做不到，莱农！我恨他们，我真想杀了他们！”她问我：“如果你是我，你会怎么做呢？”

和阿方索在一起时也发生了类似的事。有一天早上，他陪着我去了我母亲那里，忽然间马尔切洛出现了，虽然索拉拉的表现和往常没什么差别，但阿方索看到他之后有些害怕。马尔切洛有些笨拙地跟我打招呼，对阿方索只是点了点头，假装没看到他伸出来的手。为了避免冲突，我和阿方索来到了走廊里，借口说要给伊玛喂奶。我们到了外面，阿方索忍不住说：“假如我有一天被杀了，你要记住，凶手就是马尔切洛。”我对他说：“你不要太夸张了。”但他很紧张，带着敌意，开始列举我们城区里那些想把他干掉的人的名字，有的我认识，有的我不认识。在这个名单上，他提到了他哥哥斯特凡诺（他笑着说：“他上了我妻子，只是为了显示我们家的男人并不都是飘飘”），还有里诺（他依然笑着说：“当他发现我像他妹妹时，他想对我做那些不能对他妹妹做的事儿”），但是，马尔切洛还是排在第一位，他觉得，马尔切洛是最痛恨他的人。他用一种混杂着不安和满足的语气说：“他觉得，米凯莱发疯是因为我的缘故。”他用开玩笑的语气补充说：“莉拉鼓励我学她，她很高兴我做出的努力，她喜欢看到我这个样子，也很高兴这在米凯莱身上起作用了，我也很高兴。”然后他停了下来，问我：“你怎么看？”

我一边给孩子喂奶，一边听他说话。他和卡门不满足于我在那不勒斯只是时不时和他们见面。他们希望我再次融入我们的城区里，希望我能陪在莉拉身边，做她的保护神。尽管有时候我们会吵架，有时候会和好，他们希望我们在一起，会像神仙一样能改变现状，会关心他们遇到的麻烦。他们希望我更多投入到他们的事情上，莉拉也经常会表示出这一点。通常，我都觉得这是一种不合时宜的压力，但在当时的情况下，我很感动。我觉得我母亲疲惫的声音里也融入了这种情感，她很自豪地把我指给她在城区的熟人看，就好像我是她非常重要的一部分。我把伊玛紧紧抱在怀里，给她整理了一下小被子，让她不要被风吹到。

- 66 -

只有尼诺和莉拉从来不来诊所。尼诺说得很明确：“我一点儿也不想见到那个克莫拉分子，我为你母亲感到遗憾，代我向她问好，但我不能陪你去医院。”有时候我确信那是他消失的借口，更多时候，我觉得他很伤心，他真的为我母亲做了很多，但我所有的家人后来都按照索拉拉兄弟的意思来了。我跟他解释，这是一件很棘手的事情，也是为了让我母亲满意。他嘟囔了一句：“这样，那不勒斯永远都不会发生改变。”

至于莉拉，她从来都没提到那次转院的事。那个阶段，她随时都可能生孩子，但她还是一直在帮助我，这让我很愧疚。我说：“你不要为我担心，你自己要小心。”她总是指着她的肚子，用一种介乎担心和开玩笑之间的语气说：“小心什么啊，你看看他，赖着不出来，我不想生，他也不想。”就这样，我需要她的时候，她会马上跑过来。当然了，她从来都没说开车送我去卡波迪蒙特，就像卡门和阿方索做的那样。但假如两个孩子有点发烧，她们不能去上学——就像伊马可拉塔刚出生时发生过的情况，因为下雨，天气很冷，她总是会来帮我照顾她们，她会把工作交给恩佐和阿方索，她来塔索街照顾三个孩子。

我对此感到高兴，因为和莉拉在一起，黛黛和艾尔莎总会有收获。莉拉会让两个姐姐和伊玛一起玩，她会激发黛黛的责任心，会控制艾尔莎，同时也会让伊玛安静下来，而不是像米雷拉那样，只是在她嘴里塞一个奶嘴。唯一的问题是尼诺，我很害怕，当我一个人照看孩子时他总是有很多事儿要做，但当莉拉看着三个孩子时，他会奇迹般地找到时间来帮助她。因此，在我内心最隐秘的一个角落，我从来都不是很放心。莉拉来了，我会千叮咛万嘱咐，我在一张纸上给她写了诊所的电话，我还交代了我的邻居，出了什么情况就过去帮忙。我急忙跑去卡波迪蒙特，和我的母亲待上不到一个小时，就要赶紧回去给孩子喂奶，做饭。但有时候，在回家的路上，我忽然会想象，当我进家门时会看到尼诺和莉拉在一起，他们会无所不谈，就像在伊斯基亚时那样。我当然也会想象一些更难忍受的事情，但马上会很惊恐地抛开这种想法。当我开车回家时，我最大的恐惧是另一个——我觉得这种恐惧更有依据——就是尼诺在家中时，她开始阵痛，他不得不马上把莉拉带到诊所里去，让吓坏了的黛黛扮演一个懂事的孩子，艾尔莎会在莉拉包里翻找，偷她的东西，伊玛因为饥饿或者尿布湿了在摇篮里哭。

后来的确发生了类似的事情，但跟尼诺没什么关系。有一天早上，我很准时地回到家里，但我发现莉拉没在，她的阵痛开始了。我感到一种无法忍受的不安，她害怕事物的抖动和弯曲变形，她痛恨任何形式的病痛，她痛恨失去意义的语言。因此我为她祈祷，希望她能挺过去。

- 67 -

关于她生孩子时的情况，我有两个消息来源，一个是她，另一个就是为我们接生的医生。这里我用自己的话，简述一下当时的情况。我已经分娩完二十多天了，那天在下雨，我母亲已经住院两个星期了，如果哪天没看到我，她就会像个小孩一样，哭得一把鼻涕一把泪。黛黛有点儿发烧，艾尔莎拒绝去学校，说她要照顾姐姐。卡门没空，阿方索也有事儿。我给莉拉打电话，我还是像往常一样，说了一些前提条件：“如果你觉得不舒服，如果你要工作，那就算了，我另想办法。”她还是用轻松的语气说，她很好，作为老板，她可以把工作分配出去，想出来多久都可以。她很爱我的两个女儿，尤其是她喜欢和两个孩子一起照顾伊玛，她觉得那是一种游戏，四个人都很开心。“我马上来。”她说。我估摸着，她最多一个小时就到了，但她一直没来。我等了一会儿，因为我知道，她答应了我就一定会来的，我对我的邻居说："就是几分钟的事儿。"我把几个孩子交代给她，就跑去看我母亲。

但莉拉没来，是因为她身体的一些征兆。她虽然没发生挛缩，但她感觉有些不对劲儿，出于慎重，她让恩佐陪她来我家，还没进门她就感到一阵阵痛。她马上给卡门打了电话，让她来帮我邻居看孩子，恩佐把她带到了我们妇产科医生的诊所，阵痛马上变得非常强烈，但她没马上生，而是折腾了整整十六个小时。

莉拉是用一种轻松戏谑的语气，跟我讲她生孩子的经过。她说，都说只有生第一个孩子时会受罪，后面几个会容易一些，这不是真的，总是会很受罪。然后她就说了一通开玩笑的话，有些难以理喻。她觉得，一方面要保护肚子里的孩子，一方面要把他排挤出来，这很荒谬。她说，这很可笑，你让他舒舒服服在你肚子里待了九个月，最后要用一种很暴力的方式把这个住户赶出来。她摇着头，觉得这个机制简直太不可思议了。她用意大利语说："好癫狂，是你自己的身体在反对你，让你成为自己最糟糕的敌人，给你带来一种最可怕的疼痛。"她几个小时都在忍受这种疼痛，肚子下面冰冷刺骨，一阵无法忍受的疼痛冲击着肚子最深处，然后再到后面，冲击着她的肾。她开玩笑说："你一定撒谎了，这哪里是美好的体验。"她发誓说——这时候她是很严肃的，她再也不会怀孕了。

但是，按照妇产科医生的说法，她的情况很正常，要是放到别的女人身上，她们就会毫无问题地把孩子生下来。有一天晚上，尼诺邀请妇产科医生和她丈夫来我们家里吃饭。她说，让事情变得复杂的是莉拉的态度，还有她的脑子，医生被她搞得很烦。医生说："你不按照我说的来，总是在跟我作对，我让你使劲，加油用力，你总是兜着。”按照医生的说法，莉拉明显是在跟她作对，挑战她的耐心，在我家里吃晚饭时，她没有掩饰自己对莉拉的讨厌，而是说出来了，尤其是尼诺，还在边上和她一唱一和。莉拉想尽一切办法，不把肚子里的孩子生出来。她用尽力气让孩子留在肚子里，同时她还痛苦地抱怨：“把我的肚子切开，让他出来，我自己生不出来。”医生一直在鼓励莉拉，但莉拉对她恶语相向，非常粗俗。妇产科医生对我们说：“她浑身是汗，瞪着眼睛，大额头下面的眼睛里充满血丝，对我叫喊着：‘你说得轻松，对我下命令，你在我的位子上试试，混蛋！假如你能行的话，你把他弄出来了，我快要死了。’”

我有些烦了，对医生说：“你不应该跟我们说这些。”医生更生气了，她感叹了一句：“我说这些，是因为我们都是朋友。”但之后，她马上用医生的语气，用一种装出来的严肃语气说，假如我们爱莉拉，我们（她当然指的是尼诺和我）应该帮助她，让她做一些能给她带来满足的事儿，否则的话，她那跳芭蕾一样的脑子（她就是这么说的），会给她自己还有周围的人带来麻烦。她最后重申，她在产房看到了一场反自然的斗争，是一个母亲和她肚子里的孩子的斗争。她说：“对我来说，那是一场非常糟糕的体验。”

莉拉生的是一个女儿，而不是像所有人预测的那样是个男孩。当我抽身去诊所看她时，尽管她看起来精疲力竭，但还是满脸自豪地给我展示了她女儿。她问：

“伊玛生出来的时候多重？”

“六斤四两。”

“农齐亚几乎有八斤：我肚子很小，但她却很大。”

她真的给孩子取了她母亲的名字。为了不让她父亲费尔南多生气，他年轻时脾气就很不好，现在越老就越易怒，也为了让恩佐的亲戚高兴，她给孩子在城区的教堂里举行了洗礼，然后在“Basic Sight”公司里举行了一场聚会。

- 68 -

两个新生儿让我们有更多机会待在一起。莉拉和我经常打电话，我们带着两个孩子出去散步，自由自在地交谈，但不再是说我们自己的事，而是聊孩子。实际上，我们之间关系的丰富复杂，开始通过我们对两个孩子的关注得到展示。我们比较她们的每个细节，就好像要让她们俩成为彼此的镜子，好与不好都清清楚楚，这样我们就能马上作出反应，好的地方要保持，不好的地方要马上改。我们相互交流那些对于孩子健康成长有用的东西，我们之间产生了一种良性竞争，看谁能发现更有营养的食品、更舒适的尿布、更好用的护臀膏。莉拉给农齐亚买的任何好看的衣服，也都给伊玛也买一件。我呢，在经济允许的情况下，我也会给蒂娜买一套。现在莉拉叫她女儿“蒂娜”。莉拉会说，蒂娜喜欢这个玩具，她给伊玛也买了一个，蒂娜穿这双鞋子合适，她给伊玛也买了一双。

“你知道吗？”有一天，我用愉快的语气对她说，“你给你女儿起了我的娃娃的名字？”

“什么娃娃？”

“蒂娜，你不记得了吗？”

她摸了摸额头，就好像她头疼一样，她说：

“真的，但我是无意的。”

“那是一个很漂亮的娃娃，我很喜欢。”

“我女儿更漂亮。”

时间过得飞快，又过了几个星期，已经能闻到春天的气息了。有一天早上，我母亲病重了，大家一阵恐慌，连我的两个弟弟都觉得诊所的大夫已经束手无策了。他们想让我母亲去医院。我和尼诺谈了这件事情，就是想问清楚，通过那些和他认识的教授——之前给我母亲诊治的那些医生，能不能让我母亲有一个独立病房，而不只是一个床位。但尼诺说，他反对这种走后门或者找熟人的做法，在公共卫生服务方面，大家应该受到同样的待遇。他很生气地说：“在这个国家，需要停止这种想法，就是为了医院的一个病床，也要想着找熟人，或者求助于克莫拉分子。”他针对的不是我，而是马尔切洛，这一点我知道，但我还是很沮丧。从另一个方面来说，假如我母亲愿意去医院，我知道他一定会帮助我的。但实际上，我母亲虽然非常痛苦，但她的态度很明确：她宁可在这个舒适的环境里死去，也不愿意回医院病房，哪怕只是几个小时。就这样，一天早上，让我们又一次感到震惊的是，马尔切洛陪着一位专家来到了诊所，就是当时在医院给我母亲治病的那些医生中的一个。这位教授在医院里态度很粗暴，但在这里他变得非常和蔼，而且还经常过来，这个私人诊所的医生对他也充满敬意，我母亲的状况好了很多。

很快，诊所的情况又变得很复杂。我母亲用尽了她最后的一点儿力气，做了两件相互矛盾的事，但这两件事在她眼里同样重要。因为正好是在那几天，莉拉在巴亚诺一个客户的公司那里，找到了安置佩佩和詹尼的位子，但他们根本就不理会这个工作机会。我母亲无数次感谢了我的朋友莉拉的慷慨，她把两个儿子叫到病床前，在这次时间比较长的会面里，有几分钟，她又回到了先前的样子。她的眼里充满了怒火，她说，假如他们没有接受那份工作，那她死了也会回来找他们，让他们不得安生。总之，她让我的两个弟弟哭得像小羊羔，直到他们答应了，才放他们走。这时候，她做了另一件截然相反的事。她把马尔切洛叫来——她刚把佩佩和詹尼从他那里弄走，她让马尔切洛庄严发誓，在她闭眼之前，他会娶她的小女儿。马尔切洛向她庄严保证，他说，他和埃莉莎推迟了婚礼，只是因为他们想等着她康复，现在她快要康复了，他们会尽快办手续。她对于莉拉和马尔切洛一视同仁。我母亲放心了，她很高兴，为了她的孩子的好，她对我们城区的两个最重要的人物施加压力并和他们挂上钩了：在她眼里，他们是这个世界上最重要的人物。

有那么一两天，她都很平静愉快。我把黛黛带去看她，她很爱黛黛，我让伊玛躺在她怀里，她甚至对一直都不喜欢的艾尔莎也很热情。我看着她，虽然她只有六十岁，而不是一百岁，但她已经成了一个满脸皱纹、头发灰白的老太太。我第一次感觉到时间的冲击，一股力量正把我推向四十岁，同时也感觉到生命消耗的速度，死亡来临的事实。我想，假如死亡降临在她身上，没有出路，死亡也会降临到我头上。

伊玛才两个月多一点儿，有一天早上，我母亲用虚弱的声音对我说：“莱农，现在我真的很高兴，我唯一放心不下的人是你，但你是你，我知道，你能让事情按照你的想法来，所以我相信你。”然后她睡了过去，陷入昏迷，她不想死，她还坚持了几天。我记得，当时我和伊玛在她的房间里，她临终的喘息一直在持续，已经成了诊所的各种声音的一部分。我父亲已经受不了这个声音了，他一个人在家里哭。埃莉莎带着西尔维奥去院子里呼吸新鲜空气，我的两个弟弟在隔壁一个小房间里抽烟。我长时间盯着床单下面她瘦小身子的轮廓，我母亲现在就剩下一把骨头了。她以前体形庞大，一直压制着我，让我感觉到自己像一块石头下面的虫子，受到保护的同时也受到挤压。我希望她的呻吟能结束，马上，就在那一刻。让我惊异的是，我的祈祷变成了现实，整个房间忽然安静下来了。我坐在那里，没力气起身走到她跟前，这时候，伊玛吧唧嘴的声音打破了寂静。我离开椅子，来到我母亲床边。我们俩一起，我和小伊玛——她在睡梦中还在贪婪地寻找我的乳头，还想和我紧紧连在一起，我们俩在那个病房里，她是那个最鲜活、最健康的生命。

不知道为什么，那天我戴着大约二十年前母亲送给我的银镯子，我已经很长时间没有戴它了，通常，我都会戴一些阿黛尔建议我买的精致首饰。从那天起，我经常都戴着那个手镯。

- 69 -

尽管我一滴眼泪都没流，但我很难接受母亲的死。很长时间里，我都很难过，可能那种痛苦一直都没真正离开。我一直认为，她是一个麻木、粗俗的女人，我很怕她，一直都想远离她。在她的葬礼结束之后，我感觉好像忽然下起了一场大雨，看看周围，没有一个可以躲雨的地方。有好几个星期，无论白天还是夜里，我感觉到处都是她的影子，到处都是她的声音。那就像一股青烟，漂浮在我的脑海里，没有任何导火索也会燃烧起来。我很懊悔，在她生病时，我才找到了另一种和她相处的办法，我甚至回忆起了我小时候，她还年轻时的一些愉快的时刻。我的愧疚感让怀念一直在持续，我在抽屉里放了她的一个发卡、一块手帕，还有小剪刀，但我觉得这还不够，戴着她的手镯也还不够。也可能是因为这个原因，在我怀孕时，我的胯部又开始疼了，生产完之后那疼痛还没消失，我选择不去看医生，我保留着身体的疼痛，就像那是我母亲给我的遗产。

还有她最后给我说的那些话（“我相信你”），也陪伴了我很长时间。她临死时确信：按照我的性格，还有我积累的资源，我不会被任何东西摧毁。这种想法一直在我的脑子里回响，后来真的起了作用。我决定向她证明，她说得对，我打起精神，严格要求自己，开始利用那些空暇读书写作。我对那些琐碎的政治失去了兴趣——五个政党联合起来统治这个国家，它们和意大利共产党的争执，这都是尼诺积极参与的事情，我无论如何都打不起精神，但我继续关注这个国家的暴力和腐败问题。我一直在阅读女性主义的资料，我上一本小书的影响还在，我给针对女性读者的新杂志投稿。但我得承认，我的主要精力都用来让我的出版社相信，我的新小说已经写得差不多了。

大约两年前，出版社给我预支了一半稿费，那是很大一笔钱，但我自己这两年基本一事无成，我感觉很吃力，还在寻找素材。那个主编，就是给我预支了那笔钱的人，从来都没给我施压，他每次都小心翼翼地询问我工作进展，假如我避而不谈，那他也不深究。因为要说实话的话，我会觉得很丢脸。后来发生了一件不愉快的事情，在《晚邮报》上出现了一篇带有讽刺色彩的文章，里面赞扬了一部处女作获得的成功，然后提到了我的名字，说整个意大利青年文学界还在等着我许诺的那本书。几天后，我的主编经过那不勒斯，他来参加一个盛大的研讨会，他要求见我。

他严肃的语气马上就让我很担心，在将近十五年的合作中，他从来都没让我感到压力。他站在我这一边，对付阿黛尔的阻挠，他一直对我都很客气。我做出一副愉快的样子，邀请他到塔索街上的家里来吃饭，这让我很不安，也很辛苦，但我请他来家里，是因为尼诺想出版一本新的杂文集。主编的态度很客气，但没表露出多余的情感，他对我母亲的去世表示哀悼，然后赞扬了伊玛，送给黛黛和艾尔莎几本色彩非常鲜艳的小书。他耐心地等着我弄完饭菜，照料几个孩子，我让尼诺和他谈那本想要出的书。后来，到了这次会面的关键环节，他说他想知道，他能不能做计划，在那年秋天出版我的小说。

我脸红了，问道：

“一九八二年秋天？”

“是一九八二年秋天。”

“也许可以，我还以为晚些时候呢。”

“你现在知道就好。”

“但我距离收尾还有点儿时间。”

“你可以先让我看看你写的。”

“我还没准备好。”

他沉默了，喝了一小口葡萄酒，用一种严肃的语气说：

“埃莱娜，到现在为止，你一直很幸运，上一本书的反响尤其好，你赢得了声誉，也赢得了很多读者，但这些读者需要经营，假如你失去他们，你也失去了出版其他书的可能。”

我觉得很难过。我明白，阿黛尔一次次的抗争，已经影响到了这个非常有文化、彬彬有礼的男人。我想象着彼得罗母亲的话，她的措辞：“这是一个非常不可靠的南方女人，表面上看起来很可爱，但却精于算计，会骗人。”我痛恨我自己，因为在这个主编面前，我正好证实了这些话。面对桌上的甜点，主编用短短几句话就拒绝了尼诺的提议，他说，现在出版杂文很难。大家都有些尴尬，不知道要说什么。我谈到了伊玛，直到我的客人抬起手腕看表，说他要走了。这时候我忍不住说：

“好吧，我会准时交稿，保证在秋季出来。”

- 70 -

我的保证让主编放心了，他又待了一个小时，海阔天空地聊了起来，他很努力地对尼诺的书表现出兴趣。最后在告别时，他拥抱了我，在我耳边说：“我确信，你正在写一个很棒的故事。”

门在我身后关上了，我叹了一口气说：“阿黛尔还在继续和我作对，我麻烦大了。”但尼诺表示不同意，他的书有一点渺茫的希望可以出版，也让他的心情好了起来。另外，他刚刚去巴勒莫参加了一场意大利社会党的大会，他遇到了圭多·艾罗塔和阿黛尔，圭多对他最近写的一些东西表示很欣赏。因此，他说了一句和解的话：

“你不要夸大艾罗塔家的影响力，你刚才只是答应了主编你会开始好好工作，写你的书，你看到他的态度变化了吧？”

我们吵了一架。是的，我刚刚答应交出一本书，但我怎么交，我什么时候写这本书，我有那种专注力和时间吗？他有没有意识到，我之前是什么生活，现在是什么处境？我口不择言给他列举了我经历的一切，我母亲生病去世，我要照顾黛黛和艾尔莎，做家务，怀孕，伊玛的出生，他对这个孩子的漠不关心，他总是不带我一个人到处参加各种研讨会。还有那种恶心感，是的，的确很恶心，我要和埃利奥诺拉一起分享他。我对着他喊道，我已经彻底和彼得罗离婚了，你想都没有想过和你妻子分居。我一个人，没有他的帮助，我能在这么多压力下工作吗。

我嚷嚷也没什么用，尼诺的反应和往常一样。他做出一副沮丧的样子，嘟哝着说："你不明白的，你也不会明白，你对我不公平。"然后他用一种沉痛的语气向我发誓，说他爱我，他离不开伊玛、黛黛和艾尔莎，还有我。最后，他提出为我请一个保姆。

早些时候，他已经建议我找一个人来照顾孩子，买东西做饭。我不想让他觉得我要求太高，我总是说，我不想增加不必要的经济负担。通常，我做任何事情都倾向与侧重于考虑他是否会喜欢，而不是我自己高兴。还有，我不想承认，在我们的关系中已经出现了我和彼得罗在一起时出现过的问题。但那次让他惊讶的是，我马上回答说："好的，太好了，你赶紧找一个人吧。"我感觉我是用我母亲的声音在说话，不是她临终前那种虚弱的声音，而是那种爱争吵、易怒的声音。花钱算什么，我应该关心自己的未来，我的未来就是在短短的几个月里完成一本小说，这本小说应该很棒。没有任何东西，包括尼诺，可以阻止我写好这本书。

- 71 -

我仔细审视了一下自己的处境，之前的两本书，加上翻译的版本，给我带来了一些钱，但我已经有很长时间没有收入了。收到的新书预付款已经快要用完了。我晚上熬夜写的文章，要么稿费极少，要么完全没有稿酬。总之，我是靠彼得罗每月定期给我汇的抚养费，还有尼诺的补贴过活。尼诺会把房租、水电费付了，我得承认，他经常还给我和几个孩子买衣服。刚回到那不勒斯时，我不得不面对的变化，还有各种不方便和痛苦，我都觉得很正常。现在呢？编辑到访的那晚让我决定尽快变得独立。我要定期发表东西，拿出作家的样子，我要赚钱，但原因并不是出于对文学的热爱，而是和我的未来有关：我真的以为，尼诺会一直照顾我和我的几个女儿吗？

这时候，我开始慢慢形成了一种意识——但不是很清晰，我觉得我不用太考虑他，我并没感觉到太痛苦。那不仅仅是之前的一种担忧，担心他会离开我，而是一种视角的变化。我不再想很远的事情，我开始考虑当下的事儿，我不能期待着尼诺给我更多，而是我自己要掂量一下，他给的够不够。

当然了，我依然爱他，我喜欢他修长纤细的身体、他的聪明，还有他思考问题的方式。我很欣赏他现在的工作，他之前搜集数据并进行分析的能力，现在非常符合社会的需求。最近，他发表了一篇备受欣赏的文章——可能是圭多·艾罗塔比较喜欢的那篇，是关于经济危机的。文章从危机源头开始，谈到了建筑、金融和私人电视行业，说这都是需要探察的问题。然而，我开始感觉到，他身上有一种我厌烦的东西。比如说，我前夫的父亲赦免了他之后，他表现出来的欣喜让我很难受。我也不喜欢他把彼得罗和他父亲撇开关系，他觉得彼得罗是一个“缺乏想象力的小老师，他备受追捧，只是因为他是艾罗塔家的儿子，他对于共产党的追随也很盲目”，而他父亲是一个真正的教授，他不遗余力地赞扬我之前的公公，说他写的关于“希腊化时期”的著作是其奠基之作，另外他还是社会党左派的杰出代表。他又一次对阿黛尔表现出来的赞赏，也让我心里很不痛快，他说阿黛尔是一位真正的名媛，在社交方面无与伦比。总之，我觉得他对权威的认同很敏感，而另一方面，他会因为嫉妒排斥或者羞辱那些还没有权威，或者权威很小但有可能取得成功的人。这让他在我心目中的形象，还有他维护的自我形象遭到了破坏。

但事情不仅仅是这些，当时的政治和文化氛围正在发生变化，人们的阅读趣味发生了变化。我们都不再说一些极端的话，让我自己也感到惊异的是，我开始认同几年前和彼得罗吵架时我找茬贴到他身上的标签。但尼诺比我更过分，他不仅仅认为，任何革命性、破坏旧世界的观点都很滑稽，他也觉得任何自我标榜道德高尚的姿态都很可笑。他用开玩笑的语气对我说：

"社会上有太多傻人。"

"也就是说？"

"就是些大惊小怪的人，就好像他们不知道，那些党派各自为政，或者他们会把武装分子还有秘密组织掩盖起来。"

"你想说什么？"

"我想说，一个党派只能通过给别人好处来换取支持，那些理想主义都是装饰。"

"好吧，那我就是一个傻子。"

"这我知道。"

我开始觉得，在政治上，他哗众取宠的言行让我很不舒服。当他邀请客人来家里吃晚饭时，他会从左派的立场，提出右派的观点，让那些客人很尴尬。他说，法西斯并不是说的都没道理，要学会和他们对话。或者说，假如我们要改变现状，就不能一味批判，也需要亲手去实践。或者说，假如不希望法官成为民主系统的地雷，法律很快就会顺应那些当权者的需求。或者说，需要控制薪水上涨，那种阶梯式的工资机制会毁掉意大利。假如有人对他说的提出反对，他就会充满鄙夷地冷笑起来，会让人觉得，他不愿意和那些目光短浅、脑子里只有一些过时口号的人进行讨论。

为了不和客人站在同一条阵线上反对他的观点，我很不自在地沉默下来了。他喜欢现在这种不稳定的局势，他的未来就取决于这一点。他了解党内还有议会上发生的一切，他了解资本和劳动组织的所有内部活动。但我只看到了很多恐怖事件的报道，红色武装分子制造的血腥事件和绑架，还有关于工人的主导地位不复存在，形成了一些新的反抗者的论点。结果，我通常都是和其他人，而不是和他站在同一条阵线上。有一天晚上，他和一个在建筑系教书的朋友吵了起来。他头发凌乱，充满激情，看起来很英俊。

“你们没办法区分向前一步、退后一步，或者停步不前这三者之间的关系。”

“向前一步指的是什么？”这个朋友问。

“就是国家总理不再是通常的天民党的人。”

“那停步不前指的是什么？”

“冶金工人的一场游行。”

“后退一步是什么？”

“就是要搞清楚，社会党和共产党哪个干净。”

“你现在越来越犬儒了。”

“但你一直都很混！”

不，尼诺已经不像之前那样可以说服我了，我不知道为什么，他在表达自己时会用一种很挑衅，但同时又态度暧昧的方式。他在突出自己的远见，就好像他能看到国家管理的各个步骤，但在我还有他的朋友们眼里，这个国家好像已经从根子上坏了。他还在坚持：“我们不要再那么天真地反对权力了，我们要身处那些有生有死、新旧交替的地方：党派、银行、电视。”我听他说这些，但他对我说话时，我会垂下眼睛。他的话让我很厌烦，我已经无法掩饰这一点了，我觉得他的态度很松散，这正在降低他的格调。

有一次，他也对黛黛这样说话，因为老师给她布置了一个很离奇的作业，让她做个调查。

为了中和一下他的实用主义，我说：

“黛黛，人们总有把一切都摧毁的可能。”

他满脸笑容地反驳说：“你妈妈喜欢编故事，这是一个很棒的工作。但她不知道我们生活的这个世界是怎么运作的，每次她不喜欢什么东西，就会求助于一个神奇的句子：我们把一切都摧毁吧！你要告诉你老师，说我们要让现有的世界好好运转。”

“怎么才能做到？”我问。

“通过法律。”

“比如你说要控制那些法官。”

他摇了摇头，对我很不满，就像以前彼得罗的态度一样。

“你赶紧去写你的书吧。”他说，“否则，你又说是因为我们的缘故，你没法工作。”

他给黛黛讲了三权分立的事情，我默默地听了一会儿，觉得他说的每个字都有道理。

- 72 -

尼诺在家时，他会和黛黛还有艾尔莎一起，搞一场非常滑稽的仪式。他们会把我拉到放着我的写字台的小房间，非常郑重其事地让我坐下来工作，他们关上房门，假如我要敢打开门的话，他们会齐声指责我。

通常，假如有时间，他会非常耐心地照顾几个孩子。他对黛黛很好，他觉得黛黛非常聪明，但过于死板，艾尔莎让他很开心，因为她顺从的外表下面其实是狡黠和邪恶。我所希望的事却从来都没有发生，他和小伊玛不是那么亲密。他也会陪着伊玛玩儿，有时候看起来很开心。比如说，他和黛黛还有艾尔莎，会围着伊玛学狗叫，想让她说"狗"这个词。我绞尽脑汁地想写点儿东西，我听见他们在家里汪汪叫，假如伊玛咿咿呀呀，发出一个听起来像"狗"的音，尼诺会和两个孩子异口同声地叫喊起来："她说了'狗'，很棒，很棒！"但没别的了。实际上，他把小伊玛当成一个小玩偶，让黛黛和艾尔莎玩。他很少和我们一起过星期天，少有的几次气氛很好，他们带着伊玛去了佛罗里笛安娜，他让两个姐姐推着妹妹的小车，在维拉街上散步。他们回家时，四个人都很高兴，但没说几句，我就明白了，尼诺让黛黛和艾尔莎假装成妈妈，照顾伊玛，他和沃美罗区那些真正的母亲在聊天儿，她们也把孩子带到那里呼吸新鲜空气，晒太阳。

随着时间的流逝，我越来越习惯于他勾三搭四的爱好，我觉得那只是一种坏毛病。尤其是，我也习惯了那些女人马上就会喜欢他。但后来忽然间，这方面也出了问题。我越来越发现，他的女性朋友多得惊人，所有的女人在他面前都会变得光彩照人。我很熟悉那种光彩，并不觉得惊异。在他面前，你会非常有存在感，你会觉得很高兴。很自然，所有那些女孩子，还有成熟女性都会对他产生感情，我不排除她们会对他产生性欲的可能，但我不觉得这是一个必然的结果。让我最不安的，就是之前莉拉说过的一句话："我觉得，他也不是你的朋友。"我尽量不把这句话和另一个问题联系在一起："这些女人是他的情人吗？"因此，让我不安的不是他会背叛我，而是其他东西，我确信尼诺会激发这些女人的母性，她们会在自己力所能及的范围内帮助他。

伊玛出生后没多久，尼诺的事业越来越顺了。当他出现时，会带着自豪给我讲他取得的成功。我很快就发现，他过去飞黄腾达，那是因为他妻子的家人，现在呢，他得到的每个新职务都离不开一个女人的帮助。有一个女人帮他在《晨报》上开了一个专栏，每半个月发一篇文章；另一个女人推荐他在费拉拉一个重要的研讨会上致辞；还有一个让他成了都灵一家杂志的主编；一个来自费城的女人——一个联合国官员的妻子，最近推荐他去做一个美国基金会的顾问。这些帮助过他的女人的名单在不断增加。除此之外，我自己不是也帮着他，让他在一家重要的出版社出了一本书？我不是还帮着他出第二本书吗？再想想，他上高中时那么耀眼，还不是因为背后有加利亚尼老师？

当他忙着施展自己的魅力时，我开始默默地研究他。他邀请那些年轻太太或风韵不再的女人来家里吃饭，她们有的是自己单独来，有的是带着各自的丈夫或男友。在那些情况下，我带着不安的心情，看着他怎么给这些女人说话的机会：他基本上会无视那些男性客人，他会把注意力完全集中在那些女人的身上，有时候他会针对其中一个女人。一个又一个晚上，我都看到了这样的场景，尽管有其他人在场，他都能表现得像单独和他感兴趣的太太面对面在一起，他不会说任何有暗示性的、不得体的话，他只会问问题。

"后来发生了什么事儿？"

"我离家出走了。我十八岁时离开了莱切，来到那不勒斯，但这是一个很难融入的城市。”

“你住在哪儿？”

“在法院路一栋很破的房子里，和另外两个姑娘住在一起，没有一个安静的角落可以学习。”

“男朋友呢？”

“什么男朋友。”

“男朋友总会有一个吧。”

“是有一个，也在这儿坐着呢，我后来嫁给他了。”

这位太太提到了自己的丈夫，就是想让他也加入到谈话中，但尼诺无视那个男人，依然用那种灼热的声音，对面前的女人说话。尼诺对于女性世界很好奇，其实没有别的企图。我对他非常了解，他一点儿都不像那个年代的其他男性，表示出他们已经作出了很大让步，不再那么大男子主义了。我想，不仅是那些来我们家里的教授、建筑师，还有艺术家，他们的行为、感情和观念都有些女性化的成分，就连卡门的丈夫罗伯特，也会分担很多家务，还有恩佐，他会毫不犹豫把自己的所有时间都花在莉拉身上。那些寻找自我的女性让尼诺很振奋，他的热情是真诚的，没有一次晚饭，他不会重复这样一句话：和她们一起思考，才是唯一的真正的思考方式。但他会死死捍卫自己的空间，还有他投身的诸多事情，他永远都把自己放在第一位，从来都不会让出一点他的时间。

有一次，我想在所有人面前揭发他的做法，于是用一种充满温情、开玩笑的语气说：

“你们不要相信他说的，刚开始的时候，他会帮着我收拾桌子，洗碗。现在他连地上的袜子都不会捡起来。”

“这不是真的。”他反驳说。

“就是这样，他想解放别人的女人，而不是自己的女人。”

"好吧，你的解放并不意味着我要失去我的自由。"

类似于这样开玩笑的话中，我听到了那些年和彼得罗矛盾争吵的回声，这让我很不舒服。为什么我前夫说那些话会让我很气愤，而我却会放过尼诺？我想：也许和任何男人的关系都会产生同样的矛盾，但在有些情况下，也会产生令人满意的结果，我不能太夸张了，无论如何他们还是有差别的，和尼诺在一起一定会好一些。

但真的是这样吗？我越来越不自信了。我想起了他在佛罗伦萨住在我家里时，他支持我反抗彼得罗，我还带着喜悦，想起了过去他鼓励我写作的事。但现在呢？我急需重新开始严肃地写作，这些年情况发生了变化，我感觉自己已经不像之前那么信心十足了。尼诺有越来越多自己的需求，尽管他很想，但他没时间给我。为了表示弥补，他通过他母亲急忙给我找了一个照顾家里的保姆，叫西尔瓦娜，五十岁左右，身体很结实，她有三个孩子，看起来总是乐呵呵的，她很勤快，和我的三个女儿处得也很好。他很慷慨，没说请这个保姆花了多少钱。过了一个星期，他问我："一切都好吧，她还行吧？"但很明显，他觉得他花了雇保姆的钱，就不用为我担心了。当然，他很在意我，他时不时会问我："你在写吗？"然后就没有别的了。刚开始时他对我的写作的那种关注已经消失了，不仅如此，我带着一丝尴尬想，我自己也不像之前那样赋予他权威了。我发现，我内心有一种声音对我说：不能太依赖尼诺了，他一点儿也不可靠。现在我在听尼诺说话时，已经没有我小时候的感受：他之前说的每个字，都会在我的心里激起火花。我让他看一段还不成型的稿子，他马上会大声说："很棒！"我给他简述了我正在构思的小说的故事主线和人物，他会说："很精彩，很聪明。"但他的话对我没有任何说服力，我不相信他，他对其他很多女人写的东西表现出了同样热情洋溢的态度。如果和其他夫妻共进晚餐，在别人走了之后他总是会说："这个男人真是平庸啊！他的女人要比他强得多。"他的所有女性朋友，仅仅是作为他的朋友，在他眼里都是非常了不起的女人。对于那些女性的评判通常都是随机应变，甚至是邮局里迟钝、粗暴的女职员，或者黛黛和艾尔莎的那些孤陋寡闻的女老师，他都能找到替她们开脱的话。总之，我不再感觉自己是唯一的，在他眼里，我和其他女人一样，都属于一个模式。假如对于他来说，我不是唯一，那他的评判对我有什么用呢，我怎么能从中汲取能量，写得更好呢？

有一天晚上，当着我的面，他对一个女性朋友——一个生物学家大肆赞扬。我很失控，就问他：

"这世界上，真的一个愚蠢的女人都没有吗？"

"我说的不是这个。我说，一般来说，你们女人要比男人强。"

"我比你强？"

"绝对是的，我很早就知道了。"

"好吧，我相信你，但在你的生命里，至少有那么一次，你有没有遇到过一个糟糕的女人？"

"是的。"

"告诉我她的名字。"

我知道他会跟我说什么，但我坚持问他，我希望他说是埃利奥诺拉。我等着，他变得很严肃：

"我不能说。"

"告诉我吧。"

"我说了，你会生气的。"

"我不会生气。"

“莉娜。”

- 73 -

假如在过去，我会有点儿相信他对莉拉这种持久的敌意，但现在我越来越没那么确信了，部分是因为就在几个晚上之前，他对莉拉完全是另一种看法。他想写完一篇关于菲亚特工厂的工作和自动化的文章，我看他遇到了困难（“微处理器到底是什么东西？芯片是什么？这些玩意儿是怎么运作的”）。我对他说：“你和恩佐·斯坎诺谈谈吧，他很厉害。”他有些漫不经心地问：“恩佐·斯坎诺是谁？”我回答说：“莉娜的男人。”他脸上浮现起一丝微笑，说：“那我更愿意和莉娜谈，她一定更在行。”这时候他好像记忆恢复了，他带着一丝鄙夷补充了一句：“斯坎诺不是当年那个卖水果的人的傻儿子吗？”

他的语气刻在了我脑子里。恩佐自己开了一家创新性的小公司，要是考虑到这家公司位于老城区的中心，这是一件非常了不起的事情。作为学者，尼诺本应该对他表示出兴趣和欣赏。但他用“当年”这个词，把恩佐一下子拉回到了小学时光。那时候，恩佐要么在铺子里帮他母亲干活，要么就和他父亲推着小车在街上卖菜，他没时间学习，所以在学校成绩不是很出色。他很轻蔑地抹杀了恩佐的所有功劳，把一切成绩都算到了莉拉头上。我意识到，假如我逼问他的话，他会得出这样一个结论：女性聪明智慧最杰出的代表——或者他自身崇拜的那种女性智慧，甚至如他在一些谈话里宣称的，对女性智慧的浪费是最大的浪费——都和莉拉相关。尼诺和我狂热相爱的阶段已经黯淡下来，但伊斯基亚的那段时间对他来说，永远都会记忆如新。我想，我为之离开彼得罗的那个男人，他现在成为这样，那是因为和莉拉的相遇把他塑造成了这个样子。

- 74 -

我是在深秋一个寒冷的早上想到这一点的。当时我在送黛黛和艾尔莎去上学。我有些漫不经心地开着车，这个想法产生之后，就在我的脑海里挥之不去。我能分辨出我心里有两种爱情：一种是对城区的那个小男孩、中学时代的尼诺的爱，以及我在伊斯基亚产生的情感；另一种爱情是在米兰产生的，对书店里的那个年轻男人，以及后来出现在佛罗伦萨我家里的那个男人产生的激情。我一直把这两种感情联系在一起，但那天早上，我觉得那种联系是不存在的，那种持续性只是一种理所当然的想法，但不是事实。我想：在这中间是他和莉拉爱情的破裂，那次破裂本应该把尼诺从我的生活中彻底抹去，但我却选择不考虑这段历史。所以，我现在迷恋的是谁？我今天爱的是谁？

那段时间，通常都是西尔瓦娜送两个孩子去学校，尼诺还在睡觉，我会照顾伊玛。那天我作了不同的安排，我打算整个早上都在外面，我想看看，国家图书馆有没有罗伯特·布拉科的一本老书，题目是《在女人的世界里》。我在早上的车流里缓慢前行，脑子里想的是这些事儿。我开着车子，漫不经心地回答着两个孩子的问题，我想到了两个不同阶段的尼诺，一个是属于我的，另一个对于我是很陌生的。当我千叮咛万嘱咐，把黛黛和艾尔莎放在她们各自的学校门口，我的想法变成了画面——这是在那个阶段经常发生的事，我想到了我要写的那个小说的主线。我开着车驶向沿海路时，我想自己有没有可能写一部小说，讲的是一个女人和一个她小时候就爱着的男人结婚了，但新婚之夜，她发现他身体的一部分是属于她的，而另一部分却被她童年时的好朋友占据了。忽然间，我的这些想法被一件比较紧急的家庭琐事冲散了：我忘记给伊玛买尿布了。

很多时候，日常琐事会像一记耳光一样把人唤醒，让那些胡思乱想变得无关紧要，甚至有些可笑。我停下车，对自己感到气愤。我很疲惫，尽管我很仔细地在一个小本子上写下所有急需要买的东西，但有时候我会忘记带本子。我叹了一口气，我永远都做不到井井有条。那天尼诺有一个非常重要的约会，是工作上的事儿，可能他已经从家里出来了，但无论如何，这种事儿都不能指望他。如果伊玛没尿布可换，她会起疹子。我不能让西尔瓦娜去药店里买，那样她就不得不把孩子单独放在家里。我回到了塔索街，跑到药店买了尿布，气喘吁吁地回到家里。我确信在楼梯间就会听到伊玛的尖叫，但等到我用钥匙打开门，却发现家里静悄悄的。

我隐约看到伊玛坐在客厅的围栏里，身上没穿尿布，在玩一个布娃娃。我想溜走，不让她看到我，她看到我就会大哭起来，想让我抱。我想把尿布交给西尔瓦娜，然后马上去图书馆。这时候，我听到大洗手间有窸窸窣窣的声音（通常尼诺都会用一个小洗手间，我和几个孩子用大洗手间），我想着是西尔瓦娜在打扫。我走了过去，门虚掩着，我推开了门。在明亮的大长镜子里，西尔瓦娜低着头，首先跃入眼帘的是她头发中间的发线，她两边的黑发里夹杂着缕缕白发，然后，我看到了尼诺闭着的眼睛、张着的嘴。这时候，镜中的影像忽然间和真实的身体融为一体，尼诺身上只穿着一件背心，其他什么都没穿，他消瘦的长腿张开站着，脚上没穿袜子，西尔瓦娜身子向前弯着，两只手扶在洗手池上，她宽大的内裤褪到了膝盖那里，深色的上衣一直拉到腰上面。他的手臂揽着她的大肚子，一只手抓着从文胸里露出来的大胸脯，在摩擦着她，同时他平坦的肚子在撞击着她宽大的屁股——白得刺眼的屁股。

我狠狠把门拉上了，这时候尼诺睁开了眼睛，西尔瓦娜忽然抬起了头，向我投来惊恐的目光。我跑过去从围栏里抱起伊玛，尼诺对着我叫喊："埃莱娜，等等！"我已经从家里出来了，我没叫电梯，抱着孩子从楼梯上冲了下去。

- 75 -

我躲进了车里，我让伊玛坐在腿上，开动了车子。孩子看起来很高兴，她想摁喇叭，那是艾尔莎教给她的，她咿咿呀呀不知道在说什么，中间还夹杂着一声声尖叫，因为我陪着她，她很兴奋。我毫无目的地开车向前，只想离家越远越好。最后我来到了圣埃莫下面，把车子停了下来。熄了火，我发现自己一滴眼泪也没有，我并不觉得痛苦，我只是被吓得不知所措。

我没办法相信这件事情。我看到尼诺把他的阴茎捣入了一个年龄很大的女人的身体里，这个女人为我收拾屋子，为我买东西做饭，照顾我的女儿。她是一个经历了生活磨练的女人，她身材走样，体形庞大，和尼诺平时带到家里的那些高雅、有文化的女士截然不同。我看到的这个尼诺，真是我年少时爱上的那个人吗？我一直都漫无目的地开着车，也许我都没意识到半裸着的伊玛坐在我腿上，她欢呼雀跃地摁着喇叭，叫着妈妈。我没法想清楚：我刚才看到的那个男人是谁。我感觉，那就好像我回到家里，在洗手间里忽然发现了暴露了身份的外星人，他通常都是隐藏在我三女儿的父亲的身体里。这个陌生人有着尼诺的外表，但实际上不是他，他是另一个人。这是在伊斯基亚之后产生的那个人吗？但他到底是谁？是那个让西尔维亚怀孕的男人吗？是马丽娅罗莎的情人吗？是埃利奥诺拉的丈夫吗，虽然非常不忠，但依然和她密不可分？这个已婚的男人，对我——一个已婚的女人——说他爱我，他千方百计想得到我。

开车到沃美罗的一路上，我都想抓住之前那个尼诺，在城区和高中时期那个温柔、充满爱意的尼诺，我只是想摆脱那种厌恶感。只有当我把车停到圣埃莫时，我才想起了洗手间里上演的一幕，还有他睁开眼睛，在镜子里看到我站在门口的一幕。这时候，我感觉一切都变得很清楚：眼前这个男人，和我在莉拉之前爱上的那个男孩之间没有任何分裂。尼诺只有一个，他在西尔瓦娜的身体里，从他脸上的表情就能看出来，那种表情，不是他父亲多纳托在玛隆蒂让我告别处子之身时的表情，而是他父亲在内拉的厨房里，在床单下面抚摸我的双腿之间时的表情。

因此，这没什么奇怪的，只是更猥亵一些。尼诺不想成为那样的人，但他本身就是那样的男人。当他有节奏地撞击着西尔瓦娜的屁股，他还想着让她舒服，他没有假情假意。就像做对不起我的事之后，他会懊悔，会道歉，会恳求我原谅他，他发誓他爱我，这都不是在说谎。他就是这样，我想。但这并没有带给我安慰，我的恐惧非但没有消散，而是找到了更充分、更坚实的理由。我感觉有一股热流从膝盖上流了下来，我忽然发现：伊玛还光着屁股，她尿到了我身上。

- 76 -

天气很冷，伊玛有生病的危险，但我觉得，我实在没法回家。我把她包在我的大衣里，就好像我们在玩游戏。我给她买了一包新尿布，用纸巾将她擦干净之后换上。现在我要决定该怎么办。黛黛和艾尔莎很快会从学校里出来，她们肚子会很饿，心情很坏，伊玛这时候已经饿了。我神经紧绷着，身上的牛仔裤是湿的，我没有大衣，冷得发抖。我找了一个电话，打给莉拉。我问：

“我能带几个孩子来你家吃午饭吗？”

“当然了。”

“恩佐不会很烦吧？”

“你知道他会很高兴的。”

我听见蒂娜在电话那边欢快的叫喊声，莉拉对她说：“别叫！”然后，她用一种少有的小心翼翼的语气问我：

“出什么事儿了吗？”

“是的。”

“怎么了？”

“就是你之前已经预料到的。”

“你和尼诺吵架了吗？”

“等下我告诉你，现在我得走了。”

我提前到了学校门口，这时候伊玛已经对我、汽车方向盘还有喇叭彻底失去了兴趣，她变得很烦躁，哭得浑身发抖。我把她紧紧包在大衣里，去给她找饼干。我相信自己的举止很正常，内心很平静，我觉得恶心，而不是愤怒，那种厌烦无异于看到了两个正在交配的蜥蜴——但我觉察到，路上的人用一种好奇的目光在打量着我，有些不安地看着我穿着一条湿漉漉的裤子，在街上奔走，大声和包在大衣里的孩子说话，孩子在挣扎哭泣。

第一块饼干就让伊玛平静下来了，但我的焦虑一下子就冒了出来。尼诺可能已经推迟了他的约会，有可能正在找我，我可能会在学校门口遇到他。黛黛已经上初中二年级了，艾尔莎比黛黛放学早，我在小学门口找了一个隐蔽的地方，看着那道小门。我冷得牙齿打架，伊玛把她的口水和饼干渣都弄到了我的大衣上了。我很警惕地看着那个区域，但尼诺没有出现。他也没有出现在中学校门口，这时候，黛黛很快在推推搡搡的人群操着方言的骂声和叫喊声中走了出来。

两个孩子都没有太关注我，她们只是对我带着伊玛去接她们表示好奇。

“你为什么要把她包在大衣里？”黛黛问。

“因为她很冷。”

“你有没有看到，她把你的大衣搞脏了？”

“没关系。”

“有一次，我把你的大衣弄脏了，你给了我一个耳光。”艾尔莎抱怨说。

“这不是真的。”

“千真万确。”

黛黛在审问：

“为什么她只穿了汗衫和尿布？”

“这样穿就可以了。”

“发生了什么事儿？”

“没什么。现在我们去莉娜阿姨家吃饭。”

听到这个消息，她们像往常一样振奋，上了车。伊玛咿咿呀呀地对两个姐姐说话，她很高兴能得到关注。两个姐姐都争着抢着要抱她，我让她们一起抱着，不要把她拽来拽去的。我喊道：“她不是橡皮！”艾尔莎对于这个方案不满意，用方言骂了黛黛一句。我想扇她一个耳光，我通过后视镜看着她，说：“你说什么？再说一遍，你说什么？”她没哭，她把伊玛交给黛黛来抱，她说带着小妹妹让她好烦。后来伊玛伸出手要和她玩儿，她很粗暴地推开了，尖叫着说：“伊玛，别这样，好讨厌！你把我的衣服弄脏了。”这让我很心烦。艾尔莎对我说：“妈妈，让她别碰我。”这时候我再也受不了了，我发出一声尖叫，这让她们都很害怕。我们就这样在紧张的气氛中穿过城市，只有黛黛和艾尔莎时不时的嘀咕会打破沉默。她们想知道，她们的生活是不是又发生了什么无法挽回的事情。

我无法容忍她们咬耳朵说悄悄话。我再也受不了任何事了：她们的童年，我作为母亲的身份，伊玛的咿咿呀呀。我几个女儿在车上，我脑子不停地回想之前看到的交媾场景，鼻孔依然能嗅到性器的味道，我不断升腾的怒火开始伴随着那些最粗俗的方言冒出来，我感到很撕裂。尼诺操了家里的女佣，然后他若无其事地去奔赴他的约会，根本就不管我还有他的女儿。啊，真是一个混蛋！我真是瞎了眼，他就像他的父亲吗？不，这样的比较太过简单。尼诺太聪明了，他非常有文化，他对于交媾的爱好，和一般南方男人和法西斯分子不一样，那不是一种粗鲁的、对男性气概的单纯展示。无论过去和现在，他对我的背叛源于一种更高级的意识。他有一系列很复杂的思想，他知道他的这种做法会让我非常气愤，会把我毁掉，但他还是会那么做。他想：我不会因为那个贱人跟我吵架，就放弃自己的乐趣。他就是这样想的，他一定会觉得我是庸人自扰——在我们当时的环境中，“庸人”是一个经常用到的词汇——我是庸人，一个庸人。我甚至能想到，他很优雅地为自己开脱：“这有什么问题，肉体是脆弱的，我看的所有书上都是这样写的。”这个婊子养的，他会说这样的话。我的怒火开始转化为恐惧。我甚至对着伊玛叫喊，让她闭嘴。到了莉拉的家楼下时，我对尼诺已经恨之入骨了，我从来都没有那么恨过一个人。

- 77 -

莉拉做了饭，她知道黛黛和艾尔莎爱吃西红柿猫耳面，她跟她们宣布，我们午饭要吃这个，她们一阵欢呼雀跃。不仅仅如此，她还把伊玛从我怀里接了过去，她照顾着两个婴儿，就好像她的女儿一下变成了两个。她给蒂娜和伊玛换了衣服，给她们洗了脸，穿上了一样的衣服，很疼爱她们，表现出一种无与伦比的母性。这时候两个孩子相互认出了对方，开始一起玩儿，莉拉把她们放在一张旧地毯上，让她们在上面爬，一起咿咿呀呀。我很不自在地把我女儿和莉拉的女儿进行对比，心里不由得产生了对尼诺的怨恨。我觉得蒂娜要比伊玛更漂亮、更健康，她是莉拉和恩佐的坚固关系的一个美好产物。

恩佐从上班的地方回到家，他很客气，但像往常一样寡言。在饭桌上，他和莉拉都没问我为什么一口都没吃。只有黛黛插了一句，就好像为我开脱，不想让别人对我产生不好的看法。她说："我妈妈一直吃得很少，因为她不想发胖，我也要和她一样少吃。"我很凶恶地对她说："你要吃光最后一块猫耳朵面。"这时候恩佐可能是为了保护我女儿，开始和她们比赛看谁先吃完。他一直在回答黛黛关于里诺的问题——我女儿还希望在午饭时遇到里诺。恩佐说，里诺开始在一家修理厂工作，一整天都在外面。吃完饭之后，他悄悄把两姐妹带到了詹纳罗的房间，给她们展示里面的宝贝。几分钟之后，里面传来震耳欲聋的音乐，她们一直都在那里待着。

我和莉拉单独在一起，我用一种介于讽刺和痛苦之间的语气，原原本本对她讲了发生的事情。她没有打断我，一直在听我说。我意识到，我越通过语言描述发生在我身上的事情，描述尼诺和那个肥胖女人性交的场面，我就越觉得好笑。"他醒了，"我忽然说起了方言，"他看到西尔瓦娜在厕所里，在她要撒尿之前，他把那女人的衣服拉起来，把他那玩意儿放了进去。"我很粗俗地笑了起来，莉拉很不自在地看着我。那种语气是她经常用的，但我这样说话让她很意外。她说："你要平静下来。"这时候伊玛哭了起来，她去另一个房间里看。

我的女儿头发是金色的，脸很红，大张着嘴巴在哭，脸上全是大颗的眼泪，她一看到我就伸出胳膊，让我抱。这时候，蒂娜——她头发很黑，脸色很苍白，有些不安地看着伊玛。她母亲出现时，她也没有动，但她想搞清楚这是怎么回事儿，我听见她清清楚楚地叫了一声“妈妈”。莉拉一下子把两个孩子都抱了起来，一只胳膊抱一个，她亲了亲我女儿的脸蛋，安慰她，让她平静下来了。

我很吃惊。我想：蒂娜已经能清清楚楚地叫妈妈了，每个音节都发得很清晰，伊玛比她大几乎一个月，但还一点儿也不会叫妈妈。我感觉自己很失败，也很难过。一九八一年快要结束了，我会把西尔瓦娜赶走。我不知道要写什么，一月一月时间会飞快地过去，我会交不了那本书，在工作上一败涂地，我会失去我的领地。我会成为一个没有未来的女人，靠着彼得罗的钱过活，一个人带着三个女儿，没有尼诺，我已经失去了尼诺，和他已经结束了。但我内心深处依然爱着他，但不像在佛罗伦萨我对他产生的那种爱情，而像小学时，看着他从学校里出来时我心里萌生的喜欢。我内心很挣扎，面对他对我的羞辱，我还想着找个借口原谅他，我没办法忍受把他从我的生活里驱赶出去。他在哪儿？他都一直没有找我吗？我想到了恩佐，他一回来就照顾着我的两个女儿。莉拉马上也让我什么都不用管，她在听我诉说，给了我表达自己的所有空间。我终于明白，在我到城区之前，他们已经明白会发生什么事。我问：

“尼诺打电话了？”

“是的。”

“他说什么？”

“他说他干了一件傻事儿，让我待在你身边，让你明白现在的人都是这样。真是一派胡言。”

“你是怎么回答的。”

“我把电话挂了。”

“他还打了吗？”

“他不打就怪了。”

我很沮丧。

“莉拉，离开他我不知道怎么生活。那么短时间，我离了婚，带着两个孩子来这里生活，我又生了一个女儿。这都是为什么？”

“因为你错了。”

我不喜欢她说的话，听起来像是一种对于积怨的报复。她想对我说，她以前想让我免于这个错误，但我照样陷了进去。她想告诉我：我是故意犯的错，她看错我了，我不聪明，我是一个愚蠢的女人。我说：

“我要面对面和他谈谈。”

“好吧，但你要把几个孩子放到我这儿。”

“你管不过来的，一共有四个呢。”

“一共有五个，还有詹纳罗，他比其他几个更让人费心。”

“你看到了吧？我把她们带走吧。”

“那肯定不行。”

我承认我需要她的帮助。我说：

“你帮我照看她们到明天，我需要时间来解决这个问题。”

“怎样解决？”

“我不知道。”

“你想继续和尼诺在一起？”

我感觉她不赞成，我几乎在高喊：

“我能怎么做？”

“你唯一的选择就是离开他。”

对于她来说，这是正确的解决办法，她一直希望这段关系结束，她从来都没有隐瞒着一点。我说：

“我会考虑的。”

“不，你不会考虑的，你会假装什么事儿也没有，会继续过下去。”

我不想回答。她在逼迫我，她说我不应该自暴自弃，我有自己的路要走，假如继续那样下去，我会越来越失去自我。我觉察到她的语气变得刻薄，我感觉，为了说服我，她要说出我一直都想知道，但她没告诉我的事儿。我很害怕，但我不是有好几次都希望她讲清楚吗？我现在不是跑到她跟前，让她终于可以全盘托出吗？

“假如你有什么事情要告诉我，你就明说吧。”我嗫嗫着。

她终于下定了决心，她看着我的眼睛，我垂下了目光。她说，尼诺经常来找她，想和她重归于好，跟我在一起之前以及之后，他都提过这些。她说，当他们陪着我母亲去医院时，那次他非常明确。当医生给我母亲看病时，我们在等待大厅，他发誓说，他和我在一起，只是为了靠近她。

“你看着我。”她小声说，“我知道，告诉你这些很残忍，很坏，但他比我更坏。他更糟糕，他是那种轻浮的坏。”

- 78 -

我回到了塔索街上的房子里，下定决心要和尼诺断绝一切关系。我看到家里整整齐齐，一个人也没有，我坐在对着阳台的大落地窗旁边。不到两年，这套房子里的生活已经结束了，我在那不勒斯生活的理由也消失了。

我等着尼诺出现，内心越来越不安。几个小时过去了，我睡着了，后来我忽然惊醒，发现天已经黑了，电话在响。

我跑过去接，几乎肯定是尼诺，但电话却是安东尼奥打来的。他在一个离我很近的酒吧，他问我能不能下去一趟。我对他说："你上来吧。"我感觉他犹豫了一下，最后他同意了。我确信是莉拉让他来的，他自己也马上承认了。

"她不希望你干傻事儿。"他很费力地和我讲意大利语。

"你能阻止我吗？"

"是的。"

"你怎么阻止我。"

我想给他煮一杯咖啡，他阻止了。他坐在客厅里，用那种习惯于做详细汇报的人的语气，心平气和地跟我列举了尼诺的所有情人，她们的姓名、职业、家庭等等。有几个我不认识，那都是他以前的老情人，有些是他带到家里吃晚饭的，我记得她们对我还有我的几个孩子都很热情。米雷拉是照顾过黛黛、艾尔莎和伊玛的一个女孩，跟他在一起已经三年了。关系更长的是和那个为我还有莉拉接生的妇产科医生。他在不同时期收集了数量庞大的妇女——安东尼奥用的就是这样的词。尼诺对这些女人，总是采取了同样的策略：开始一段时间，来往非常密切，然后是偶尔会面，但不会彻底断绝。安东尼奥用讽刺的语气说，他是一个很多情的男人，他从来都不会和一个女人真正断绝关系，他一会儿找这个，一会儿去找那个。

"莉娜知道吗？"

"是的。"

"她是什么时候知道的？"

"不久前。"

"为什么你们没马上告诉我？"

"我是想马上告诉你的。"

“莉娜怎么说？”

“她说再等等。”

“那你就听她的了？你们让我给那些之前跟他睡过，之后还会跟他睡的女人做饭、招待她们。我和那些他会在桌子下对她们做小动作、碰触她们的膝盖和脚的女人一起吃饭。我把我的女儿交给一个姑娘看管，我一转身，他们就会抱在一起。”

安东尼奥耸了耸肩，看着自己的手，十指紧扣放在两个膝盖中间。

“如果他们交待我一件事情，我会照办的。”他用方言说。但他有些不知所措，他想给自己找到借口。他说：“我总是这样，有时候是为了钱，有时候是为了感情，有时候是为了我自己。”他小声说，这些背叛的行为，假如不是在合适的时机知道，根本没有用。当一个人恋爱时会原谅所有事情，要使这些背叛起到作用，那要等着情感平淡一点儿，陷入恋爱的人是很盲目的。他就这样说了一通，几乎是作为例子，他讲了很多年前，他为索拉拉兄弟去跟踪尼诺和莉拉。他满是自豪地说：“那次，我没有按照索拉拉交待的做。”他觉得没办法把莉娜交到米凯莱的手上，而是叫来了恩佐去解救莉拉。他又提到了当时揍了尼诺一顿的事儿。他忍不住说：“我打了他，首先是因为你爱他，不爱我，其次是因为假如那个混蛋回到莉娜身边，莉娜会又跟他在一起，把自己毁了。”他最后说：“你看，在那种情况下，也没什么好说的，莉娜不会听我的，爱情不仅仅没有眼睛，也没有耳朵。”

我很惊讶地问他：

“这些年里，你从来都没有告诉过莉娜，尼诺那天晚上要回去找她？”

“没有。”

“你应该告诉她的。”

“为什么？我的脑子告诉我最好这样做。我就这么做了，做完就不再想了，假如再回到这个问题，只能惹麻烦。”

他现在变得多睿智啊！我知道，在那种情况下，假如安东尼奥没出手的话，尼诺和莉拉的故事会持续更长时间。但我马上就排除了一种可能，就是他们会相爱一辈子，也许他们都会变成不同的人。我觉得，这种假设除了不太可能，也让人受不了。我叹了一口气。安东尼奥出于自己的原因决定解救莉拉，现在莉拉又让他来救我。我看着他，用一种揶揄的语气提到了他作为女性保护者的身份。我想，他应该在我犹豫不决、不知道怎么办的时候来佛罗伦萨，用他那双骨节突出的手替我做决定，就像多年前他替莉拉做的决定。我用开玩笑的语气问他：

“你现在要遵从什么命令？”

“我来这儿之前，莉娜禁止我对那个混蛋动手，但我做了一次，我还想再来一次。”

“那你真是不可靠。”

“可以说是，也可以说不是。”

“也就是说。”

“作为一个局外人，这是一件非常复杂的事儿，莱农！你只要对我说，萨拉托雷的儿子要后悔自己生在这个世界上，我就会让他感到后悔。”

听到他这样字斟句酌地说话，我忍不住笑了起来，那是他小时候在城区里学会的口吻，就是那些觉得自己是条汉子的人会用的语气，但实际上他一直都很害羞，胆小怕事。他现在不会用别的语气说话，说出这样的话，他付出了多大的代价啊！跟过去相比，他唯一不同的一点就是，他很费力地说着意大利语，他结结巴巴的句子里有了外语的口音。

我的笑声让他有些迷惑，他看着窗子上面的黑色窗框，嘀咕了一句："你不要笑。"尽管天气很冷，我看到他的额头因为出汗变得很亮，我笑了，他感觉很羞耻。他说："我知道，我说得不好，我现在德语比意大利语要好。"我感觉到他的气息，那是我们在池塘边厮磨时他身体发出的味道。我对他表示道歉，我说："我笑是因为现在的这个局面，我为你感到好笑，因为你一直都想干掉尼诺。我也为我自己感到好笑，假如他现在回来的话，我会对你说：'好吧，杀了他吧。'我笑是因为绝望，我从来都没经历过这样的耻辱，我感觉被羞辱了，我不知道你能不能想象，我现在很痛苦，快要晕过去了。"

实际上，我很虚弱，心如死灰。忽然间我对莉拉很感激，因为她在这种时候让安东尼奥来，他是我当时唯一不会质疑他的感情的人，再加上他消瘦的身体、巨大的骨头、浓密的眉毛，还有他粗犷的面孔，这些都是我熟悉的，不会让我害怕和讨厌。我说："在池塘那里，很冷的时候，我们都感觉不到冷。我在发抖，我能挨着你吗？"

他有些不确信地看着我，但我没等到他同意就站了起来，坐到了他腿上。他一动不动，张开双臂，就像害怕碰到我，他的手垂到沙发两边。我紧紧贴着他，把脸埋在他的脖子和肩膀之间，有那么几秒，我感觉自己要睡着了。

"莱农。"

"嗯？"

"你不舒服吗？"

"抱着我吧，我很冷。"

"我不能。"

“为什么？”

“我不确信你想要我。”

“我现在就想要你，就这一次：这是你欠我的，也是我欠你的。”

“我不欠你什么，我爱你，但你只想要他。”

“是的，但我从来都没有像渴望你那样渴望过任何人，包括他。”

我说了很多，我对他说了真相，是那时候的真相，也是遥远的往昔在池塘边上的真相。他让我感觉到亢奋，下腹变得灼热，感觉身体张开、融化，散发出阵阵热潮。弗朗科、彼得罗和尼诺都没能满足那种期待，因为那种期待没有一个具体的目标，那是一种对愉悦的希望，是最难满足的期待。安东尼奥嘴里的气息、欲望的味道、他的手，还有他双腿之间膨胀的性器，这些构建起了一个无与伦比的“之前”，我们躲在那家老罐头厂废墟下面的爱抚，尽管那不是真正意义的性爱，没有插入，通常也没有高潮，但“后来”从来都没有真正达到之前那种感觉。

我跟他说着意大利语，我觉得很困难，我这么做主要是为了向自己解释正在发生的事情，也向他说明这是一种信任的表示，我让他放松下来了。他拥抱了我，亲吻了我的肩膀，还有脖子，最后他吻了我的嘴。我觉得我从来都没有过类似的体验，二十年前池塘边上那些仓促的爱抚和塔索街上的这个房间、沙发、地板、床忽然连接起来了，把我们隔开的一切都消失了，我们好像又回到了从前。安东尼奥很温柔，也很粗暴，但我不比他矜持。我们都那么狂暴不安，一种我不曾有过的渴望，迫不及待地想得到对方。最后他感觉难以置信，我也一样。

“发生了什么事情？”我很惊异地问，就好像对于刚才发生的事情已经失忆了。

“我不知道。”他说，“还好发生了。”

我微笑了。

“你和其他男人一样，背叛了你的妻子。”

我想和他开玩笑，但他却当真了，他用方言说：

“我没有背叛任何人。我的妻子，在这之前还不存在。”

他的话很不明确，但我明白。他很费劲儿地告诉我，他和我一样，没有遵循当下的时间，而是回到了之前。他想说，我们现在度过的是属于二十年前的一段时光。我吻了他，轻声说，谢谢。我对他说，我很感激他，因为他选择了无视这场性爱的残酷背景——我的理由和他的理由——只是看到我们需要抹去过去我们相互欠下的。

这时候电话响了，我去接，我以为是莉拉打来的，让我和几个孩子说话，但却是尼诺。

“还好你在家，我马上回来。”他急急忙忙说。

“你不要回来。”

“我什么时候可以回来？”

“明天吧。”

“你听我解释，我需要马上向你解释。”

“不用了。”

“为什么？”

我跟他说了原因，然后把电话挂上了。

- 79 -

和尼诺分开是一个非常艰难的过程，用了好几个月时间。我从来都没有为一个男人受过那么大的罪，无论是离开他还是重新接受他，都让我非常痛苦。他不想承认他对莉拉有过情感和性方面的提议。他骂了莉拉，还嘲笑她，说她想破坏我们之间的关系，但他在说谎。在刚开始几天，他一直说谎，他甚至想说服我，让我相信，我在洗手间里看到的那幕是疲惫和嫉妒导致的幻觉。最后他开始说实话，他承认了一些情人关系，但把日期都提前了，对于一些近期无法抵赖的关系，他说那些人都是无关紧要的。他发誓说，和那些女人都是友谊，没有爱，他期望得到原谅。我们吵了整整一个圣诞节，整个冬季，有时候我精疲力竭，不想再听他指责别人，捍卫自己。有时候我感觉他的绝望看起来像是真的——他常常喝得醉醺醺地到我这里来，我会把他赶走。出于诚实、高傲，也许还有尊严，他一直都不肯答应我再也不会见那些他称之为朋友的女人，他也不想向我保证，这些朋友的数目不会增加。

关于这件事，他会引经据典、长篇大论地说一通。他想让我相信，那不是他的错，而是自然的问题，是因为星座、海绵体以及他尤其发达、过度活跃的肾的过错，总之，这是他雄性激素爆发的缘故。他用一种诚恳、痛苦但同时又自负到可笑的语气说："把我读过的书加在一起，把我学的语言、数学、科学和文学加在一起，都比不上我对你的爱。是的，对你的爱是一种需求，我非常害怕会失去你，你要相信我，我求求你了，相信我，没办法，虽然我偶尔会有那些愚蠢、迟钝、临时的欲望，但我离不开你。"

有时候我会感动，但通常我会很生气，我会反唇相讥。他会沉默不语，很失措地抓自己的头发，然后从头开始说。有一天早上，我冷冰冰地告诉他，他对于女人的那种狂热需求，可能是因为他作为异性恋并不是那么坚定，所以需要不停地确认。他生气了，他一天天逼问我，想知道安东尼奥是不是比他要好。因为我已经厌烦与他滔滔不绝地瞎扯，我说是的，安东尼奥的确比他厉害。而且在那个折磨人心的阶段，他的某些朋友想和我上床，有时候因为厌烦或者为了报复，我就会答应，我会说一些和他有交情的男人的名字，就是为了让他痛苦，我说他们在床上都比他强。

他消失了。他说过他没办法和黛黛还有艾尔莎分开，他说过他爱伊玛超过其他孩子，他说过，虽然我再也不会和他复合，他会继续照顾三个孩子。实际上他不仅仅马上就把我们忘记了，他也不再付塔索街上的房租、电费、煤气费和电话费。

我想在那个城区找一套比较便宜的房子，但没找到合适的。那些比现在的房子更小，状况更糟糕的房子，要的租金通常比这套还高，这时候莉拉对我说，她住的地方楼上有一套三居室腾出来了，租金非常低，从窗户可以看到大路，也能看到院子。她用惯有的语气，坦率地跟我说："我只是告诉你这个消息，你自己看着办吧。"我很沮丧，也很害怕。我妹妹埃莉莎在最近一次争吵中对我嚷嚷："爸爸现在一个人，你回去陪他住吧，老是让我一个人照顾他，我已经很累了。"我自然没答应，按照我当时的处境，我不能再承担照顾我父亲的责任，我已经成了几个女儿的奴隶：伊玛不断生病，黛黛感冒刚好，艾尔莎就会感冒。还有，如果我不坐在她跟前，艾尔莎是不会做作业的。黛黛这时候会很生气，她会说："那你也应该帮我做作业。"我精疲力竭，处于崩溃的边缘。我所处的困境，让我也失去了在那之前我一直努力参与的公众生活。我拒绝邀请和约稿，不再旅行，我不敢接电话，因为担心出版社追问书的进展。我陷入了一个漩涡，感觉自己越来越向下沉，回到城区，对于我来说就是已经沉到底的体现。我和我的女儿，又要重新浸泡在那个环境、那些思想里，让莉拉、卡门、阿方索还有其他人把我吞没，就像他们所希望的那样。不，不！我向我自己发誓，我会去法院路、公爵路、拉维纳伊奥、福尔切拉生活，我宁可去那些地震之后用钢管加固的地方居住，也不愿意回到我们的城区。这时候出版社的主编给我打电话了。

“你写得怎么样了？”

就在那一刹那，我脑子里灵光一闪，让我可以应付眼下的难题，我马上知道自己该说什么、做什么。

“我昨天刚好完成了。”

“真的吗？你今天就发给我吧。”

“我明天去邮局。”

“谢谢，我收到书，看了之后再联系你。”

“您慢慢来。”

我挂上电话，走进卧室，在衣柜里找到了一个盒子，我从里面找到了一册手稿，那是几年前阿黛尔和莉拉都不喜欢的一部小说，我看都没再看一遍。第二天早上，送完两个孩子上学后，我就和伊玛一起去寄包裹。我知道自己那么做是非常有风险的，但我觉得那是自己挽回面子的唯一办法。我已经答应交一本书，看看，这就是一本书。那是一部不成功、很糟糕的小说吗？算了，那就别出版了。但我很费力地去写了，我没骗人，我以后会更努力的。

邮局里排队的人很多，我时不时还要抗议那些插队的。在那个紧要关头，我清楚地认识到自己陷入的麻烦，为什么我会在这里，为什么我要这样浪费时间，我的女儿和那不勒斯会把我活活吞没。我不学习，不写作，我失去了自制力。我千辛万苦才争取到了远离这里的生活，但现在我又回到了原点。我感觉到很绝望，我对自己充满了愧疚，尤其是对我母亲，我更加问心有愧。加上伊玛让我有些担心，每次她和蒂娜放在一起时，我都会觉得她发育迟缓。莉拉的女儿虽然要比伊玛小三个星期，但她非常机灵，好像要比伊玛大一岁，伊玛反应很慢，看起来有些迟钝。我不停研究她，想办法对她进行测试。我想：尼诺不但毁掉了我的生活，还让我生了一个有问题的女儿，这太可怕了。尽管如此，但我们走在路上，大家还会停下来说：孩子真胖，金色的头发很漂亮。在邮局里也一样，排队的那些女人也会赞美伊玛，说她胖乎乎的，很可爱，但伊玛面无表情。有人给了她一块糖，她很不情愿地伸出手去拿，拿在手上一下就掉了。啊，我还是很担忧，每天操心的事情都在增加。当我走出邮局时，包裹已经寄出去了，已经覆水难收了。我想起了我婆婆，感到心惊肉跳。我的天呐！我到底做了什么。我怎么能没有想到，出版社的主编会让阿黛尔也看看我的稿子？无论是我的第一本书还是第二本书，都是她想出版的，即使是出于礼貌，出版社也会让她看看我的这本书。她会说："格雷科把你们都骗了，这不是一部新小说，这本小说我几年前都已经看过了，写得很烂。"我出了一身冷汗，感觉很虚弱。我真是拆东墙补西墙，在一定程度上，我已经无法控制自己的行为了。

- 80 -

正好是那几天，尼诺出现了，让事情更加复杂。尽管我问他要了好几次钥匙，他一直都没交还给我，他在没打电话没敲门的情况下就进到了家里。我让他走，我说这房子是我的，他现在连房租都不付，也不给伊玛一分钱。他发誓说，因为我们分手的事，他痛苦得已经不知所以了，所以他忘了房租的事儿。我感觉他是诚恳的，他看起来瘦了很多，眼神很空洞。他庄严发誓说，他下个月会付房租，他用痛苦的声音说了他对伊玛的感情，听起来很可笑。然后他又装出一副友好的语气，开始审问我和安东尼奥见面的事情，问当时的情景，先是很笼统的问题，后来集中在性上，他从安东尼奥又谈到了他的那些朋友。他想让我承认，我委身（他觉得“委身”这个词很准确）于这个男人或那个男人，并不是因为被他们吸引，仅仅是为了报复。他开始抚摸我的肩膀、膝盖和脸颊时，我变得警觉。很快，我在他的眼睛里看到，也在他的话里听到：让他发狂的不是失去了我的爱，而是我曾经和其他男人在一起，迟早我还会有更多的男人，我会更喜欢他们，而不是他。那天早上他再次出现，只是为了再爬上我的床。他想证明，我最近的那些情人都不行，他想给我展示，我唯一的欲望就是再次被他进入。总之，他想重新确认自己占首位，然后他会重新消失。我让他把钥匙给我，把他赶走了。让我惊奇的是，我发现我对他已经没有任何感觉了。我爱着他的漫长时光，在那个早上彻底烟消云散。

第二天，我开始四处打听，想知道在中学当一名代课老师需要准备什么。我很快明白，事情并不那么容易，无论如何我要等到第二学年开始。我肯定自己在出版社已经没戏了，在我的想象里，我的作家身份已经土崩瓦解，我感觉很害怕。几个孩子从出生起就已经习惯了富裕的生活，自从我和彼得罗结婚以来，我也无法想象自己过上没有书籍、杂志、报纸、碟片、电影院和剧院的生活。我应该马上找一些临时的工作，我在附近的商店里贴了广告，说我可以为学生补课。

在六月的一天早上，主编给我打了电话，他收到手稿，已经看了。

“那么快？”我用假装出来的从容语气问。

“是的。我从来都没想到你能写出这样的书，但让我惊异的是，你写出来了。”

“你是说它很糟糕？”

“这本书从第一行到最后一行，淋漓尽致，充满叙述的快感。”

我的心一阵狂跳。

“好还是不好？”

“非常非常精彩！”

- 81 -

我一下找回了自信。在短短几秒钟里，我就打起了精神，变得很自在，我开始用一种很幼稚的热情谈论我的作品，我笑得过于频繁。为了获得更明确的认可，我仔细地询问主编对我的小说各方面的看法。我很快明白，他觉得这部小说是自传性的，我在那不勒斯最贫穷、最暴力的城区的生活体验，通过小说的形式得到了表现。他说，他之前担心我回那不勒斯生活会影响创作，会对我产生负面的影响，但他不得不承认，这次回归给我带来了好处。我没告诉他这本小说是我多年前在佛罗伦萨写的。他强调说：“这是一本很强悍的小说，可以说很男性化，但同时有令人意外的精致，总之你向前跨了一大步。”他谈到了出版的问题，他想把出版时间推迟到一九八三年春天，这样他可以亲自进行编辑，做充分的推广。最后，他用带着一丝讽刺的语气说：

“我跟你原先的婆婆谈了这本书，她说她看过之前的版本，但她不喜欢。很明显，要么是她的品味已经跟不上潮流，要么就是你们的个人恩怨，使她难以作出中肯的评价。”

我马上承认，过去我让阿黛尔看过一份初稿。他说：“看来，那不勒斯的氛围激发了你的灵感和天分。”我挂上电话，感觉到心里的一块石头放了下来。我的态度变了，开始特别疼爱几个女儿。出版社给了我第二笔预付款，我的经济状况一下就好转了。忽然间我看这个城市，尤其是看我们城区的眼光变了。我觉得这是我生命中非常重要的一部分，我不仅不应该躲开，而且应该把它当成我写作的关键。这是一个很忽然的转变，我从不相信自己，变成了为自己感到骄傲。我不得不回到城区，之前我觉得这是一场溃败，现在这不仅让我获得了文学上的尊严，而且在文化和政治方面，也是一个决定性的选择。主编的话肯定了这一点，他说：“对于你来说，回到出发点，就是向前进了一步。”当然，我没有告诉他这本书是在佛罗伦萨写的，回到那不勒斯对这本书没有带来任何影响，但讲述的材料、人物的人性厚度都来自我们的城区，这就是最重要的一点。阿黛尔没能捕捉到这一点，因此她错过了，艾罗塔的家人都错过了，甚至是尼诺也错过了，从根本上来说，他只是把我当成了他众多女人中的一个，和其他人没什么差别。对我来说，最重要的是，莉拉也没能捕捉到这一点。她不喜欢我的书，她曾经很尖刻地批评它，她一辈子很少哭，但那次她说这本书不好，她觉得伤害到我时，她甚至哭了。我不希望她为我哭，相反我很高兴她判断错了。一直以来我过于看重她了，我现在好像摆脱了这个负担。终于我是我，她是她了，这已经很清楚了，我已经不需要她的权威，我有自己的主意。我感觉自己很强大，已经不再是出身的牺牲品，我可以掌控自己的处境，我可以描述它，为我自己，为莉拉，为所有人实现救赎。之前把我向下拉的东西，现在是让我向上走的根基。

一九八二年七月的一个早上，我给莉拉打电话，我对她说："好吧，我要回城区住，就租你楼上的那套房子。"

- 82 -

我在盛夏时换了房子，是安东尼奥帮我搬的家。他找了一些强壮的男人，把塔索路上的房子腾空，把东西都搬到城区的房子里。新房子光线很暗，即使把房间重新刷过，也没能让它明亮起来。我现在的想法和刚回那不勒斯时的想法完全相反，这样的生活环境没有让我不悦，对于我来说：从旧楼窗户里透进来的黯淡的光，让我想起了童年的生活，我感觉很温馨。但黛黛和艾尔莎抗议了很长时间，她们是在佛罗伦萨、热内亚，还有塔索街上那些宽敞明亮的房子里长大的，她们马上就开始抗议地上坑洼不平的地砖，又小又黑的洗手间，大路上的喧嚣。她们后来接受了现实，那是因为住在这里也有很多好处：每天见到莉娜阿姨，学校很近，可以不用很早起床去学校，自己去学校，不用人送，可以在街上和院子里待很久。

我马上就重新融入城区。我给艾尔莎注册了我之前读的小学，让黛黛就读我之前读过的初中。我跟所有人都重新建立起了联系，老的少的，只要他们还记得我。我和阿方索、艾达、皮诺奇娅、卡门还有她的家人一起庆祝我搬回来的决定。我有些担心彼得罗的反应，自然，他对于我的这个选择很不满意，他跟我明确说了他的看法。他打电话对我说：

“你是基于什么样的原则，让我们的女儿在一个你逃离了的地方长大？”

“我不会让她们在这里长大。”

“但你在那里租了房子，你给她们注册了那里的学校，你没有想过她们应该过更好的生活。”

“我要完成一本书，只有在这个地方，我才能写出来。”

“你可以让她们和我一起生活啊。”

“你也会让伊玛和你在一起生活吗？她们都是我的女儿，我不想让伊玛和她的两个姐姐分开。”

他平静下来了。他很高兴我离开了尼诺，所以很快就原谅了我搬家的事情。他说：“你好好写东西，我相信你，你知道自己在做什么。”我希望他说的是真的。我望着大路上来来往往的卡车，它们发出巨大的声响，扬起阵阵灰尘。我在小花园里散步，看到到处都是针管。我进到空荡荡的、被人们忽视的教堂。我走在已经关闭了的教区电影院门口，各个党派的支部办公室也好像被遗弃的洞穴，我感到阵阵悲伤。我听着男人、女人和孩子在房子里叫喊，尤其是晚上，让我感到害怕的是家庭内部的冲突，邻居之间的敌意，人们一言不合就动手，还有男孩帮派之间的斗争。去药店时，我会想到吉诺，看到他被杀死的地方，我觉得毛骨悚然，我会小心翼翼地绕开那个地方，我对他的父母感到同情，他们依然站在深色的柜台后面，腰更弯、背更驼了，头发和他们的白大褂一样白，说话还是那么客气。我想，这就是我从小面对的一切，我倒要看看，现在我还能不能掌控。

“你是怎么决定回来的？”我搬到城区之后，有一天莉拉问我。也许她期待我说一些念旧的话，或者说一些对她之前的选择表示肯定的话，比如说：你选择留在这里是对的，现在我明白了，去世上闯荡也没什么用。但我回答说：

“这是一个尝试。”

“什么尝试？”

当时我们在她的办公室里，蒂娜在她跟前，伊玛在自己转悠。我对她说：

“尝试把一切重新组合起来。你能完整地生活在这里，但我不行，我感觉自己的生活支离破碎。”

她看起来很不赞同。

“莱农，别想着这些实验，否则你会失望，又会离开。我也是支离破碎的，我父亲的修鞋铺子距离我办公室只有几米远，但我感觉我们就像一个在北极，一个在南极。”

我故作轻松地说：

“不要让我泄气，我的职业就是通过语言把一件事情和另一件事情粘合起来，最后所有一切应该前后连贯，虽然事实上它们并不连贯。”

“假如不存在连贯性，为什么要假装呢？”

“就是把事情厘清。你记不记得我让你看的那本小说？你说不喜欢的那本。我想把我所知道的那不勒斯和我在比萨、佛罗伦萨和米兰学到的东西结合起来。现在我把这本书给了出版社，他们觉得这本书很好，决定出版了。”

她眯起眼睛，轻声说：

“我已经跟你说了，我什么都不懂。”

我感觉到我伤害她了，我说那番话，就好像毫不客气地对她说：假如你不能把鞋子和计算机的故事放在一起，这就意味着你做不到，你没有必要的工具。我后来很仓促地说了一句："你看吧，你的判断是对的，这本书不会有人买的。"我列举了这本书在我眼里的一系列缺陷，就是在出版前要修订或者决定保留的地方。但她却绕开了这个话题，开始说起了电脑，她说这些就好像为了占上风，就好像要强调：你有你的事业，我有我的。她给几个孩子说："你们要不要看恩佐刚买的新机子？"

她把我们带到了一个小房间里。她给黛黛还有艾尔莎解释说："这台机子叫做个人电脑，花一大笔钱买的，它可以做一些很棒的事情，你们看看，这机子怎么用。"她坐在一张凳子上，把蒂娜抱起来放在膝盖上，开始仔仔细细给黛黛、艾尔莎还有小蒂娜讲解电脑的每个部件，她从来都没对着我说。

整个过程，我都在看着蒂娜，她在和她母亲说话，指着眼前的东西问："这是什么？"假如母亲没有理会她，她会拽着莉拉的衣角，会摸她的下巴，坚持问："妈妈，这是什么？"莉拉会跟她解释，就好像她已经是大人了。伊玛在房间里转悠，她拽着一个有轮子的小推车，有时候会很茫然地坐在地板上。我叫了她好几次："伊玛，你过来听听莉娜阿姨说什么。"但她还是在那里玩小推车。

我的女儿不像莉拉的女儿那么聪明。有一阵子，我一直很担忧她发育迟缓。我把她带到了一个非常出色的儿科医生那里，医生说，孩子各个方面的发育都没有问题，我才放心了。尽管如此，把伊玛和蒂娜放在一起比较，总是让我有些难受。蒂娜多活跃啊！看看她的表现，听她说话，真是让人高兴。她们母女两人在一起真是让我感动。莉拉在谈论电脑时——我们开始用"电脑"这个词——我用欣赏的目光注视着她们俩。在那种时刻，我觉得很幸福，为自己感到满意，我很清楚地感觉到，我爱我朋友本来的样子，爱她的优点和缺点，爱她所有的一切，包括她生的这个小家伙。蒂娜充满了好奇，她学东西很快，她的语言很丰富，手也很灵巧。我想，她一点儿都不像恩佐，她和莉拉一模一样，看看她瞪着眼睛，或者眯着眼睛的样子，还有她耳垂很小的耳朵，简直太像莉拉了。我不敢承认，蒂娜对我的吸引力要比我女儿大。当莉拉展示完电脑，这个新玩意让我也产生了兴趣。尽管我知道伊玛可能会难过，但我还是赞美了蒂娜："你真聪明，真漂亮，你说话说得真好，懂的东西可真多啊！"我也说了莉拉很多好话，尤其是为了抵消我要出版那本书带来的不安。我最后为几个姑娘——我的三个女儿，还有蒂娜勾勒了一个美好的未来。我说，她们会学习，在全世界旅行，谁知道会成为什么样的人物。莉拉在蒂娜脸上亲来亲去，有些不悦地说："是的，她很聪明。詹纳罗以前也很聪明，很会说话，也看书，在学校里学习很好，但你看看他现在成什么样子了。"

- 83 -

有一天晚上，莉拉提到了詹纳罗的种种不好，黛黛鼓起勇气捍卫了詹纳罗。她的脸变得通红，她说："詹纳罗非常聪明。"莉拉饶有兴趣地打量着她，微笑着对她说："你太好心了，我是他妈妈，你的话让我很高兴。"

从那时候开始，黛黛感觉自己得到了许可，她在各种场合都会向着詹纳罗，包括莉拉很生他的气时。詹纳罗已经是一个十八岁的大小伙子了，他的脸蛋很英俊，像他父亲年轻时的样子，他的身体要粗壮一些，但他脾气很古怪。黛黛那时候十二岁，詹纳罗眼里根本就没有她，他脑子里想的全是别的。但黛黛一直都觉得，詹纳罗是世界上最了不起的人，她一有机会就会赞美他。有时候莉拉心情不好，不作任何回应，但其他时候，她会笑着感叹说："你说什么？他就是个混混。你们三姐妹才是好孩子，会比你们的母亲更有出息。"虽然黛黛听到这话很高兴（她很高兴能比我强），但她会通过贬低自己，来抬高詹纳罗。

黛黛喜欢詹纳罗，她经常会站在窗口看着他从修理厂回来。詹纳罗一出现，她就会喊："里诺，你好！"通常他都会回应，假如他没有回应，她会跑到楼梯间，看着他走上台阶，和他搭讪，说一些类似这样的话："你累吗？你的手怎么了？你穿着工装不热吗？"即使他不怎么说话，黛黛也会很振奋。有时候詹纳罗会比平时多说几句，她为了和他多一些接触，会拉上伊玛说："我带她去莉娜阿姨家，让她和蒂娜玩一会儿。"我还没有来得及同意，她已经走出家门了。

即使在小时候，我从来都没和莉拉那么亲近过。我家的地板挨着她的天花板，下两段楼梯，我就会来到她家，上两段楼梯，她就到了我家里。早晚我都能听到他们的声音：模糊不清的对话，蒂娜清脆的嗓音，莉拉回答的声音，就像她也在模仿孩子的叫喊，还有恩佐深沉的嗓音，他一直都不爱说话，但他和女儿会说很多，还会唱歌给她听。我推测，莉拉也能听见我的动静。当她去上班，我的两个女儿去了学校，家里只有伊玛和蒂娜时——现在蒂娜经常在我这儿，有时候也会在我家睡——我会感觉到楼下空荡荡的，我期待听到莉拉和恩佐回家的声音。

事情很快往好的方向发展，黛黛和艾尔莎会照顾伊玛，她们经常把妹妹带到院子里或者莉拉家里玩。假如我要出差的话，莉拉会照顾她们仨。这些年，我从来没有像现在这样有自己的时间，我读书，修订我的书。没有尼诺，我很自在，也不用生活在担心失去他的焦虑之中。我和彼得罗的关系也好了很多，他经常来那不勒斯看两个女儿，他彻底习惯了城区这套灰暗破旧的房子，特别是艾尔莎的那不勒斯口音。他经常会住几天，在这里时他对恩佐很客气，和莉拉也会聊很多。尽管彼得罗过去对莉拉的评价很糟糕，但我觉得很明显，他很乐意和莉拉聊天。至于莉拉，彼得罗一走，她就会满怀热情地跟我谈到他，通常她不会对任何人有这样的表示。她很严肃地说，他到底读了多少书啊？五万本，十万本？我觉得我的前夫成了她童年时想象的那种学者，不是职业作家，而是因为有文化才写作。

“你很厉害。”有一天晚上，她对我说，“但是他说话的方式，让我真的很喜欢，他说话时也像写作，而不是像念书。”

“我是这样的吗？”我用开玩笑的语气问。

“有点。”

“现在也是这样吗？”

“是的。”

“假如我没学会那样说话，在外面，不会有人理会我的。”

“他和你一样，但要自然一些。詹纳罗小时候——尽管那时候我还不认识彼得罗，我就想着把詹纳罗培养成彼得罗这样的人。”

她经常跟我谈到她儿子。她说，她本应该给予他更多照顾，但她没有时间，也没有条件和能力。她谴责了自己，她说刚开始她教给了儿子一些东西，但很快就失去了信心，彻底放弃他了。有一天晚上，毫无过渡地，她就从儿子讲到了她女儿，她担心蒂娜长大也会荒废了，我非常诚恳地赞美了蒂娜。她很严肃地说：

“现在你在这里，你应该帮助我，让她像你女儿那样，恩佐也希望，他让我跟你说说。”

“好吧。”

“你帮我，我也帮你。你记得奥利维耶罗老师吧？光上学是不够的，她教的，对我来说就不够。”

“那是另一个年代了。”

“我不知道。我给詹纳罗提供了条件，但没成功。”

“这是城区的缘故。”

她很严肃地看着我，说：

“我不觉得，但现在你决定留在这里，和我们生活在一起，我们就改变一下这个城区吧。”

- 84 -

在短短几个月里，我们的关系变得非常密切。我们养成了一起出去买东西的习惯，每个星期天，我们已经不局限于在大路边上的小商贩中间闲逛，我们打起精神和恩佐一起去市中心，让几个女儿晒太阳，呼吸海边的空气。我们沿着卡拉乔洛海滨路走，或者在城市公园里散步。

恩佐会让蒂娜骑在他肩膀上，他很宠爱这个女儿，甚至都有些溺爱了。但他也从来不会忽视我的几个女儿，他会给她们买气球、点心，会和她们一起玩儿。我和莉拉故意走在后面，我们无所不谈，但和少年时期不一样了，那段时光已经一去不复返了。她会问我一些她在电视上看到的事，我会畅所欲言。我记得，我和她谈论过后现代艺术，还有出版的一些问题和女权主义的新动向，以及其他所有我能想到的东西。她会非常专注地听我说，目光带着一丝戏谑，她只是在不清楚某些东西时才会插话，但她从来都不说自己的想法。我喜欢和她说话，也喜欢她做出的赞赏表情。我喜欢她说出类似这样的话："你懂的真多啊，你想的问题可真多啊！"虽然有时候有玩笑的成分。假如我问她对一个问题的看法，她会马上避开，嘟哝着说："别问我，别让我说一些蠢话，还是你说吧。"她经常会提到一些名人，想知道我是不是很了解他们，假如我说不知道，她会很失望。我得说，当我贬低一些和我打过交道的名人时，她也会很失望。

有一天早上，她说："因此，这些人和看起来完全不是一回事儿。"

"的确是这样，通常他们在工作上很出色，但其他方面就很难说了，有的很贪婪，以伤害别人为乐趣，会站在强者的一边欺压弱者，他们会拉帮结派，对待女人就像对待宠物狗，一有机会，他们就会对你说一些猥亵的话，会动手动脚，就像我们这儿的公交车上那样。"

"你是不是有些夸大其词了？"

"没有，要有思想，并不一定要成为圣人。无论如何，真正的知识分子非常少。大部分的文化人，一辈子都在慵懒地评论着别人的思想，他们大部分的精力都用于和对手勾心斗角了。"

"那你为什么要和他们在一起？"

我回答说，我没和他们在一起，我在我们的城区里。我想让她觉得，我是那个上层世界的一员，但我却和别人不一样，她也把我推向了那个位子。我讽刺我的同行，这让她觉得很有趣。我感觉她坚持想让我确认：我真的属于那些告诉人们事情的真相、以及怎么想才对的人，我是知识分子中的一员。对于她来说，如果我继续把自己定位于那种写书，给杂志和报纸写文章，有时候会出现在电视上的人，那我回城区居住的选择才是对的。她想让我做她的朋友、邻居，但条件是我要有那层光环。我也顺从她的意思，她的认同给我信心。在城市公园里，我和我们的女儿走在她身边，但我和她却截然不同，我有着更为广阔的生活。让我骄傲的是，在她面前，我是一个经历丰富的女人，我感觉她对我也很满意。我跟她讲了我在法国、德国、奥地利还有美国的经历，我在各处参加的辩论会，还有我在尼诺之后遇到的男人。她会面带微笑听我讲，从来都不说自己的事儿。即使我说了我的一夜情经历，也没能激发她说出自己的事儿。

"你和恩佐还好吧？"有一天早上，我问她。

"比较好。"

"你从来都没对别人产生过兴趣？"

"没有。"

"你很爱他吗？"

"比较爱。"

没办法让她说出更多的话。通常我都是用一种毫不掩饰的方式谈论性事，我说了很多，但她一直都沉默不语。然而我们一起散步时，无论我们谈论什么问题，她身上都散发着一种东西，都会激发我的思想，让我想亲近她，就像一直以来的那样，会帮助我反思。

她一直都在散发出一种能量，给我信心，坚定我的决心，自然而然地会让我想到解决问题的方案。也许是因为这个原因，我一直在找她出去。那种力量并不仅仅只有我能感受到。有时候她邀请我和几个孩子去她家吃饭，更加经常的是，我邀请她和恩佐吃饭，自然还有蒂娜，但没办法请詹纳罗，他通常都在外面，半夜才会回来。我马上就意识到，恩佐对那孩子非常担心，但莉拉总会说：“他长大了，想干什么就干什么。”我感觉到，她这么说只是为了减轻伴侣的焦虑。她用的语气和我们交谈时用的语气一样，莉拉会传递给他一种东西，就像一针强心剂，恩佐会点点头。

发生在城区街道上的事情也一样。和她一起出去买东西时，我经常都会感觉很吃惊。她俨然成为了这个城区的权威人士。她经常被拦住，那些人会带着敬意把她拉到一边，在耳边跟她说些什么，她不动声色地听着。他们现在这样尊敬她，是因为她在事业上的成功吗？为什么她看起来像一个无所不能的人？或者说，为什么她身上散发的那种能量，让她在快四十岁时看起来像一个巫师，可以实施魔法，让人害怕？我不知道。让我震动的是，人们都更关注她，而不是我。我是一个有名的作家，出版社现在正在推广我的新书，报纸上经常会提到我。《共和国报》上刊登了一篇文章，上面有一张我的照片，非常大，这篇文章是关于我要出版的新书，里面有类似这样的话：大家对埃莱娜·格雷科的新小说拭目以待，这本小说是以那不勒斯为背景，揭示了它不为人所知的血色的一面，等等。尽管如此，我们走在一起时，在我们的出生地，我只是一个装饰，证明了莉拉的功绩。有人从小就认识我们俩，他们会认为，在我们的城区路上能出现像我这样的人物，那也是因为她，还有她的吸引力。

- 85 -

我觉得很多人都在想，一个在报纸上看起来又有钱又有名的人，为什么要搬到这套破旧的房子里住，而且这套房子位于一个越来越破败的城区。也许首先我的两个女儿就不能理解这一点。有一天早上，黛黛从学校回来，满脸嫌弃地说：

“有一个老头朝我们学校大门里尿尿。”

还有一次，艾尔莎从学校里回来，她吓得要死，说：

“今天有个人在小花园里被人用刀子捅了。”

在这种情况下，我很害怕，脱离城区已经很久的那个我很恼火，很为两个孩子担心，我在心里说：我受够这里了！在家里，黛黛和艾尔莎说一口纯正的意大利语，但有时候，我隔着窗子，或者在她们上楼梯时，能听到艾尔莎会说一口粗俗的那不勒斯方言，有时候甚至会用很肮脏的词。我会骂她，她假装很难过，但我知道，需要很强的意志力才能抵挡说粗话还有其他的诱惑。有没有可能，我在搞文学的同时，她们迷失了？唯一给我带来安慰的是，我不会在这里住很久。我的书出版之后，我会彻底离开那不勒斯。我一遍又一遍地告诉自己：我只是需要等到我的小说定稿。

城区的方方面面无疑对这本书都有好处。我的工作进展得如此顺利，尤其是因为我对莉拉的关注：她全然融入了那个环境，她的声音、目光、动作，她的邪恶和慷慨，还有她说的方言，都和我们出生的这个地方紧密相连。就像她的“Basic Sight”（人们会把她的公司称为“巴西西”），尽管是一个外国名字，但它不像一块来自太空的陨石，而是这个贫穷、暴力和落后的环境的一个令人意外的产物。我从她身上汲取能量，赋予我的小说一种真实的力量，这对于我来说是必不可少的。写完这本书之后，我会永远离开这里，我打算搬到米兰去住。

我在她的办公室里待上一会儿，就会意识到她在什么样的环境中工作。我看着她哥哥，他已经完全被毒品侵蚀了。我看着艾达，她越来越凶恶，成了玛丽莎誓不两立的敌人，因为玛丽莎彻底抢走了斯特凡诺。我看着阿方索，在他的面孔和举止里，男性和女性的气质一直在打破界限，产生的结果有时候让我很恶心，有时候让我很震撼，但我越来越不安，因为他的眼睛常常是乌青的，要么就是嘴唇被打破了，总是不知道是什么时候在哪里被人打了。我看着卡门，她穿着加油站的蓝色工作服，把莉拉拉到一边询问，就好像莉拉是一个先知。我看着安东尼奥，他也围着莉拉转，有时候会说两句，有时候会待在一边不说话，他会把他漂亮的德国妻子和孩子带到莉拉的办公室去拜访她，就像是一种示好的表现。我时不时会听到一些捕风捉影的消息：斯特凡诺·卡拉奇要彻底关掉他的肉食店，他现在一分钱都没有了，他想要钱；帕斯卡莱·佩卢索绑架了政治要人提兹奥，假如不是他自己动手的，也一定和他相关；阿弗拉戈拉的一家衬衣店发生火灾，是卡伊奥自己放的火，他只是想骗保险；让黛黛要小心点儿，他们会给小孩子下了药的糖果，在小学周围有一个变态在转悠，会把小孩子拐走；索拉拉兄弟要在新城区开一家夜总会，有女人和毒品，音乐声会非常大，以后晚上没人能睡着；在大路上，夜里会有一些超级大卡车经过，载着一些比核弹还可怕的东西；詹纳罗交了一些坏朋友，假如他再这样下去，莉拉就不让他出去上班了；那个在隧道里被杀死的人看起来是个女的，其实是个男的，他身上流了那么多血，一直到加油站那里都能看到。

我观察着，倾听着，充分扮演着我的角色。我和莉拉小时候想成为作家，但我现在真的成了作家。我正在修订一本重要的书，有些地方我会重写，这本书马上会出版。我想，在第一版里，我用了太多方言，我把那些方言都抹掉了，重新写，但后来我又觉得方言太少了，又加了一些。我住在城区里，还在故事的场景之中，在那些角色之间。这本充满野心的小说，解释了我为什么会出现在那里，也使我完全投入其中。我赋予这里的每样事物意义：房间灰黄的灯光，路上粗鲁的叫喊，几个孩子所冒的风险，大路上来来往往的车辆，天气好的时候，会扬起一阵阵灰尘，下雨时会溅起泥浆，还有莉拉和恩佐的那些客户，都是小地方的一些小老板，他们开着豪车，穿得很奢华，但很庸俗，他们有时候会非常霸道地挺着肚子走来走去，有时候会点头哈腰。

有一次我和伊玛、蒂娜在一起，在“Basic Sight”等莉拉。事情变得非常明显：莉拉在做一项全新的工作，但她却完全沉浸在我们之前生活的那个世界里。我听见她为了钱的事儿用非常粗野的语言对着一个客户叫喊。我对此很震惊，那个全身都散发着权威的和气的女人去哪儿了？恩佐马上跑去察看，那个六十岁上下，个头很小，肚子很大的男人骂骂咧咧地走了。后来我问莉拉：

“你到底是什么人？”

“什么意思？”

“如果你不想说，那就算了。”

“不，我想和你说，但你要说清楚，你想知道什么。”

“我是想说，在这样一个环境，你怎么对付那些和你打交道的人。”

“像所有人一样，我会很小心。”

“仅仅是这些？”

“好吧，我很小心，我会让事情向我希望的方向发展。我们一直都是这样，不是吗？”

“是的，但我们现在要承担责任，对我们自己，还有我们的孩子。你不是说过，我们应该改变这个城区？”

“要改变城区，你觉得我们应该怎么做？”

“我们要诉诸法律。”

说出这样的话，连我自己都很惊异。我发现从某些方面来说，我的话比我前夫和尼诺的话更加冠冕堂皇。莉拉开玩笑地说：

“法律只对有些人管用，就是那些你一说‘法律’，他们就会马上很小心的人，但你知道这里的情况。”

“然后呢？”

“假如人们不害怕法律，你应该让他们感到害怕。你刚才看到的那个混蛋，我们为他做了很多工作，非常多的工作，但他不想给钱，他说他没钱。我威胁了他，我对他说：‘我会去告你。’他回答说：‘你去告啊，谁他妈在乎。’”

“你会去起诉他吗？”

她笑了起来：

“这样我永远都见不到我的钱了。之前有一个会计师，偷了我们好几百万里拉。我们把他开除了，告上法庭了，但法律并没解决这个问题。”

“因此呢？”

“我等得很心烦，就把安东尼奥叫来了，那些钱马上就回来了。这次的这些钱也会回来的，不用打官司，不用律师和法官。”

- 86 -

因此安东尼奥为莉拉做的是这样的工作，不是为了钱，而是出于友情，或是基于个人的原因。或者就我所知，安东尼奥现在还是米凯莱的员工，也许她是把安东尼奥借了过来，米凯莱对莉拉唯命是从，就把安东尼奥借给她了。

但米凯莱对她真的唯命是从吗？假如在我搬到城区之前这是真的，但现在很明显，事情并不是这样。我注意到一些细微的变化：莉拉不再用一种自负的语气提到米凯莱，而是带着明显的担心和厌烦；尤其是米凯莱现在越来越少出现在“Basic Sight”的办公室。

我是在马尔切洛和埃莉莎的婚礼上，第一次发现事情发生了变化。他们的婚礼极其奢华排场。在婚礼的整个过程中，马尔切洛都让弟弟待在他身边，他们俩常常咬耳朵，一起笑起来，马尔切洛把胳膊搭在弟弟的肩膀上。至于米凯莱，他好像复活了，又像之前那样滔滔不绝，说话很浮夸。吉耀拉和几个孩子规规矩矩地坐在他旁边，就好像他们把过去受到的虐待一笔勾销了，吉耀拉已经彻底发胖了。让我觉得震撼的是，莉拉结婚时的那种乡村风格的粗俗，到现在已经完全现代化了，变成了一种都市风格的粗俗。莉拉也完全顺应了这种风格，无论是言谈举止还是着装。总之，除了我和几个女儿，没什么不和谐的东西。在那些颜色过于艳丽、笑声过于粗野、衣着过于奢华的人群中间，我们的衣着很朴素，显得格格不入。

也许因为这个缘故，米凯莱忽然爆发的怒火才让我那么不安。他正在念给新婚夫妇的颂词，这时候蒂娜手上的一个东西被伊玛抢走了，她大哭起来，声音响彻整个大厅。米凯莱在说话，蒂娜在大声哭叫。他忽然停了下来，眼睛像疯子一样瞪着说：“他妈的！莉娜，你丫能不能让她闭嘴啊？”他就是这么说的。莉拉盯了他漫长的一秒，但没有说话，也没有动，只是把一只手轻轻放在了坐在她旁边的恩佐的手上。我赶紧离开了我的桌子，把两个孩子带了出去。

这个小插曲让新娘，也就是我妹妹埃莉莎很不安，米凯莱讲完话，我听到大厅里传来一阵掌声，我看到她穿着非常奢华的白婚纱，来外面找我。她很愉快地说："我小叔子恢复正常了。"然后说："但他不能这样对待孩子。"她把伊玛和蒂娜抱在怀里，笑着逗着她们，回到了大厅里，我很忐忑地跟在她身后。

有一刹那，我觉得她也恢复到了之前的样子。那场婚礼之后，埃莉莎变化很大，就好像她之前情绪那么糟糕，是因为没有举办这个婚礼。在婚礼之后，她变成了一个祥和的母亲，一个坚定稳重的妻子，她对我不像之前那样充满敌意。现在我带着几个女儿去她家，有时候也经常会带着蒂娜，她会很有礼貌地接待我，对几个孩子很热情。有时候我会遇到马尔切洛，他对我也很客气。他把我称为"写小说的大姨子"("写小说的大姨子怎么样了?")他会热情地跟我聊两句，很快就消失了。现在他们的房子总是干净整洁，埃莉莎和西尔维奥接待我们时，穿得像过节一样。但我很快意识到，我之前的小妹妹已经彻底消失了。那场婚姻使她正式成为索拉拉太太，很虚伪，不会再说一句心里话，她语气和善，嘴上永远挂着微笑，和她丈夫一模一样。我尽量对她表现得很亲密，尤其是对我的小外甥，但我不喜欢西尔维奥，他太像马尔切洛了，埃莉莎应该也意识到了这一点。有一天下午，有几分钟她对我又很抵触。她说："你爱莉娜的女儿超过爱我儿子。"我极力否认，抱起西尔维奥亲了很多下。但她摇了摇头，一字一句地说："另外，你选择住在莉娜旁边，而不是我或者爸爸跟前。"她不仅很生我的气，而且还生她的两个哥哥的气。她生两个哥哥的气，是因为她觉得他们都很没良心。马尔切洛对他们一直都那么慷慨，现在他们在巴亚诺工作生活，一直都没和马尔切洛联系。埃莉莎说，你以为亲情是坚固的，但实际上却不是这样。她说这些话时，就好像在说一个放之四海而皆准的原则，然后她说："要防止这种关系破裂，那需要善意，就像我丈夫所做的，米凯莱昏了头，但马尔切洛让他恢复到之前的样子。我结婚那天，你有没有听到他的讲话多精彩？"

- 87 -

米凯莱恢复了，不仅仅体现在他又开始说那些浮夸的话，也体现在他邀请的客人名单里缺少一位在他身陷危机时一直在他身旁的人，那就是阿方索。我中学时代的同桌没受到邀请，这让他非常痛苦。有几天时间他一直都在抱怨，非常大声地问，他到底什么地方得罪索拉拉兄弟了。他说："我为他们工作了很多年，他们都没有邀请我。"后来发生了一件让人不安的事，有一天晚上，他和莉拉还有恩佐来我家吃饭，他很抑郁。让我吃惊的是，除了那次在基亚亚街上的商店里，他试了一件孕妇装之外，在我面前他从来都没穿过女装，但那天他来我家时穿的是女装，这让黛黛和艾尔莎目瞪口呆。整个晚上他都让人不得安宁，他喝了很多酒，不停地问莉拉："我现在变胖了吗？变丑了吗？我已经不像你了吗？"他问恩佐："谁更美，我还是她？"后来他抱怨说他肠子不通畅，他对着几个小孩说，他屁股疼得要死，他还想着让我看一眼他怎么了。他很粗俗地笑着说："你看看我的屁股。"黛黛很忐忑地看着他，艾尔莎尽量不让自己笑出来。恩佐和莉拉不得不赶紧把他带走。但阿方索没有平静下来，第二天他穿着男人的衣服，没化妆，眼睛哭得通红，他从“Basic Sight”办公室出来，说他要去索拉拉酒吧里喝一杯咖啡。在酒吧门口，他遇到了米凯莱，不知道他们说了什么，几分钟之后，米凯莱开始对他拳打脚踢，他拿起那根用于把卷帘门拉下来的杆子，娴熟地抡起来用它打了阿方索很长时间。阿方索回到办公室时，整个人被打得很惨，但他不停地说：“都是我的错，我不会控制自己。”不知道他说的控制是什么意思。当然，从那时候开始，情况越来越糟糕了，我觉得莉拉越来越担心了。有几天她都尽量让恩佐平静下来，恩佐没办法容忍米凯莱以强凌弱，他想去找米凯莱，看他是不是也会像打阿方索那样，打他一顿。从我的房间里，我听见莉拉对他说：“别这样，你会吓到蒂娜的。”

- 88 -

到了一月，我的书里已经有了很多发生在城区里的事情的影子，我非常不安。最后定稿时，我有些羞怯地问莉拉能不能再帮我看看，我说这本书改动很大，但她一口回绝了。她说：“你写的上本书我也没看，这都是超出我能力范围的事儿。”我感觉很孤单，对自己写的东西不是很确信，我甚至想给尼诺打电话，问他能不能帮我看看。但我意识到，虽然他知道我的地址和电话，但他从来都没联系过我，这几个月他没有理会我，也没有理会他的女儿，我只能放弃了。这本小说已经最终定稿了，发出去之后就会覆水难收，我下次看到它时，就会是印出来的书了，白纸黑字，无法挽回，我很害怕把它发出去。

出版社的宣传部门的人给我打电话。吉娜对我说："《全景》杂志的人看了草稿，他们很感兴趣，他们会派一个摄影师去你那儿。"忽然间，我为塔索街上的房子感到惋惜，那是一套很体面的房子。我再也不想让他们在隧道口，或者在这个破旧的房子里给我拍照，在小花园里也不好，那里全是吸毒的人丢的针管。我已经不再是十五年前的小姑娘了，这是我的第三本书，我希望得到该有的待遇。但吉娜一直在坚持，说这对书的推广有好处。我对她说："你把我的电话给摄影师，让他来前给我打个招呼，我要收拾一下，假如我状态不好，我会让他推迟拍照。"

那些天，我尽量保持家里整洁，但没人打电话给我。我后来想，外面已经有很多我的照片了，《全景》可能不用再拍了。但有一天早上，黛黛和艾尔莎在学校里，我在家里，穿着牛仔裤和一件很旧的毛衣，披头散发地坐在地上和伊玛还有蒂娜玩，这时候有人敲门。两个孩子在玩积木，想搭建一座城堡，我在帮她们。那几个月，我觉得我女儿和莉拉的女儿之间的差距已经彻底弥合了。她们在合作搭建城堡，动作很稳当，蒂娜很有想象力，她会用吐字清晰的意大利语问我一些让人惊异的问题，但伊玛更有决心，也许说话更符合语法，唯一的不足就是她说话太简洁，尤其是对她的小伙伴说话时。当时我在回答蒂娜的一个问题，没有马上去开门，我听到门铃响了更长时间。我去开门，面前是一个三十岁上下的女人，非常漂亮，一头金色的发卷，身上穿着一件天蓝色的风衣，她就是摄影师。

她是一个非常开朗的米兰女人，身上穿的每件衣服都不是便宜货。她说，我把你的电话号码弄丢了，但这样更好，越是不经意，拍的照片就会越漂亮。她看了看周围说："这个地方可真难找啊，真是个破地方，但这就是我需要的。这两个娃娃是你女儿？”蒂娜对着她微笑了，伊玛无动于衷，很明显，她们觉得家里来了一位仙女。我给摄影师介绍说：“伊玛是我的女儿，蒂娜是我朋友的女儿。”但当我说话时，摄影师已经开始围着我走动，不停用各种照相机给我拍照。我说：“我得收拾一下。”她说：“不用，这样很好。”

她在家里的每个角落给我拍照：厨房，孩子的房间，我的卧室，甚至在洗手间的镜子前。

“你有没有一本你写的书？”

“没有，那本书还没出来。”

“你有没有之前写的那本？”

“有。”

“你把它拿过来，假装看书。”

我按照她说的做了，心里有点儿乱。蒂娜拿了一本书，摆出我的姿态对伊玛说：“你给我拍张照片。”这让摄影师非常兴奋，她说：“你和两个孩子都坐在地板上。”她给我们拍了很多照片，蒂娜和伊玛都很幸福。摄影师后来大声说：“现在，我给你和你女儿单独照一张。”我要把伊玛拉到我跟前，但她说：“不，另一个，她的脸蛋看起来太神气了。”她把蒂娜推到我跟前，给我们拍了无数照片，伊玛有些难过。她说：“我也要。”我张开双臂，对她喊道：“来吧，到妈妈这里来。”

一个早上的时间就这样过去了。那个穿天蓝色风衣的摄影师把我从家里拉了出去，但她有点儿紧张。她有几次都问我：“不会有人偷我的设备吧？”但后来她变得兴高采烈，她想拍摄这个城区每个破败的角落。她让我坐在一条吱吱嘎嘎的长椅上，靠着一面墙皮脱落的墙壁，在一个破旧的小便池旁边。我对伊玛和蒂娜说：“你们站在这里别动，小心一点，因为有车子过来。”她们个子差不多高，一个金发，一个黑发，手拉手在那里等我。

莉拉是晚饭时回来的，她上楼来接她女儿。她还没有进到家里，蒂娜就跟她讲了早上的事情。

“来了一个非常漂亮的太太。”

“比我更漂亮吗？”

“是的。”

“比莱农阿姨还漂亮吗？”

“没有。”

“那最漂亮的人是莱农阿姨。”

“不是，是我。”

“你？你胡说什么啊。”

“妈妈，是真的。”

“这个太太来干什么啊？”

“拍照片。”

“给谁拍照啊？”

“给我。”

“只是给你吗？”

“是的。”

“你说谎。伊玛，你过来跟我说说，你们都做什么了。”

- 89 -

我现在很高兴，出版社宣传部门的工作很到位，有专业摄影师给我拍照，这让我很高兴。我等着《全景》杂志出来，但过了一个星期，那篇报道还没出现，我的书已经上架了，那篇报道还是没出来。我忙于其他事情，一次是电台采访，一次是《晨报》对我的采访。后来我去米兰参加了新书发布会，还是在十五年前的同一家书店，还是当时那个教授主持的。阿黛尔没出现，马丽娅罗莎也没来，但听众比过去要多。那位教授谈到我的书时并没有带着极大的热情，但在场的听众——很多都是女士，有人非常积极地发言，提到了小说中女主人公的复杂人性。我已经很熟悉这个仪式了，所以比较平静，第二天早上，我筋疲力尽地回那不勒斯了。

我记得，当时我拉着箱子往家里走，这时候大路上有一辆车停了下来，是米凯莱在开车，旁边坐着马尔切洛。我想起了很久以前那次，索拉拉兄弟想把我拉到他们的车里去——他们对艾达也做了同样的事儿，莉拉捍卫了我。就像当年一样，我手腕上戴着我母亲的手镯，尽管对于他们来说，我的手镯不值一提，出于本能，我一下子缩回了手。马尔切洛看着前面，没有和我打招呼，他也没有像平时一样，用和气的声音对我说：这不是那个写小说的大姨子吗？米凯莱气急败坏，开口对我说：

"莱农，你他妈在这本书里写了什么？你要给你出生的地方抹黑吗？你要给我家人脸上抹黑吗？你要给那些看着你长大、欣赏你、爱你的人脸上抹黑吗？你要败坏我们这个美丽的城市的名声吗？"

他转过身，在后面的座椅上拿了一份散发着墨香的《全景》杂志，从窗口递了出来。

"你喜欢胡说八道吗？"

我看了一下，正好打开到了关于我的那页，上面有一张巨大的彩色照片，是我和蒂娜坐在我家的地板上。让我吃惊的是上面的照片说明："埃莱娜·格雷科和她女儿蒂娜"。我当时想着，这是那个照片说明的缘故，但我不明白为什么米凯莱会那么生气。我很不安地说：

“他们搞错了。”

但他叫喊着说了一句话，更让我莫名其妙：

“不是他们错了，是你们俩错了。”

“你说的是谁？我不知道你在说什么。”

这时候马尔切洛插了一句，他很厌烦地说：

“算了吧。米凯！她根本就没有察觉到莉娜在利用她。”

他踩了一脚油门走了，把我一个人扔在人行道上，手里拿着那本杂志。

- 90 -

我把行李放在一边，站在路边读了那篇文章。我惊呆了，整整四页，上面有城区那些最丑陋的地方的照片，唯一一张有人的照片就是我和蒂娜那张，那是一张非常漂亮的照片，背景是破破烂烂的房间，但显得我们俩很精致。写那篇报道的人没有提到我的小说，而是利用它来讲述“索拉拉兄弟的地盘”的事情，这个地域很具体，也许和新的克莫拉组织相关，也许没有。文章里没有提到马尔切洛，只是侧重讲了米凯莱，把他描述成一个非常有野心，视野开阔的男人，他会根据生意需要投靠不同的党派。什么生意？《全景》杂志列举了一个单子，把那些合法和非法的买卖都提了出来：酒吧兼甜食店、皮货店、鞋厂、小型超市、夜总会、高利贷、倒卖走私香烟，销赃、毒品，还有在地震之后介入建筑工地的事。

我出了一身冷汗。

我做了什么，我怎么能那么不慎重。

我在佛罗伦萨写这篇小说时从我童年和少年的经历里汲取了一些事实，我当时没觉得危险，那是因为我身在远方。从佛罗伦萨的角度来看，那不勒斯几乎像一个想象的地方，就像电影里出现的城市，尽管那些路和街道是真的，那也只是各种爱情故事和侦探小说的背景。我搬回这里之后，每天都能见到莉拉，我对这里的现实产生了狂热，虽然我没提到这个城区，但我讲的是发生在这里的事。我应该是过于夸张了，现实和虚构之间的关系扭曲了：现在每条路、每一栋楼都可以辨认出来，甚至是故事里的许多人物，还有那些暴力事件也许同样能被辨认出来。那张照片证明了我写的那些东西真是存在的，而且是发生在一个非常具体的区域，这个城区不再是我写作时虚构的一个地方，而是真实存在的。这篇文章的作者根据这些照片讲了一个故事，他甚至提到了堂·阿奇勒还有曼努埃拉·索拉拉被谋杀的事情，尤其是在最后这件事上，花费了很多笔墨。他推测，那是克莫拉家庭之间的矛盾产生的结果，或者是“出生在这个城区的危险恐怖分子——前泥瓦匠、前共产党支部书记帕斯卡莱·佩卢索干的”。但我在小说里从来都没说过帕斯卡莱的事儿，也从来都没有提到过堂·阿奇勒和曼努埃拉的事，我从来都没有描述过卡拉奇家的任何事情。对于我来说，索拉拉兄弟只是一个影子、一种声音，让我可以临摹他们说话的方式、他们的手势、有时候暴力的语言，但整体上，这部小说是虚构的。我不想谈论他们做的那些事，我的小说和“索拉拉的地盘”有什么关系？

我只是写了一部小说。

- 91 -

我带着激动不安的心情去了莉拉家，几个孩子在她那里。艾尔莎看到我说：“你这么早就回来啦！”我不在家时，她感觉更自由。黛黛漫不经心地给我打了个招呼，用一种假装的沉稳说：“等一分钟，妈妈，我做完作业过来抱你。”唯一对我表现出热情的是伊玛，她把嘴贴在我脸上，亲了很长时间，蒂娜也想过来亲我。但我心里有事儿，没太关注她们，我马上把《全景》杂志给了莉拉，并跟她讲了索拉拉兄弟的反应。为了缓解我的不安，我对她说：“他们现在很生气。”莉拉不紧不慢地看了那篇文章，做出的唯一评价是：“照片很漂亮。”我大声说：

“我会写一封信进行抗议。他们可以做一篇关于那不勒斯的专题报道，比如说关于奇里洛绑架案，关于克莫拉组织杀死的那些人，他们想报道什么就报道什么，但他们不应该拿我的书做幌子，胡乱阐释。”

“为什么不行呢？”

“因为这是文学，我没讲那些真实发生的事。”

“我记得那些事情好像真的发生过。”

我难以置信地看着她。

“你在说什么？”

“你虽然没有点名道姓，但里面的事让人都能认出来。”

“之前你为什么没有告诉我？”

“我告诉你了，我不喜欢这本书，有些事情，要么你就讲清楚，要么你就别讲，但你正好停在中间。”

“那只是一本小说。”

"有点像小说，有点不像。"

我没回答，心情越来越不安。现在，我不知道我是因为索拉拉兄弟的反应感到难过，还是因为她。她心平气和地重申了几年前她对这本书的负面评价。我看到黛黛和艾尔莎把那份杂志拿了过去，但我心里想着别的事情。艾尔莎喊了一句：

"蒂娜，你快过来看，你上报了。"

蒂娜走了过来，用那双充满惊异的大眼睛，看着自己的照片，露出了一个满意的微笑。伊玛问艾尔莎：

"我在哪儿呢？"

"报纸上没有你，因为蒂娜很漂亮，你很丑。"她姐姐回答说。

伊玛这时候看着黛黛，想知道这是不是真的。黛黛读了两遍杂志上的照片说明，然后跟伊玛说，她姓萨拉托雷，而不是艾罗塔，所以她不是我的亲生女儿。这时候我受不了了，我很累，脑子很乱，我大声说："够了，我们回家吧。"她们三个都不愿意走，蒂娜，尤其是莉拉，也都挽留她们，让她们别走，莉拉坚持让我们留下来吃晚饭。

我留了下来。莉拉想让我平静下来，她甚至想让我忘记，她刚才又说了我的书的坏话。她开始用方言和我说话，然后用那种她在重要场合才会用到的意大利语，这种语言一直让我感到惊异，她提到了地震的经历，这两年里，她从来都没谈到过地震，除非是说到这个城市越来越糟糕的时候，偶尔会提一下。她说，从那时候开始，她一直都很小心，时时刻刻都记着，我们生活的世界很拥挤，里里外外都很混乱。她提到了物理、天体物理、生物、宗教、灵魂、资产阶级、无产阶级、资本、工作、剥削、政治，很多和谐或不和谐的事情。她笑着说："你不要激动，你觉得索拉拉兄弟能把你怎么样呢？你的小说已经出版了。你之前写了小说，后来又改写了，你生活在这里，这会让你的小说更真实，但现在书已经出版了，你不能把它收回来。索拉拉兄弟生气了吗？让他们生气去吧。米凯莱威胁你了？谁在乎呢。随时可能会再来一场地震，比上一次更强烈。或者整个天都塌下来，那米凯莱·索拉拉算得了什么呢？什么都算不上，马尔切洛也什么都算不上，他们俩只是两块肉，只会要钱和威胁人。”她叹了一口气，低声说：“索拉拉兄弟永远都是危险人物，两个畜生，莱农！这是没办法改变的。我曾经驯服过一个，但他哥哥又让他恢复了残暴的本性。你看到米凯莱把阿方索打成什么样子了吗？他是想打我来着，但没有勇气。他们因为你的书，还有《全景》上的文章和照片感到愤怒，那也是针对我的怒气。因此你要像我一样，不理会他们。你让他们上了报纸，索拉拉兄弟没法容忍这一点，这对于他们的黑白买卖没什么好处，但对于我们来说却是好事儿，不是吗？我们有什么可担心的呢？”

我听她说完这些话，中间有几段慷慨陈词，让我怀疑她是不是像她小时候那样继续背着我读书，但出于一些不为人所知的原因，她瞒着我。在她家里，除了那些特别专业的关于计算机的册子，我看不到一本书。尽管忽然间，她开始谈论起生物学、心理学，说到了人类有多复杂，但她想表现出自己是没有受过教育的人，在我面前，她为什么要这样表现？我不明白，但我需要她的支持，我相信她说的。总之，听了她的话，我平静下来了。我再读了一遍那篇文章，发现我很喜欢。我仔细看着那些照片：这个城区很丑陋，但蒂娜和我都很漂亮。我们开始一起煮饭，这有助于我反思。我最后想，那篇文章和那些照片会对那本书的宣传带来好处。我在佛罗伦萨写的小说，在那不勒斯经过修订和润色，我在她楼上对小说进行修改，这本小说真是变得好多了。我对她说："是的，我们才不管索拉拉怎么想呢。"我放松下来了，在几个孩子跟前又变得和蔼。

晚饭前，不知道伊玛和蒂娜有过了什么密谋，她们前后脚来到我跟前。伊玛用她有限的词汇，用一种差不多我能听懂的语言问我：

"妈妈，蒂娜想知道，你的女儿是我还是她。"

"你也想知道吗？"我问她。

她的眼睛里冒出了泪花，说：

"是的。"

莉拉说：

"我们俩都是妈妈，我们俩都爱你们。"

恩佐下班回来时，他看到女儿的照片很兴奋。第二天他买了两份《全景》，把上面的照片贴在他的办公室里，有一张是整张照片，一张是把她女儿单独剪出来，当然，他剪掉了上面错误的照片说明。

- 92 -

现在，我写到这里时，我为自己的幸运感到羞愧。那本书出版之后激起了很多反响，有人觉得那本书文字优美，读起来很舒服，有人赞美女主人公塑造得好，有人提到了书里残酷的现实主义，有人认为我的巴洛克式想象很吸引人，有人欣赏里面女性柔软怡人的讲述方式。总之，这本书出版后好评如潮，但这些评论经常截然相反，相互矛盾，就好像那些写评论的人读的不是同一本书，不是出现在书店里的那本书，而是按照各自的想法，臆造了一本书。在《全景》的文章出现之后，他们就一点达成了一致：这本书与以往的讲述那不勒斯的方式完全不同。

收到合同上规定的那些样书之后，我很高兴，我决定送一本给莉拉。之前，我从来都没有给过她出版的书，就目前来说，我肯定她不会翻阅这本书，但我跟她很亲近，她是我唯一可以依赖的人，我想对她表示我的感激之情，但结果却不是我想象的样子。很明显，那些天她有很多事情要做，因为六月二十六日要进行选举，她完全沉浸在城区的矛盾斗争中间，或者有什么事情让她很生气，我不知道。当时的情况是：我把书递给了她，她没有翻阅，只是说我不应该浪费我的样书。

我觉得很难过，这时候恩佐过来化解了我的尴尬。他说："把书给我吧，我从来都没有读书的爱好，但我可以替蒂娜保留着，她长大了可以看。"他想让我给孩子写一句赠言。我记得我有些不自在地写道："给蒂娜，你会比我们所有人都强。"我大声读着我写的赠言，莉拉感叹了一句："要比我强可太容易了，我希望她要比我强得多。"我写的是"比我们都强"，在她嘴里就成了"比我强"，说什么也没用。恩佐和我都没回应。他把那本书放在书架上，放在那些电脑手册中间，我们谈论了一会儿我收到的邀请，我即将开始的行程。

- 93 -

很明显，她有时候对我充满抵触，但她的敌意隐藏在她对我的情感以及愿意为我付出的态度后面。比如说，莉拉一直都很乐意照顾我的几个女儿，尽管她有时候话里话外，都想让我感觉我欠她的情。她好像在说：你现在的身份，你获得的成就，都是因为我牺牲自己，让你成为那样的人。我听出她的话外之音时，我会提议说，我可以找一个保姆，但是无论是她还是恩佐，都会觉得我太见外了，这种话提都不要提。有一天早上，我需要她的帮助，她提到了她要面对的一些棘手问题，我冷冰冰地说，我会另找一个解决方案。她马上变得很凶，说："我跟你说了我不帮你吗？假如你需要，我会安排一下的。你的女儿抱怨过吗？我忽视她们了吗？"这样一来，我确信她只是需要我承认她的重要性，我要真诚地对她表示感谢，没有她的支持，我的公众生活是很难维持的。后来我开始忙于自己的事儿，每次都把几个孩子留给她。

因为出版社宣传部门的有效推广，每天我都会出现在不同报纸上，有一两次我还上了电视。我很振奋，也很紧张，我喜欢人们对我的关注，但我害怕说错话。在最紧张的时候，我不知道找谁谈，我去找莉拉，想听听她的建议：

"假如他们问起索拉拉兄弟呢？"

"你怎么想就怎么说。"

"假如他们生气了呢？"

"现在他们怕你更多一些，你比他们更危险。"

"我很担心，我觉得米凯莱越来越疯狂了。"

"书写出来，就是为了让人们听到你的声音，而不是为了沉默。"

实际上，我一直都很小心。那个阶段，因为选举，各个政党的宣传都热火朝天，我很小心，在接受采访的过程中从来都不谈论政治，从来都不会提到索拉拉兄弟，大家都知道，他们在给联合执政的五个政党拉选票。但关于城区的生活环境，我会谈很多，在地震之后，一切都更糟糕了，我会谈到城区的贫穷、非法交易，还有管理机构的纵容。然后，根据不同的问题，还有当时的心情，我会谈论我自己、我接受的教育、求学生涯的艰难、比萨高等师范里蔓延的厌女症，会谈到我的母亲、女儿，还有我的女性主义思想。那段时间，图书市场的情况非常复杂，我这个年龄的作家都游离于先锋主义和传统写作之间，但我是有优势的，因为我的第一本书是在六十年代末出版的，我通过第二本书展示了我坚实的文化，还有宽广的兴趣，我是少有的几个已经有了自己的出版生涯、甚至是读者群的作家。这样一来，我的电话越来越频繁响起，但说实在的，那些记者很少让我谈论对文学的看法，他们会问我关于那不勒斯的现状的看法，还有一些社会学方面的思考，这些问题我还是可以谈论的。很快，我开始给《晨报》写稿子，我接受了一个名叫“我们女人”的专栏的约稿，无论哪里邀请我去，我都会根据不同的观众介绍我的书。发生在我身上的事情，就连我自己都不相信，过去出版的那两本书取得了一定的成功，但不像这本这么突出，有两个非常著名的作家给我打了电话，都是我之前没有机会认识的人，还有一个非常著名的导演想见我，他想把我的小说改编成电影。每天我都会接到消息，都是这个或那个出版社要了解我的书。总之，我越来越高兴了。

但是最让我满意的是两个出乎我意料的电话。第一个是阿黛尔打的，她对我很客气，问了两个孙女的情况。她说，她通常是从彼得罗那里了解她们的所有情况，彼得罗给她看了两个孩子的照片，她们都很漂亮。我会听她说，只是礼节性地回复了几句。关于那本书，她说：“我又看了一遍，你很棒，这本书现在好多了。”在挂电话之前，她让我答应她，如果我去热内亚推广我的书，一定要告诉她，我要把两个孩子带给她看，让她们在热内亚住一段时间。我答应了她，但我排除了自己遵守诺言的可能。

没过几天，尼诺给我打电话。他说，我的小说简直锐不可当（“无法想象在意大利还有这样的写作方式”），他说他要来看几个孩子。我邀请他来吃午饭，他特别精心地照顾黛黛、艾尔莎和伊玛，自然谈了很多自己的事情。现在他在那不勒斯的时间很少，他很多时候在罗马，他和我之前的公公一起做事，担任了很重要的职务。他经常会重复一句话：“现在事情越来越好了，意大利终于走上了现代化道路。”他忽然看着我的眼睛说：“我们和好吧。”我笑了起来，说：“你如果想见伊玛，打个电话就好了，但我们俩已经没什么可说的了，我感觉是和一个幽灵生了这个孩子，我可以肯定当时床上的人不是你。”他闷闷不乐地走了，再也没出现。他把我们——黛黛、艾尔莎、伊玛还有我——忘了，很长时间都没理会我们，他一定是一出门就把我们忘得一干二净。

- 94 -

那时候，我还想要什么呢？我之前谁也不是，现在终于变成了一个有分量的人了。是因为这个缘故，阿黛尔·艾罗塔才打电话给我，好像要和我和解，因为这个缘故，尼诺·萨拉托雷才会想着祈求我的原谅，想回到我的床上，因为这个缘故，到处都请我去演讲。当然，要和几个孩子分开，不能履行母亲的职责，对我来说很难。但那种撕裂感逐渐也成了我习以为常的东西。那种愧疚感，很快就被要取得公众认可的热望所取代。我的脑子里想着成千上万的事儿，那不勒斯和城区变得黯然失色，其他地方的风景挥之不去。我会去一些非常美丽的城市，我之前从来没去过的城市，我觉得，如果能搬到那些地方去居住，那简直太好了。我遇到一些吸引我的男人，他们会让我觉得自己很重要，让我很开心。在几个小时里，我的眼前会出现各种诱惑。我会淡忘作为母亲的羁绊，有时候甚至会忘记给莉拉打电话，跟孩子们道晚安，只有当我感觉离开她们我也能生活时，我才会醒悟过来，回到自我。

后来发生了一件非常糟糕的事。我去了南方很长时间，为我的书做推广。我要在外面待一个星期，但伊玛不舒服，她感冒了，看起来无精打采。这都是我的错，我不能怪到莉拉身上：她一直都特别小心，但她有很多事情要做，孩子们玩疯了，她也想不到她们出汗时会着凉。在出发之前，我让推广部门的人把我住的宾馆电话给我，我把那些号码给了莉拉，我跟她说，如果有问题就给我打电话，我马上回来。

我出发了，刚开始时我一直想着伊玛和她的病情，一有机会就会打电话回去，后来我就把这事儿忘了。每到一个地方，我会受到热情接待，他们会给我安排一个非常密集的行程，我尽量展示自己的水平，最后他们会搞一场无穷无尽的晚宴为我庆祝。时间过得飞快，我打电话给莉拉时，没人接电话，我就没有再坚持。有一次是恩佐接的电话，他用那种言简意赅的方式跟我说："你做你该做的事儿吧，这里你不用操心。"有一次，我和黛黛通话，她用大人的语气对我说："我们很好，妈妈，再见，玩得开心。"但当我回去时，我发现伊玛在医院里已经住了三天院了。她得了肺炎，医生让她住院。莉拉和她在一起，她抛下了所有事情，甚至抛下了蒂娜，她和我女儿待在医院里。我觉得很失措，我说她不应该瞒着我。我回来了，她还是不愿意卸下责任，她还想照顾伊玛。她说："你回去吧，你旅途一定很累了，休息一下吧。"

我真的很累，内心百感交集。我很愧疚，因为在孩子最需要我时，我没能陪在她的身边。即使是现在，我也不知道她生病时多么受罪，莉拉却经历了我女儿生病的每个阶段：伊玛呼吸困难，焦虑不安，最后被送到医院。在医院走廊里，我看着莉拉，她比我更加疲惫。伊玛生病后，莉拉一直守在她身边，照顾她，安慰她，已经好几天没回家了，她基本都没怎么睡觉，我看到她眼圈很黑，目光黯淡。而我呢，我的内心也许外表也一样，光彩照人。尽管我现在知道，我女儿病了，但这也无法掩盖我对自己的满意，我在意大利四处旅行的自在感，那种一切从头开始的愉快，好像无法掩盖。

孩子一出院，我就对莉拉说了我的感受，我纷乱思绪，愧疚感和自豪感混杂在一起，想对她表示我的感激之情，也想让她跟我仔细讲讲——因为我不在，我没办法给予的——她对伊玛的照顾。但莉拉有些厌烦地回答说："莱农，不要说这些了，事情已经过去了，你女儿病好了，现在有更大的问题要面对。"我开始以为她说的是工作上的事情，但实际上并不是，那些问题和我相关。在伊玛生病之前，她得知我被人告了，是卡门告的我。

- 95 -

我很害怕，也很心痛。卡门告了我？卡门这样对我？

成功带来的振奋消失了。在短短几秒里，对伊玛照顾不周的愧疚感之上，又加上了恐惧，他们会通过法律手段让我失去一切：快乐、地位和金钱。我为自己还有我的那些抱负感到羞耻。我对莉拉说，我要马上和卡门谈谈，她不建议我去。我感觉她知道的比告诉我的还要多，我还是去找卡门了。

我先到加油站那里找她，她不在，罗伯特有些尴尬地和我聊了几句。他没说起诉的事儿，他说他妻子和几个孩子去了朱利亚诺的亲戚家了，可能要在那里待一阵子。我没有理会他就走开了，我跑到他们的家里去，想知道他说是不是真的。他们家没人，不知道卡门是真的去了朱利亚诺，还是不给我开门。天气非常炎热，我在外面走着，想平静下来，后来我去找安东尼奥，我想他肯定知道有些事情。因为他一直在外面，我以为很难找到他，但他妻子跟我说他去了理发店，我果然在理发店里看到他了。我问他有没有听说有人要控告我的事儿，他没回答，却说起了城区的学校。他说，学校的老师对他的几个孩子很没耐心，他还抱怨说他的几个孩子要么说德语，要么说方言，但老师也没好好教意大利语。后来他忽然对我小声说：

“我现在顺便向你告别。”

“你去哪里？”

“我回德国。”

“什么时候？”

“我还不知道呢。”

“为什么你现在要和我告别？”

“因为你从来不在家，我们很少见面。”

“是你不来找我。”

“你也没来找我啊。”

“你为什么要离开？”

“我的家人在这里过得不好。”

“是米凯莱让你走的吧？”

“他指挥我，我听从安排。”

“因此他不想让你待在城区了。”

他看着自己的手，很仔细地检查它们。

“我时不时还会神经崩溃。”他说。他提到了他母亲梅丽娜，她现在脑子也不清楚。

“你要把她留给艾达？”

“我要把她带走。”他嘀咕着说，“艾达已经有太多麻烦了。我和我母亲的情况一样，我想把她带在身边，看着她，想知道自己将来会变成什么样子。”

“她一直生活在这里，在德国她会遭罪的。”

“到处都会遭罪，你要不要听我说一句？”

我从他的目光里看到，他决定要对我说他的想法。

“说来听听。”

“你也走吧。”

“为什么？”

“莉娜相信，你们俩一起就会变得战无不胜，但事实并非如此，现在我已经帮不了你们了。”

“帮助我们做什么？”

他很不高兴地摇了摇头。

“你看到这个城区的人投票的情况吗？索拉拉兄弟很生气。”

“没有。”

“他们不能像之前那样控制这里的选票了。”

“然后呢？”

“莉娜给共产党拉了很多选票。”

“这和我什么关系呢？”

“马尔切洛和米凯莱觉得，莉拉是所有事情背后的指使者，她也是你背后的人。这次帮助卡门起诉你的律师，就是他们的律师。”

- 96 -

回到家里，我没去找莉拉。我排除了她不知道选举和选票，索拉拉兄弟很气愤，以及他们是卡门身后指使者的可能。她总是精于算计，只会告诉我她想让我知道的事。我给出版社打了电话，我把安东尼奥告诉我的事告诉了主编。我对他说，现在还只是传言，还没有具体行动，但我很担心。他安慰我，让我放心，他答应我他会向出版社的法律顾问询问一下，一有消息，他就会打给我。最后他说：“你为什么要那么激动，这对你的书是有好处的。”我想，但这对我没好处，回到这里生活，就是一个错误的决定。

过了几天，出版社没有联系我，但我收到了起诉通知书，对我来说简直就是迎头一棒。看了那份文件之后，我简直目瞪口呆。卡门要求我和出版社把那本书从市场上收回，还要求支付一笔巨额的赔款，因为我损害了她母亲朱塞平娜的形象。我从来都没见过这样一张代表法律权威的纸，上面的抬头，里面的文字风格，还有上面的印章和印花税票，都体现着这种权威。我发现，在少年和青年时期我从来没留意的东西，现在让我很害怕。这次我跑去找莉拉。当她得知我找她的原因时，她的语气里充满了嘲弄，她说：

“你不是要法律吗，现在法律来了。”

“我该怎么办？”

“把事情闹大。”

“也就是说？”

“你要告诉报纸发生在你身上的事情。”

“你疯了吗？安东尼奥跟我说，卡门的背后是索拉拉兄弟的律师，你不要告诉我，你不知道。”

“我当然知道了。”

“那你为什么没告诉我？”

“你看看你现在多烦躁，但你不要担心，你害怕法律，但索拉拉兄弟更害怕你的书。”

“我害怕他们那么有钱，会把我毁了的。”

“你就是要让他们花钱，你写东西，你越写他们做的那些龌龊事，就越能破坏他们的生意。”

我很沮丧。这就是莉拉的想法吗？这就是她的计划？只有在这时候，我才清楚地发现，她觉得我有一种特殊的力量，就像小时候我们赋予《小妇人》的作者的那种力量，因此她想尽一切办法让我回到城区居住？我什么也没说，回到家里，再次给出版社打电话。我希望主编能采取行动，希望能听到让我放心的消息，但我没找到他。第二天是他打电话给我。他用愉快的语气向我宣布，在《晚邮报》上有他的一篇文章——是他亲自写的，谈到了起诉的事情。他跟我说：“你赶紧去买吧，看完告诉我你的想法。”

- 97 -

我非常忐忑不安地去了报刊亭，我又看到了我和蒂娜的照片，这次的照片是黑白的。起诉的事情已经出现在了标题里，主编认为，这场起诉是想堵住现在少数几个勇敢的女作家的嘴，诸如此类。他没提到这个城区的名字，也没有提到索拉拉兄弟。这篇文章用一种非常有力的方式，把这件事情放置在一个矛盾的背景中，也就是“阻碍这个国家现代化的中世纪残余，和南方政治文化更新无法阻拦的脚步”之间的矛盾。那是一篇很短的文章，但非常有力，尤其在最后，他捍卫了文学价值，希望人们把文学和“让人悲哀的地方纠纷”分开。

我一下子放心了，感觉自己受到了保护。我给主编打电话，赞扬了那篇文章，然后把那份报纸拿去给莉拉看。我期待她看到会很振奋，我觉得这就是她想要的，就是要我显露出自己的权威。但她有些厌烦地对我说：

“为什么你要让这个人写这篇文章？”

“有什么不对劲儿的地方吗？出版社现在站在了我这边，支持我来回应这场纷争，我觉得这是一件好事儿。”

“这些都是空话，莱农！这个人只在乎卖书。”

“这不好吗？”

“这很好，但文章应该由你来写。”

我很烦，我不明白她在想什么。

“为什么？”

“因为你写得好，而且你了解这些事情。你还记不记得你写文章揭发布鲁诺·索卡沃的事儿？”

她提到这件事情，本应该让我自豪，但却让我很不舒服。布鲁诺已经死了，我不愿意想起我曾经写过的那篇东西。他是一个没头脑的小伙子，落到了索拉拉兄弟的罗网里，谁知道他还落到了其他哪些陷阱里，后来他被杀了。我曾经针对他写的文章，并不让我觉得高兴。我说：

“莉拉，那篇文章不是针对布鲁诺，讲的是工厂的工作。”

“我知道，但这次呢？现在你是一位更重要的人物，你比之前写得更好，你要让他们付出代价。索拉拉兄弟不应该藏在卡门背后，你应该把他们暴露出来，他们不应该在这个地方称王称霸。”

我现在明白了，为什么她鄙视主编写的那篇文章。她也不在乎什么言论自由，还有落后势力和现代化斗争的问题。她在意的仅仅是“让人悲哀的地方纠纷”。她想让我和具体的两个人进行斗争，我们从小就了解他们是什么货色。我说：

“莉拉，对于那些买《晚邮报》的人来说，他们才不会在乎卡门把自己卖给了索拉拉兄弟，一篇刊登在报纸上的文章应该有普遍意义，否则的话，他们是不会刊登出来的。”

她脸上的线条变得扭曲。她说：

“卡门没出卖你，她一直都是你的朋友，她起诉你只有一个原因：她是被逼的。”

她非常生气，脸上带着讽刺的表情。

“我不会再跟你解释什么，书是你写的，你应该出来解释。我只知道我们在这里，没有任何米兰的出版社会保护我们，没有任何人会为我们在报纸上大张旗鼓地写文章。我们只是地方问题，只能自己想办法。假如你愿意帮一把那就好，不帮的话，我们自己想办法。”

- 98 -

我又去找罗伯特了，千方百计让他把朱利亚诺亲戚家的地址给我，我和伊玛坐上车去找卡门。

天气热得让人窒息，他们的亲戚住在远郊，我很难找到那个地方。一个体形非常庞大的女人给我开了门，她很不客气地对我说，卡门已经回那不勒斯了。我不相信她所说的，但我带着伊玛离开了，因为她在闹，我们只走了一百多米，她说她很累。我刚拐了一个弯想回到车上时，就看到了卡门，她拎着很多买来的日用品。看到我之后，她马上就哭了起来，我拥抱了她，伊玛也想拥抱她。我们找了一家酒吧，在阴凉处坐下来，我让伊玛和她的布娃娃玩儿，我让卡门跟我说说到底是怎么回事儿。她确认了莉拉对我说的话：她是被迫起诉我的。她跟我也说了原因："马尔切洛让我相信，他知道帕斯卡莱藏在哪里。"

"你觉得有没有这种可能？"

"有可能。"

"你知道他藏在哪里吗？"

她犹豫了一下，点了点头说：

"他们说，他们随时都可以把他杀掉。"

我尽量让她平静下来，我对她说，假如索拉拉兄弟知道帕斯卡莱在哪儿，他们一定早就去抓他了，因为他们认为是帕斯卡莱把他们的母亲杀了。

"你觉得他们不知道？"

"也不是说他们不知道，但现在为了你哥哥好，你只能做一件事情。"

“什么事儿？”

我跟她说，要想救帕斯卡莱，只能把他交给警察。

但我的话并没得到一个好结果，她突然变得很冰冷。我赶忙说，那是唯一能使他不会受到索拉拉兄弟伤害的办法。但没有用，我意识到，我提出的方法对她来说就像是糟糕的背叛，比她对我的背叛还要严重。

“否则的话，你就落在了他们手上了。”我说，“他们可以让你控告我，也可以叫你做其他事情。”

“我们是兄妹啊！”她大声说。

“这不是兄妹感情的问题。”我说，“在这种情况下，这种姐妹感情给我带来了麻烦，当然也救不了他，还会把你卷进来。”

我没办法说服她，但越说我就越混乱，很快她又哭了起来。她一会儿懊悔她对我做的，请求我的原谅；一会儿又为她哥哥的安危感到担忧，非常绝望。我记得她小时候的样子，那时候我从来都没想过，她会成为这样一个忠心耿耿的人。我离开了，因为我没办法安慰她，伊玛出了一身汗，我担心她又生病，也因为我不知道我希望卡门做什么。我希望在那么长时间之后，她停止支持帕斯卡莱吗？是什么让我觉得这样做是对的？我希望她选择国家，而不是她哥哥？为什么？就是为了让她摆脱索拉拉兄弟，为了让她取消那个起诉？这比她的焦虑更严重吗？我对她说：

“你觉得怎么合适就怎么做吧，你要记住，我不生你的气。”

听了这句话，卡门眼里冒出一股怒火：

“你为什么要生我的气？你失去了什么？你整天都出现在报纸上，你做了广告，你的书会卖得更好。不，莱农！你不应该这么说，你建议我把帕斯卡莱交给警察，你错了。”

我内心很苦涩地离开了，在回去的路上，我就开始怀疑自己是不是不应该去找她。我想象她可能会去找索拉拉兄弟，跟他们讲我去找她的事情，《晚邮报》上的文章出现之后，他们会强迫她再做其他对我不利的事。

- 99 -

我等着新的麻烦出现，但什么也没发生。那篇文章引起了很大轰动，那不勒斯的本地报纸转载了这篇文章，又加了很多内容，我接到了很多声援我的电话和信件。过了好几个星期，我已经习惯了被起诉的处境，我发现这种事在很多作家身上都发生过，有的人比我冒的风险更大。最后，日常生活占了上风。有一段时间，我避免和莉拉见面，尤其是我很小心，不让自己在她的影响下，做出一些错误的举动。

那本书一直都卖得很好。八月的时候，我去了卡斯泰拉巴泰的圣母玛丽亚度假村，本来是莉拉和恩佐要在那里找房子度假的，但他们工作走不开，他们自然让我把蒂娜带去了。在那段时间的辛劳和忙碌之中（我要叫这个喊那个，平息她们的矛盾，买东西做饭），唯一让我欣慰的事情是，我看到太阳伞下有人拿着我的书在看。

到了秋季，情况越来越好了，我获得了一个比较重要的奖项，他们给了获奖者一大笔钱，我觉得自己很棒，能娴熟地进行公关，我的经济状况也越来越让我满意了。但我再也没有书刚出版之后那几个星期的快乐和惊异。我感觉每日的阳光好像都很灰暗，我感觉周围的气氛很糟糕。一段时间以来，每天晚上恩佐都会和詹纳罗吵架，这是之前很少见的事。有几次我去“Basic Sight”，我看到莉拉和阿方索在说什么，假如我走到他们跟前，莉拉会漫不经心地示意我等一下。现在卡门回到了城区，她和卡门说话时也是同样的情况，和安东尼奥说话时她也是如此——因为一些我不知道的原因，安东尼奥一直在推迟出发去德国的时间。

很明显，莉拉的处境现在越来越险恶了，但她不让我参与其中，我也乐意置身于事外。后来接连发生了两件非常恐怖的事。莉拉偶然发现，詹纳罗的手臂上全是针眼。我听见她在楼下叫喊，声音从来都没那么大过。她煽动恩佐，让他去痛打她儿子，那是两个非常强壮的男人，打起来不分上下。第二天她把哥哥从“Basic Sight”里赶了出去，尽管詹纳罗恳求她不要解雇舅舅，他发誓说不是舅舅让他开始吸海洛因的。这场悲剧对几个孩子影响很大，尤其是黛黛。

“为什么莉娜阿姨要这样对她儿子？”

“因为他做了他不应该做的事情。”

“他已经长大了，想做什么都可以。”

“但他不能做会把他杀死的事。”

“为什么呢？生命是他自己的，他有权做他想要做的事。你们不知道什么叫自由，莉娜阿姨也不知道。”

她、艾尔莎还有伊玛，听到她们最爱的莉娜阿姨在大声叫喊、骂人，感觉很迷惘。詹纳罗被关在家里，整天都在大喊大叫。他舅舅里诺把公司里一台非常昂贵的机子砸了之后，从“Basic Sight”里消失了，整个城区都能听到他的叫骂声。皮诺奇娅有一天晚上带着孩子来找莉娜，是她婆婆陪着她来的，求她再次雇用自己的丈夫。莉拉对她母亲和嫂子都非常不客气，她对她们喊了很多难听话，我从家里听得清清楚楚。“这样你就把我们彻彻底底交到索拉拉兄弟手里了。”皮诺奇娅很绝望地喊道。莉拉回答说：“你们活该，我已经受够了，我他妈累死累活，你们一点也不领情。”

这和几个星期之后发生的事情相比简直算不了什么。她哥哥的事情刚平息，她就开始和阿方索吵架，对于“Basic Sight”的运营，阿方索现在变得必不可少，然而他越来越不可靠了。他会错过一些非常重要的工作会面，他的表现非常让人尴尬，他描眉画眼，以女性自称。实际上，尽管他很努力，但他现在一点儿也不像莉拉了，他的男性特征越来越明显了，而且他的鼻子、额头、眼睛都浮现出他父亲堂·阿奇勒的影子，他的身体也越来越臃肿，这让他越来越讨厌自己。结果是，他好像要不断逃离他的身体，有时候好几天都不知道他去了哪儿。他再次出现时，身上总是带着被打的痕迹。他会继续上班，但很不情愿。

后来有一天，他彻底消失了，莉拉和恩佐到处找他都没找到。几天之后，有人在卡罗伊奥的海滩上发现了他的尸体，他不知道在哪里被人用棒子打死了，扔在海里。当时我无法相信。但当我意识到所有一切都是真的，我感觉很心痛，好几天都缓不过来。他中学时的样子不断浮现在我眼前，他很客气，很在意别人的感受，玛丽莎很爱她，药剂师的儿子吉诺一直在折磨他。有时候我甚至回想到放暑假时，他在肉食店的柜台后面工作的情景，他不得不做一件他不喜欢的工作。我把他生活的其他部分切除了，我不了解他后来的生活，我觉得难以名状。我想不起来他后来变成的样子，我们最近几次见面的情景也变得很模糊，我忘记了他在马尔蒂里广场上的鞋店里工作的时期。我忽然想到，这是莉拉的错，她总是那么热衷于强迫其他人，把所有东西都搅乱，让他失去了自己。莉拉暗地里利用了他，后来任凭他自生自灭。

但我马上就改变了我的看法。那时候莉拉刚刚知道这个消息。她知道阿方索已经死了，但她还是无法抑制这些天来对他的怒火，她用非常粗鲁的话批评他的不可靠，但是说着说着，她就瘫倒在了我家的地板上，很明显，她无法承受阿方索的死给她带来的痛苦。从那时候开始，我觉得她比我更在意阿方索，她比玛丽莎还要爱他——就像阿方索经常跟我说的那样，没人像莉拉那样帮过他。在接下来的几个小时里，她好像对什么都失去了兴趣，她不再工作，也不管詹纳罗了，她把蒂娜交给我。她和阿方索之间的关系一定比我想象的还要复杂。在阿方索面前，她就像面对一面镜子，莉拉在他身上看到了自己的一部分，她想把这一部分拽出来。我非常不自在地想，这和我的第二本书里讲的截然相反。阿方索一定非常喜欢莉拉做的努力，他把自己当成活生生的材料提供给莉拉，莉拉打造了他。或者我试图把这件事情厘清，让自己平静下来的那段时间，我认为事情是这样的，但从根本上来说这只是我的猜测。实际上，无论是在当时还是在后来，她都没跟我讲过他们之间的关系。她有些痛苦失措，我不知道她怀有什么样的情感，一直到葬礼那天。

- 100 -

参加阿方索葬礼的人很少，他在马尔蒂里广场上的那些朋友一个也没来，他的亲戚们也没有出席。最让我震惊的是，他母亲玛丽亚、哥哥斯特凡诺、姐姐皮诺奇娅，还有他妻子玛丽莎和几个孩子也都没有来，那些孩子可能是他的，也可能不是。但令人惊异的是，索拉拉兄弟来了。米凯莱非常瘦，他用疯子一样的目光恶狠狠地看着四周。马尔切洛正好相反，几乎是一副悲痛的样子，这和他身上穿的奢华衣服不太相称。他们不仅参加了葬礼，还开着车子来到了公墓，下葬时他们也在场。整个过程我都想，他们为什么要出面参加这场葬礼，我试着寻找莉拉的目光，但她一直都没看我，她用非常挑衅的目光盯着索拉拉兄弟。最后，她看到他们要走了，变得怒不可遏，就捉住了我的一条胳膊说：

“陪我去一下。”

“去哪儿？”

“去和那两个人谈一下。”

“我带着孩子呢。”

“让恩佐看一下吧。”

我有些犹豫，试着说服她，让她别去了。我对她说：

“算了吧。”

“那我就一个人去。”

我叹了一口气，事情一直都是这样：假如我不跟着她，她会马上把我甩开。我向恩佐示意，让他看着孩子——他好像没注意到索拉拉兄弟。我带着小时候跟着她走上通往堂·阿奇勒家门口的楼梯，或者朝那帮男孩子扔石头的心情，跟着她去了，我跟着她穿过一些里面放着死者骨灰的发白的建筑。

莉拉完全无视马尔切洛，她对着米凯莱说：

“你怎么来了？你是不是为自己做的事情感到懊悔？”

“不要烦我，莉娜。”

“你们两个完蛋了，你们应该离开城区。”

“应该离开的人是你，趁着现在还来得及。”

“你是在威胁我吗？”

“是的。”

“你们不要碰詹纳罗，也不要碰恩佐。米凯！你听到我说的了吗？你要记住，我知道很多你的事情，可以毁掉你，还有你身边这个畜生。”

“你什么都不知道，你手头上什么也没有，尤其是你什么都没搞清楚。你那么聪明，你怎么还没发现，我现在根本一点儿都不屌你吗？”

马尔切洛拉了他的一条胳膊，用方言说：

“我们走吧，米凯！我们在这儿只是浪费时间。”

米凯莱挣脱了他哥哥，对莉拉说：

“你以为现在莱农一直都在报纸上，我就害怕你了？你是这么想的吗？我会害怕一个写小说的人？她谁都不是，你才是个人物，你的影子都比任何一个有血有肉的人来得强。但你从来都不愿意明白这一点，算你不走运。现在我要让你失去你拥有的一切。”

他说完最后一句话，就好像忽然胃疼，就像一种身体疼痛的自然反应一样，在他哥哥拦住他之前，他一拳狠狠打在了莉拉的脸上，把她打倒在地。

- 101 -

这个突如其来的动作让我完全束手无策。莉拉也没想到他会这样，我们已经习惯于一种想法：米凯莱不仅不会碰她，而且如果有人敢碰她的话，他会把那人杀了。因此我没办法叫喊出来，我什么话也说不出来。

马尔切洛把他弟弟拉走了，马尔切洛在推搡弟弟时，莉拉嘴里冒出了鲜血和用方言说出的威胁（“我会杀了你的！我一定要杀了你，你们两个死定了。”），马尔切洛用一种开玩笑的语气对我说：“莱农，你可以把这个写到你的下一本小说里，假如她没明白的话，你告诉莉娜，我和我弟弟真的已经不喜欢她了。”

莉拉的脸肿了，我们解释说，她忽然晕倒了，摔了一跤。这个解释很难说服恩佐，他一点儿也不相信我们说的，首先是我的版本——因为我太激动了，一定会让他觉得没一点儿说服力和底气，其次莉拉一点都没费劲儿去说服他。当恩佐表示他不能接受这个解释时，她很厌烦地说，事情就是这样，他就闭嘴了。他们的关系就是建立在这样的基础上，即使莉拉说了一个很明显的谎言，那也是唯一的真理。

我和几个女儿待在家里。黛黛很害怕，艾尔莎觉得难以置信，伊玛一直在问我：人的血都在鼻子里吗？我很失措，也很愤怒。我时不时会下楼去看看莉拉怎么样了。我想把蒂娜带上楼，但那孩子很不安，她看到母亲的状况，手忙脚乱地照顾着莉拉，不想离开她妈妈一分钟。她在轻轻地给莉拉脸上涂药，把一些金属小玩意儿放在她的额头上，想让她的头疼缓解一点。我把几个女儿带下楼，想把这当成诱饵把蒂娜吸引上来，但这只能让情况更加复杂。伊玛想方设法也想加入到照顾莉拉的游戏中，但蒂娜一点儿也不愿意让步，黛黛和艾尔莎试着取代她，她会很绝望地叫喊起来，是她妈妈生病了，她不愿意让任何人照顾。最后莉拉把我们都赶走了，包括我，她说话声音那么大，我感觉她已经好多了。

实际上，她很快就恢复了。而我没有，我的气愤先是变成了怒火，后来成了对自己的鄙视。我没办法原谅自己在暴力面前的不知所措。我对自己说：瞧瞧你现在变成什么样子了？假如你没办法对付那两个混蛋，你为什么要回这里生活？你装出一副民主阔太太的样子，生活在下层人民中间。你喜欢在报纸上说：“我生活在我出生的地方，我不想失去和现实的联系。”但你太可笑了，你已经早就失去了和这里的联系，假如闻到污秽、呕吐物和鲜血的味道，你会晕倒。我想着这些事，同时我脑子里涌现出我无情回击米凯莱的情景：我打他，抓他，咬他，我的心跳得很快。报仇雪恨的狂热过去了之后，我想：莉拉说的对，写作不仅仅是为了写东西，而是为了回击那些伤害别人的人，用语言来回击拳打脚踢，还有死亡的威胁。当然，她脑子里还残存着我们童年时的梦想：成为一个使用语言就像使用利剑的人，通过写作获得声誉、金钱和权力。但我早已经知道，现实中，一切都要平庸一些。一本书、一篇文章可以制造声音，就像古代的战士在作战前制造的声音，但这和真实的力量以及没有尺度的暴力并不相连，这只是一种表演。无论如何，我想采取行动，弄出一点声音，希望能伤到别人。有一天早上，我来到楼下，我问她：“你知道什么能吓到索拉拉兄弟的事情？”

她用好奇的目光看着我，有些懒洋洋地看了看四周，回答说：“我给米凯莱工作时，我看到了很多文件，有些东西是他亲手给我的，我把那些文件研究了一下。”她的脸色发青，她做了一个疼痛的表情，用很粗鲁的方言补充说：“假如一个男人想要一个女人，他的欲望那么强烈，他都没办法说出来他想要，这时候，即使你让他把那东西放在热油里，他也会放进去。”然后她用手扶着脑袋，使劲儿地摇晃着，就好像那是放着骰子的锡罐。我意识到，那时候她也很鄙视自己。她不喜欢自己不得不用那种方式对待詹纳罗，那样说阿方索，还有把她哥哥从公司赶走，她也不喜欢自己刚才说的那些口无遮拦的话。她受够了，一切都让她受不了。但后来她好像感觉到我们的心情是一样的。她问我：

“如果我把材料给你，你会写吗？”

“会的。”

“东西写好了之后，你会发表吗？”

“我不知道，也许吧。”

“怎么样才会发表？”

“我得确信写的东西会伤到索拉拉兄弟，而不会伤到我和我的女儿。”

她看着我，很难做决定。然后她说：“你帮我看一会儿蒂娜。”她从家里出去了，过了半个小时，她带回来一只花布包，里面装满了文件。

我们坐在厨房的桌子前，这时候蒂娜和伊玛在小声说话，她们在地板上专注地玩着布娃娃、马车和马。莉拉从包里拿出了很多纸、她的笔记，还有两个很破旧的红皮本子。我很好奇地翻看了一下那两个红色的本子：里面是方格纸张，用小学生一样的笔迹很仔细地记着账，上面的注解充满了语法错误，每一页都签着一个姓名的缩写“M.S”。我明白，那就是整个城区都知道的曼努埃拉·索拉拉的红本子。那个本子虽然非常危险，但听起来很迷人——或者是因为危险而迷人——那是我们的童年和少年时期就反复听到的“红本子”。如果要换一个词来描述它，比如说“账本”，假如换一个颜色，它就不会那么激动人心。曼努埃拉·索拉拉的本子像一个绝密文件一样让我们激动，因为它是众多血腥事件的核心。我现在终于见到它了，那是学校用的那种系列笔记本，就像我之前用过的那种，非常普通，很脏，边上和页面下面都已经卷起来了。我忽然意识到，回忆也是一种文学加工，也许莉拉说得对：我的书虽然取得了很大的成功，但那都是很糟糕的故事，这些书很糟糕是因为它们条理清楚，是用过于考究的语言写成的，因为我没办法模仿现实的凌乱、扭曲、不合逻辑和反美学。

两个孩子在一边儿玩儿——她们有时候会吵架，我们也会怒斥她们，让她们安静下来——莉拉把她搜集的材料放到我跟前，然后跟我讲了这些材料的意义。她把这些材料简述了一下。我们已经有多长时间没有一起做一件事情了？她看起来很高兴，我明白这是她希望我做的。那天结束时，她带着那个布包又消失了，我回到了自己的房子里，研究那些笔记。在接下来的几天里，我们在"Basic Sight"见面。我们关在她的办公室里，她坐在电脑前，那就像一台带键盘的电视，这台电脑和她之前给我和几个孩子看的机器很不一样。她摁下一个开机的按钮，把一个长方形的深色盘放到了灰色的模块里。我很忐忑地等着，在屏幕上出现了一些跳动的亮光。这时候莉拉开始用键盘写字，我惊讶得张大了嘴巴，虽然这台机器也是用电，但这和我平时用的打字机一点儿也不一样。她用指头轻触灰色的键盘，她写的那些字默默出现在屏幕上，字的颜色就像刚发芽的青草。她脑子里的那些东西，记录在她大脑皮层上的东西，奇迹般地被倾倒了出来，显示在屏幕上。

那种力量，即使是出现在屏幕上也还是充满力量，经过电化学信号的刺激，很快就转变成了光。我感觉，上帝在西奈山上授予摩西的十诫，当时的情景大约就是这样的：无法触摸，非常可怕，但有一种很绝对、很纯粹的效果。我说，太棒了！她说，我教你。她开始教我，屏幕上耀眼的文字开始变长，我说的话、她说的话，还有我们的讨论都出现在深色的屏幕上，绝不拖泥带水。莉拉在写，我在旁边修改。她会用一个按键把写错的地方抹去，用其他键把大片的文字向上，或者向下移动，她动作很快。但很快，莉拉改变了主意，会重新改一遍，一眨眼的工夫，她就把这里的东西挪到那里，或者删除。不需要笔和纸，也不需要像打字机那样要换纸，屏幕就是唯一的纸张，上面也没有任何修改过的痕迹，还是同一张纸。虽然我们写的是索拉拉兄弟在半个坎帕尼亚大区干的那些脏事儿，但那些字迹都完美无缺，每一行都整整齐齐，让人感觉到很干净清爽。

我们一起工作了好几天。我们写的那些东西，通过一台吱吱嘎嘎的打印机打印出来，白纸黑字地出现在我们的眼前，简直就像从天而降。莉拉很不满意，我们又拿起笔开始改，费劲儿改了好久。她很易怒，她对我寄予的希望太大了，以为我能回答她的所有问题，她觉得我无所不知。但是她很生气，因为每写一行，她就发现我对这个大区的地理、地方关系、市议会或银行的内幕，还有犯罪和刑罚等等一无所知。奇怪的是，尽管如此，我已经有很长时间都没为自己还有我们的友谊这么自豪过。“我们应该把他们毁掉，莱农，假如这还不够，我就亲手把他们杀了。”我们的思想在发生强烈的撞击，仔细想想，这是我们的思想最后一次相互交融，慢慢变成一个思想。最后我们不得不接受，一切都已经结束，东西写好了，是什么样就是什么样。她又重新打印了一份，我把我们写的东西放在一个信封里，把它寄给了出版社主编，让他拿去给律师看。我在电话上跟他说，我想知道这些东西能不能让索拉拉兄弟进监狱。

- 102 -

一个星期过去了，又一个星期过去了。有一天早上，主编给我打了电话，一张口就说了很多好话。

“这个阶段，你文思如泉涌啊！”他说。

“这是我和我一个朋友一起写的。”

“能看出来你的文风，但比之前更好了，这是一篇非常精彩的文章。拜托你让萨拉托雷教授看看这篇文章，这样他就明白，任何东西都可以通过文采飞扬、激动人心的文字表现出来。”

“我已经不再和尼诺见面了。”

“可能是因为这个原因，你状态才这么好。”

我没笑，我迫不及待地想知道，律师是怎么说的，他的回答却让我非常失望。主编说，没有足够的证据让他们进监狱，哪怕是一天。但你要知道，索拉拉兄弟是很难进监狱的，尤其是就像你说的，他们已经渗透进地方政治，可以买通任何人。我觉得很虚弱，双腿发软，我失去了信心，我想莉拉一定会很生气。我有气无力地说：“他们要比我写的更糟糕。”主编感受到了我的失望，尽量想让我打起精神，他接着赞美了我在那篇文章里投入的激情。但结论还是一样：凭我手头的东西，很难把他们摧毁。最后让我惊异的是，他让我不要把那篇文章搁置起来，而是要把它发表。“我打电话给《快报》，”他提议说，“假如在这个时候你发表一篇这样的文章，对你、你的读者和所有人来说都非常重要，因为你向他们展示了，我们生活的这个意大利，实际上要比小说里讲述的还要糟糕。”他说，他要重新咨询一下律师，想知道如果发表这篇文章我们会有什么法律方面的风险，需要删除或者修订什么。他想征得我的同意。我想，当时吓唬布鲁诺·索卡沃时，事情是多么简单，我很坚定地回绝了。我说：“我会又一次被起诉的，不得不陷入一大堆麻烦——出于对几个女儿的爱，我不愿意出现这种情况。我不得不想到，法律对于害怕它的人管用，对于打破它的人却没用。”

我等了一会儿，才打起精神去找莉拉，一字不差地跟她转达了编辑的话。她很平静，打开电脑看着那篇文章，但我觉得，她没有重读那篇文章，她在盯着屏幕思考。然后她用一种带着敌意的语气问我：

“你信任这个主编吗？”

“是的，他是个好人。”

“那你为什么不愿意发表这篇文章？”

“发表有什么用？”

“把事情讲清楚。”

“事情已经很清楚了。”

“谁清楚了？你，我，还是主编？”

她很不高兴地摇了摇头，冷冰冰地说她要工作。

我说：

“等一下。”

“我很忙。没有阿方索，这里的工作很麻烦。你走吧，拜托了，走吧。”

“为什么你要生我的气？”

“走吧。”

我们有一段时间没见面。早上，她让蒂娜自己上楼来，晚上恩佐来接她，要么她就在楼梯间大喊：“蒂娜，下来吧，妈妈回来了。”大约过了两个星期，主编兴高采烈地给我打电话了。

“很好，我很高兴你最后决定了。”

我不明白他在说什么，他跟我解释说，他的一个朋友——一个在《快报》工作的编辑，非常着急要我的联系方式。从主编那里我得知，关于索拉拉的那篇文章，在删节之后会在这个星期刊出。他说："你应该告诉我，你改变主意了。"

我出了一身冷汗，不知道说什么，我假装若无其事。但我一下子就明白了，是莉拉把我们的文章发给了那家周报。我非常气愤，跑到她那里去抗议，但她对我特别亲切，尤其是她很愉快。

"我看你没办法决定，就替你决定了。"

"我已经决定不发表这篇文章。"

"但我不是这么决定的。"

"那你只署你自己的名字。"

"你在说什么？写东西的人是你。"

我没办法让她领会我的反对，还有我的不安，我每一句批评的话都会让她心情更好。那篇文章发表了，一共六页，密密麻麻的，占了非常重要的版面，当然文章只有一个署名，是我的名字。

看到报纸时，我们吵了一架。我非常气愤地说：

"我不明白，为什么你要这样做。"

"我明白。"她回答说。

她脸上还有米凯莱的拳头留下的痕迹，她没有署名并不是因为害怕。她害怕的是别的事情，就我所知，她根本就不在乎索拉拉兄弟。但我当时很生气，忍不住对她说："你把你的名字去掉了，是因为你喜欢藏在暗处，丢完石头藏起手，对你来说是自然而然，我已经厌烦你的伎俩了。"她笑起来了，她认为我对她的控诉没有意义。她说："我不喜欢你这么想。"她做出一副不高兴的样子，说她把那篇文章发给《快报》，只署了我的名字，那是因为她的名字一点分量都没有，我是上过大学的人，我是那个有名的人，可以毫无畏惧地发表自己的言论。听到她的这些话，我确信她太高估了我的作用，就告诉了她我的想法。但她很不屑，她说我总是低估自己，因此她希望我更加努力，表现得更出色，要获得更大的认可，她一心想着我能取得更大的成就。她感叹说："你走着瞧吧，索拉拉兄弟没什么好下场。"

我灰溜溜地回到家里。我没办法摆脱那种怀疑，就是她在利用我，就像马尔切洛说的那样。她不管我的死活，利用我的那点儿名声来打赢她的那场战争，实现她的报复，消除自己的愧疚和不安。

- 103 -

实际上，发表那篇文章，对于我的写作生涯来说是一个质的飞跃。因为这篇文章的出现，我的其他文章也被挖掘出来了。这些文章显示了我不仅仅是一个小说家，在过去我还参加过工会斗争，还致力于女性地位的提高，现在我在和那不勒斯的丑陋现象作斗争。我在六十年代末征服的那一小批读者，和七十年代的各种文化水平的读者，现在又有了一批新读者，加在一起人数更多了。这给我的前两本书也做了宣传——那两本书又被重印了，第三本书现在卖得越来越好，改编成电影的事儿，也越来越有眉目了。

当然，这篇文章也给我带来了很大的麻烦。我被宪兵叫去谈话，财政警察也听了我的陈述。在右派的地方报纸上，我被贴上各种标签遭受诋毁：离婚的女人、女权主义者、共产党、恐怖分子的支持者，等等。我接到了一些匿名电话，那些人用非常猥亵的方言威胁我和我的女儿。我生活在不安之中，但我觉得不安已经是写作固有的一种心态，总的来说，这次我远远没有《全景》的那篇文章发表时，还有被卡门起诉的时候更激动。这是我的工作，我在研究怎么把我的工作做得更好。我感到，出版社的法律顾问在保护我，左派的报纸在支持我，我的读者见面会也越来越密集，我是站在正义的一边。

但我应该诚实地说，事实不仅仅是这些。我能平静下来，主要是因为我发现索拉拉兄弟没做任何伤害我的事情。我太显眼了，这让他们尽可能地躲藏起来。马尔切洛和米凯莱非但没有再起诉我，他们这次什么话也没说，一直都没什么表示，甚至我在执法官员面前见到他们时，他们只是冷冰冰地、带着敬意向我打了个招呼。就这样，风波逐渐过去了。唯一确定的结果是，地方机关开始了一系列调查，报纸上也出现了很多报道。但就像出版社的法律顾问预测的那样，调查不了了之，那些报道也逐渐消失了。我想象，那篇报道被其他无数报道所淹没，索拉拉兄弟依然逍遥法外。这篇文章唯一造成的损害是情感方面的：我的妹妹、外甥西尔维奥，还有我父亲彻底把我从他们的生活中排挤出去了——话虽然没明说，但他们却已经那么做了。马尔切洛一直对我很客气。有一天下午，我在大路边上看见他，我把目光投向了另一边，但他在我的面前停了下来。他说："莱农，我知道，你也完全可以不用那么做，我不生你的气，你没有错，但你要记住，我家大门一直对你敞开着。"我回答说："埃莉莎昨天才把我的电话挂了。"他微笑着说："你妹妹是家里的主人，我能怎么办呢？"

- 104 -

但这个本质上很平和的结果，却让莉拉非常失落，她没有掩饰自己的失望，也没有说出来。她假装什么事儿也没发生，照常过自己的日子：她会上楼来找我，把蒂娜托付给我，然后把自己关在办公室里工作。有时候她也会在床上躺一整天，说她脑子要爆炸了，会昏睡一整天。

我很留心，没有提醒她是她决定发表我们写的这篇文章。我没跟她说："我已经告诉你了，索拉拉兄弟会毫发无损的，出版社的人已经跟我说了，你现在难受有什么用。"但她还是一脸懊悔，觉得自己作了错误的判断。那几个星期，她一直觉得很屈辱，因为她高估了一种力量——文字、写作还有书籍，这种力量在现在的权力等级里，真的算不上什么。我想，她一直看起来那么清醒、那么成熟，现在她终于放下她的童年了。

她不再帮助我了，她越来越频繁地把她女儿交给我来管，有几次还让我管着詹纳罗，他不能出去，只能在我屋里转来转去。从另一个方面来说，我的生活越来越忙碌了，我自己都不知怎么办才好。有一天早上，我去找她，让她帮着看管几个女儿。她很厌烦地说："你把我母亲叫来，让她帮你。"对我来说，这是新鲜事儿，我很尴尬地走了，听从了她的建议。就这样，农齐亚来到了我家里，她已经老了很多，有些不自在，但对我的话很服从，还是像在伊斯基亚的那个时期一样，勤快地照顾着家里。

我的两个大女儿对她很无礼，尤其是黛黛，她正在青春期，对人一点儿情面也不留。她脸上的皮肤变得红肿，整个脸都变形了，她一天天变得和之前不一样了，她觉得自己很丑，脾气变得很坏。我们会产生这样的口角：

"为什么我们要和这个老太婆在一起呢？她做饭太恶心了，应该你来做饭。"

"别说了。"

“她没有牙，她说话时会吐口水，你看到了吗？”

“够了，我一个字都不想听了。”

“我们住的这个地方已经够破了，现在我们还让她待在家里？你不在的时候，我不想让她住在家里。”

“黛黛，我说了，闭嘴！”

艾尔莎更不省事儿，她有自己的方式。她满脸严肃，用一种看似支持我，但实际很阴险的语气说：

“妈妈，我喜欢她，你找她来，真是太好了，她身上尸体的味道真好闻。”

“我要给你一耳光，她会听到你的话，你知道吗？”

唯一对莉拉的母亲产生依赖的人是伊玛：她是蒂娜的附庸，什么事情都要学她，甚至也包括她的情感。农齐亚来打扫卫生时，她们俩一直都围在她身边，叫她外婆。但这个外婆有些粗暴，尤其是在伊玛跟前。她会抚摸自己真正的外孙女，她在默默劳动时，那个假外孙女想寻求她的关注，有时候孩子叽叽咕咕，非常可爱，会让她心软下来。我发现她也有自己的心事。在第一个星期的服务结束之后，她垂着眼睛，对我说：“莱农，你给我多少钱，我们还没有说呢。”我有些难过，我愚蠢地以为她来工作是因为她女儿让她来的，假如我知道要给钱，我会选一个年轻的、我女儿喜欢的人，会让她做所有我需要她做的事情。但我忍住了，我们谈了钱，定好报酬，这时候农齐亚才变得开朗起来。在我们谈定之后，她觉得自己需要解释一下，她说：“我丈夫生病了，不再工作了，莉拉疯了，她把里诺开除了，我们现在一分钱也没有了。”我说我明白，让她对伊玛好一点。她答应了，从那时候开始，虽然她什么事儿都向着蒂娜，但她对我女儿好一点了。

但莉拉的态度一直都没变。虽然这工作还是她女儿帮她找的，农齐亚无论来去都不会想着去她女儿家里看看。她们在楼道里遇到时，连招呼都不打，农齐亚已经失去了她以往的慎重和可靠，但不得不说，莉拉也越来越古怪，眼看着她脾气越来越糟糕。

- 105 -

在我面前，她还是那种无缘无故充满敌意的语气。最让我心烦的是，她让我觉得，我是一个不称职的母亲，错过了发生在我女儿身上的所有事。

“黛黛来大姨妈了。”

“她跟你说的？”

“是啊，你从来都不在家。”

“你跟孩子用的就是这个词儿？”

“那我应该用什么词儿？”

“可以用一个正式的词。”

“你知道，你几个女儿之间是怎么说话的吗？她们是怎么说我母亲的，你从来都没有听到过吗？”

我不喜欢她的语气。过去，她在黛黛、艾尔莎和伊玛身上投入了很多感情，我觉得她现在一门心思地贬低她们，她想向我展示：我现在一直在外面出差，我忽视了她们，这给她们的教育带来了严重的后果。她开始指责我，说我没有看到伊玛的问题，这让我尤其感到不安。

“她怎么了？”我问她。

“她的一个眼睛在抽搐。”

“很少出现吧。”

“我经常看到。”

“你觉得这是怎么回事儿？”

“我不知道。我只知道，她觉得自己是没父亲的孩子，她也不确信自己有一个母亲。”

我尽量不想这件事情，但很难。我曾经说过，伊玛一直让我有点儿担心，尽管她能和非常活跃的蒂娜玩得很好，但我总是感觉她缺点儿什么。除此之外，一段时间以来，我在她身上看到了一些我的特点，但我很不喜欢：她很顺从，因为担心别人不喜欢她，她会马上做出让步，事后又会为自己的让步伤心。我希望她能继承尼诺的那种诱惑力、他目中无人的姿态，还有他的厚颜无耻，但事情并非如此。伊玛的顺从是一种闷闷不乐的顺从，她想要得到一切，但她假装自己什么也不要。我想，孩子都是偶然的产物，她一点儿也不像她父亲。但莉拉并不赞同这一点，她总是能指出伊玛像尼诺的地方，就好像在谈论身体的某种毛病一样，她觉得那不是什么好事儿。她会不停地对我重复道：“我告诉你这些，是因为我爱她，我为她感到担心。”

我想找一个理由，来解释她对我几个女儿的态度为什么忽然发生了变化。我想，我让她失望了，她要远离我，首先要远离她们。我的书现在越来越成功了，这使我越来越独立于她还有她的判断，她尽量贬低我和我的几个女儿，以及我作为母亲的能力。但这些推测没有任何一个让我安心，我想到了第三种可能：莉拉看到了我作为母亲看不到、也不想看到的东西，她尤其是针对伊玛。我应该证实一下她说的是不是有根据。

我开始非常仔细地观察伊玛，我很快发现，她真的很难过。

她是蒂娜的附庸，蒂娜非常快乐开朗，很会说话，很招人疼，人见人爱，尤其是赢得了我的爱。我的女儿虽然也很漂亮，很聪明，但在蒂娜面前会黯然失色，让人看不到她的优点，她为此很难过。有一天，我看到了她们用很标准的意大利语在争执，蒂娜的发音很清楚，伊玛还有点儿咬字不清。她们在一起用粉笔在给一些动物上色，蒂娜决定把一只犀牛染成绿色，伊玛在胡乱涂抹一只猫。蒂娜说：

“你要么把它涂成灰色，要么涂成黑色的。”

“你不应该命令我用什么颜色。”

“这不是命令，这是建议。”

伊玛很不安地看着她，她不知道命令和建议有什么差别。她说：

“我也不想要建议。”

“那就不要吧。”

伊玛的下嘴唇在抖动：

“好吧，”她说，“我听你的，但我不喜欢。”

我尽量多照顾伊玛。刚开始，我尽量不因蒂娜的表现过于振奋，我尽量鼓励伊玛，一有机会我都会表扬她。但我很快意识到，这还不够。两个小朋友很要好，相互对比有助于她们成长。有蒂娜作为对照，一些人为的赞扬并不能避免伊玛看到一些让她受伤的事儿，当然，她的小伙伴并不是问题的根源。

这时候，我耳边又回响起莉拉的话：她是没有父亲的孩子，现在她不肯定自己是不是有母亲。我想起了《全景》杂志上错误的照片说明，那个说明被黛黛和艾尔莎的恶作剧强化了（“你不是这个家里的人：你叫萨拉托雷，而不是艾罗塔。”），这些话一定是给这个孩子带来了很大的阴影。但问题真的是这个吗？我也排除了。我觉得缺少父亲是一个更严重的问题，我确信这是她痛苦的根源。

想到了这个问题之后，我开始注意到，伊玛在想办法获得彼得罗的关注。他打电话给他的两个女儿时，伊玛坐在一个角落里听他们说话。假如两个姐姐很高兴，她也假装很高兴，当通话结束时，两个姐姐轮流和父亲告别，伊玛也会大声喊一句："再见。"彼得罗通常会听到她的声音，会对黛黛说："让伊玛来接电话，我跟她说几句。"但在这种情况下，她要么害羞地跑开了，要么拿着听筒一句话也不说。彼得罗来那不勒斯时，她的表现也差不多是这样。彼得罗从来都不会忘记给她带一个小礼物，伊玛会围着他转，假装自己是他的女儿，假如彼得罗赞美她一句，或者把她抱在怀里，她会很高兴。有一次，我前夫来城区把黛黛和艾尔莎接走，他也看出了伊玛很难过，走的时候他对我说："你好好哄哄她，姐姐都走了，她一个人留下会很难过。"

彼得罗的话让我更加不安，我想，我应该做些什么？我想跟恩佐谈谈，让他多出现在伊玛的生活里。但他已经很小心了，如果他把女儿架在脖子上，过一会儿会放下来，也会把我的女儿架在脖子上；假如他给蒂娜买一个玩具，也会给伊玛买一个一模一样的；假如有时候他女儿提出一些很聪明的问题，让他高兴甚至感动了，他也会对我女儿问出的一些平庸的"为什么"表现出热情。我还是跟恩佐说了几次，恩佐甚至说了蒂娜——假如她太过于表现自己，不给伊玛展示的空间。我觉得这样也不好，蒂娜没有错。在那种情况下，蒂娜会很迷惑，她生机勃勃的表现受到了压制，她觉得受了委屈，她不明白为什么会出现这样的转变，她急于获得父亲的宠爱。这时候我会把她拉过来，和她一起玩儿。

总之，情况不怎么好。有一天早上，我在莉拉的办公室里，我想让她教我用电脑写东西。伊玛和蒂娜在写字台下玩，蒂娜像往常一样，滔滔不绝地讲起了想象的人物，那是一些可怕的猛兽，在追逐她们的娃娃，有一些勇敢的王子会救她们。我听见我女儿忽然很生气地说：

“我不要！”

“你不要？”

“我不要得救。”

“你不用救自己，是王子救你。”

“我没有王子。”

“那我让我的王子救你。”

“我已经说过了，我不要。”

尽管蒂娜尽量和她好好玩儿，伊玛从她的娃娃突然说到了自己，这让我很难过。因为我分心了，莉拉很烦躁。她说：

“孩子们，要么你们小声点儿，要么就去外面玩儿。”

- 106 -

那天我给尼诺写了一封很长的信。我跟他列举了一系列在我眼里让我们的女儿生活变得复杂的问题：她的两个姐姐有一个照顾她们的父亲，她没有；她的玩伴——莉拉的女儿，有一个非常疼爱她的父亲，她却没有；我经常出门，不得不经常和她分开。总之，伊玛会在这种父爱缺失的状况中长大，会一直觉得自己不如别人。我把这封信寄了出去，等着他出现，但他没有露面，我决定打电话到他家里，是埃利奥诺拉接的电话。

“他不在，”她很冷淡地说，“他在罗马。”

“拜托了，你能不能告诉他，我女儿很需要他？”

她的声音卡在嗓子眼了，半天没说话，最后说：

“我的几个孩子也已经至少六个月没见到他们的父亲了。”

“他离开你了？”

“没有，他从来都不会主动离开谁。要么你有决心和他分开——在这方面，你很厉害，我欣赏你，要么他来了去了，消失又会出现，怎么方便怎么来。”

“你能不能告诉他我打电话了？假如他不能马上来看孩子，我会带着孩子去找他，什么地方都可以。”

我把电话挂上了，过了很长一段时间，尼诺才决定给我打了电话。他打电话时，表现得好像我们几个小时前才见过。他精神很好，语气充满力量，他说了我很多好话。我长话短说，问他：

“你收到我的信了吗？”

“是的。”

“为什么你没回信？”

“因为我一点时间也没有。”

“想办法腾出点儿时间，越快越好，伊玛现在状况不太好。”

他有些不情愿地跟我说，他周末会回那不勒斯，我让他星期天中午来家里吃饭。我让他向我保证，他来家里时不能只是和我聊天，和黛黛还有艾尔莎开玩笑，而是要一整天都投入到伊玛身上。我说：“你要养成来看她的习惯。假如你能每个星期来一次，那就太好了，但是我不指望你，我也不要求你，一个月至少一次是有必要的。”他用严肃的语气说他每个星期都会来，他答应我，我想他在那一刻是真诚的。

我不记得具体是哪天打的那通电话，但那个星期天早上十点，尼诺穿得很整齐，开着一辆火红色的豪车出现在城区。那是一九八四年九月十六日——我永远都忘不了那一天，我和莉拉刚刚过完四十岁生日，蒂娜和伊玛都已经快四岁了。

- 107 -

我告诉莉拉，尼诺会来我这儿吃午饭。我对她说："是我强迫他来的，我想让他一整天都和伊玛在一起。"我希望她明白，至少是那一天，她不应该让蒂娜上我家里来，但她没有听出我的意思，也可能是她不想明白。她表现得很热心，她说："我让我母亲做所有人的饭，你们可以来我家里吃，我那里宽敞一点。"这让我惊异，也让我很烦。她很讨厌尼诺，现在她想搅和进来，这是为什么呢。我拒绝了，我说："我自己做饭。"我重申了那天是留给伊玛的，我们没时间做别的。但在早上九点整，蒂娜已经带着她的玩具，上楼来敲我的门。她穿得干干净净、整整齐齐，梳了两条黑漆漆的辫子，眼睛很亮，很可爱。

我让她进来，但我不得不马上和伊玛作斗争，她还穿着睡衣，蓬头垢面，还没吃早餐，就想马上开始玩儿。她不听我的话，而是对她的朋友一边做鬼脸一边笑，我生气了。我把蒂娜——她被我的语气吓坏了——关在一个小房间里一个人玩。我给伊玛洗漱，整个过程她都在叫喊："我不洗脸！"我对她说："你要穿上衣服，等一下爸爸要来了。"这几天我一直在跟她说爸爸要来的事儿，但她听到这个词，反抗得更激烈了。我自己在说这个词，宣布他的到来时，也变得更焦虑了。孩子挣扎着，叫喊起来了：“我不要爸爸！我不要爸爸！”就好像爸爸是一种难以下咽的药。我排除了她记着尼诺的可能，她不是排斥具体的一个人。我想：我让他来，也许我错了，当伊玛说她想要爸爸时，她说的不是任何一个爸爸，她想要恩佐，想要彼得罗，她想要蒂娜和两个姐姐拥有的东西。

这时候我想起了蒂娜，她没有抗议，也没有过来偷看。我为自己的行为感到羞耻，这几天的紧张气氛和蒂娜没一点关系。我很温柔地叫她过来，她很高兴地出现了，坐在洗手间角落里的一张凳子上，教我怎样给伊玛编出和她一模一样的辫子。我女儿高兴起来了，她不再抗议，让我给她打扮。最后她们俩一起玩儿去了，我去叫黛黛和艾尔莎起床。

艾尔莎非常高兴地起床了，她很高兴再见到尼诺，她用了很短的时间就准备好了。黛黛用了很长的时间洗漱，只有我在外面开始叫喊时，她才从洗手间里出来。她没办法接受自己的变化。“我太丑了。”她眼睛里含着眼泪说。她一下子钻进了她的房间，叫喊着说她不想见任何人。

我很快地把自己收拾了一下。我一点儿也不在乎尼诺了，但我不希望他觉得我现在老了或者邋遢了。我还害怕莉拉会露面，像往常一样，假如她愿意的话，她能让一个男人目光无法从自己身上挪开。我很激动，同时也很厌烦。

- 108 -

尼诺非常准时，他带了很多礼物从楼梯上来。艾尔莎跑出去，在楼梯间等他，蒂娜也马上跟了出去，最后是小心翼翼的伊玛。我对她说："这就是你爸爸。"她很无力地摇了摇头。

但尼诺一来就表现得很好。他在楼梯间就已经开始唱着："我的小伊玛在哪儿？我要亲三口，咬一口。"他出现在楼梯间，对艾尔莎说："你好！"顺手拽了拽蒂娜的辫子，最后抱住了他女儿亲了起来。他说，他从来都没见过这么漂亮的头发，他赞美了她身上的裙子、鞋子，她的一切。他坐在地板上，让伊玛坐在他盘起来的腿上，只有这时候他才开始和艾尔莎说话，他很热情地给带着羞怯的微笑走过来的黛黛打招呼（"我的天哪！你长大了，看起来很棒"）。

我看到蒂娜很不安，她在研究尼诺，所有人看到她都会被她的乖巧可爱吸引，都会对她表示出各种喜爱，但这时候尼诺开始给大家分礼物，完全无视她的存在。她用一种甜美可人的声音和尼诺说话，想挨着伊玛坐在他腿上，但她没能坐上去，就靠着他的一条胳臂站着，头靠着他的肩膀，可怜巴巴的。但还是不管用，尼诺给了黛黛和艾尔莎一人一本书，他把注意力全部放在他女儿身上。他给伊玛买了各种各样的东西，他等着女儿打开一样，然后会给她递过去另一样。我看到伊玛心满意足，很感动。她看着那个男人，就好像他是一个巫师，专门来对她展示魔法。当蒂娜试着拿起一个礼物，她都会嚷嚷："那是我的。"蒂娜下嘴唇抖动着走开了，我把她抱在怀里，说："到阿姨这里来。"只有在这时候，尼诺发现自己有些过了，他在口袋里翻找了一下，拿出来一根看起来很昂贵的钢笔说："这是给你的。"我把蒂娜放在地板上，她拿过钢笔，小声说了一句谢谢。这时候尼诺好像第一次看到蒂娜。我听见他惊异地嘀咕着：

"你长得和你母亲一模一样。"

“我能不能给你写我的名字？”蒂娜很严肃地说。

“你已经会写字了？”

“是的。”

尼诺从口袋里拿出一张折叠起来的纸。她把纸放在地板上，用笔写着“蒂娜”这个词。他表扬蒂娜说：“你很厉害。”但之后他马上寻找着我的目光，他很担心我说他。为了表示弥补，他对女儿说：“我敢打赌，你也很棒。”伊玛想展示一下，她把笔从蒂娜手里抢了过来，很专注地在地上胡乱写着。他一直在鼓励伊玛，尽管艾尔莎已经开始取笑妹妹了（“根本就看不出来你写的什么，你不会写字”）。蒂娜想把笔抢回来，她说：“我还会写其他的。”为了不再纠缠下去，尼诺就把女儿拉起来说：“我们现在去看这世界上最漂亮的汽车。”然后他把姑娘们都带走了，他抱着伊玛，蒂娜想拉着他的手，黛黛把她拉过来，自己领着。艾尔莎一把就把那根看起来很昂贵的笔抓过去，据为己有。

- 109 -

门在他们身后关上了。我听见楼梯上传来尼诺低沉浑厚的声音，他答应说，要给她们买甜食，开车出去兜一圈。黛黛、艾尔莎，还有两个小姑娘在后面欢呼雀跃。我想象着莉拉在楼下，关在她的房子里，静静听着我也能听到的声音。只有薄薄的一层地板把我们隔开，但她懂得按照自己的心情和方便，来缩短或拉远我们之间的距离，还有她潮汐一样运作的脑子，就像月亮抓住大海，让它起伏。我收拾了屋子，开始做饭，我想着莉拉，她在下面也在做同样的事。我们都期望再次听到我们的女儿的声音，还有我们曾经爱过的男人的脚步声。我想，不知道有多少次，她在伊玛身上看到尼诺的样子，就像尼诺在蒂娜身上看到她的样子。所以这么多年里，她一直都很憎恶伊玛？或者她对这个孩子的关切，是因为她和她父亲的这种相似性？在她内心深处，是不是还喜欢着他？现在她正在冲窗口窥视着他？蒂娜后来终于让尼诺拉着她的手，她现在看着她女儿走在那个又高又瘦的男人旁边，会不会想着：如果事情是另外的样子，这个孩子会不会是她的？她在筹划着什么？还是她随时都会上楼来找我，跟我说一些难听话？或者她会在尼诺带着孩子们回来经过她家门口时，打开门邀请他进去坐坐。她会喊我下去，我就不得不邀请她和恩佐来吃午饭？

楼下非常安静，但外面充满了假日的喧嚣：正午的钟声、摆摊的人的叫卖、火车在调车场发出的声音，还有附近周末也在施工的工地的声响，卡车来往的轰鸣。尼诺一定是给几个孩子买了很多甜食，根本就没有考虑到待会儿她们会吃不下饭。我了解他，他会满足她们的所有要求，他买任何东西眼睛都不会眨一下，他很夸张。饭做好了，我把桌子摆好，我从对着大路的窗口向外看，想叫他们回来吃饭。但那些卖东西的摊子挡住了我的视线，我只能隐约看见马尔切洛在外面走，他的一边是我妹妹，另一边是西尔维奥。从高处看着大路，总是让我觉得很不安。周末的时候，我感觉大路边的市场就像一层油彩一样，可以掩盖这里的破败。但在当时的情况下，我问自己：我在这里干什么？我已经有点钱了，可以去任何地方住，为什么我还继续住在这里？我太听从莉拉的建议了，我任凭自己和这地方又建立起了千丝万缕的联系。我同时也确信，回归我出生的地方，我会写得更好。在我眼里，一切忽然都变丑了，我甚至觉得我亲手煮的饭都很恶心。最后我决定采取行动，我把头发梳了一下，收拾了一下就出去了。经过莉拉的门口时，我几乎是踮着脚尖，我不希望她听到我的脚步声，想和我一起出去。

外面的空气里弥漫着一股强烈的炒杏仁的味道，我看着四周，先看到了黛黛和艾尔莎，她们一边吃着棉花糖，一边看着摆满小玩意的地摊：手镯、耳环、项链和发卡。在不远的地方，我看到了尼诺，他站在一个角落里，片刻之后我才发现：他正在和莉拉说话。她很漂亮，就像她想打扮自己时的样子，恩佐在旁边皱着眉头，一脸严肃。她怀里抱着伊玛，伊玛在一个劲儿地拽着她的耳朵，通常她感觉自己被忽视时就会那么做。莉拉没有躲开，任凭她拽，好像很入迷地听着尼诺说话，尼诺微笑着，用他修长的手和胳膊做着手势，显得风度翩翩。

我非常生气，这就是为什么尼诺出去了就没再回来的原因，这就是他照顾女儿的方式。我叫了他一声，他没听到。但黛黛听到我了，她转过身来，她和艾尔莎一起嘲笑我声音太小，我抬高嗓门时，她们总是会这样。我又叫了一声，我希望尼诺马上停止聊天，单独和我的女儿回到家里。但到处都是吵闹声，卖坚果的人的叫卖声，还有一辆大卡车轰隆隆地经过，扬起了很大的灰尘。我叹了一口气，走到他们跟前。为什么莉拉会抱着我女儿，有这个必要吗？为什么伊玛不是和蒂娜一起玩儿？我没有跟他们打招呼，直接对伊玛说：“你干吗让人抱着，你已经长大了，下来吧。”我把她从莉拉手上抱了过来，放在地上。我对尼诺说：“饭做好了，几个孩子要吃饭。”这时候我意识到，我女儿抓着我的裙子，而不是跑去和她的朋友玩儿。我看了看四周，问莉拉：“蒂娜呢？”

她脸上还是那副客气的表情，好像很认同尼诺说的话。她说："可能是和黛黛还有艾尔莎在一起。"我回答说："没有。"我希望她和恩佐关心一下他们的女儿，而不是在我女儿的父亲唯一露脸的一天插到他们中间。当恩佐环顾四周找寻蒂娜时，莉拉还是在和尼诺说话，她跟尼诺讲了有几次詹纳罗失踪的事。她笑了，说："有一天早上，我找不见他了，所有孩子都从学校里出来了，但他没有，我当时吓得要死，我想象肯定是发生了很糟糕的事情，我们找到他时，他一个人静静坐在小花园里。"但是，正是想起了这段陈年旧事，她脸色忽然大变，她的声音也变了，她问恩佐：

"你找到她了吗？她在哪儿？"

- 110 -

我们沿着大路寻找蒂娜，找遍了整个城区，最后又沿着大路找，有很多人都加入了寻找的队伍，安东尼奥来了，卡门来了，卡门的丈夫罗伯特也来了，甚至是马尔切洛·索拉拉也动员了他的一些人手，他自己也亲自上街寻找，一直找到深夜。莉拉现在看起来就像梅丽娜一样，她仓皇地跑前跑后，没有任何逻辑。但恩佐比她还要失控，他叫喊着，对那些卖东西的人发出可怕的威胁，他要查看那些摆摊的人的汽车、面包车和小推车。最后警察来了，才让他平静下来。

我感觉随时都可能找到蒂娜，大家都会舒一口气。所有人都认识这个孩子，每个遇到她的人都说，一分钟前还看见她站在这个或那个摊点前面，或者在某个角落，在院子里，在花园里，或者说她和一个高个子抑或矮个子男人向隧道那边走去了。但每个消息都不可靠，人们失去了信心。

晚上，传出来一些闲话，后来得到了很多人的认同：孩子追着一个蓝色皮球，从人行道跑到了大路上，这时候正好开过来一辆卡车，那辆卡车是泥土色的，开得很快，大路上有坑，它摇摇晃晃，一路铿铿作响，没人看到别的，只听到了一声撞击的声音。这种撞击的声音，很快从讲述变成了任何听到这个声音的人的记忆。卡车没有刹车，也没有任何迟疑，它和蒂娜的身体，还有她的辫子，一起消失在大路的尽头。路上没有留下一滴血，什么也没有。那辆车子消失了，孩子也永远消失了，无影无踪。

老　年

坏血统的故事

- 1 -

我是一九九五年彻底离开那不勒斯的，那时候人们都说，这个城市正在崛起，但我对于它的崛起已经不抱什么希望了。那些年，我看到新火车站、诺瓦拉街上的摩天大楼，以及斯卡姆比亚区那些展翅欲飞的建筑拔地而起。还有修建在阿莱内奇亚区灰色的石头上的、塔代奥·达赛萨街和国家广场上的那些鳞次栉比的新建筑。那些建筑在法国或日本被设计出来，然后在彭蒂塞利和波焦雷亚莱区被用一种缓慢、晃晃悠悠的方式修建起来，在很短的时间里，这些大楼会失去所有光彩，成为那些绝望的人的巢穴。我们说的是什么复兴呢？那只是现代化的胭脂，胡乱涂抹在这个城市腐朽的脸上，只能让人觉得滑稽。

每次都会发生这样的事情，重生的口号会点燃人们的希望，一切都会支离破碎，成为残渣，落在之前的残渣之上。因此我没留在那不勒斯，支持在意大利共产党领导下的城市重建，我决定搬去都灵，去一家当时势头很好的出版社当主编。四十岁之后，时间开始狂奔，我没法跟上来，真实的日历被合同上的交稿日期取代了，一年一年就随着一本本书的出版过去了。对于发生在我还有我女儿身上的事情，很难说出一个具体的日子。我大部分时间都在写作，我把这些事情都嵌进写作了，这件事或那件事是什么时候发生的？我几乎会用一种不自觉的方式，去查看我的书的出版日期。

我已经写了很多书了，这给我带了一些权威和声誉，还有富裕的生活。随着时间的流逝，抚养几个女儿的负担也越来越轻省。黛黛和艾尔莎——先是老大，然后是老二——都去波士顿上学了。彼得罗那时已经在哈佛当了七八年教授，他鼓励两个女儿去美国。和父亲在一起，她们很自在。除了有几次，她们会写信抱怨那里的气候，还有波士顿人爱卖弄学问，她们对自己很满意，很高兴摆脱了很多年前我强迫她们做出的选择。这时候伊玛也渴望能像两个姐姐一样，我还在城区做什么？刚开始，回那不勒斯这个选择给作为作家的我带来了好处——我本可以选择生活在别处，但却留在了一个充满危险的城郊，继续接触现实，从中汲取素材，但现在有很多知识分子都会这么做，其次是因为我的书选择了其他的道路，城区的主题已经退缩到一个角落了，我现在拥有一定的名声和地位，假如我把自己的生活限定在一个很小的空间里，只能不安地记载我的兄弟姐妹、朋友、他们的孩子和侄子外甥，甚至是我的女儿的生活一步步恶化，这难道不是一种虚伪？

伊玛当时是一个十四岁的小姑娘，她学习很努力，生活上也什么都不缺。但她说一口粗粝的方言，她的同学我都不喜欢，假如她晚饭后出去，我会非常不安，但她常常会自觉待在家里。我自己不怎么出去，我在那不勒斯的生活很局限，我会和那不勒斯文化圈的朋友见面，会有一些男人追求我，后来都不了了之，非常短暂。那些非常出色的男人生活在这里，他们迟早也会为成为失望的人，对自己的处境感到愤怒，他们很风趣，但总夹杂着一丝恶意。有时候我感觉到，他们追求我只是为了让我看看他们的稿子，询问我对于电视或者电影的看法，有时候只是为了向我借钱，然后就消失了。我强颜欢笑，很艰难地维系着我的社会和感情生活。晚上穿上漂亮的衣服从家里出去，对我来说不是一种乐趣，而是一种惩罚。有一次，我没有来得及关上大门，就被两个不到十三岁的男孩抢劫了，那个出租车司机在距离我两步远的地方等着，他一直没有从窗口探出头来。因此我决定离开。

一九九五年夏天，我和伊玛一起离开了那不勒斯。

我在波河沿岸租了一套房子，就在伊莎贝拉桥边上，我和小女儿的生活马上就好了很多。对我来说，住在都灵，让反思那不勒斯的一切变得更加容易，我能更清醒地描述它。我热爱我的城市，但我再也不会捍卫它。我确信，我对那不勒斯的不安和沮丧迟早会消失，但对它的爱就像一个镜子，可以让我看到整个西方。那不勒斯是一个欧洲大都市，它的姿态很明确：相信技术、科学和经济发展，相信自然是善意的，历史会向好的方向发展，相信民主会得到普及，但一切都缺乏根基。我有一次写道——我想到的不是我自己，而是莉拉的悲观主义——出生在那不勒斯，只在一个方面有用，就是从一开始我们就几乎本能地知道：梦想着毫无限度的发展，其实是一个充满暴力和死亡的噩梦，现在很多人都不约而同地产生了类似的想法。

二〇〇〇年伊玛去巴黎上学了，我又成了一个人。我尽量说服她不要去，我说没这个必要，但她周围的朋友都做出了这个选择，她也不想落后。刚开始，我没觉得太难过，因为我有很多事情要做。但过了两年，我开始感觉到年老的到来，就好像我自己，还有我取得成功的那个世界都在慢慢淡去。尽管我的几部作品都获得了一些非常重要的奖项，但那些书卖得很少，比如说二〇〇二年，我写的十三本小说还有两本杂文，一共给我带来了两千三百二十三欧元的收入。我应该采取对策，我的老读者对我已经没什么期待了，那些年轻的读者——准确来说应该是女读者，从我开始写作以来，我的大部分读者都是女性——她们都有着别的品味和兴趣。为报纸撰稿也不再是一个收入来源，报纸对我已经失去兴趣了，编辑也很少找我约稿，要么他们会给我很少的稿费，要么就一点儿钱也不给。至于电视，在九十年代的几次成功演播之后，我试着做了一个关于古希腊和古罗马文学的节目，是一个下午的节目。产生这样一个想法，只是因为几个朋友——其中包括阿尔曼多·加利亚尼的建议，他在广播5台有自己的节目，他和国家电视台的人关系不错。结果那个节目彻头彻尾地失败了，我再也没有过类似的工作机会。我之前一直担任主编的出版社，也开始走下坡路。二〇〇四年，一个三十多岁、很聪明的小伙子让我出局了，我成了一个外部顾问。我六十岁了，感觉自己走到了职业生涯的尽头。在都灵，冬天太冷，夏天太热，文化圈的人都不是很热情，男人眼里已经没有我了。我很焦虑，晚上睡得很少。我从阳台上看着波河，河上划船的人，还有旁边的小山，我很厌倦。

我开始频繁去那不勒斯，但我已经不想再见我的亲戚朋友了，他们也不想见我。我只和莉拉见面，但经常我连她的面也不见，她让我很不自在。最近几年，她对那不勒斯产生了激情，但在我看来，那是一种很粗野的地方主义。我更愿意一个人沿着卡拉乔洛海滨路走，走上沃美罗，或者去法院路散步。二〇〇六年春天，我在维托里奥·埃曼努埃莱大街的一家老宾馆住着，天开始下雨，一直停不下来，我关在房间里出不去。为了打发时间，我开始写作，在短暂的几天时间里，我写了一篇大约八十页的小说，以城区为背景，讲了蒂娜的故事。我写得很快，没有时间去虚构，结果写出了一些干巴巴、很直接的文字，故事的结尾是通过想象加上去的。

我在二〇〇七年秋天发表了这篇小说，题目是《友谊》。这本书很受欢迎，到现在还卖得很好，学校老师会让学生读这本书，作为暑假作业。

但我很讨厌这本书。

在这本书出版两年前，吉耀拉的尸体在城区小花园里被发现时——她死于心脏病发作，一场惨淡、孤寂、可怕的死亡——莉拉让我答应她，永远都不会写她，但我没信守诺言，我用一种最直接的手法把她的故事写了出来。有几个月，我相信这是我至今为止写得最好的一本书，我作为作家达到了新的顶峰，我已经有很长时间没受到关注了。但二〇〇七年年末，快要到圣诞节时，我去马尔蒂里广场上的菲尔特瑞奈利书店推广这本书，我忽然为自己感到羞耻，我很担心在人群里看到莉拉，她可能会出现在第一排，已经做好了提问的准备，随时会让我陷入尴尬和困境。但那天晚上一切都很顺利，我受到了大家的欢迎。回到宾馆，我感觉信心大增，我试着给她打电话，先是固定电话，然后是手机，后来又打了固定电话，她没有接。从那以后，她再也没有接过我的电话。

- 2 -

我没办法讲述莉拉的痛苦，她命中注定遇到的那些事情，可能一直都潜伏在她的生活里：她女儿不是因为生病、事故或者暴力事件死去，而是忽然消失了。她的痛苦没有着落，她没有一具失去生命的身体可以拥抱，也不能举行一场葬礼，她不能停在孩子的遗体前失声痛哭，想着她刚才还在走路，奔跑，说话，拥抱母亲，但忽然间就消失了。我觉得莉拉一定感觉到了一阵强烈的撞击，一分钟之前，蒂娜还是她身体的一部分，但一下子她女儿就脱离了出去，没有经历生离死别，就消失得无影无踪，我无法充分体会她的痛苦，也没有办法想象。

在失去蒂娜之后的十年时间里，尽管我们继续住在同一栋楼里，我每天都会看到她，但我从来都没看到她哭过，也没有看到她绝望发狂的时刻。她先是日日夜夜在城区里跑来跑去，寻找她的女儿，毫无结果，后来她好像太疲惫了，不再继续寻找，她坐在厨房的窗前，一动不动，一坐就是大半天，尽管从那里只能看到一小段铁路，还有一丁点蓝天。后来她又回到了日常生活里，但一点儿也没有听天由命，她的脾气越来越坏了，让周围的人很不舒服，也很害怕。岁月在她身上留下痕迹，她在叫喊和争吵中日益老去。刚开始，她在任何时候和任何人都会说起蒂娜，她死死地抓住这个名字，好像提到女儿的名字，就会让她回到自己身边。但之后，再在她跟前提蒂娜的名字变得不可能，甚至我在她面前提到蒂娜，几秒之后她就会摔门而去。她对彼得罗写的一封信表示欣赏，我觉得这是因为他表达了自己的慰问，但从来都没有提蒂娜的名字。包括一九九五年，在我离开之前，除了很少几次提到蒂娜，她表现得就好像什么事儿也没发生一样。有一次皮诺奇娅提到蒂娜，说她像一个天使，在天上看着我们所有人，莉拉对她说：“滚！”

- 3 -

在我们的城区里，没有任何人对于执法机关和报纸抱有希望。男人、女人，甚至那些少年帮派，他们完全无视警察和电视，都在找蒂娜，找了一天又一天，一个星期又一个星期。所有亲戚朋友都发动起来了。唯一偶尔打来电话的人是尼诺，他会说一些泛泛的话，唯一的目的就是重申："我没任何责任，我已经把孩子交给莉娜和恩佐了。"但我一点儿也不惊异，他就是那种会陪着小孩一起玩儿的大人，但孩子跌倒了，摔破了膝盖，他们也会变得和孩子一样，担心有人会对他说："是你让孩子摔倒的。"也没人想到他，在几个小时之后，我们就忘了他这个人。恩佐和莉拉最信任的人是安东尼奥，发生这样的事情之后，为了找到蒂娜，他又一次推迟了去德国的时间。他这么做是因为友谊，让我们吃惊的是，他说这也是米凯莱·索拉拉交待的。

索拉拉兄弟比任何人都投入到孩子失踪的事情中。我不得不说，他们很多时候都是做做样子，让人们看到他们在采取行动。尽管他们知道自己不受欢迎，有一天晚上，他们还是出现在莉拉家里，他们用一种代表整个城区的语气，说他们想尽办法，尽一切努力使蒂娜完好无损地回到她父母的身边。莉拉一直都盯着索拉拉兄弟，好像根本听不到他们在说什么。恩佐脸色非常苍白，他听他们说了几分钟，然后大声说，是他们把孩子带走了。他在其他场合也说过这样的话，他对所有人说，索拉拉兄弟把蒂娜带走了，因为他和莉拉一直拒绝给他们分公司的利润。他期望有人能提出反对，他好跟人动手，但当着他的面，没人说什么，那天晚上索拉拉兄弟也没说什么。

"我们理解你的痛苦。"马尔切洛说，"假如有人把我的西尔维奥带走的话，我也会跟你一样，会疯了的。"

他们等着有人让恩佐平静下来，然后走了。第二天，他们让各自的妻子——吉耀拉和埃莉莎——过来探望，莉拉和恩佐很冷淡地接待了她们，但并没有失礼。在这之后，他们寻找得更卖力了，可能就是索拉拉兄弟，组织人扫荡了所有通常来城区摆摊的小商小贩，还有周围所有吉卜赛人的营地。当然，也是他们组织那些愤怒的民众，针对那些开着警车、鸣着警笛过来抓人的警察。他们先抓了斯特凡诺——他那个阶段第一次心脏病发作，后来住院了，他们还抓了里诺，但几天后就被放出来了，最后甚至是詹纳罗，他哭了好几个小时，发誓说他比世界上任何人都爱这个小妹妹，他永远都不可能伤害她。无法排除的是，索拉拉兄弟派人在小学门口守着，因为他们的缘故，那个在小学门口诱拐儿童的变态狂，才从一个道听途说的传言成了一件有理有据的事儿。那是一个三十多岁的瘦小男人，尽管没孩子要接送，但他一直出现在学校门口。他被痛打了一顿，逃走了，他被一群愤怒的人追打到了小花园那里。假如他没把话说清楚，那他肯定会被人们打死。他说，他不是人们想象的变态，他只是《晨报》的实习生，正在寻找素材。

经过那个事件之后，城区逐渐平静下来了，人们逐渐恢复了之前的生活。因为没有发现任何关于蒂娜的线索，她被大卡车轧了的传言越来越可信了，那些厌倦于寻找的人，还有警察和记者都相信了这一点。人们的注意力放在了那个地区的工地上，那里停工已经很久了。这时候，我重新见到阿尔曼多·加利亚尼——我高中老师的儿子，他已经不再做医生了，他在一九八三年的选举中没能进入议会，现在通过一家不怎么样的私人电台在尝试一种非常尖锐的报道方式。我得知，他父亲在一年多前死了，她母亲在法国生活，身体也不怎么好。他让我陪着他去找莉拉，我跟他说，莉拉现在状态不好，但他依然坚持要去。我给莉拉打了电话，莉拉费了很大力气才想起了阿尔曼多，想起他来之后——到那时候为止，她还没和任何记者谈过——她同意见面。阿尔曼多解释说，他正在做一个地震后的报道，他在那些工地里走动时，他听说有一辆卡车被快速报废了，那是因为它卷入了一件很恶劣的事情。莉拉让他说了一会儿，然后说：

“这都是你的想象。”

“我只是告诉你我所知道的事情。”

“你根本就不在乎什么卡车、工地和我女儿。”

“你在骂我吗？”

“不，刚才不算，我现在开始骂你：你是一个很烂的医生，一个很烂的革命者，现在你是一个很烂的记者，从我家里滚出去！”

阿尔曼多的眉毛皱了起来，他跟恩佐打了一个招呼就走了。我们到了外面，他表现得很难过。他嘟囔着说：“即使是这么大的痛苦，也没能改变她，你跟她说说，我想帮助她。”他对我进行了一个非常漫长的采访，然后我们告别了。让我印象很深的是他和气的态度，还有他说话时的措辞。他应该度过了非常艰难的时刻，先是他妹妹娜迪雅作出的选择，后来是他和妻子分开。他看起来很精神，他之前那种对反资本主义无所不知的态度，现在变成了一种痛楚的厌世。

“意大利现在变成了一个盲井，”他用痛苦的语调说，“所有人都掉了进去，你四处看看，那些善良的人都明白了这一点。埃莱娜，真的太遗憾了，工人阶级的党派里有很多诚实正直的人，但他们都已经失去希望了。”

“为什么你要做现在这份工作？”

“和你做你的工作原因一样。”

“也就是说？”

“当我毫无遮掩时，我发现自己很虚荣。”

“谁说我很虚荣。”

“对比而言，你的朋友一点儿也不虚荣，我为她感到难过，虚荣是一种资源。假如你很虚荣，你会很小心你自己，还有你自己的东西。莉拉一点儿也不虚荣，因此她失去了女儿。”

我听了一阵子他的电台节目，他似乎做得很出色。他在红桥那里找到了一辆烧掉的卡车架子，他把这辆卡车和蒂娜的失踪联系在一起。这个消息引起了一阵轰动，后来出现在全国的报纸上，有一阵子，人们都在谈论这事儿。最后事情搞清楚了，这辆被烧的卡车和孩子的失踪没有任何关系。莉拉跟我说：

“蒂娜活着，我再也不想见到那个烂人。”

- 4 -

我不知道她在多长时间里一直相信她女儿还活着。恩佐越是绝望哭泣，越是愤恨，莉拉就越说：“你看吧，他们会把孩子还回来的。”她从来都不相信是那辆卡车肇事逃走。她说，如果事情真是那样，她一定会马上察觉的，她一定会比任何人更早听到撞击声或者叫喊。我觉得，她也不赞同恩佐的看法，她从来都没有说孩子丢了的事儿和索拉拉兄弟有关。但有很长一段时间，她认为是她的一个客户把蒂娜带走了，因为他知道“Basic Sight”的经营情况，他一定是想要让他们用钱把孩子赎回去。这也是安东尼奥的看法，不知道有什么具体的依据。警察当然觉得这是有可能的，但他们从来都没有接到要钱的电话，最后也只能不了了之。

城区里的人持有两种观点，大部分人认为蒂娜已经死了，小部分人认为她被关在了某个地方，我们这些爱莉拉的人属于少数派。卡门非常肯定这种可能，她遇到谁都会这样说，假如有人认为蒂娜死了，那就会成为她的敌人。我听见她有一次对恩佐说：

“你告诉莉娜，帕斯卡莱和我们想法一样，他觉得孩子一定能找到的。”但大部分人不那么认为，他们觉得那些继续寻找蒂娜的人，要么很蠢，要么很虚伪。他们对于莉拉的看法也变了，觉得她的脑子帮不了她。

卡门是第一个意识到：在蒂娜失踪之前人们对莉拉的支持，以及孩子失踪之后大家对她的安慰，都是非常表面的，在这些安慰和支持下面是对她根深蒂固的讨厌。她对我说：“你看，以前人们都觉得她像圣母一样，现在他们连看都不看她一眼，就过去了。”我也开始注意到这一点，我意识到事情真是这样的。人们内心深处一定是这么想的：蒂娜丢了，我们也很难过，但这意味着，假如你真是你之前表现的那么有能耐，那肯定没人敢碰她的。我们一起走在路上，人们开始跟我而不是跟她打招呼。她那副心神不安的模样，还有遭遇不幸的惨淡让人很担忧。总之，城区里那些以前认为莉拉可以取代索拉拉兄弟的人也失望地退缩了。

不仅仅如此，刚开始几天人们的善意举动，后来充满了恶意。在她家大门口，在“Basic Sight”门口，刚开始几个星期出现了一些写给莉拉，或者是写给蒂娜的纸条，甚至是一些从课本上抄的诗歌，后来开始有一些妈妈、奶奶和孩子送来的玩具、发卡、彩色的皮筋，还有穿过的鞋子，最后出现了手工缝制的表情很可怕的娃娃，上面有红色的墨水，还有一些包在肮脏的破布里小动物的尸体。莉拉静静地把每样东西都捡了起来，扔到了垃圾桶里，但忽然间，她开始叫喊，大声咒骂经过那里的任何人，尤其是骂那些从远处看着她的小孩子，她从一个让人同情的母亲，变成了一个让人害怕的疯子。有一次莉拉狠狠骂了一个女孩，那个女孩用粉笔在门上写了一句：“蒂娜被鬼吃了。”后来这个女孩得了重病，之前关于莉拉的那些谣传又回来了，就好像看她一眼都会带来不幸。

她自己好像没觉察到这一点，她确信蒂娜还活着，她全身心地相信这一点，这把她推向了伊玛。在开始几个月，我尽量减少我的小女儿和她的接触，我担心莉拉看见她会更加痛苦，但莉拉不停地想要伊玛和她待在一起，假如我允许，她让孩子晚上也睡在她家里。有一天早上，我去她家接伊玛，门虚掩着，我就进去了，孩子正在问蒂娜的事儿。在那个星期天蒂娜出事儿之后，为了让伊玛平静下来，我一直都跟她说，蒂娜去了阿维利诺恩佐一个亲戚家了，但她会一直追问，蒂娜到底什么时候回来。现在，她直接问莉拉，但莉拉好像没听到伊玛的声音，她没回答，而是仔细说起了蒂娜出生时的事儿，她的第一个玩具，还有她吃奶时很投入根本停不下来，诸如此类的事儿。我在门槛那里听了几秒钟，我听见伊玛忽然很不耐心地打断了她，问：

“她什么时候回来啊？”

“你觉得孤单啊？”

“我不知道和谁玩儿。”

“我也一样。”

“那她什么时候回来啊？”

莉拉有很长时间都没说话，然后开始责备伊玛。

“你不要问了，那不是你管的事儿。”

这样的话用方言说出来，听起来是那么粗暴，那么尖刻和不合时宜，这让我很不安。我和她泛泛聊了几句，就把我女儿带回家了。

我一直原谅莉拉做的那些过分的事儿，在当时的情况下，我比过去更倾向于原谅她。她经常很夸张，我尽量体谅她。警察在审讯斯特凡诺时，她马上确信蒂娜是他带走的。在斯特凡诺心脏病发作后有一段时间，她拒绝去医院看他，我开导了她，跟她一起去看了她前夫。警察在审讯里诺时，她没把这事怪在她哥哥身上，那也是我的功劳。在她儿子詹纳罗被叫去警察局的可怕的那天，我也全力缓和他们的关系，詹纳罗回到家里，感觉自己受到了委屈，他和莉拉吵了一架，然后去他父亲家里住了。他对莉拉说，她不但永远失去了蒂娜，也永远失去了他这个儿子。总之，情况非常糟糕，我明白，她生所有人的气，包括我。但她不能生伊玛的气，她没这个权力。从那时候开始，当莉拉把伊玛带走时，我会为此焦虑，我会想办法，想找到解决的方案。

但没办法，她的痛苦已经缠绕成一团，伊玛是这团乱麻的一部分。总的来说，我们每个人都卷入其中，莉拉尽管很崩溃，还是一直跟我说我女儿的每个小问题，我后来不得不决定让尼诺来家里。我感觉到她的顽固，这让我很恼火，但我尽量让自己看到事情好的一面：她慢慢把她的母爱移到了伊玛身上。我想，她要对我说的是：你看你多幸运，你女儿还在，你应该好好珍惜，关心她，好好照顾她。

但这只是表面。我很快有了一个不同的推测，在莉拉内心深处，伊玛在她看来应该是她的内疚感的象征。我经常想着孩子丢失时的情景，尼诺把孩子交给了莉拉，但莉拉没有看好自己的女儿。当时她可能对孩子说："你在这儿待着。"然后跟我女儿说："你跟阿姨来。"也许她这么做，是想把伊玛放在她父亲眼皮底下，是想在他面前赞扬她，激发尼诺的情感，谁知道呢。但蒂娜很活跃，或者她觉得自己被忽视了，生气地走远了。结果是那种痛苦和伊玛在她怀里的感觉——一种活生生的热度联系在一起了。但我女儿脆弱、迟钝，她和蒂娜截然不同，蒂娜是那么聪慧灵巧。伊玛无论如何都不能取代蒂娜，她只是对抗时间的一道堤坝。我想象着，莉拉让伊玛在她跟前，就是想让时间停留在那个可怕的星期天，她会想着：蒂娜马上会回来，她一会儿就会拽着我的裙子，会叫我，我就会把她抱起来，一切都恢复到之前的样子。这就是为什么她不愿意伊玛打乱任何东西的原因，当伊玛问她蒂娜什么时候出现时，当孩子让莉拉想到蒂娜不在这里时，莉拉就会变得很粗暴，她对待伊玛就好像对待我们大人一样。我没法接受这些。她来接伊玛时，我会找一个借口让黛黛或者艾尔莎跟去，看着她。如果我在场的时候，她就是用的那种语气，我不在场的几个小时，我不知道会发生什么事情。

-5-

我时不时离开那不勒斯去出差，离开把我和她房间隔开的那几道台阶，离开小花园和大路。在那些时刻，我会舒一口气，我会把自己打扮得漂漂亮亮，穿上优雅的衣服，甚至是我生完孩子之后遗留的一丝跛足的痕迹，也成了一种与众不同的特点。尽管我经常讽刺那些文人和艺术家的种种表现，但对当时的我来说，所有和出版、电影、电视以及任何与艺术沾边的事儿，都是充满想象的风景，我都愿意投入其中。我去参加那些浮夸的研讨会和笔会，各种大型演出、展览、电影还有作品推广会。我喜欢参与其中，当我坐在前排那些预留的位子上和那些名流一起很舒适地欣赏节目时，我觉得非常有面子。莉拉一直生活在她的恐惧里，她从来都没有可以让她散心的事儿。有一次我受邀去圣卡罗剧院看一场歌剧——那是个非常神奇的地方，我自己从来都没进去过，我坚持要带她去，但她不想去，后来我说服卡门陪我去。分散注意力——假如可以这样说的话，已经成了另一个让她痛苦的原因。这是一种新的痛苦，就像解药一样作用于她，她变得很有决心，充满斗志，就像一个知道自己要淹死的人，但还是摆动着胳膊和腿想浮上水面。

有一天晚上，我得知她儿子又开始吸毒。她一句话都没说，也没告诉恩佐，就去斯特凡诺家里找她儿子了。那是新城区的房子，也是她十几年前结婚后住的地方。但她没找到儿子：詹纳罗和父亲吵架了，已经搬到他舅舅里诺家里去了。斯特凡诺和玛丽莎对她都充满了敌意，他们现在已经生活在一起了，之前那个英俊的男人已经瘦成一把骨头了，他非常苍白，身上穿的衣服好像大了两个号。

心脏病把他摧毁了，他被吓到了。他现在吃得很少，不喝酒，不抽烟，也不能太激动。但莉拉去时，他非常激动，他的激动是有道理的。因为心脏病的缘故，他把那家肉食店彻底关掉了，艾达为了自己和女儿向他要钱，他妹妹皮诺奇娅和母亲玛丽亚也指望他养活，玛丽莎和她的几个孩子也指望他。莉拉马上明白，斯特凡诺想用詹纳罗为借口问她要钱。实际上，尽管他几天前就把儿子从家里赶了出去，他还在捍卫詹纳罗，玛丽莎在声援他。他说，为了让詹纳罗得到更好的治疗，需要很多很多钱。这时候莉拉说，她再也不会给任何人一分钱，她再也不想理会什么亲戚、朋友和整个城区，他们吵得更凶了。斯特凡诺满眼泪水，叫喊着列举了那些年他失去的东西——从肉食店到他的房子，而且他话里的意思是这都是莉拉应该承担的责任。但玛丽莎对她的指责更可怕，她叫喊着说："阿方索因为你才被毁掉了，你把我们所有人都毁掉了，你比索拉拉兄弟还要糟糕，你的孩子被偷走了，那是你活该！"

只有在这时候，莉拉才不说话了，她看了看周围，想找一把椅子坐下来。她没有找到椅子，就靠在了客厅的墙壁上。十几年前，这是她的客厅，当时墙壁是白色的，家具崭新，一切都完好无损，没有被在那里长大的孩子糟蹋，没有被大人疏忽。“我们走吧。”斯特凡诺跟她说，也许他已经意识到玛丽莎太夸张了，“我们去找詹纳罗吧。”他们一起出去了，斯特凡诺扶着她，他们一起去里诺家。

一走到外面，莉拉就缓过来了，她甩开了斯特凡诺的手。他们一起走了一段，她走在前面，他跟在后面。她的哥哥现在和皮诺奇娅、他们的几个孩子，还有他丈母娘住在卡拉奇家以前的老房子里。詹纳罗在那里，他一看到父母出现就开始叫喊，又是一场争吵，先是父亲和儿子，然后是母亲和儿子。刚开始里诺没说话，然后他说起了他妹妹从小给他带来的伤害。这时候斯特凡诺也插了进来，里诺也开始骂他，说所有的灾难都从他身上开始，他摆出一副了不起的样子，但他先是被莉拉后是被索拉拉骗了。他们快要打起来。皮诺奇娅把丈夫拉住了，她小声说：“你说得对，但这不是吵架的时候，消消气。”老玛丽亚太太不得不喘着气，拉住斯特凡诺：“够了，我的孩子，你就假装没听到，里诺比你病得还厉害。”这时候莉拉死死抓住了她儿子，把他带走了。

但在路上，里诺就赶了上来，他们听到他在身后走得气喘吁吁。他想要钱，他想尽一切办法要钱，马上就要。他说：“你如果不管我，我会死了。”莉拉接着往前走，她哥哥推她，全身发抖，笑着拽她的一条胳膊。詹纳罗哭了起来，对她喊道：“你有钱，妈，给他点钱吧。”但这时候莉拉把哥哥赶走了，她把儿子拉回家里，一字一句地说：“你要成为这样吗？你想落到你舅舅那个地步吗？”

- 6 -

詹纳罗回到了楼下的房子里，一切都变得更糟糕了，有时候我担心他们出事儿，就跑下去看。这种时候，莉拉会给我开门，冷冰冰地问我："你想要什么？"我也冷冰冰地回答说："你们太夸张了，黛黛在哭，她想打电话叫警察，艾尔莎被吓坏了。"她回答说："假如你们不想听到的话，那就待在自己家里，把耳朵堵上！"

那个阶段，莉拉对我的几个女儿越来越失去了兴趣，她称她们为"娇小姐"。同时我几个女儿对她的态度也变了，尤其是黛黛，已经彻底不再迷恋她了，就好像蒂娜失踪之后，莉拉失去了所有的权威。

有一天晚上，她问我：

"假如莉娜阿姨不想生孩子，她为什么还生了这个孩子？"

"谁跟你说，她不想要这个孩子？"

"这是她跟伊玛说的。"

"跟伊玛？"

"是的，我亲耳听见她对伊玛说的，她跟伊玛说话，就好像伊玛已经是大人了，我觉得她疯了。"

"黛黛，那不是疯狂，那是痛苦。"

"但她从来都没有掉过一滴眼泪。"

"眼泪不代表痛苦。"

"是的，但如果没有眼泪，那谁向你保证她很痛苦？"

"没有眼泪，通常代表更深的痛苦。"

"但这不是她的情况。你想知道我的想法吗？"

“说来听听。”

“她是故意让蒂娜丢掉了，她现在也想失去詹纳罗，更别说恩佐了，你看到她是怎么对待恩佐的吗？莉娜阿姨和艾尔莎一模一样，她谁都不爱。”

黛黛就是这样，她喜欢表现得比别人有远见，爱下一些不容置否的判断。我禁止她当着莉拉的面说这些可怕的话。我试着跟她解释，并不是所有人的感情机制都一样，莉拉和艾尔莎的感情机制和她不同。

“比如说，你妹妹，”我说，“面对自己在意的事情，她的表现和你不一样，她觉得那些过于直白的感情很可笑，她总是会向后退一步。”

“总是向后退一步，她失去了所有的敏感度。”

“你为什么要跟艾尔莎过不去？”

“因为她和莉娜阿姨一模一样。”

这真是一个死循环，莉拉错了，是因为她和艾尔莎一样，艾尔莎做错了，是因为她和莉拉一样。实际上这种负面评价牵扯到了詹纳罗。在那种情况下，按照黛黛的看法，艾尔莎和莉拉做出错误的判断，是因为她们有同样的情感障碍。艾尔莎对詹纳罗的看法和莉拉一样，她说詹纳罗简直比畜生还糟糕。黛黛跟我说，她妹妹经常带着鄙视对她说，莉拉和恩佐做得对，詹纳罗想溜出去时，就是应该痛殴他。艾尔莎对她姐姐说：“只有一个像你这么愚蠢、对男人一窍不通的人，才会被这个一点儿脑子也没有、脏兮兮的臭男人所迷惑。”黛黛回答说：“只有一个像你这样的冷血动物，才会用这种话来描述一个人。”

她们俩都读了很多书，她们用书面语言进行争吵，要不是她们忽然会用非常粗俗的方言互骂，我几乎是带着欣赏听她们相互攻击。她们的争吵，好的结果是黛黛对我的抵触越来越少了，但这种矛盾带来的负面影响让我感觉很沉重：艾尔莎和莉拉成了她恶意的攻击对象。黛黛不停地给我打艾尔莎的小报告，说她在学校的种种恶行：男女同学都很讨厌她，因为她觉得自己高人一等，她不停羞辱别人，吹嘘自己和一些成年男人的关系，甚至伪造我的签名逃课。关于莉拉，黛黛说："她是一个法西斯，你是怎么和她成为朋友的？"她毫无条件地站在詹纳罗那边，她觉得，毒品是敏感的人反对压制的一种方式。她发誓，她一定要想办法让里诺逃出他母亲的牢狱，黛黛一直把詹纳罗称为里诺，我们也跟着她那样叫。

我抓住一切机会想平息她们的争端，我会捍卫莉拉，批评艾尔莎。但有时候我很难找到话来捍卫莉拉，她那种尖刻的痛苦让我很害怕。另一方面，我害怕就像过去一样，她的身体会无法承受这些痛苦。因此，尽管我喜欢黛黛的清醒和犀利，也觉得艾尔莎那种古怪的无礼行为很有意思，但我很小心，我不希望她们在莉拉面前说一些不该说的话（我知道，黛黛一定会不假思索地说："莉娜阿姨，你就说实话吧，是你故意让蒂娜丢掉的，这件事情并非偶然。"）。但每天我都担心更糟糕的事：两位"娇小姐"，就像莉拉称呼她们的，尽管她们生活在城区的氛围里，她们深知自己的不同之处。尤其当她们从佛罗伦萨回来时，她们觉得自己高人一等，在任何人面前都想表现出这一点。黛黛在上高中，她成绩优异，她的老师是一位不到四十岁的男人，非常有文化，他仰慕艾罗塔家人的学识，他向黛黛提问时好像更担心自己提错问题，而不是担心黛黛回答错误。艾尔莎在学校里成绩平平，她的期中考试成绩通常都很差，但最让人无法忍受的是，她的期终考试成绩会很潇洒地名列前茅。我知道她们的不安全感和恐惧，我感觉她们是两个惊恐的小姑娘，因此我并不太相信她们真的那么霸道。但其他人并不是这样，从外人看来，她们俩一定是让人生厌。比如说艾尔莎，她对谁都没有敬意，她会给学校里外的人随心所欲地起一些带有贬义的外号。她给恩佐起的外号是“沉默的乡巴佬”；她称莉拉为“幺蛾子”；她称詹纳罗为“微笑的鳄鱼”。她尤其针对安东尼奥，他几乎每天都要来看莉拉，要么是去办公室，要么是来她家里，每次他一来就把莉拉和恩佐拉到一个房间里说话。蒂娜丢了之后，安东尼奥变得鬼鬼祟祟。假如我在场的话，他们会明摆着打发我走，假如我两个女儿在那里，一分钟后她们就会被排除在外，关在门外。艾尔莎那时候很熟悉爱伦坡，她给安东尼奥起了一个外号叫做“黄死魔的面具”，因为他天生脸色有些发黄。很明显，我担心她们会说错话，但我担心的事情最后还是发生了。

有一次我在米兰，莉拉跑到了院子里。那时候黛黛在院子里看书，艾尔莎和她几个朋友聊天，伊玛在旁边玩儿。她们已经不是小孩子了，黛黛已经十六岁了，艾尔莎十三岁，只有伊玛很小，刚刚五岁。但莉拉把她们强行拉回家里，就好像她们还没有任何自主能力。她二话不说（在这种情况下，她们期望把任何事情讲清楚），就把她们带回家里，她只是嚷嚷着说，待在外面很危险。我的大女儿无法忍受这种行为，就叫喊着说：

“我妈妈让我照看两个妹妹，由我自己来决定是不是回家！”

“你们的母亲不在时，我就是你们的母亲。”

“什么狗屁母亲，”黛黛用方言说，“你把蒂娜弄丢了，你一声都没哭。”

莉拉一巴掌就扇了过去，让她住嘴。艾尔莎捍卫自己的姐姐，也被扇了一个耳光，这时候伊玛哭了起来。我的朋友喘着气，重申了一遍，她们别想着从这家里出去，外面很危险，外面有死亡的危险。她强迫她们待在家里，一直到我回来。

我回来时，黛黛跟我讲了事件的始末。她很诚实，这是她的原则，她也跟我说了她那个毫不留情的回答。我想让她明白，她说的那些话很可怕，我狠狠批评了她。我说："我跟你说过了，你不能说这样的话。"这时候艾尔莎站在她姐姐一边，她说，她觉得莉娜阿姨已经疯了，她以为关在家里就能躲过所有危险。我很难跟她们解释说，错并不在莉拉身上，而是因为苏联的一个叫切尔诺贝利的地方核电站发生了事故，会发射出非常危险的辐射，因为我们生活的是一个很小的星球，辐射可能会伤害到任何人。我说："莉娜阿姨保护了你们。"但艾尔莎大喊着说："这不是真的，她打了我们，她每天都给我们吃速冻食品。"伊玛说："我不爱吃速冻食品，我哭了好久。"这时候黛黛说："她对我们比对詹纳罗还糟糕。"我小声说："莉娜阿姨可能也会这样对待蒂娜，你们想象，对于她来说，这是多么可怕的折磨，她保护了你们，同时想象着，她女儿在某个地方没人照顾。"在伊玛面前，我不应该说这样的话，黛黛和艾尔莎做出一副很怀疑的表情，伊玛很不安，她跑出去玩了。

几天之后，莉拉用她那种很直接的方式对我说：

"是你告诉你女儿，我把蒂娜弄丢了，一声都没哭过？"

"你怎么能这么说？你觉得我会说出这样的话吗？"

"黛黛说我是一个狗屎母亲。"

"她只是一个孩子。"

"她是一个没教养的孩子。"

这时候我犯了一个错误，和我女儿犯的错误同样严重。我说：

"你不要太激动。我知道你曾经多么爱蒂娜。你不要把一切都藏在心里，你应该发泄出来，你应该想到什么就说什么。的确生个孩子不容易，但你不要胡思乱想。”

我说错话了，我不应该说“曾经多么爱”，不应该用平淡的语气，提到她生孩子的事情。她忽然爆发了，说：“这不关你的事儿！”然后她喊道——就好像伊玛是一个大人：“你要告诉你女儿，假如别人跟她说一件事，她不应该到处跟人说。”

- 7 -

有一天早上，我记得好像是一九八六年六月的一天，情况越来越糟糕了，又有一个人失踪了。农齐亚来我家打扫卫生，她脸色比平时更阴沉，她说里诺前一天晚上没回家睡觉，皮诺奇娅找遍了整个城区。她跟我说这些时，并没看我的脸，就像其他时候一样，她实际上是想让我把这事儿告诉莉拉。

我去楼下跟莉拉说了这件事。莉拉马上就把詹纳罗叫了过来，她很肯定詹纳罗知道他舅舅在哪儿。儿子什么都不愿意说，这让莉拉变得越来越强硬。一整天过去了，还是没有找到里诺，詹纳罗决定配合。第二天早上，他不愿意和恩佐、莉拉一起去找，而是让他父亲和他一起去。斯特凡诺气喘吁吁地来了，妹夫的事儿让他很心烦，他也为自己感到不安，因为他感觉无力。他面如死灰，不停地摸着自己的喉咙说：“我喘不上气。”最后他们父子俩——孩子很强壮，斯特凡诺已经瘦得像铁丝上套着宽大的衣服，朝着铁路方向走去。

他们穿过调车场的小广场，沿着老铁轨的方向走，那些铁轨上停着废弃的车厢。他们在一个废弃的车厢里找到了里诺，他是坐着的，眼睛睁着，鼻子看起来很大，黑色的络腮胡长得很长，就像野草一样。

看到这一幕，斯特凡诺忘记了自己的身体状况，他气得要发疯了，对着妹夫的尸体破口大骂，想扑上去打他。他叫喊着："你生是一个混蛋，死也是个混蛋，你真是活该，你真是死得像一个混球！"他那么生气，是因为里诺把他妹妹皮诺奇娅毁掉了，他还把自己的儿子还有外甥毁掉了。"你看，"他对詹纳罗说，"你看看，等待你的是什么下场。"詹纳罗紧紧抓住了他的肩膀，拉住他，但他还在挣扎，在用脚踢。

当时是清晨，但天气已经很热了。那个车厢散发着屎尿的臭味，座位已经陷进去了，玻璃非常脏，已经看不到外面了。斯特凡诺还在那里挣扎着咒骂，詹纳罗失去了耐心，对他说了一些不敬的话。他说做斯特凡诺的儿子太恶心了，整个城区里，他最敬重的人是他母亲和恩佐。这时候斯特凡诺哭了起来。他们在里诺的尸体旁待了一会儿，并不是为了守着他，而是为了平静下来。最后他们回去和大家通报了这个消息。

- 8 -

只有农齐亚和费尔南多为里诺的死感到难过。皮诺奇娅只是做了做样子为丈夫哭了几声，一分钟之后她就好像重生了一样。两个星期之后，她就跑到我家里来，问她能不能取代她婆婆——农齐亚现在沉浸在丧子之痛中，没法再干活，她会在我出去时打扫卫生、做饭，照顾我的女儿，只收取和她婆婆同样的钱。她的手脚没农齐亚那么勤快，但更爱聊天，黛黛、艾尔莎和伊玛相比之下更喜欢她。她说了三个姑娘很多好话，不停地恭维我。她说："你看起来真漂亮啊，真是个阔太太。我在你衣柜里看到很多漂亮的裙子，还有很多鞋子，能看出来，你是个大人物，和那些重要的人物来往。听说你的小说要改编成电影，是不是真的？"

刚开始，她穿得像一个寡妇，过了一阵子，她就问我有没有不穿的衣服给她，尽管她很胖，穿不上我的衣服。她说："我会改一改的。"我给她选了几件。她的手很巧，真的把衣服改得很合身。过了几天，她来干活时，穿得就像是去参加聚会一样，她在走廊里走来走去，想让我们说出自己的看法。她对我很感激，有时候她很高兴，不想干活只想聊天，她谈到了伊斯基亚的那段时光。她经常会非常感动地提到布鲁诺·索卡沃，会感叹说："他死得真惨啊！"有两次她甚至说了一句她非常喜欢的话："我守了两次寡。"有一天早上她跟我说，里诺作为真正的丈夫只有很少的几年，其他时候他就像小孩子，在床上也一样，一分钟就完事儿，有时候连一分钟都不到。她生气地说，"啊，是的，他一点儿也不成熟，夸夸其谈，爱说谎，还很自负，就像莉娜一样自负，这是他们赛鲁罗家人的特点，他们都是无情而且浮夸的人。"然后她就说起了莉拉的坏话，说她占有了哥哥的劳动成果。我反驳说："这不是真的，莉娜一直都很爱里诺，是她哥哥一直都在利用她。"皮诺奇娅满脸敌意地看着我，冷不丁地就开始赞美起自己的丈夫。她一字一句地说："赛鲁罗鞋子是里诺设计的，但莉娜说是她设计的，她利用这一点欺骗了斯特凡诺，让斯特凡诺娶了她，然后从他身上弄了很多钱——我爸爸给我们留了几百万里拉。然后她又和米凯莱·索拉拉联合起来，把我们所有人都毁了。"最后她说："你不要维护她，你也很清楚。"

当然，这不是真的，事情并非如此。我清楚，皮诺奇娅说这些话是因为以前的恩怨。在她哥哥死后，莉拉唯一的真实反应就是承认了这些谎言。我早就发现，每个人都按照自己的方式来回忆过去，我惊异地发现自己也是如此，但让我震惊的是，一个人会承认一些对自己不利的事情。莉拉马上就说，鞋子的事情都是里诺的功劳。她说，她哥哥从小就充满想象力和创造力，假如不是索拉拉插了一手，那他一定会成为像“菲拉格慕”那样的大品牌。她努力把里诺的生活定格在她父亲的修鞋铺变成了小鞋厂的那个阶段，他做的其他事情，他对莉拉做的事情，都已经一笔勾销了。现在，唯一鲜活的形象就是她哥哥小时候在她暴戾的父亲面前一直在保护她，纵容她发挥自己的聪明才智。

对她来说，这应该是一种缓解痛苦的好办法，因为在同一段时间，她又重新激起了对蒂娜的回忆。她表现得不再像孩子随时都可能回来，而是用一个很阳光的形象来填补家里和她内心的虚空，就好像用一个电脑程序编造出来的一样，蒂娜成了一幅全息图：她在这里，同时也不在这里，莉拉一直都在召唤她。她把女儿拍得好看的照片拿给我看，或者她让我听恩佐给她录的蒂娜一岁、两岁和三岁时的声音，或者会重复她之前提到了一些有意思的问题，她的那些很聪明的回答。提到蒂娜时，她一直用的是现在时：蒂娜有什么，蒂娜做什么，蒂娜说什么。就好像她还在一样。

但这并没让她开朗起来，她比以前更爱大喊大叫了。她对着儿子叫喊，和客户吵架，对着我嚷嚷，和皮诺奇娅嚷嚷，和黛黛、艾尔莎，有时候甚至和伊玛吵架。她尤其会和恩佐嚷嚷，他在工作时会忽然哭起来。但有时候她坐下来，就好像蒂娜刚丢的那阵子一样，她会跟伊玛讲起里诺和蒂娜，就像他们一起出去了。伊玛有时候会问：“他们什么时候回来啊？”这时候她不会发火，而是说：“他们想什么时候回来就什么时候回来。”但这种情况也越来越少了。在我因为几个女儿和莉拉发生冲突之后，她好像再也不需要伊玛了。事实上，慢慢地她很少叫伊玛去她家了，尽管她对伊玛很依恋，但她认为伊玛和两个姐姐一样。有一天晚上，我们刚进到我们那栋楼的楼梯口，艾尔莎抱怨说她看到了一只蟑螂，黛黛一听到蟑螂就恶心，伊玛想让我抱着。这时候莉拉对她们三个说——就好像我不在场一样：“你们是有钱人家的孩子，还住在这里干什么，让你们的母亲把你们带走吧。”

- 9 -

从表面上看，里诺死后，莉拉好了很多，她不再像一只惊弓之鸟，满脸惊恐不安。她脸上的皮肤之前像一张被风吹着的、鼓鼓的白色帆布，现在看起来柔和下来了，但那只是临时的，很快她的脸上、额头上，还有眼睛周围出现了凌乱的皱纹，她脸颊上也出现了一些褶子。就好像她整个身体都开始变老了，她的腰开始弯曲，肚子也鼓了起来。

有一天卡门用她特有的语气，忧虑地说：“蒂娜现在成了她心里的一个死结，我们要想办法让这件事情过去。”但莉拉拒绝改变，关于她女儿的一切都保持原样。安东尼奥和恩佐还在继续默默地寻找着孩子，我觉得事情有些进展了，但忽然间安东尼奥也走了。他没有跟任何人告别，带着几个金发的孩子和妻子，还有已经年老的疯疯癫癫的梅丽娜走了，再也没人跟她提供一些密信。她只剩一个人，把气都撒在恩佐和詹纳罗身上，她还会让他们相互斗争，或者她只是漫不经心地想自己的心事，做出一副等待的样子。

我几乎每天都要去看她，甚至在我着急交稿时也想尽一切办法，想让我们像之前那样亲密。她越来越懒洋洋的，有一次，我问她：

“你还喜欢你的工作吗？”

“我从来都没喜欢过。”

“你说谎，我记得你以前很喜欢。”

“不，你记错了，是恩佐喜欢，我是强迫自己喜欢。”

“那你找点别的事情做。”

“我现在这样就很好，恩佐心不在焉，假如我不帮他的话，那公司就要关门了。”

“你们俩都应该从痛苦中走出来。”

“莱农，什么痛苦？我们只是应该从愤怒中走出去。”

“那你们就从愤怒中走出来。”

“我们正在努力。”

“你们要振作一点，蒂娜的事情已经过去了。”

“不要提蒂娜了，多关注一下你的女儿吧。”

“我很关注她们。”

“但还不够。”

那些年她总能发现一些问题，推翻我的看法，让我看到黛黛、艾尔莎和伊玛的缺点。她说：“你忽视她们了。”我接受她的批评，她的话有些是有根据的，我太沉迷于自己的事情，有时候会忽视她们。但我把话题挪到她和蒂娜身上，后来我一个劲儿强调她发黄的脸色。

“你脸色太苍白。”

“你脸色太红了，你看看你自己，整个人红扑扑的。”

“我说的是你，你身体有什么问题吗？”

“贫血。”

“什么贫血。”

“我的月经想什么时候来什么时候来，有时候来了就不走了。”

“从什么时候开始的？”

“一直都是这样。”

“莉拉，你不说实话。”

“这就是实话。”

我刺激她，有时候是挑衅她，但她从来都没失控，或者说摆脱我的提问。我想，这都是语言的问题：她使用意大利语，就好像那是一道屏障，我试着用方言，因为我们的语言会更直率。但当我们俩说话时，她的意大利语是方言翻译过来的，我的方言是意大利语翻译过去的，我们俩说的都是一种虚假的语言。而我们需要脱口而出，用一种没有经过过滤的语言。我希望她用童年那种真诚的语言对我说：“莱农！你他妈想干什么？我现在成为这个样子，是因为我失去了我女儿，她可能死了，也可能活着。无论是死是活，对我来说都是无法忍受的事，因为假如她活着，她现在生活在距离我很远的地方，每天在她身上都会发生非常可怕的事情。我看得很清楚，我每天白天夜里都好像能看到她；但假如她死了，那我也死了，我的心死了，这种死亡比真正的死亡更让人难以忍受，那是一种没有情感的死亡，逼着你感受这一切，每天叫醒你，让你洗漱，穿衣服，让你吃饭喝水，工作，和你说话。假如你不明白，那是你不想明白。只是看到你穿得整整齐齐，头发打理得像刚从理发店里出来，你的几个女儿在学校里学习很好，她们做什么都很完美，就连这个会让她们变坏的地方似乎对她们也有好处，会让她们变得更自信、更骄傲，更确信自己有权利获得一切，这都让我的血变得发苦，我已经那么苦了。你走吧，放过我吧，蒂娜应该会比你们所有人都好，但她被带走了，我受不了了。”

我应该让她说出这样混乱恶毒的话。我感觉她凌乱的脑子里已经浮现出这样的话，但她一直都没这样说。相反，仔细想想，在那个阶段她要比之前任何一个阶段平和一些。也许我所希望的那种发泄只是我自己的臆想，让我无法看清形势，让我更无法理解莉拉的行为。有几次，我怀疑她脑子里有一些无法言说、我无法想象的事情。

- 10 -

最糟糕的是星期天，莉拉待在家里不工作，外面传来集市的声音。我下楼去找她，我说："我们出去吧，去城里散步，去看海。”她总是会拒绝，假如我太坚持的话，她会发火。为了弥补她的恶劣态度，恩佐会说："我和你们去。”她马上会叫喊起来，说："去吧，你们去吧！让我安生一会儿，我洗个澡，洗个头，你们让我喘口气。”

我们会一起出去，我的几个女儿会去，有时候詹纳罗也来，他舅舅死了之后，所有人都开始叫他里诺。在我们散步的那几个小时里，恩佐会用他的方式对我说他的心里话，话语不多，有时候语焉不详。他说，现在没有蒂娜，他都不知道挣钱有什么用。他说，那些偷别人的孩子，让他们的父母痛苦的行为，标志着我们处于一个非常恶心的时期。他说，他女儿出生之后，那就像他脑子里点亮了一盏灯，现在这盏灯灭了。他说："你记得吗？就是在这里，在这条路上，我把她架在脖子上。"他说："莱农，谢谢你帮助我们，你不要生莉娜的气，这个阶段发生了那么多不幸的事，你比我更了解她，她迟早会好起来的。"

我默默听着，我问他："她脸色很苍白，她身体到底怎么了？"我的意思是：我知道她现在备受痛苦折磨，但请告诉我，你有没有看到，她身体上有什么让人担忧的症状吗？但听到"身体"这个词，恩佐很尴尬。他对于莉拉的身体一无所知，他对她就像对待偶像一样，拘谨而敬畏。他有些不是很肯定地回答说："很好。"然后他变得很不安，想马上回去，他说："我们要尽量说服她出来，至少要在城区走走。"

我们的努力也是徒劳，只有极少几次，我们在星期天把莉拉从家里拉出来，但这不是个什么好主意。她不修边幅，披头散发，走得很快，向四周投去愤恨的目光。我和几个女儿都很吃力地跟在她后面，低眉顺眼，就像几个侍女，虽然我们比主人更漂亮，穿着更华丽。所有人都认识她，包括那些摆摊的商贩，他们都记得蒂娜失踪时他们遇到的麻烦，他们很担心会有其他麻烦，都躲着她。对于所有人来说，她是一个可怕的女人，遭遇了极大的不幸，她身上有极大的力量，她向周围散发着这种力量。莉拉会带着恶狠狠的目光向大路走去，然后走向小公园，人们会低下头或者将目光移开。即使有人跟她打招呼，她也毫不在意，没有任何回应，看她走路的样子，就好像急着赶去哪里，实际上她只是想躲过几年前那个星期天的记忆。

我们一起出去的那几次，不可避免会遇到索拉拉兄弟。有一段时间，他们一直都在城区，那个时期，那不勒斯有很多人都被杀了，至少星期天他们会选择在城区里安详度过，他们小时候生活的那些街道还是安全的，对于他们来说，这里就像一个堡垒。他们两家人总会做同样的事情，去教堂做弥撒，在那些摆摊的人中间逛逛，然后会带着几个孩子去城区图书馆，城区图书馆周末也对外开放，这是一个老传统了，我和莉拉小时候，就已经是这样了。我觉得，去图书馆可能是埃莉莎或者吉耀拉要求的，但有一次，我不得不停下来和他们聊几句，我发现这是米凯莱提出来的。他指着几个孩子对我说——那几个孩子已经长大了，但很明显，他们因为害怕而顺从父亲，但他们对母亲则一点儿敬意也没有：

“这几个孩子都知道，假如他们每个月不能从头到尾读一本书，我就不会给他们一分钱。我做得对吗？莱农？”

我不知道他们是不是真的从图书馆借书，他们的钱多到可以买下整个国家图书馆。他们这样做是真的需要呢，还是演戏？无论如何他们已经养成了习惯：他们会走上楼梯，推开那道四十年代的玻璃门，走进去在里面待上不到十分钟就出来了。

当我独自带着几个女儿时，马尔切洛、米凯莱、吉耀拉还有几个孩子对我都很客气，只有我妹妹对我很冷淡。假如我和莉拉走在一起，事情会变得很复杂，我很担心会发生什么危险的事，但很少的几次相遇，她都假装索拉拉他们都不存在。索拉拉兄弟的态度也一样，因为我和莉拉在一起，他们也完全无视我。但有一个星期天的早上，艾尔莎不想遵守那条不成文的规定，她带着女王般的高傲跟米凯莱和吉耀拉的几个儿子打招呼，他们也很不自在地回应了，结果是，尽管天气很冷，我们不得不停下来聊几分钟。索拉拉兄弟假装他们之间有很重要的事情要说，我和吉耀拉聊了几句，我的女儿和米凯莱的儿子聊天，伊玛很好奇地看着她的表弟西尔维奥，他们现在见面越来越少了。没人对莉拉说话，莉拉也没有张口。只有米凯莱，当他停下和哥哥聊天，开始用那种不恭的语气对我说话，他提到了莉拉，但并没有看她。他说：

“莱农，现在我们去图书馆一下，然后去吃饭。你愿意陪我们去吗？”

“不了，”我回答说，“我们要走了，改天吧。”

“那改天，这样你可以告诉几个孩子，他们应该读什么书，不应该读什么书。对于我们来说，你和你的几个女儿一直是楷模。看到你们走在路上，我们总是会说：莱农以前和我们一样，看看她现在变成什么样子了。尽管她已经是一个大人物了，但她一点儿傲气也没有，那么民主平和，她就像我们一样，也生活在这里。啊，是的，学习会让人变好。现在所有人都要上学，所有人都在看书，将来我们会好得不得了。但如果不读书，不学习，就像发生在莉娜身上的事一样，就像很多其他人，我们还是成不了好人，邪恶是很糟糕的。是不是，莱农？”

他抓住了我的一只手腕，眼睛里透着光。他带着不恭说：“是不是这样？”我点了点头，但我甩开他的手时太用力了，我母亲的手镯从我手腕上脱下来了，落到了他手上。

“噢。”他感叹了一句，这次他想寻找莉拉的目光，但莉拉没看他。他带着一种虚假的懊悔说：“对不起，我会给你修好的。”

“没关系。”

“绝对要给你修，这是我的错，我会让它完好如新。马尔切！你去一趟首饰加工店？”

马尔切洛点了点头。

周围的人都低着头经过，已经快到了吃午饭的时候了，我们终于摆脱了索拉拉兄弟。莉拉对我说：

“你比之前更不会保护自己。那个手镯，你再也见不到了。”

- 11 -

我看到她很虚弱、焦虑，她好像在担忧一种无法控制的东西会把整栋楼、她的房子和她自己切成两半，我确信她的危机即将来临。有几天时间，我不知道她的情况，因为我感冒了，整个人晕乎乎的。黛黛也在咳嗽发烧，我肯定感冒也会传染给艾尔莎和伊玛。除此之外，我还有一份稿子要马上交（我要给以女性身体为主题的一期杂志写稿子），我一点儿也不想写，也没力气写。

外面刮起了冷风，窗户玻璃在抖动，窗扇闭合不是很好，刀片一样的风会吹到屋里来。星期五那天，恩佐过来跟我说，他要去阿维利诺一趟，因为他的一个老姑姑病了。至于里诺，他星期六和星期天会在斯特凡诺那儿，因为斯特凡诺让他帮忙把肉食店的家具拆下来，送到买下这些家具的某个人那里。就剩下莉拉一个人在家，恩佐说她有些抑郁，让我多陪陪她。但我很累，我刚有了一点儿思路，黛黛一会儿叫我，伊玛需要我，艾尔莎在抗议，我的想法就全没了。皮诺奇娅来收拾屋子时，我让她做了很多饭，把星期六和星期天的饭都做好了，然后我把自己关在卧室里，在小书桌前开始工作。

第二天，我看到莉拉没动静，我就下去请她上来吃饭。她披头散发来给我开门，穿着拖鞋，睡衣上面套着一件深绿色的家居服。但让我惊异的是，她的眼睛和嘴上化了很浓的妆。家里非常乱，味道也很难闻。她说：“如果风再刮得大一点儿，这个城区都要被吹走了。”这只是一句夸大之词，但我很不安，她这样说时，就好像真的很确信，这个城区会被风从根基卷起，刮到红桥那里去，变成碎片。当她意识到我感受到了她的不正常，她很勉强地挤出一个微笑，嘟哝了一句：“我开玩笑呢。”我点点头，我跟她说了中午我那儿有什么好吃的。她一下子来精神了，反应有些夸张，但一下之后，她的心情马上就变了。她说：

“把午饭给我送到这里来，我不想去你那儿，你的几个女儿让我很烦。”

我把午饭和晚饭都给她带了下来，楼道里很冷，我很不舒服，我不想上上下下，只是听她说那些难听话。但我把饭送过去时，我很惊异地看到她很热情，她说：“你别走，你跟我待一会儿。”她把我拉到了洗手间，一边很仔细地梳头，一边跟我说到了我的几个女儿，语气很柔和，带着欣赏，就好像要说服我，不要把她几分钟前说的话放在心上。

“刚开始，”她把头发分成两股，开始编辫子，但眼睛一直盯着镜子里的自己，“黛黛和你很像，现在她变得和她父亲一样。艾尔莎正好相反，刚开始和她父亲一模一样，但现在她开始像你。一切都在变，愿望和想象比血液流得还快！”

“我不明白。”

“你记不记得，之前我以为詹纳罗是尼诺的孩子？”

“我记得。”

“我真是这么觉得，我觉得孩子长得和他一模一样，简直就是他的翻版。”

“你是说，当一个愿望变得很强烈时，会看起来像实现了一样？”

“不，我想说的是，有几年詹纳罗真的是尼诺的儿子。”

“你不要太夸张了。”

她瞪了我一眼，在洗手间里，她拖着腿一瘸一拐地走了几步，假惺惺地笑了起来。

“你觉得我这样夸张吗？”

我明白她在模仿我的步子，我有些不悦。

“不要取笑我，我的胯骨疼。”

“你哪儿都不疼，莱农，是你特意一瘸一拐的，因为你不想让你母亲完全死去，现在你真的瘸了。我研究过你，这对你有好处。索拉拉兄弟把你的手镯拿走了，你什么都没说，你并不难过，也不担忧。我当时想着，那是因为你不知道怎么反抗，但现在我明白了，其实事情并非如此，你只是成熟了。你觉得自己很强大，你已经不再是一个女儿，你成了一个真正的母亲。”

我很不自在，我说：

“我只是有点儿疼。”

“对于你，就连疼痛也是有好处的。你只是稍微有点瘸，你母亲就继续静静地存在于你的身体里。你一瘸一拐，她的腿很高兴，因此你也很高兴，难道不是这样吗？”

“不是。”

她做了一个讽刺的表情，就像想重申她不相信我说的。她把化了浓妆的眼睛眯成一道缝，盯着我说：

“你觉得，蒂娜四十二岁时会不会是我这个样子？”

我盯着她，她满脸挑衅的表情，她的手抓着两根辫子。我说：

“有可能会，是的，也许会。”

- 12 -

我留下来和莉拉吃饭，我的几个女儿不得不自己照顾自己。尽管我冻得瑟瑟发抖，我们一直在谈论那种体貌的相似性，我想搞清楚她到底在想什么。我还跟她说了我正在写的东西。为了鼓励她，我说："和你交谈对我有好处，能促进我思考。"

我的话好像让她高兴起来了，她嘟哝了一句："我知道自己对你有用，我感觉好多了。"很快，她为了展示自己对我有用，就说了一些要么难懂要么没头没尾的话。她往自己脸上抹了很多胭脂来掩盖苍白的脸色，她的颧骨很红，看起来像个狂欢节面具，已经不像她了。我满怀兴趣地听她说，有时候我从她的话里能听出她心里的那些症结，这让我很不安。她说，有一段时间，她以为自己生的孩子是尼诺的，就像我生了伊玛，一个有血有肉的孩子，但后来这个孩子成了斯特凡诺的，那尼诺的孩子去哪儿了？是在詹纳罗的身体里呢，还是在她身体里？说了一些类似这样的话之后，她忽然改变了话题，开始赞美我的厨艺，她说她吃得很香，她很久都没有这样吃饭了。我回答说，饭不是我做的，而是皮诺奇娅做的。她脸色阴沉下来，嘟囔着说，她不想和皮诺奇娅有任何关系。这时候艾尔莎在楼道里叫我，让我马上回家，说黛黛发烧时要比她好的时候还糟糕。我让莉拉需要我时随时叫我，然后急急忙忙上楼，回到我的房间里。

那天剩下的时间，我尽量想忘记她，我一直工作到深夜。几个孩子已经习惯了，我被稿子逼得火烧眉毛时，她们要自己照顾自己，不应该打扰我。实际上，她们一直没打扰我，我工作很顺利。通常，只要跟莉拉说几句，我的脑子就会活跃起来，会变得敏锐。现在我明白，我能好好工作，主要是因为她仅仅通过几句不连贯的话，就能驱散我的不自信，让我确信自己是对的。我把她絮絮叨叨说的那些话，用一种紧凑优雅的方式写了出来。我写了我的胯骨，还有我的母亲。现在我有很多拥戴者，我毫不尴尬地承认，和莉拉交谈会激起我的想法，会推动我把那些看似不相干的东西联系在一起。在我们近距离生活的那些年里，我住在楼上，她住在楼下，这种事时有发生。我的脑子本来好像是空的，只要她轻轻一推，很快就会变得充盈而且活跃。我觉得她能看得很远，我一辈子都对此深信不疑，我认为这没什么不对。我想，成熟意味着承认自己需要她的激励，过去我掩饰她对我的启发，甚至在自己面前也不想承认，但现在我觉得，我为这一点感到自豪，甚至在文章里也有提到。我是我，正因为这个缘故，我应该给她空间，我应该让她有一个稳固的存在。但她不想做自己，因为她没法稳定下来：蒂娜的悲剧、她虚弱的身体、她不稳定的情绪，这都是使她崩溃的原因，她称之为"界限消失"的症状的根本原因就在这里。夜里三点我才上床睡觉，早上九点就醒了。

黛黛的烧退了，但伊玛又开始咳嗽了。我把房子收拾了一下，然后去看莉拉。我敲了很长时间门，她都没有开门，我一直摁着门铃，直到听到她拖拖拉拉的步子和用方言骂骂咧咧的声音。她的辫子已经有些散了，脸上的妆也花了，她的脸比前一天看起来更像一张痛苦的面具。

"皮诺奇娅给我下了毒，"她很确信地说，"我昨晚肚子疼得要死，一晚上没睡。"

我进到她的屋里，我看到房子里又脏又乱，我看到在洗手池旁边的地板上有浸满血的卫生纸。我说：

"我和你吃了一样的东西，我没事儿啊。"

"那你说我怎么了？"

"是不是痛经？"

她很生气地说：

"我的月经一直都没走。"

"那你应该看医生。"

"我不会让任何人检查我的肚子。"

"你觉得这是怎么啦？"

"我自己知道。"

"我现在去药店里给你买点儿止痛片。"

"你家里没有吗？"

"我不需要。"

"黛黛和艾尔莎呢？"

"她们也不需要。"

"啊，你们都很完美，你们从来什么都不需要。"

又来了，我叹了一口气说：

"你要和我吵架吗？"

"是你想吵架吧，你居然说我是痛经，我又不是像你女儿一样的小孩，我知道自己是痛经还是别的。"

她说的不是真的，她对自己的身体一点儿也不了解，涉及身体器官的运作，她比黛黛和艾尔莎还要不懂事。我知道她很痛苦，她用手摁着肚子。也许我错了：她一定是吓坏了，不是因为她之前的那些恐惧，而是真的病了。我给她泡了一杯甘菊茶，让她喝了。我穿上大衣，想去看看药店是不是还开着门。吉诺的父亲是一个很有经验的药剂师，他一定会给我推荐合适的药。我刚刚走到大路上，走在星期天的集市里，这时候我听到了爆炸的声音——"啪，啪，啪，啪！"很像圣诞节时孩子们玩的炮仗，先是响了四声，过了一下又听到第五声：“啪！”

距离圣诞节还很远呢，人们好像都很迷茫，我往去药店的路走去，这时候有人加快了脚步，有人开始跑。

忽然间警笛大响：警察、救护车开了过来。我问了一个路人发生了什么事情，他摇了摇头，然后催促自己的妻子赶紧走。这时候我看见了卡门和她的丈夫还有孩子，他们在街道的另一边，我穿过马路。在我开口之前，卡门用方言对我说：“索拉拉兄弟俩都被杀了。”

- 13 -

有一些东西，好像永远都是我们生活的背景：国家、政党、信仰、纪念碑，还有那些很简单的事，日常生活中的一些人。在生命里的某些时刻，当我们忙于其他事情时，这些貌似永恒的东西会出人预料地垮掉，那段时间就是这样。一天又一天，一月又一月，经过了种种劳累艰辛，悸动不安，有很长一段时间我觉得自己像那些长篇小说或是绘画里的主人公，停在悬崖上面或者　艘船的船头，面对着一场暴风雨，他们非但没有慌乱，而且毫发未伤。我的电话不停响起，我住在索拉拉兄弟的地盘上，这样一个简单的事实就让我不得不写了很多，也说了很多。我妹妹埃莉莎在丈夫死后，变成了一个受到惊吓的小女孩，她日日夜夜都让我陪着她，她确信那些凶手还会回来，把她和她儿子杀死。尤其是我不得不照顾莉拉，就在同一个星期，她也不得不离开城区，放下她儿子、恩佐和工作，去医院接受救治。她很虚弱，不停地出血，而且出现了幻觉，医生检查出她得了子宫纤维瘤，就给她动了手术，把她的子宫切除了。她还在医院里，有一次她忽然惊醒，大声说蒂娜又从她肚子里出来了，现在要向所有人报复，甚至也包括向她。有那么一刹那，她好像很确信，是自己的女儿把索拉拉兄弟杀了。

- 14 -

马尔切洛和米凯莱是在一九八六年十二月的一个星期天被人在小时候他们受洗礼的小教堂门口杀害的。没过几分钟，整个城区都知道了他们被杀时的细枝末节：米凯莱中了两枪，马尔切洛挨了三枪，吉耀拉一下子就逃走了，几个孩子出于本能也跟着她跑了，埃莉莎一下子把西尔维奥拉过来抱在怀里，转过身背对着杀手。米凯莱当场就死了，马尔切洛没有马上倒地，他在台阶上坐了下来，想把上衣扣子扣上，但他没做到。

那些展示出自己非常清楚索拉拉兄弟是怎么死的人，当你问是谁杀死他们时，你会发现这些人几乎什么都没看到。“只有一个人开枪，他不慌不忙地上了一辆红色福特，然后车开走了。”“不，当时有两个人，两个男人，他们开着一辆黄色的‘菲亚特 147’，车上还有一个女人。”“根本不是，一共有三个杀手，都是男的，脸用防寒头套蒙着，他们是步行离开的。”有时候你会感觉并没人开枪。比如卡门跟我讲述说，索拉拉兄弟、我妹妹、我外甥、吉耀拉和她几个儿子在教堂前手忙脚乱，就像中邪了一样，米凯莱的身子向后倒去，他的头狠狠撞在了石头台阶上，马尔切洛小心翼翼地坐在了一级台阶上，因为他扣不上穿在蓝色高领套头衫上的外套的扣子，他诅咒了几句，向一边倒下了。他们的妻子孩子都毫发无损，在短短几秒内都跑到教堂里躲了起来。在场的人，好像都只看着被杀的人这一边，没有看杀手那边。

在这个关头，阿尔曼多又来采访我，为他的电台做节目，他不是唯一来找我的记者。那时候，我要么通过口述，要么通过书面形式对不同媒体讲述了我所知道的事情。但在接下来的两三天里，我发现那不勒斯本地报纸的记者知道的比我多得多，之前在任何地方都看不到的消息忽然间都传了出来。有一张单子列举着索拉拉兄弟的种种犯罪行为，每件都骇人听闻，都是我之前没听说过的，他们都算到了索拉拉兄弟头上。让人惊异的还有他们的财富总量。在他们活着时，我和莉拉一起写的东西、我发表的文章，和他们死后那些出现在报纸上的文章相比，简直不值一提。但从另一个方面，我意识到我了解其他方面的一些事，就是没人知道也没有人会写，包括我自己也不会写的东西。我知道，我们小时候都觉得索拉拉兄弟很帅，他们开着他们的“菲亚特 1100”在城区里巡回，就像乘坐战车的古代士兵。有一天晚上，他们在马尔蒂里广场上捍卫了我们，回击了基亚亚街上的那些有钱人家的男孩子。马尔切洛本来想娶莉拉，但他后来娶了我妹妹埃莉莎，米凯莱很早就明白了我朋友莉拉的神奇品质，他爱了莉拉很多年，爱得那么狂热，以至于迷失了自己。当我发现我知道这些事情时，我意识到他们很重要。他们像影响我那样，影响着那不勒斯成百上千的人，我们都曾经生活在索拉拉兄弟的世界里，我们参加了他们商店的开业仪式，我们在他们的酒吧里买过点心，我们庆祝过他们的婚礼，我们买过他们的鞋子，我们曾经在他们家里作过客，在一张桌子上吃过饭，我们直接或间接地拿过他们的钱，我们忍受过他们的暴力，但我们假装什么事儿也没有发生。不管我们愿不愿意，马尔切洛和米凯莱就像帕斯卡莱一样，都是我们生活的一部分，但尽管人们和米凯莱的关系千差万别，但仍可以迅速画出一条清晰的分割线，但在那不勒斯或整个意大利，人们和索拉拉兄弟那样的人之间的界线却不可能清晰。把索拉拉兄弟和帕斯卡莱放在一起，我越是回顾，越是惊恐地发现，那条线把我们也涵盖在内。

在小小的城区，这种众所周知的关联让我很沮丧，有人为了给我抹黑，写文章说我和索拉拉兄弟是亲戚关系，有一段时间，我避免去找我妹妹和外甥，也避免和莉拉见面，当然，莉拉是索拉拉兄弟的死敌，但她用来启动那家小公司的资金，是通过给米凯莱工作积累起来的，或者说是从他身上榨取的。有一段时间，我一直在想这个问题，但时间一点点过去了，索拉拉兄弟和其他那些被杀的人一样，也慢慢淡去了。我们渐渐开始担心，那些取代他们的人会更凶残，而且我们对他们也不熟悉。我逐渐把索拉拉兄弟抛在了脑后。忽然有一天，一个十五岁左右的男孩给我送来了一个小包裹，是蒙泰桑托的一家首饰店送来的。我并没有马上明白里面放的是什么，让我惊异的是，那个袋子上写着埃莱娜·格雷科女士收，里面是一个红色的盒子。我看了上面的纸条，才明白那是怎么回事儿。马尔切洛用费力的笔迹在纸上写了一句："对不起"。后面是他的签名，写得很工整，像小学老师教给我们的字体。盒子里是我的手镯，打磨得锃亮，就像新的一样。

- 15 -

我告诉莉拉那个包裹的事，给她看了新锃锃的手镯。她说：

“你再也不要戴这个手镯了，也不要让你的几个女儿戴。”从医院回来，她整个人变得很虚弱，上一段楼梯就会气喘吁吁。她还在吃药，给自己打针，但她变得非常苍白，就好像从死人的国度里走了一道，她提到那个手镯，就好像很肯定那也是从阴间来的。

索拉拉兄弟的死和她被送到医院急诊是同一天，在我对那个星期天的混乱的记忆里，她流的血和他们的血混合在一起。但每次我试着跟她讲述教堂前的那场“处决”，她都做出一副不乐意听的样子，会说出类似这样的话：“莱农，他们是两个烂人，谁他妈在乎他们，我只是为你妹妹感到难过，如果她聪明点儿的话，就不会嫁给马尔切洛，因为像他们这种人，迟早都会被弄死的。”

有几次，我试着让她体味一下我的尴尬，毕竟我们曾与索拉拉兄弟那么近切，她应该比我更有这种感觉。我说了类似于这样的话：

“我们从小就认识他们。”

“所有人都有小时候。”

“他们曾经给过你工作机会。”

“我得到好处，他们也得到了好处。”

“米凯莱当然很讨厌，但有时候你的做法不比他强。”

“我当时应该更过分一些。”

她说话时尽量抑制自己对他们的鄙视，但她的目光变得很凶，手指交叉在一起，紧握着，能看见发白的骨节。她的话已经很残酷无情了，我能感受到，在那些话的后面还有其他更加残酷的话，她不想说出来，但这些话已经浮现在她脑子里了。我在她脸上能看出来，我感觉到她内心的叫喊：假如是索拉拉兄弟把蒂娜带走的，那简直太便宜他们了，他们应该被大卸八块，心和内脏都该被挖出来扔在街上喂狗；假如不是他们干的，那些杀了他们的人，也做了一件好事儿，他们死有余辜；假如他们动手前给我打个招呼，我会去给他们帮忙的。

但她从来都没有说出这样的话。从表面上看，这两兄弟的骤然退场，对她的生活几乎没有什么影响。现在她在街上不可能遇到他们了，她爱出来在城区里散步了，但完全无法恢复到蒂娜失踪前的活力，她也不再过着从家到办公室两点一线的生活。住院后的康复期一周周过去了，她在隧道里、大路上、小公园里转悠。她低着头走路，不和任何人交谈，因为她完全不修边幅，无论是对于她自己还是其他人而言，她看起来都像一个危险人物，也没人和她说话。

有时候她会让我陪她出去，这让我无法回绝。我们经常经过索拉拉兄弟的酒吧兼点心房，酒吧门上挂了一个牌子，上面写着：因葬礼暂停营业。但那场葬礼一直都没结束，酒吧也一直没再开门，索拉拉兄弟的时代已经结束了。莉拉经过时，总会看一眼那道金属卷帘门，还有那块褪色的牌子，她很满意地说："彻底关了。"她那么心满意足，以至于她走过店铺时会发出笑声，只有一声笑，没有别的表示，就好像酒吧关门这件事情里有让人发笑的成分。

只有一次我们在角落里停了一会儿，就好像为了适应那里的荒凉，现在那地方已经没有通常酒吧的装饰。之前那里有一些小桌子，还有彩色的凳子，空气中总是弥漫着甜点和咖啡的香气，人来人往，那些秘密交易，有诚实的交易，也有欺骗。但现在那里只能看到一面发黄的墙壁，墙皮脱落。莉拉说，他们的爷爷去世时，还有他们的母亲被杀害时，马尔切洛和米凯莱在整个城区贴满了十字架和圣母像，他们的哀悼没完没了。现在他们死了，什么都没有。然后她想起了她住院时，我跟她讲的，按照那些路人的讲述，杀死索拉拉兄弟的子弹不知道是从哪儿来的，没人开枪。“没有人杀死他们，”她微笑了，“因此没人为他们哭泣。”这时候她停了下来，沉默了几秒。她的话题忽然就变了，她跟我说，她再也不想工作了。

- 16 -

她说她不想工作了，我觉得那不是因为她心情很坏一时冲动才做的决定，她一定是已经想了很久，也许出院之后她就一直在考虑这个问题。她说：

“假如恩佐一个人能行，公司就继续开下去，假如不行，那我们就把公司卖了。”

“你想放弃你的公司？那你以后做什么？”

“一个人非得做点儿什么吗？”

“你得让你的生活充实起来。”

“就像你所做的？”

“为什么不呢？”

她笑了，叹了一口气说：

“我想浪费时间。”

“你现在有詹纳罗，还有恩佐，你应该为他们着想。”

“詹纳罗已经二十三岁了，我已经对他考虑得太多了，我应该让恩佐离开我。”

“为什么？”

“我想一个人睡觉。”

“一个人睡觉多不好啊。”

“你不是也一个人睡吗?”

“我现在没男人。”

“我为什么要有呢?”

“你对恩佐没有感情了吗?”

“有感情,但我不想要他,也不想要任何人了。我现在老了,睡觉时不希望有任何人搅扰。”

“你去看一下医生吧。”

“我再也不想看医生了。”

“我陪你去,这些都是可以解决的问题。”

她变得很严肃,说:

“我现在这样很好。”

“没人会觉得这样很好。”

“我就觉得很好,交媾这件事,一直都被高估了。”

“我说的是爱情。”

“我心里有其他事儿,你可能已经把蒂娜忘记了,但我却没有。”

我听见她和恩佐在楼下更频繁地争吵,说得准确一点儿,恩佐低沉的声音只是比平时激动一点儿,莉拉一直在嚷嚷。我在他们的楼上,透过地板只能听到他寥寥的几句。他并不是气愤,在莉拉面前他从来都不会生气,他是绝望。从根本上来说,他的一切都毁掉了——蒂娜、工作还有他们的关系。但莉拉没有采取任何行动来挽回局面,她只是任凭事情一步步恶化下去。有一次恩佐对我说:“你跟她谈谈吧。”我回答说:“没什么用,她只是需要时间重新找回平衡。”恩佐第一次用一种不留情面的语气说:“莉娜从来都没有过平衡。”

这不是真的。当她自己愿意时，莉拉能心平气和，非常理性，甚至在事态紧张的那个阶段。好的时候，有几天她会很开朗，对人很好，她会照顾我和我的几个女儿，她会打听我出去的见闻，我写的东西还有我遇到的人。有时候她听得兴致勃勃，有时候义愤填膺。黛黛、艾尔莎，甚至是伊玛都会跟她谈到学校教育的低效、老师的疯狂、她们的争吵和各自的爱情。她很慷慨，有一天下午，她让詹纳罗帮着她把一台老电脑给我搬了上来。她教给我使用方法，然后说："这是我送给你的。"

第二天我就开始用这台电脑写作。尽管我非常担心忽然断电，让我好几个小时的心血白费，无论如何，这台机子让我很振奋，我很快就习惯了用电脑写作。当着莉拉的面，我对几个女儿说："你们想想，我开始写字时用的是钢笔，然后我用圆珠笔，再后来是打字机，我也用过插电的打字机，最后我用上了电脑，我用键盘打出这些神奇的字。感觉简直太棒了！我再也回不去了，我再也不用笔写字了，我以后都用电脑。我们过来摸一摸我食指上面的茧子，感觉一下这个茧子多硬，一直都有，但现在它要下去了。"

莉拉看到我那么高兴，她也很高兴，她一副很幸福的样子，就像送了一件让人喜欢的礼物，她自己也很满意。这时候她说，那些不懂电脑的人才会像你们的母亲那样兴奋。然后她把几个姑娘带走了，让我安心工作。尽管她知道，我几个女儿已经不再信任她了，但她心情好的时候还是会把她们带到办公室里，教她们用那些新电脑，告诉她们电脑的工作原理。为了重新收买她们，她说："埃莱娜·格雷科女士，我不知道你们是不是很了解她，她的注意力就像一头在池塘里睡觉的犀牛一样，但你们很机灵。"但她没法重新获得她们的感情，尤其是在黛黛和艾尔莎跟前。这两个孩子回家时会对我说："妈妈，我不知道她脑子里是怎么想的，她先是让我们学电脑，然后跟我们说，这都是用来挣钱的机子，会毁掉之前的挣钱方式。"但无论如何，我只会用电脑写作，但我的几个女儿，包括伊玛，她们已经学到了一些让我骄傲的技能和概念。我一遇到电脑问题就会问艾尔莎，她总能解决，然后她在莉娜阿姨面前炫耀说："我解决了这个问题，你说我是不是很棒？"

黛黛把里诺也拉进来，大家一起学电脑时，情况就越来越好了。里诺从来都没碰过恩佐和莉拉的那些东西，现在他开始有了一点点兴趣，不是为了别的，他只是不想被几个小姑娘取笑。有一天早上，莉拉笑着对我说：

"黛黛改变了詹纳罗。"

我回答说：

"里诺只是需要一些信任。"

她用一种明显很粗鲁的语气说：

"我知道他需要什么样的信任。"

- 17 -

这都是好的时候，但很快糟糕的日子开始了：她一会儿热一会儿冷；她脸色发黄，一会儿又发红；她有时候嚷嚷，很霸道，有时候出一身冷汗，很虚弱；她会和卡门吵架，说卡门又蠢又烦人。她的身体功能在手术后似乎越来越失调。忽然间她对我几个女儿的态度也一下子变了，她批评黛黛，觉得艾尔莎让人无法忍受，对伊玛也很粗暴。有时候我正跟她说话时，她会忽然转身就走。在那个可怕的阶段，她在家里和办公室都待不住，她会坐公共汽车或地铁出去。

“你在干什么？”我问她。

“我在那不勒斯闲逛。”

“我知道，但你具体去了哪里？”

“难道我要向你汇报？”

每次说不了几句，她就要找茬吵架。她和儿子吵得尤其凶，她把她和儿子的矛盾根源都归在黛黛和艾尔莎身上。的确，她是有道理的，我大女儿很乐意和里诺待在一起，妹妹艾尔莎为了不被孤立起来，也努力地接受里诺，他们现在经常在一起玩。结果是，我的两个女儿一直在压制里诺，让他处于下风。对于她们来说，和里诺在一起是充满激情的语言练习，但对于里诺却是一种混乱的、自我放纵的闲聊，这让莉拉受不了。她对着儿子叫喊：“她们俩说话是经过大脑的，你只是鹦鹉学舌。”那些日子她什么都受不了，她受不了别人说过的现成话、煽情的表达，还有任何形式的多愁善感，尤其是之前那些表达反抗精神的革命口号。她表现出来的无政府主义态度，让我觉得一点儿也不合时宜。在一九八七年选举前夕，我们在报纸上看到，娜迪雅·加利亚尼在基亚索被抓了，我们又一次分歧很大。

卡门惊恐万分地跑到我家里来，她不知道怎么办才好。她说：“现在他们也会把帕斯卡莱也抓起来，你们看吧，他躲过了索拉拉兄弟，但最后会被警察杀死。”莉拉回答说：“娜迪雅并不是警察抓起来的，她是自首的，这样可以判得轻一点。”我觉得她说的这话很有道理，报纸上仅有寥寥几行，并没有说到追踪、射击和抓捕的事。为了让卡门平静下来，我又跟她建议：“帕斯卡莱如果能自首也是好事，你知道我的想法。”莉拉一下子就火了，“真是异想天开！”她开始嚷嚷：

“跟谁自首！”

“跟国家自首。”

“跟国家？”

她跟我列举了从一九四五年到现在，国家那些间谍、法官、警察、议员还有部长各种各样的腐败和对犯罪的纵容，她展示出她掌握着我无法想象的资料。她叫喊着：

“这就是国家，你他妈居然想把帕斯卡莱交给这些人？”然后她对我说，“娜迪雅在监狱里待几天就会被放出来，但如果他们把帕斯卡莱抓起来，那他们会把他关到死为止，你敢不敢和我打赌？”她简直都要指着我的鼻子了，她用越来越霸道的语气说：“你敢不敢和我打赌？”

我没回答，我很担忧她说的那些话对卡门没什么好处。索拉兄弟死了之后，卡门马上就撤销了对我的起诉，她对我很友好，虽然她很忙，有很多事儿要操心，但在我需要时，她会帮忙照顾我的几个女儿。我很遗憾，因为我没让她平静下来，反倒让她备受折磨。她在发抖，她利用莉拉的权威，对我说：“假如娜迪雅让警察把她抓起来的话，那就意味着她后悔了，她会把所有罪过都推到帕斯卡莱身上，她就能脱身了，是不是这样，莉娜？”然后她带着怨恨，利用我的权威对莉拉说：“这已经不是原则问题了，莉娜，我们应该为帕斯卡莱着想，我们应该让他知道，生活在监狱里也好过被杀死。是不是，莱农？”

这时候莉拉狠狠地骂了我们，她摔门而去，尽管我们在她家里。

- 18 -

对于她来说，去外面闲逛已经成了解决所有问题和她内心冲突的途径。她越来越频繁地早出晚归，她不管恩佐能不能应付所有客户，不管里诺，也不管我出去时有没有把几个女儿托付给她。她现在已经变得不可靠了，有任何不称心的地方，她就会放下一切摔门而去，根本不会考虑后果。

有一次卡门对我说，她觉得莉拉经常躲进多卡内拉一座老公墓里，因为蒂娜没有墓，她选了一个小孩的墓，待在那里想蒂娜，她会在公墓的林荫小道中间散步，在那些老墓穴褪色的相片前停留。她跟我说，那些死人能让她安心，因为他们有一个墓碑，有出生和去世的日期，但她女儿却没有，她女儿只有一个出生日期，这很折磨人心，那个可怜的孩子一直都没一个终点，可以让她母亲坐下来静静地怀念她。卡门总是爱说这些和墓葬有关的事儿，因此我没太在意她说的。我想象莉拉会步行穿过整个城市，什么都不会关注，只是在走路，为了缓解这么多年来折磨着她的痛苦。我推测，或者她真的已经决定了，按照她的那种极端方式，她下定决心不在任何事、任何人身上投入精力。因为我知道，她的脑子和别人不一样，完全是反着来的，我很害怕她会失控，会在恩佐、里诺、我还有我女儿面前崩溃，在一个搅扰她的行人或者某个多看她一眼的人面前爆发。在家里，我可以和她吵架，让她平静下来，看着她。但在路上怎么办呢？每次她出去时，我都会担心她遇到麻烦。但是更为通常的情况是：我在家里做我的事儿，我听到楼下的门关上的声音，她下楼出去，我都会长长地舒一口气，因为这样她不会上来找我，就不会在我面前说一些挑衅的话，她不会责备我的女儿，不会贬低伊玛，不会想尽办法来伤害我。

我又想着离开那不勒斯。现在对于我、黛黛、艾尔莎和伊玛来说，留在这个城区已经没有任何意义了。莉拉之前只是偶尔说说，她做完手术身体失调之后，但现在她频频对我说："莱农，你走吧，你还住在这里干什么？你看看你，你住在这里，就好像在圣母面前许了愿，发誓要住在这里。"她想让我看到，我没有达到她期望的高度，我住在这个城区，只是知识分子摆出来的一种姿态，但实际上，对于她，对于我们出生的地方，我所有的学问，还有我写的所有的书，之前没有用，现在更没用。我很生气，我想：她就像是一个老板，因为我带来的收益太少了，她要解雇我。

- 19 -

那段时间，我一直在考虑要怎么做。我几个女儿需要安定的生活，尤其是我得想办法让她们的父亲能照顾到她们。尼诺是最大的问题，有时候他会打电话，会在电话里和伊玛说几句甜言蜜语，伊玛总是用单音节的词回答，没有别的了。最近他做了一件我预料之中的事情，因为我了解他的野心：他通过自荐进了社会党候选人名单。这期间他给我寄了一封很短的信，除了让我选他，还让我替他做广告。这封信最后一句话是："你跟莉娜也说说！"在这封信里，还附上了一张传单，上面有他的照片和简介。我还注意到，他的简介里有一句话被用笔画了出来，说这位候选人有三个孩子——阿尔伯特、莉迪亚和伊玛，旁边写着："你让孩子看看这个，拜托了。”

我没选他，也没帮他宣传让别人选他，但我把那张传单给了伊玛时，她问我她能不能保留下来。当她父亲当选为议员时，我跟她大体讲了一下人民、选举、代表和议会是什么。现在尼诺一直在罗马，选举成功之后，他只是匆匆忙忙给我们写过一封信，信里没几句话，上面没有电话号码，也没有地址，只说他会远距离保护我们（“你们放心吧，我会罩着你们的。”），他兴致勃勃地让我把那封信给他女儿、黛黛还有艾尔莎看。伊玛也想保留那个证据，来证明她父亲的存在。她的姓和两个姐姐不一样，艾尔莎总是说类似这样的话：“你好无聊啊，这就是为什么你姓萨拉托雷，而我们姓艾罗塔。”伊玛看起来也不那么失落了，也许她没那么担心了。有一天老师问她：“你是萨拉托雷议员阁下的女儿吗？”第二天她把那张传单带去给老师看，她保留着这张传单，就是为了应对这种情况。我很高兴她为自己的父亲而自豪，我打算巩固这种情感。假如尼诺的生活还是游移不定，有很多女人呢？那也好。但我的女儿不是一个徽章，用完之后就会放在抽屉里，等着下一次机会。

这些年，我跟彼得罗的关系从来都没出过问题。他总是很准时给我汇两个女儿的抚养费（从尼诺那里，我从来都没得到过一分钱），而且彼得罗一有机会就会过来看两个孩子。但那段时间他和多莉娅娜分手了，他对佛罗伦萨感到厌烦，想去美国。他一直那么坚定，一定会实现他的目标，这让我很不安。我跟他说：“这样你就会离开你的女儿。”他回答说：“现在看起来是我离开她们，但你会看到，她们会是最大的受益者。”可能他的话和尼诺之前说的话很像——“你们放心吧，我会罩着你们的。”事实是，黛黛和艾尔莎也会成为没有父亲的孩子。假如伊玛一直都习惯了没有父亲，而黛黛和艾尔莎一直都很依恋彼得罗，她们已经习惯了想什么时候去找他就什么时候去找他。他的离去会让两个孩子很难过，会让她们失去很多优势，这一点我可以肯定。当然了，她们已经够大了，黛黛已经十八岁，艾尔莎快要十五岁了。她们的学校很好，都有很好的老师。但这就够了吗？她们从来都没有真正融入这里，她们俩都没有知心的同学或者朋友，好像只有在看到里诺时，她们才会很开心，她们和那个比她们大很多，但比她们幼稚的大男孩有什么共同之处呢？

不能这样下去了，我应该离开那不勒斯。比如说，我可以试着在罗马生活。为了伊玛，我可以和尼诺重新建立联系，当然只是朋友。或者我应该回佛罗伦萨，让彼得罗和两个女儿更亲近，这样他就不会想着去大洋那边，我必须马上做决定。有一天晚上，莉拉气呼呼地上来，明显状态很不好。她问我：

“你是不是告诉黛黛，让她不要再和詹纳罗见面？”

我觉得很不自在，我只是跟我的女儿说，让她不要粘着詹纳罗。

“她想什么时候见詹纳罗都可以。我只是担心詹纳罗会很烦，他是大人了，黛黛还是个小姑娘。”

“莱农，你把话说清楚，你是不是觉得，我儿子配不上你女儿?”

我有些不安地看着她问：

“为什么说这些?”

“你很清楚，她爱上詹纳罗了。”

我笑了起来。

“黛黛？爱上里诺？”

“有什么不可能？你觉得你女儿不可能为我儿子疯狂？”

- 20 -

一直到那时候，我都没关注黛黛的感情动向，她和艾尔莎完全不同，艾尔莎很欢快，每周都会换一个鞍前马后的“骑士”，黛黛在感情方面从来都没有表示或者朦胧的表白。我把她的这种内向态度，归结为她感觉自己不美。她对自己有点太严厉，我有时候会开她玩笑（“你的那些男同学真的这么没意思？”）。她是一个无法容忍别人言行轻浮的姑娘，尤其是对自己，但也针对我。比如说，我对某个送她回家的男性朋友很热情，我对着一个男人微笑，她都会指责我，更别说卖弄风骚了。几个月前，有一次我们搞得很不开心，她甚至用方言对我说了很难听的话，让我非常生气。

这也许不是对轻浮行为的排斥。听了莉拉的话之后，我开始仔细地观察黛黛。我意识到，她对于莉拉的儿子的保护态度，不是因为她儿童时代的感情，或者说就像我在那之前想到的，是一个少女对于那些受屈辱的人的热情捍卫。我意识到，她对别人的排斥是源于她对于里诺的强烈依恋，这种感情是从小就有的。这让我觉得很害怕，我想到了我对尼诺漫长的爱情，我很不安：黛黛现在走上了同一条道路，但是一条更糟糕的路，因为尼诺是一个很出色的男生，他后来成为一个英俊、聪明、成功的男人，但里诺是一个很不自信、没有文化、没有魅力，也没有任何未来的年轻男子。现在看看他，他的样子已经不像斯特凡诺了，而像他爷爷堂·阿奇勒。

我决定和黛黛谈谈这件事。离她的高中毕业考试还有短短几个月，她很忙，她可以对我说：“我有事儿，我们回头再说吧。”但黛黛不是艾尔莎，黛黛不会敷衍我，也不会假装。对于我的大女儿，我确信无论是什么时候，无论她在做什么，只要我开口，她都会对我开诚布公。我问：

“你是不是爱上了里诺？”

“是的。”

“那他呢？”

“我不知道。”

“你从什么时候爱上他的？”

“一直。”

“但假如他不爱你呢？”

“我的生活会变得没有任何意义。”

“那你打算怎么做？”

“我考完试再告诉你。”

“你现在就告诉我。”

“假如他接受我的话，我们会离开这里。”

“去哪儿？”

“我不知道，但一定会离开这里。”

“他也痛恨那不勒斯吗？”

“是的，他想去博洛尼亚。”

“为什么？”

“那是一个自由的地方。”

我用充满爱意的目光看着她，我说：

“黛黛，你知道你父亲和我都不会让你去的。”

“并不需要你们的认可，我会离开这里的。”

“哪里来的钱呢？”

“我会工作的。”

“那你的两个妹妹呢？我呢？”

“妈妈，我们迟早都要分开的。”

和黛黛的这次谈话让我觉得很无力。她一本正经地跟我说了这些不可理喻的事，但我尽量表现得很镇静，就好像她在说一些很有道理的话。

然后我带着非常不安的心情，想着要找到什么对策。黛黛只是一个陷入爱河的少女，无论通过什么手段我都要让她听我的话，但问题是莉拉，我很怕她，我马上意识到，跟她的冲突会在所难免。她已经失去了蒂娜，里诺是她唯一的儿子。她和恩佐采用了很强硬的手段及时把他从毒品里拽了出来，她肯定无法接受我也伤害他。再加上有我两个女儿陪伴着，对他有好处，在这个阶段他有时候甚至会去帮恩佐干活。假如让两个姑娘不和他来往，里诺可能会又一次迷失。里诺可能出现的退步让我也很担忧，我对他很有感情，他是一个很不幸的孩子，现在成了一个不幸的青年人。他一定一直都很爱黛黛，放弃黛黛对他来说绝对是一件无法忍受的事情。怎么办呢？我对他态度更加热情，我希望不会有什么误解：我欣赏他，只要他提出要求，我会一直帮助他，但无论是谁，都会发现他和黛黛是截然不同的人，无论他们有什么打算，在很短的时间里肯定会遭遇挫折。我的态度让里诺对我很热情，他把我家里坏了的百叶窗、漏水的水龙头修好了，三姐妹在旁边帮忙。但莉拉并不欣赏她儿子的积极态度。如果他在楼上待的时间有点儿长，她会在下面喊他，语气非常蛮横。

- 21 -

我不仅采取了这个策略，还给彼得罗打了电话。他正准备去波士顿，他去意已决。他很生多莉娅娜的气，用很厌烦的语气对我说，多莉娅娜现在露出了本性，她是一个不可靠的人，没有底线，然后他耐心听我讲了这些。我跟他说了黛黛的事儿，他很熟悉里诺，也记得里诺小时候的样子，也知道他长大了会成为什么样的人。他问了我好几次，就是想确信自己没搞错：“他没有毒品的问题吗？”又问：“他工作吗？”最后他说：“这是一件不着边际的事儿。”我们两个达成一致，但我们都知道这个女儿的脾气，这不是她一时兴起的决定。

我很高兴我们的看法一致，我让他来那不勒斯和黛黛谈谈。他答应说要来，但他有很多事儿要做，最后黛黛快要考试时他才出现了，其实是他在出发去美国之前来向两个女儿告别。我们有很长时间都没见面了，他还是一副心不在焉的样子，头发已经灰白了，身体看起来笨重了一些。在蒂娜失踪之前，他见过莉拉和恩佐——后来几次，他来看女儿时都只停留了几个小时，就把两个女儿带去旅行了。他这次来对莉拉和恩佐也很关心。彼得罗是一个客气的男人，他很小心，没有用自己大教授的身份让别人不自在。他和莉拉还有恩佐聊了很久，我很熟悉他严肃、投入的样子，在过去这可能让我觉得很讨厌，但现在我很欣赏这一点，因为他不是做做样子。黛黛说话时和她父亲很像，也是那种神情。关于蒂娜，我不知道他说了什么，恩佐不动声色，莉拉的脸色明朗起来了，感谢他之前写的那封感人的信，她说那封信对她帮助很大，他客气了一下。我那时才知道，因为蒂娜失踪的事情，彼得罗给他们写过信，莉拉真诚的感激也让我很惊讶。莉拉把恩佐完全排除在对话之外，跟我的前夫谈起了那不勒斯的事。他们谈了很久切拉马莱楼的历史，我知道那栋楼在基亚亚街上，我那时候才发现，她知道那座宫殿的结构、历史还有里面的珍藏。彼得罗满怀兴趣在听，我很气愤，我希望他能跟两个女儿多待一会儿，尤其是要面对黛黛的问题。

莉拉终于说完了。彼得罗先是和艾尔莎、伊玛亲热地交谈了一会儿，然后他找机会把黛黛叫到一边，父女俩谈了很久，他们都很平静。他们一边在大路边上走着，一边说话，我透过窗子看着他们。让我惊异的是，我是第一次发现他们是那么相似，黛黛的头发不像她父亲那么茂密，但她骨架很大，走路姿势有些笨拙，和她父亲很像。她已经是十八岁的大姑娘了，有着女性柔软的一面，但她的每个动作、每个步子都和彼得罗如出一辙，都好像她是从彼得罗的身体里冒出来的。我站在窗前很出神地看着他们。时间过去了很久，他们还在那里聊，艾尔莎和伊玛都开始不耐烦了。艾尔莎跺着脚说："我也有话要和爸爸说，现在他要走了，我什么时候才能告诉他啊？"伊玛也嘀咕了一句："他说，他待会儿也会和我说话的。"

彼得罗和黛黛终于回来了，他们看起来心情都很好。晚上，几个姑娘围在他周围，听他说话。他说他要去一栋红砖建筑里工作，那是一栋非常宏伟的楼房，很漂亮，入口处有一座雕像，那是一座神情严肃的雕像，颜色很深，除了一只鞋子很亮，这只鞋子在阳光下熠熠生辉，简直像金子做的，那是因为进进出出的学生都会去摸它，他们觉得摸一下可以带来好运。他们几个把我排除在外，聊得很开心。每次遇到这样的时刻，我都会想，彼得罗现在不用每天都当她们的父亲，因此他是一个完美的父亲，伊玛也很喜欢他。也许在男人跟前，事情只能这样：一起生活一段时间，生完孩子然后散伙。假如是尼诺那样轻浮的男人会不负任何责任地走开；假如是像彼得罗一样严肃的人，他们会承担所有义务，给孩子所需要的东西，会表现出自己最好的一面。无论是对于男人还是女人，那种夫妻相互忠诚、白头到老的时代已经结束了。为什么我们要觉得可怜的詹纳罗对黛黛是一个威胁呢？黛黛会体验她的激情，然后燃尽这种激情，继续走自己的路，可能时不时会和詹纳罗见面，说一些温情的话。事情的发展是可以预测的：为什么我希望我女儿作出不同的选择呢？

这些问题让我很尴尬，我决定用我能显示出来的最权威的语气，告诉几个孩子该睡觉了。艾尔莎刚才发誓说，用不了几年，拿到高中毕业证之后，她会去美国和她父亲一起生活。伊玛拉着彼得罗的一条胳膊，也想得到他的关注，她当然想要问彼得罗，能不能让她也去。黛黛有些忐忑地沉默着，我想，也许问题已经解决了，里诺已经被放置在一边了，现在她正对着艾尔莎说："你还要等四年，我高中要毕业了，顶多还有一个月，我就可以去找爸爸了。"

- 22 -

但当我和彼得罗单独在一起时，看看他的脸色，我就知道他非常担心。他说：

"没办法了。"

"也就是说？"

"黛黛是个死心眼儿。"

"她跟你怎么说的？"

"她说什么不重要，而是她要做什么。"

"她要和詹纳罗同居吗？"

“是的。她有一个非常细致的计划，每一步都安排好了。在考完试之后，她要向里诺表白，会失去童贞，他们会一起离开这里，不必自食其力，就靠乞讨为生。”

“不要开玩笑。”

“我不开玩笑，我只是一句一字跟你说她的计划。”

“你这话说起来轻省，你现在要走了，留下我做一个恶人，一个坏母亲。”

“她还是很指望我的。她说如果这个小伙子愿意，他们会一起来波士顿找我。”

“我会打断她的腿。”

“他们俩把你的腿打断还差不多。”

我们一直谈到深夜，刚开始是关于黛黛，后来还谈到了艾尔莎和伊玛，最后我们聊到了很多事情：政治、文学、我正在写的书、发表在报纸上的文章，还有他正在写的一本专著。我们已经太久没这样说话了。他用一种开玩笑的语气说到我一直以来的中庸姿态。他说我是半个女性主义者，半个马克思主义者，半个弗洛伊德主义者，半个福柯主义者，还有半个颠覆主义者。他后来用一种有些辛酸的语气说：“只有在我这里，你没有采用折中的方法。”他叹了一口气说：“对你来说，怎么都不行，我怎么都愿意接受，但还是另一个男人最完美。但现在呢？他装出一副立场坚定的样子，后来还不是加入了社会党的帮派。埃莱娜，埃莱娜，你让我受了多少罪！甚至是有人用手枪对着我时，你也没站在我这边。你把两个小时候的朋友带到家里，他们是两个杀人犯。你记得吗？算了，你是埃莱娜，我深深爱着你，我们有两个女儿，我怎么可能不继续爱你呢。”

我让他说着这些，我在他面前承认，我经常会盲从。我承认他对尼诺的看法是对的，一切令人非常失望。我试着再和他聊黛黛和里诺的事，我很担心，不知道怎么处理这件事情。我说我之前试着让那个男孩远离我们的女儿，这已经给我和莉拉之间带来了很多麻烦，我感觉很愧疚，我知道她会觉得我看不起他们。他点了点头。

“你应该帮助她。”

“我不知道怎么办。”

“她已经想尽一切办法把脑子用在别的地方，想摆脱痛苦，但她做不到。”

“这不是真的，之前她的确是尝试过，但现在她不工作，她什么都不想做。”

“你错了。”

莉拉跟他说她每天都在国家图书馆里泡着，她想了解关于那不勒斯的一切。我很不确信地看着他。莉拉又去图书馆了？并不是五十年代的城区图书馆，而是那家非常有名但很低效的国家图书馆？这就是她离开城区做的事情？这就是她的新爱好？为什么她没告诉我？她告诉彼得罗，就是为了让他转告我？

“她没有对你说吗？”

“她想说的时候会说的。”

“你要鼓励她继续，一个这么有天分的人，只停留在小学五年级的教育水平，真是让人难以接受。”

“莉拉只做自己想做的事情。”

“这只是你的看法。”

“我在她六岁时就认识她了。”

“可能是因为这个原因，她才会痛恨你。”

“她不痛恨我。”

“你很自由，而她却是囚徒，真的很难面对这样的处境。如果地狱真的存在，那也在她的脑子里。我一秒也不想进入那个地狱。”

彼得罗用的正是“进入”这次词，他的语气里带着恐惧、入迷和同情。我又一次重申：

“莉娜一点儿也不痛恨我。”

他笑了。

“好吧，你这么想也好。”

“我们去睡觉吧。”

我没给他准备通常他睡的那张行军床，他很不自然地看着我。

“一起吗？”

我们已经有十几年时间连手都没触摸过了。整个晚上我都担心几个女儿起来，发现我们睡在同一张床上。在昏暗中，我看着那个体型庞大、头发凌乱，在轻轻打呼的男人，我们结婚之后，他很少跟我一起睡上那么长时间。通常因为很难达到高潮，他会折腾我很长时间，完事之后，他会仰面躺一会儿，然后起身去学习。但那次性爱很舒适，那是告别前的欢愉，我们两个都知道这种事情再也不会发生了，因此我们都很放得开。彼得罗从多莉娅娜那里学到了我不知道的或者不想教给他的东西，他尽量让我觉察到他的变化。

在大约清晨六点，我叫醒了他，我对他说：“你该走了。”我陪他走到停车场，他不停地跟我叮咛两个女儿的事，尤其是黛黛。我们握了握手，吻了一下脸颊，然后他就出发了。

彼得罗走了之后，我有些慵懒地来到了报刊亭，卖报的人正在拆开报纸的包装。我买了三份通常我只看标题的报纸。我开始准备早餐，一边想着彼得罗，还有我们聊过的事情。我可以接受他说的一切——他对我的那些柔和的抱怨、黛黛，还有他对莉拉浮于表面的心理分析，但有时候他会在我们的思想和到现在还影响着我们的事情之间建立起一种隐秘的联系。我一直回味着他对帕斯卡莱和娜迪雅的定义——“两个杀人犯”，他就是用这种毫不客气的语气提到我童年的朋友。我意识到，在娜迪雅身上用“杀人犯”这个词，我可以很自然地接受，但对帕斯卡莱，我还是无法接受。我还在想这是为什么，这时候电话响了，是莉拉从楼下打来的。她听到了我和彼得罗出去的声音，也听到我回来的动静，她想知道我有没有买报纸，刚才广播里说，帕斯卡莱被捕了。

- 23 -

这个消息让我们几个星期都很激动，我得承认，对于我们这位朋友，我的关注还有投入的精力，远远大于对黛黛的考试的关注。我和莉拉马上跑到了卡门家里，她已经知道了所有事情，或者说是最核心的部分，我觉得她挺平静的。帕斯卡莱是在阿维利诺的赛里诺山上被逮捕的，警察把他藏身的那间农舍包围了，他表现得很理性，没有暴力反抗，也没有试图逃走。卡门说：“现在我要祈祷他在监狱里不要被弄死，就像爸爸那样。”她还是继续认为她哥哥是个好人，不仅如此，在她激动时对我说，我们三个——她、我和莉拉都要比她哥哥坏得多。她忽然边哭边说：“我们只关心自己的事儿，但帕斯卡莱不是这样，帕斯卡莱完全是遵循父亲对他的教育成长起来的。”

卡门的话，还有她真诚的痛苦——也许是我们认识以来第一次，让我和莉拉无话可说。比如说莉拉没有反驳她，至于我，她的话让我很不自在。佩卢索家的两兄妹仅仅是我的生活的一个背景，他们单纯简单的存在让我开始怀疑自己。我绝对排除了他们做木匠的父亲教给了他们这些事，就像弗朗科教给黛黛的关于梅尼乌斯·阿格里帕平息庶民起义的故事，但他们俩出于本能——卡门要少一些，帕斯卡莱要多一些——都认识到一个人吃饱肚子，不会给另一个人的四肢提供养分，如果有人试图让别人相信这一点，他们迟早会得到该有的下场。虽然我们各方面差别很大，但他们的历史阻碍了我和莉拉真正接近他们，但我没办法远离他们。因此，有一天我也许会对卡门说："你应该高兴才对啊，现在帕斯卡莱受法了，我们更清楚怎么帮助他。"然后在第二天我会对莉拉说，我也完全同意她的看法：要捍卫一个没有权利的人时，法律和保证没什么用，他会在监狱里被他们折磨死的。有时候我会承认他们俩的观点，尽管从我出生起，我所经历的暴力让我很厌恶，但要面对我们生活的这个残酷的世界，还是需要一定剂量的暴力。在这些混乱思想的促进下，我尽一切努力，想帮助帕斯卡莱，我不希望他感觉自己和同伴受到的待遇不一样，因为娜迪雅受到了极大的重视，我不希望他觉得自己谁都不是，也没有人关心他。

- 24 -

我找了一些可靠的律师，甚至决定不停地打电话找到尼诺，他是我唯一认识的议员。但是我一直都没能直接和他通话，都是他的秘书接的电话。经过漫长的协调之后，她为我安排了一个见面的时间。我冷冰冰地说："请您告诉他，我会带着我们的女儿来见他。"电话那头是很长时间的迟疑。"我会告诉他的。"那个女人最后说。

过了几分钟，电话响了。依然是那位女秘书："萨拉托雷议员阁下很高兴在复兴广场上他的办公室和你们见面。"但在接下来的几天里，见面的时间和地点在不停地变：议员阁下出去了，议员阁下回来了，但他很忙，他要参加一个会。尽管我有记者证，也小有名气，我是他女儿的母亲，但我直接和他——一个人民代表联系那么艰难，这让我自己都很惊异。但一切终于确定下来了，见面的地方定在蒙特奇托里奥宫。我和伊玛精心打扮了一番就出发去罗马了。她问我能不能带着那张珍贵的竞选宣传单，我说可以。在火车上，她不停地看着那张传单，就好像要对比照片和真人的差别。到了罗马后，我们就坐了一辆出租车到了蒙特奇托里奥宫。每次遇到障碍，我都会拿出证件，我说——尤其是为了让伊玛听到："我们在等萨拉托雷议员阁下，这位是他女儿伊玛——伊玛·萨拉托雷。"

我们等了很久，孩子后来很担心地问我："如果人民不放他走呢？"我向她保证："不会的。"最后尼诺终于出现了，他跟在他秘书后面，那是一位非常迷人的年轻女人。尼诺很优雅，光芒四射，他非常热情地拥抱和亲吻了他女儿，一直抱着她不放，就好像她还很小。但最让我惊异的是，伊玛马上就和他变得很亲密，她抱着尼诺的脖子，拿着那张宣传单，幸福地说："你比照片里更帅，你知道吗？我的老师投了你的票。"

尼诺非常关注她，让她讲了学校里的事、她的同学、她最喜欢的课程。他对我不怎么关注，我已经属于他过去的生活——一种已被超越的生活，他觉得没必要在我身上浪费精力。我说了帕斯卡莱的事，他在听我说的同时并没有忽视他女儿，他只是示意秘书把这件事情记下来。最后我讲完了，他很严肃地问我：

“你期望我为你做什么？”

“想让你看看，他是不是得到了法律保护，身体有没有受到损害。”

“他在配合法律机关的工作吗？”

“没有，我怀疑他永远都不会。”

“他最好配合一下。”

“就像娜迪雅一样吗？”

他有些尴尬地微笑了。

“假如不想在监狱里度过余生，娜迪雅没有别的选择，她只能那么做。”

“娜迪雅是一个被惯坏了的娇小姐，但帕斯卡莱不是。”

他没有马上回答，他摁了一下伊玛的鼻子，就好像那是一只摁钮，然后模仿门铃的声音，他们一起笑了起来。他对我说：

“我会去看看你那个朋友的情况，我在这里就是为了捍卫所有人的权利。但我会告诉他，那些被杀的人的亲人也有权利。一个人当了革命者，杀人放火之后，再高喊：‘我也有权利！’事情不能这么来。你明白了吗，伊玛？”

“是的。”

“是的，爸爸！”

“是的，爸爸！”

“假如老师对你不好，你打电话给我。”

我说：

“假如老师对她不好，她自己想办法。”

“就像帕斯卡莱·佩卢索那样吗？”

“帕斯卡莱没有人可以求救，没有人可以保护他。”

“这就能为他开脱吗？”

“不是。但你说了，假如伊玛要捍卫自己的权利，可以打电话给你。”

“为了你的朋友帕斯卡莱，你不是也来找我了吗？”

我非常烦躁，很不高兴地离开了，但对于伊玛来说，那是她生命最初七年里最重要的一天。

时间一天天过去。我以为自己去罗马是白费时间，但尼诺却信守了诺言，他过问了帕斯卡莱的事情。随后我从他那里得知了律师要么不知道，要么没告诉我们的事情。我们的朋友参与了一些非常重大的政治犯罪，涉及整个坎帕尼亚大区。根据娜迪雅的供词，他是很多命案的核心人物，这也是之前我们就知道的。新的情况是，她把所有事都推到帕斯卡莱身上，包括一些影响不是很大的事情。这样，帕斯卡莱头上也被安上了谋杀吉诺和布鲁诺·索卡沃的罪名，另外，曼努埃拉·索拉拉以及后来她的两个儿子——马尔切洛和米凯莱的死，也算到了帕斯卡莱头上。

“警察和你以前的女朋友达成了什么协议？”最后一次见尼诺时，我问他。

“我不知道。”

“娜迪雅说了很多谎。”

“我不排除这种可能。但有一件事情我很确信：她正在把很多自以为安全的人拉下水。你要告诉莉娜，让她小心点儿，娜迪雅一直都很恨她。”

- 25 -

过去了那么多年，尼诺还是会不失时机地提到莉拉，远距离对她表示出关切。我当时就在他面前，我爱过他，我身边是他的女儿——伊玛正在吃巧克力冰激凌。但他只把我当成是他年轻时的一个朋友，在我面前炫耀他走过的辉煌历程，从高中的课桌一直到议会的席位。我们最后一次见面，他对我最大的恭维就是把我和他放在同一个等级上。我不记得当时是在说什么事情，他说："我们俩取得了很高的社会地位。"但他说这句话时，我在他的眼睛里读到了，他把我们放在一起只是一种客套。他觉得自己要比我好得多，证据就在那里，尽管我写了一些很成功的小书，但我还不是出现在他面前恳求他帮忙。他看着我，对我很客气地微笑着，好像在说：看看你离开我之后错过了什么。

我很快带着孩子离开了。我很确信，假如莉拉出现，他的态度会完全不一样。他会支支吾吾，会觉得自己受到了挤压，甚至会觉得这些炫耀很滑稽。当我们走到了停车的地方——那次我是开车去罗马的——我想起了一件之前从来都没想到过的问题：尼诺只有跟莉拉在一起时，才差点儿毁掉了自己的前程。在伊斯基亚还有之后的一年时间里，他陷入了一场只能给他带来灾难的热恋。在他的一生中，这是一件很不寻常的事。那时候，他已经是一个很有名、很有前途的大学生。现在我很清楚，他和娜迪雅在一起，因为她是加利亚尼老师的女儿，他认为这是他进入上层社会的一把钥匙。他的选择和他的野心总是相符的。他和埃利奥诺拉结婚不是出于利益吗？还有我，我为了他离开了彼得罗，我当时已经是一个取得一定成功的作家，在社会上有一定的地位，出版我的书的出版社很重要，我不是对他的事业也很有用吗？所有那些帮助过他的太太们，不也是按照这个逻辑来的吗？当然了，尼诺很爱女人，他尤其善于经营那些对他有用的关系。如果他仅仅凭借聪明才智，而不凭借他从小就开始编织的权力网络，是不能走到这一步的。但莉拉呢？她只上到小学五年级，很年轻就成了一个小老板的妻子，假如斯特凡诺发现他们的关系，会把他们俩都杀了的。为什么尼诺在当时会赌上自己的前途呢？

我让伊玛上车坐好，我批评了她，因为她把冰激凌滴在了我给她特意为那次会面买的新衣服上。我发动了车子，从罗马出发了。也许莉拉吸引尼诺的地方，就是尼诺一开始在她身上看到了以为自己也有的东西，但对比之下他发现自己并没有。她拥有才智，但她没有利用它为自己谋福利，而像贵妇一样在挥霍着自己的才智，就好像对她来说，整个世界的财富都是庸俗的。莉拉的才智是免费的，这就是她让尼诺入迷的原因。她和其他女人不一样，因为她天生就那么桀骜不驯，不会为任何事儿弯腰。我们所有人都作出让步了，经过考验、失败和成功，这种让步重新塑造了我们。只有莉拉，没有任何人、任何事可以改变她。不仅如此，随着年龄的增长，她和任何人一样变得顽固、难相处，但她的那些品质一直都原封未动，甚至更加坚固。我们恨她的同时，也害怕她，会对她充满敬意。想想看，娜迪雅和她没见过几次面，就那么痛恨她，想陷害她，我觉得这一点儿也不奇怪。莉拉从她手里把尼诺抢走了，莉拉羞辱了她的革命信仰。莉拉很坏，莉拉在别人出击之前就已经开始进攻。莉拉是一个庶民，但她拒绝救赎。总之，莉拉是一个劲敌，伤害她可以让人得到极大的满足感，不会像伤害帕斯卡莱，会激起别人的愧疚感，娜迪雅可能是那么想的。在那些年里，一切都变得那么猥琐：加利亚尼老师、她位于海湾边上的房子、她的几千本书、她的画儿、那些文雅的交谈、阿尔曼多，还有娜迪雅——她当时那么秀气，那么有教养，当我在学校外面看到她出现在尼诺身边时，在她父母那套漂亮的房子里举办舞会接待我时，当她放下自己的架子完全投身于建立一个新世界时，当时她身上也有着无与伦比的东西，也有着灿烂的形象。但现在她去掉伪装，那些高贵的理想都消散了，只剩下对曾经滥杀的恐惧，以及对嫁祸于以前的泥瓦匠的羞愧。以前她觉得，帕斯卡莱是新人类的先锋，现在她利用帕斯卡莱和其他人，把自己的责任推卸得一干二净。

我很激动。当我一路开车回那不勒斯时，我想着黛黛，我觉得她要犯一个类似于娜迪雅犯过的错误，那些错误会让你失去自己。那时候已经是七月底了，正好是前一天，黛黛在高中毕业考试中得了最高的分数，她是艾罗塔家的人，是我的女儿，以她的聪明才智，得到这样的结果顺理成章。很快她就能超过我，超过她的父亲。我通过辛勤努力和幸运才得到的东西，她以后很随意就能得到，就好像生来就拥有这些。但她有什么样的人生计划？她去和里诺告白，她为了公正和团结抛弃自己的所有优势，受到那些和我们不一样的东西的吸引，和他一起沉沦下去，我不知道她从那个小伙子身上看到了什么过人之处。我透过后视镜看着伊玛，忽然问她：

“你喜欢里诺吗？”

“我不喜欢，但黛黛喜欢。”

“你怎么知道的？”

“是艾尔莎告诉我的。”

“又是谁告诉艾尔莎的呢？”

“黛黛。”

“你为什么不喜欢里诺呢？”

“因为他很丑。”

“那你喜欢谁？”

“我爸爸。”

我在她眼里看到了一种热情，她看到父亲散发出的光芒。我想，假如尼诺和莉拉一起沉下去的话，他是不会有这种光芒的。娜迪雅现在也永远失去了这种光芒，因为她和帕斯卡莱混在了一起。假如黛黛和里诺一直在一起的话，她也会失去这种光芒。忽然间，我充满羞愧地明白了，为什么加利亚尼老师看到她女儿坐在帕斯卡莱的膝盖上时，会那么厌烦，我开始理解她的感受，我也明白尼诺为什么后来会离开莉拉，为什么不呢？我也开始理解阿黛尔为什么不得不强颜欢笑，接受我和他儿子结婚。

- 26 -

一回到城区，我就去敲莉拉家的门，她很不情愿地给我开了门，看到她一副心不在焉的样子，我一点儿也不担心，这已经是她的常态了。我很仔细地跟她讲了尼诺跟我说的那些事，最后我才跟她说了与她有关的那句话，即她可能面临的威胁。我问她：

“娜迪雅真的会伤害到你吗？”

她做了一个无所谓的表情。

“只有你爱某个人时，别人才能伤害到你，我已经谁也不爱了。”

“里诺呢？”

“里诺已经走了。”

我马上想到了黛黛和她的计划，我很害怕。

“去哪儿了？”

她从桌上拿起了一张纸条，递了过来，嘟哝了一句：

“他小时候字写得那么好，现在你看看，他又成了文盲了。”

我看了那张纸条，里诺用一种歪歪扭扭的字体写着他厌烦了这里的一切，他还毫不留情地骂了恩佐，他说他要去博洛尼亚，找一个当兵时认识的朋友。纸上一共六行字，没有提到黛黛。我的心开始狂跳，他的字迹、拼写和句法和我女儿有什么关系吗？甚至他母亲也觉得，这张纸条是一个失败的象征，一个失望的结果，甚至像一个预言：假如蒂娜没被人带走的话，这就是会发生在她身上的事情。

“他一个人走的吗？”我问。

“你想他能和谁一起走？”

我很迟疑地摇了摇头。她从我的眼睛里看到了忧虑，微笑着说：

“你害怕他和黛黛一起走的？”

- 27 -

我马上跑回家了，伊玛紧跟在我后面。我进到屋里叫了黛黛，也叫了艾尔莎，没人回答。我一下子闯进了平时我大女儿睡觉和学习的地方，我看到了黛黛，她躺在床上，眼睛哭得红红的。我舒了一口气，我想她一定是跟里诺告白了，结果那个小伙子拒绝了她。

我还没开口，伊玛可能没看到姐姐的精神状况，她开始热情洋溢地讲起了自己的父亲，但黛黛用方言骂了一句，坐起来一下把妹妹推开了，又哭了起来。我示意伊玛不要生气，我很温柔地对我的大女儿说："我知道这很可怕，我理解，但这件事会过去的。"她的反应很激烈，我当时正在轻轻抚摸她的头发，她猛地甩了一下头，摆脱了我。她叫喊起来："你说什么，你什么都不知道，什么都不明白，你只想着你自己，还有你写的那些破玩意儿。"她递给我一张方格纸，准确地说是甩到我脸上，然后走开了。

伊玛看到姐姐那么绝望，眼睛也亮晶晶的，涌出了眼泪。我想分散一下她的注意力，就对她说："你去叫艾尔莎，看看她在哪儿。"我抓起了那张纸，那天的纸条可真多。我马上认出了我二女儿娟秀的字迹，纸条是写给黛黛的。艾尔莎解释说，情感是无法控制的，里诺早就爱上她了，她也逐渐爱上了里诺。她当然知道这会让黛黛痛苦，她觉得很遗憾，但她知道即使退出，放弃自己爱的人，也无法解决问题。后面的话是写给我的，几乎用了一种戏谑的语气说她已经决定放弃学业，我对学习的重视让她觉得很可笑，书本并不会使人变好，而是偶尔会有些好人会写一些好书，里诺虽然没看过一本书，但他很善良。她强调说，她父亲是个好人，写了非常好的书，书本、人还有善良之间的联系在这里就结束了：她没提到我。她最后充满感情地跟我告别，让我不要太生气：黛黛和伊玛会让我满意，她觉得她已经没法遵循我的想法。她给小妹妹画了一个带翅膀的心。

我变得怒不可遏。我对黛黛发了一顿脾气，我说，她怎么能够没察觉到妹妹像往常一样，总是会把她在意的东西抢走。我对她吼道："你应该发现这一点，你应该阻止她，你那么聪明，但你让一个虚荣的小滑头玩得团团转。"我对莉拉说：

"你儿子不是一个人走的，他把艾尔莎带走了。"

她看着我，有些迷糊：

"艾尔莎？"

"是的，艾尔莎还是未成年人，里诺要比她大九岁，我真想去警察局告他。"

她笑了起来，那不是出于恶意，而是难以置信的笑。

她笑着说自己的儿子：

"你看看，他还真能干啊！我简直太低估他了。他让两位娇小姐都为之疯狂，我简直无法相信。莱农，你过来，放松一下，坐到这儿来。我越想就越觉得可笑，而不是想哭。"

我大声说，这没什么好笑的，里诺现在做的事情非常严重，我真的要去警察局了。这时候她语气变了，她指着门对我说：

"你去啊，去告啊，你还等什么。"

我出去了，走到警察局门口，我就折回来了，每步两个台阶地上楼回到家里。我对着黛黛叫喊："我想知道，那两个狗东西到底去哪儿了，马上告诉我。"她很害怕，伊玛用手把耳朵堵住了。但我一直在大声嚷嚷，直到黛黛承认，艾尔莎认识里诺在博洛尼亚的一个朋友，那人来过城区一次。

"你知道他叫什么名字吗？"

"知道。"

"你有没有地址和电话？"

她在发抖，我问她什么她就说什么。尽管她痛恨妹妹已经超过了痛恨里诺，但她觉得跟我合作也不光彩，就不说了。我自己想办法，我一边叫喊，一边翻艾尔莎的东西，把家里翻了个底朝天。最后我停了下来，当我想要找到写着地址的纸条或者艾尔莎学校里的日记，但我发现我的有些东西不见了：抽屉里的钱都不见了，我平时都是把钱放在那里的，而且我的首饰都不见了，包括我母亲的手镯。艾尔莎一直都很喜欢那只手镯，她总是半开玩笑半严肃地说，假如外婆写遗嘱的话，会把手镯留给她，而不是留给我。

- 28 -

我发现艾尔莎拿走了钱和首饰，我变得更坚决，黛黛最后把我要找的电话和地址给了我。当她决定给我时，她又对自己的做法很不满，她叫喊着说，我和艾尔莎一模一样，我们不会尊重任何人、任何事儿。我让她闭嘴，我开始打电话。里诺的朋友叫莫莱诺，我威胁了他。我对他说，我知道他贩卖海洛因，我会让他坐大牢，一辈子别想出来。但我没得到任何有用的消息。他向我发誓说，他不知道里诺在哪儿，他记得黛黛，但我说的那个女儿艾尔莎，他从来都没见过，也不认识。

我又去找莉拉，是她给我开的门，恩佐也在，他让我坐下，对我很客气。我说我要马上去博洛尼亚，我用命令的语气让莉拉陪我去。

“没有必要去找的。”她回答说，“你看吧，他们一分钱没有了，会回来的。”

“里诺拿了你多少钱？”

“没拿。他知道，即使是拿我十里拉，我也会把他骨头打断。”

我感觉很屈辱，嘟哝着说：

“艾尔莎把我的钱和首饰都拿走了。”

“那是因为你教育得不好。”

这时候恩佐对她说：

“别说了。”

她忽然发作了，对他说：

“我就是想说！我儿子吸毒，我儿子不学习，我儿子不会说话，不会写字，我儿子很懒，我儿子犯下所有的过错，但偷东西的是她女儿，背叛姐姐的是艾尔莎。”

恩佐对我说：

“我们走吧，我陪你去博洛尼亚。”

我们是晚上开车去的。我刚从罗马开车回来，一路上已经很累了，但我悲愤交加，痛苦和怒火已经消耗了我剩下的全部力气，紧张的气氛一过去，我就感觉精疲力竭。我坐在恩佐旁边，我们驶出了那不勒斯城，上了高速公路，我才渐渐开始为黛黛的状况担忧，我害怕可能会发生在艾尔莎身上的事情，而且我也吓到了伊玛，在莉拉面前谈到里诺时，我忘了里诺是她唯一的儿子，我为自己的言行感到羞愧。我不知道是不是应该打电话给在美国的彼得罗，让他马上回来，我不知道自己是不是真的应该去报警。“我们会把这些问题都解决了的。”恩佐装出一副确信的样子说，“你不用担心，即使告了里诺，也没什么用。”

“我不想去告里诺。”我对他解释说，“我只是想让警察帮着找到艾尔莎。”

我真是这么想的。我小声说，我希望我能找到我女儿，带她回家，然后收拾行李，我一分钟也不想待在那个家里，不想继续待在城区，待在那不勒斯。我对他说，这已经没有意义了，现在我和莉拉开始为了谁把孩子教育得好的问题吵架。我们在争执，发生这样的事情，到底是她的错还是我的错，我受不了了。

恩佐一直在默默地听我说话，虽然他最近也在生莉拉的气，但他开始为莉拉开脱。他并没说到里诺还有里诺给他母亲带来的麻烦，而是说到了蒂娜。他说："假如一个没几岁的孩子死了，死了就完了，大人迟早也就不想这事儿了，但假如失踪了，一点儿消息也没有，那你生活里的一切都再也无法恢复了。蒂娜到底还回不回来呢？她什么时候回来？她是活着，还是已经死了？"他小声说，"你时时刻刻都在想这个问题。她是不是在街上流浪，像吉卜赛人一样？还是她在有钱但没孩子的人家里当女儿？他们会不会让她做一些丑事儿，然后把那些照片和电影卖掉？她是不是被肢解了，心脏被取出来高价卖给了另一个孩子？她身体的其他部位被埋葬了，还是被烧了？或者她整个被埋了，因为她被绑架时不小心被人弄死了？假如她没被烧掉，被埋掉，不知道她在哪里长大，她现在是什么样子的，以后会变成什么样子，假如在路上遇到她，我们能不能认出她来？假如我们认出她来，谁把我们失去的东西还给我们，我们错过了蒂娜身上发生的那些事。蒂娜那时候很小，她会不会觉得自己被遗弃了？"

在他说出这些艰难但激烈的话时，我在车灯下看到了恩佐脸上的泪水，我明白他不仅仅说的是莉拉，他是想表达自己的痛苦。那次和他出去很重要，到现在我还很难想出一个比他更敏感的男人。刚开始，他跟我说了在那四年里，每个白天和晚上，莉拉一直对他说的或嚷嚷的事情。然后他让我讲讲我的工作，还有我觉得遗憾的事。我跟他讲了我的女儿、书本、男人，还有一些懊悔的事情，以及我对成功的渴望。我说，现在写东西已经成为了一种义务，我不分昼夜地努力，想让人感觉我的存在，不要被排挤出去，就是为了和那些认为我是一个没天分却喜欢发表见解的小女人的人作斗争。“那些迫害者，”我嘀咕着，“他们的唯一目的就是让我失去读者，他们并没有一个很高尚的目的，只是为了阻止我继续进步，或者他们只是想通过贬低我，来抬高他们自己或者他们维护的人。”他让我发泄了一下，他赞扬了我做事时投入的激情。他说：“你看你多投入，这种狂热让你稳稳地扎根在你选择的世界里，你已经展示出了你所有的才华，尤其是你会投入所有情感，这样生活就不会把你拖着走。对于你来说，蒂娜失踪是一件可怕的事情，想到这件事情，你可能会忧伤，但这已经是过去很久的事儿了。但对于莉拉来说，在所有这些年里，就像天塌下来，雨水从屋檐上掉下来，她完全陷入了失去女儿留下的空白之中。她就停在了蒂娜身上，在蒂娜之后，那些依然活生生的、生长繁茂的东西让她充满敌意。”他说：“她很强势，她对我态度很糟糕，她生你的气，她会说一些很难听的话。但是你不知道有多少次她洗着盘子，或者透过窗子看着大路，她看起来很平静，其实已经失去意识了。”

- 29 -

在博洛尼亚，我们没有发现里诺和我女儿的影子。尽管在恩佐不动声色的恐吓下，莫莱诺把我们带到了一些他们可能会去的地方，假如他们在这个城市，在那些地方他们一定会受到欢迎。恩佐经常给莉娜打电话，我也给黛黛打了电话。我们希望有好消息，但是并没有。这时候我又陷入了危机，我不知道该怎么办。

我又一次说：

“我要去警察局。”

恩佐摇了摇头。

“再等一下。”

“里诺把我的艾尔莎毁了。”

“你现在还不能这么说。你要看清楚你女儿，你要看到她们真实的样子。”

“我对她们一直很关心。”

“是的，但你并不真正了解她们。为了伤害黛黛，艾尔莎什么事儿都能做得出来，她们俩在一件事情上态度是一致的——折磨伊玛。”

“你不要让我说我不想说的话：这是莉拉对她们的看法，你只是重复了她的话。”

“莉拉很爱你，很欣赏你，她对你的几个女儿很有感情，是我这么想的，我说这些是为了让你好好想想。不要着急，你看吧，我们会找到他们的。”

但我们没找到他们，我们决定回那不勒斯。车开到佛罗伦萨时，恩佐想给莉拉打一个电话，想知道有什么新消息。他把电话挂上了之后，很不安地对我说：

“黛黛要和你谈谈，但莉娜不知道是什么事儿。”

“她在你们家吗？”

“没有，她在你家。”

我马上就把电话打过去了，我很担心是伊玛生病了。黛黛没有给我开口的时间，她说：

“我明天就出发去美国，我去那里上学。”

我尽量压抑着自己的声音，说：

“现在不是说这些的时候，等我一回去，我们就和你爸爸说。”

“妈妈，有一件事情我要跟你讲清楚：我离开这个家之后，艾尔莎才能回来。”

“现在最要紧的是要知道她在哪儿。”

她用方言对着我喊道：

“那个贱人刚刚打了电话，她在奶奶家。”

- 30 -

那个奶奶当然就是阿黛尔，我打电话给我以前的公公婆婆，是圭多·艾罗塔接的电话，他冷冰冰地把电话转给了他妻子。阿黛尔很客气，她跟我说，艾尔莎在她那里，又补充说，她不是一个人去的。

“那个男孩和她在一起？”

“是的。”

“我可以去你们那里吗？”

“我们等着你来。”

我让恩佐把我放在佛罗伦萨火车站。那趟旅行非常复杂，火车晚点，又要等待换车，还有各种各样让人心烦的事儿。我想着艾尔莎，她一定是利用自己的狡黠把阿黛尔也卷入其中。黛黛根本就不会玩手段，但艾尔莎在遇到问题时总是会想出计策来保护自己，她很少失手。很明显，按照她的盘算，她要把里诺放到她奶奶面前，她和黛黛都很清楚，阿黛尔很勉强地才接受我当她的儿媳。一路上我的心踏实很多，因为我知道她在安全的地方，但我痛恨她让我不得不面对的局面。

我来到热内亚，准备面对一场剧烈的冲突，但我发现阿黛尔很热情，圭多·艾罗塔也很客气。至于艾尔莎——她穿着过节的衣服，浓妆艳抹，手上戴着我母亲的手镯，非常鲜艳，还有很多年前她父亲送给我的戒指，她对我很亲热，也很自在，就好像我生她的气是不可理喻的事儿。唯一沉默不语，垂着眼睛，觉得自己做错事的人是里诺，这让我很心软，最后我对他要比对我女儿友好一点。也许恩佐说得对，在这件事情里，里诺并不是很重要，没有起到主导作用，他一点都没学到他母亲的那种刚硬和肆无忌惮的性格，都是艾尔莎把他拖进来的，她只是把里诺当成武器来伤害黛黛。有几次他看着我时，目光像一条忠实的狗。

我很快明白，阿黛尔接待了艾尔莎和里诺，就好像他们是一对夫妇：他们一起睡觉，有自己的房间、自己的毛巾。在奶奶面前，艾尔莎一点儿也不害臊地展示出了他们的亲密关系，也许在我面前是故意这样的。吃完晚饭之后，两个孩子手拉着手进了房间，我婆婆想要引导我说一些里诺的不是。她后来说："艾尔莎还是一个孩子，我不知道，她在这个小伙子身上看到了什么吸引人的地方，我们应该帮着她走出来。"我打起精神回答说："里诺是个好孩子，假如不是个好孩子，那也没办法，她爱上里诺了。"我对阿黛尔表示了感谢，感谢她接待了两个孩子，还有她的远见，然后我就去睡觉了。

但我整晚都睡不着，想着如何面对这个局面。假如我说错一句话，可能会把我的两个女儿都毁了。我没办法让艾尔莎和里诺马上切断关系，我也没办法强迫两个姐妹生活在一个屋檐下，根据目前的情况，这是不可能的。我想，如果这时候我搬到另一个城市，那只能使事情更复杂，艾尔莎会留下来和里诺在一起。我很快意识到，假如我把艾尔莎带回家里，让她念到高中毕业，那我就要让黛黛离开我，让她去她父亲那里。第二天，按照阿黛尔告诉我的最佳的通话时间（我发现她和她儿子经常通话），我给彼得罗打了电话。他母亲已经仔仔细细地跟他讲了发生的事情，阿黛尔对这件事情的真实态度并非她在我面前表现的那样。彼得罗用沉重的语气说：

"我们应该搞清楚，我们到底是哪门子父母，我们让两个女儿失去了什么东西。"

"你是说我不是一个好母亲？"

"我说的是感情需要连续性，我和你都没办法给黛黛和艾尔莎提供这种保证。"

我打断了他，跟他说，他现在可以做其中一个孩子完整的父亲：黛黛想去美国和他一起生活，马上出发都可以。

听到这个消息，他并没有太高兴，他沉默了一下，态度有点儿迟疑。他说，他还在适应阶段，他需要时间。我回答说："你了解黛黛，你们俩一模一样，即使你拒绝她，她也一样会来的。"

那天，一有机会和艾尔莎面对面谈时，我立刻痛骂了她一通，根本不管她亲热的态度。我让她把钱和首饰都还给我，还有我母亲的手镯。我一字一句地说："你再也不要碰我的东西。"她的语气很温和，她在讨好我，可我不吃这一套。我说，我会毫不犹豫地去起诉里诺，然后是她。她正要顶嘴，我把她推到一面墙上，开始扇她的耳光，我当时的表情应该非常可怕，她吓得哭了起来。

"我恨你！"她抽泣着说，"我再也不想见到你，我再也不想回那个狗屎一样的地方去生活。"

"好吧，假如你爷爷奶奶不把你赶走的话，我可以让你整个夏天都待在这里。”

“然后呢？”

“在九月你要回家，去上学，你会和里诺一起生活在我们的房子里，一直到你厌倦为止！”

她惊异地看着我，有很长时间她都觉得难以置信。我说出这些话时，就好像那是非常可怕的惩罚，但她觉得，那是一个让人惊异的宽宏大量之举。

“真的吗？”

“是的。”

“我永远都不会厌倦的。”

“我们再说吧。”

“莉娜阿姨会怎么说？”

“莉娜阿姨会同意的。”

“妈妈，我不想伤害黛黛，我爱里诺，事情就这么发生了。”

“这种事情还会发生一千次！”

“这不是真的。”

“算你倒霉。这就意味着你会一辈子爱里诺。”

“你是在和我开玩笑吗？”

我说我没在开玩笑，我觉得一个小姑娘嘴里说出那样的话，显得很可笑。

- 31 -

我回到城区，跟莉拉说了我对两个孩子的提议。当时我们的谈话冷冰冰的，就像一场谈判。

“你让他们住在你家里？”

“是的。”

“假如你没问题，那我也没问题。”

“费用我们可以一人承担一半。”

“可以都由我来承担。”

“我现在还是有这些钱的。”

“我也有。”

“那我们说好了。”

“黛黛有什么反应？”

“还好，她过几个星期出发去找她父亲。”

“让她过来跟我打个招呼。”

“我觉得她不会来的。”

“那你告诉她，向彼得罗问好。”

“我会告诉她的。”

忽然间，我感觉一阵心痛，我说：

“在短短几天时间里，我失去了两个女儿。”

“不要说这样的话，你什么都没失去，你反而还多了一个儿子。”

“这都是你一手造成的。”

她皱着眉头，好像很迷惑。

“我不知道你在说什么。”

“你一直在挑唆，刺激，鼓动。”

“你女儿做的那些事情，你也要算在我头上吗？”

我嘟哝了一句我很累，就走了。

实际上有好几天，一连几个星期，我都没法摆脱一个想法，那就是莉拉无法忍受我生活中的平衡，她总是试图打破那种平衡。她一直都是这样，在蒂娜失踪之后，她变得更加糟糕了：她采取一个行动，看看后果，然后再采取另一个行动。她的目的是什么呢？也许她自己也不知道。唯一可以肯定的是，我两个女儿的关系破裂了，艾尔莎现在陷入很糟糕的境地，黛黛要离开了，我不知道我在城区还要待多久。

- 32 -

我为黛黛的出发做准备。我时不时会对她说："你留下吧！你走了我会很难过。"她回答说："你很忙的，根本就不会察觉到我走了。"我又说："伊玛很依恋你，艾尔莎也是，你们把话说清楚就好了，一切都会过去的。"但黛黛根本不想听到妹妹的名字，我一说到艾尔莎，她就做了一个很厌烦的表情，摔门而去。

在出发前的那个晚上，她忽然变得面色苍白，我们在吃晚饭，她开始发抖。她喃喃地说："我没法呼吸。"伊玛马上给她倒了一杯水。黛黛喝了一口，她离开自己的座位，过来坐在了我的腿上，对我来说这是一个出乎预料的举动。她又高又大，个头比我还高，已经有很长时间她不再和我有身体上的接触了，假如我们偶然碰到彼此，她也会很厌烦地躲开。她的重量、热度还有丰满的腰部让我很惊异，我揽着她的腰，她抱着我的脖子哭了起来，抽泣得很厉害。伊玛也离开了她的位子，走到我们跟前来，也想让我把她搂在怀里。她以为姐姐不会走了，在接下来的几天里，她很高兴，表现得好像一切都恢复了正常。黛黛后来还是决定走了，在那次感情崩溃之后，她表现得更加明确和坚定。她对伊玛很亲切，亲了伊玛无数次，对她说：“你要每星期给我写一封信。”她任凭我拥抱她亲她，但她没有回应。

好的转机是：她开始叫妹妹的名字了。

- 33 -

艾尔莎是一九八八年九月初回家的，我希望她的活力能让我摆脱糟糕的心绪：我觉得，莉拉真的把我拉入了蒂娜失踪之后给她留下的空洞之中。但事情并非如此，里诺出现在我家里，不仅仅没有带来活力，而是使这个家更加黯淡了。他是一个很温顺的小伙子，完全为艾尔莎和伊玛服务，这使两个女儿对他颐指气使，就好像他是家里的仆人。就拿我自己来说吧，我已经习惯于交代他去做一些很乏味的事情，比如说在邮局排队寄东西，这样我就有更多的时间来工作。但是，看着他那笨重迟缓的身体在我眼前晃悠，让我觉得很不舒服。他低眉顺眼，你让他做什么他都会去做，除了生活上的一些细节，比如说小便时要把马桶座掀起来，或者不要把脏内裤和袜子乱丢。

艾尔莎不会为改善局面动一根手指，相反她很乐意让情况更糟糕。我不喜欢她和里诺在伊玛的面前做那些亲昵的动作，我不喜欢她扮演一个无所顾忌的女人，但实际上她只是一个十五岁的小姑娘。尤其是我无法容忍她房间乱糟糟的样子，之前她和黛黛住的房间，现在被她和里诺占据了。她每天睡眼惺忪地起来去上学，匆匆吃完早点就走了。过一会儿了，里诺出现了，他会花上一个多小时吃各种各样的东西，然后把自己关在洗手间里，又是半个小时，他穿好衣服，晃荡一下就出去了。他去学校接艾尔莎，接她回来之后，他们兴高采烈地吃午饭，吃完马上把自己关在房间里。

那个房间就好像一个犯罪现场，艾尔莎不愿意别人进去收拾，但他们俩谁也不会想着开窗通风，整理一下。在皮诺奇娅来之前，我都会开窗通风，因为我担心皮诺奇娅会嗅到性爱的味道，看到他们留下的痕迹，这让我很心烦。

皮诺奇娅不喜欢这种事。当涉及衣服、鞋子、化妆品和发型时，她会很欣赏那些现代的东西，但在那种情况下，她通过各种方式告诉我，我做的决定太现代了，城区的大部分人都这么认为。有一天早上我正在工作，让人非常不舒服的是，她把一只放在报纸上、扎起来防止精液流出来的避孕套展示在我面前。她满脸嫌弃地对我说："这是我在床底下发现的。"我假装什么事儿也没有，一边在电脑上打字一边说："你没必要给我看，不是有垃圾桶吗？"

实际上，我也不知道怎么办才好。刚开始，我想一切慢慢会好转，但事情越来越复杂了。每天我都要和艾尔莎发生冲突，让她不要太过分，黛黛离开带来的伤痛还没愈合，我不想也失去她。我频频去找莉拉，跟她说："你跟里诺说说吧，他是个乖孩子，你跟他说，让他整洁一些。"但她好像就等着这样的机会，跟我吵架。

"让他住下来吧。"有一天早上她很生气，"让他住在你家里，简直不是个好主意。我们这样吧：我家里有地方，你女儿想来找他随时可以下来，想要睡在这里，只要敲敲门。"

我很烦，我女儿要和她儿子睡觉，还得敲门？我忍不住说：

“不用，现在这样就好。”

“假如这样就好，那我们还说什么？”

我叹了一口气说：

“莉拉，我是让你说说里诺，他已经二十四岁了，让他表现得像个大人。我不想一直和艾尔莎吵架，我害怕自己失去控制，把她从家里赶出去。”

“那问题在你女儿身上，不在我儿子身上。”

在那种情况下，气氛很快就变得很紧张，但我们都没发泄出来，她热嘲冷讽，我很沮丧地回到家里。有一天晚上，我们在吃晚饭，从楼梯间传来一声不容置否的叫喊，莉拉让她儿子马上回去。里诺很担忧，艾尔莎主动陪他下去了。莉拉看到艾尔莎，说：“这是我们的家事，回你家去吧。”我女儿很沮丧地回来了，之后，下面爆发出一阵疯狂的争吵。莉拉在叫喊，恩佐和里诺也在嚷嚷。我为艾尔莎感到难过，她很不安，她的手在抖。她说：“妈妈，发生了什么？为什么他们要这样对待里诺，你帮他开脱一下吧。”

我什么都没说，什么也没做。下面的争吵声平息了下来，过了一会儿，里诺没上来。艾尔莎让我下去看看发生了什么。我下去了，是恩佐而不是莉拉开的门，他很疲惫、无精打采，也没让我进去。他说：

“莉拉对我说，里诺在你那儿表现不好，他应该回到这里住。”

“让我跟她谈谈。”

我和莉拉谈到了深夜，恩佐把自己关在另一个房间里，他表情阴郁。我很快明白，她希望我恳求她。她介入了，她把她儿子叫回去，羞辱了一番。现在她期望我对她说：“你儿子就是我儿子，他在我家里和艾尔莎一起睡，一点儿问题也没有。我再也不抱怨了。”我坚持了很长时间，最后我屈服了，把里诺带回了家。刚离开他们家，我就听见她和恩佐又开始吵架。

- 34 -

里诺对我很感激。

“莱农阿姨，我欠你太多了，你是我认识的人中最好的，我会永远爱你。”

“里诺，我一点儿也不好。我只拜托你一件事情，你要记住，我们家只有一个洗手间，那个洗手间，除了艾尔莎，我和伊玛也要用的。”

“你说得对，对不起，有时候我会疏忽，我再也不了。”

他不停地道歉，但他依然不停地疏忽。他用自己的方式表达他的努力，他说了一千次他要找一份工作，要分担家里的费用，他会非常小心，不会给我带来不便，他对我崇拜得五体投地等等。他一直都没找到工作，在日常生活里，他各个方面还是像以前一样，甚至表现得更加糟糕。但我再也没去找莉拉，我一直对她说一切都好。

我觉得她和恩佐之间的关系越来越紧张，我不想成为他们吵架的导火索。有一段时间，我最担心的事情发生了，就是他们吵架的性质变了。在过去总是莉拉在嚷嚷，恩佐一直沉默不语，但现在事情已经不再是这样。莉拉在叫喊，我经常会听到蒂娜的名字，她的声音穿透地板，就像生病时痛苦的呻吟，恩佐忽然间就爆发了，他用那种充满暴力的方言发出怒吼，像激流一样滔滔不绝。这时候莉拉会忽然停下来，恩佐大喊大叫时，听不见她的声音，但他一停下来，我就能听见摔门的声音。我听着莉拉的脚步声出现在楼梯间，她会下楼，最后她的脚步声淹没在大路上来来往往的车流声中。

之前，恩佐还会追上去，但现在他已经不会那么做了。我想，也许我应该下去和他谈谈，告诉他：你也跟我说过，莉娜依然很痛苦，那你就体谅一下。但我放弃了，我希望她能尽早回来，但她一整天都在外面晃悠，有时候晚上也不回来。她在做什么？我想象她躲在图书馆里，就像彼得罗跟我讲的，要么她在那不勒斯转悠，很仔细地看着每栋大楼、每座教堂、每处遗迹和纪念碑。要么她会把这两样东西混合起来：先是在城里逛荡，然后在书上找到相关的资料。我的生活应接不暇，我从来都没时间也没有心情和她提到她生活里的这些新动向，她也从来都没和我说过。但我知道，假如她对一件事发生兴趣，她的注意力会很集中，会很狂热，她会投入很多的时间和精力。让我担心的是她在吵完架之后的消失，还有她夜里也会在外面逛荡。这时候，我脑子里会想到这个城市下面那些凝灰岩隧道，还有阿尔克教堂里会把那些不幸的灵魂引向炼狱的盛放死者头骨的墓穴，青铜色的骷髅。有时候我一直无法入睡，直到听到她的脚步声从楼下上来，还有关门的声音。

在那些黑暗的日子里，有一天，我先是听到吵架的声音，她离开了。我很担心地从窗口向外望，然后就看到有几个警察朝着我们这栋楼走来。警察来她家里了，我马上跑到了楼梯口。那些警察是来找恩佐的，他们逮捕了他。我试图介入，想搞清楚是怎么回事儿，但警察毫不客气地让我闭嘴，给他戴上手铐把他带走了。走下楼梯时，恩佐用方言对着我喊了一句：“莉娜回来之后，告诉她不要担心，我不会有事的。”

- 35 -

有很长时间，我都很难搞清楚恩佐犯了什么事儿。莉拉对他的态度变了，不再那么充满敌意，她打起精神为他四处活动，面对这个新考验，她一声不吭，非常坚决。当她发现，国家不承认她类似于妻子的身份——因为她和斯特凡诺没办离婚手续，也没和恩佐正式结合，所以她不能和恩佐见面，她非常气愤。她花了很多钱，通过正式以及非正式的途径，让恩佐感觉到她的支持和关心。

这段时期我又去找了尼诺，我从玛丽莎那里得知，要想得到尼诺的帮助简直是痴心妄想，他甚至都不会为他父亲、母亲和几个弟弟妹妹动一根手指头。但在我的请求下，他马上就行动起来了，也许是想在伊玛面前有面子，也许他想要在莉拉面前展示他的权力——尽管是通过间接的方式。无论如何，即使是他，也没能搞清楚恩佐的具体情况，在不同的时候，他跟我说了几个不同的版本，连他自己都觉得他说的不可靠。发生了什么事？当然是和娜迪雅有关，在她哭哭啼啼的陈述当中，她提到了恩佐的名字。她提到了那个时期，恩佐、帕斯卡莱曾和法院路上的那些工人和学生组织来往密切。她把早年一些抗议性行动归到了他们身上，就是毁坏居住在曼佐尼街上的北约官员的财产的行动。当然，那些审讯者想证实恩佐也参加了帕斯卡莱的其他众多的犯罪行动，但他们没什么确切的证据。他们开始推测，恩佐和帕斯卡莱一起采取了一些非政治性的行动。也许娜迪雅认为，那些血腥事件中有一部分，尤其是谋杀布鲁诺·索卡沃，都是帕斯卡莱执行的，但所有这些都是由恩佐策划的。也许娜迪雅说，她从帕斯卡莱那里得知，杀死索拉拉兄弟的人有三个——他、安东尼奥·卡普乔还有恩佐·斯坎诺，他们是一起长大的朋友，情同手足，他们跟索拉拉兄弟有很多个人恩怨，所以决定报仇雪恨。

那些年情况非常复杂，整个世界的秩序都发生了翻天覆地的变化。那些经过长期学习获得的技能、坚持的正确政治路线，忽然间变得很没意义，没必要在上面浪费时间。无政府主义、马克思主义、葛兰西主义、共产主义、列宁主义、托洛茨基主义、工运中心主义忽然都变成了过时的标签。一个人对另一个人的压榨，利益最大化，这些之前被认为是让人痛恨的事，现在又成了自由和民主的基本点。同时通过或合法或非法的途径，国家开始用强硬的办法清算以前的革命组织留下的问题。经常会有人被暗杀，或者被关进监狱，一些普通人也会仓皇逃跑。像尼诺那样的人，他已成了议会成员，或者像阿尔曼多·加利亚尼那样的人，他通过电视已经小有名气了，他们早就意识到，形势会发生变化，他们马上就适应了新局面。至于像娜迪雅的人，警察会让他们老实交代，很明显，他们会通过告发自己的同伙，来洗清自己。我想，像帕斯卡莱和恩佐那样的人不会那么做，他们一定还在继续思考、表达、进攻和捍卫自己，他们会提出他们在六七十年代学到的那些口号。实际上，帕斯卡莱在监狱里依然坚持斗争，对于那些国家公仆，他一个字都没有说，他没揭发别人，也没有为自己开脱。恩佐当时是开口了，他是用那种很简洁的方式斟词酌句，表达了自己身为共产党的感情，同时否认别人对他的指控。

同时，莉拉在监狱外面，也集中她的聪明才智，还有她的坏脾气，和那些非常昂贵的律师一起投入了一场战斗，想把他捞出来。恩佐是一个幕后策划者？一个战士？他什么时候做的这些？假如很多年里他从早到晚都在“Basic Sight”工作，他怎么可能会和安东尼奥还有帕斯卡莱一起把索拉拉兄弟杀了，假如同一时间他在阿维利诺，而安东尼奥在德国？除此之外，假如他们都在城区，但大家对他们都非常熟悉，无论他们戴不戴面罩，一定都会被认出来的。

但没办法，法律机器勇往直前，后来我开始担心莉拉也会被逮捕。娜迪雅说出了一个又一个名字，警察把那些在法院路上参加活动的人一个个都抓了起来：有一个是在粮农组织工作的人，有一个是银行职员，还有阿尔曼多的前妻伊莎贝拉也没躲过这一劫，虽然她现在已经是国家电力公司的一个技术人员的全职太太。尽管大家都很担心，但娜迪雅只放过了两个人：她哥哥和莉拉。也许加利亚尼老师的女儿想着，把恩佐牵扯进来对于莉拉已经是一个很沉重的打击。或者她一直都很痛恨莉拉，但从根本上来说，也许很尊敬她，经过再三犹豫之后，她决定放过莉拉。要么就是她很害怕莉拉，她害怕直面莉拉。但我更乐意相信，因为她知道了蒂娜的事情，她对莉拉产生了同情，或者更进一步说，假如一个母亲受到了这种打击，那没有任何东西可以伤害到她了。

但对于恩佐的那些指控慢慢澄清了，那都是一些没根据的事。这次法律失手了，开始变得疲惫。总的来说，经过很多个月的调查，只有极少的几个问题站得住脚：他和帕斯卡莱是老朋友；在圣约翰·特杜奇奥时期，他是工人学生运动的积极分子；还有赛里诺山上的一座小破房子——帕斯卡莱的藏身之所，是从他阿维利诺一个亲戚那里租的。经过一轮又一轮的审判，开始他被认为是一个非常危险的恐怖分子首领，策划执行了一些非常残酷的犯罪行为，后来成了一个武装斗争的支持者，再后来就连那种支持也成了一种泛泛的观点，从来都没变成犯罪行为，最后恩佐被释放了。

但距恩佐被逮捕已经过去了两年，在城区里大家都开始觉得，他是一个比帕斯卡莱·佩卢索还更危险的恐怖分子。我们从小都认识帕斯卡莱，他一直都在干活，根据街头巷尾的传说，他唯一的错误就在于，他是一个忠于自己理想的人，尽管柏林的墙倒了，但他也不会脱去共产党员的外衣，就好像他父亲把这层外衣缝在了他身上，他永远都不会退缩，他把别人的过错也扛在了自己肩上。他们说，恩佐很聪明，他通过“Basic Sight”的生意把自己伪装起来了，尤其是他背后的人是莉娜·赛鲁罗——他的主心骨，一个比他更危险、更聪明的人物。他们俩应该做了很多可怕的事。总之，那些闲言碎语让人们觉得：他们俩是真正杀人放火的人，但他们非常狡猾，逃脱了所有惩罚。

在这种气氛下，因为莉拉之前的漫不经心，还有后来在律师身上的大笔花费，他们的公司一直都无法重新启动。他们商量着把公司卖掉，尽管恩佐之前经常预测，这个公司值十亿里拉，但后来他们很艰难地才卖出了一亿里拉。一九九二年春天，他们已经不吵架了，他们分开了——无论是作为生意伙伴，还是作为同居伴侣。恩佐把大部分钱都留给了莉娜，他去米兰找工作。有一天下午，他对我说：“你要多关心她，她一直跟自己过不去，到老了会更难过。”有一段时间，他一直给我写信，我也给他回信，他给我打了几次电话，后来就没消息了。

- 36 -

差不多在同一时期，另一对恋人——艾尔莎和里诺的爱情也搁浅了。有五六个月他们很恩爱，后来有一次，我女儿把我拉到一边，说她受到一位年轻的数学老师的吸引，那是另一个班的老师，根本就不知道她的存在。我问：

“那里诺呢？”

她回答说：

“他是我的最爱。”

她在一边叹息，一边说着让人又生气又可笑的话，我明白她把爱情和吸引分得很清楚，她虽然受到那个数学老师的吸引，但她对里诺的爱，没受到一丝一毫的影响。

我像往常一样忙碌，我要写很多东西，还经常出门，伊玛成了他们俩的倾诉对象。我的小女儿很尊重他们各自的感情，并赢得了他们的信任，她成了我可靠的消息来源。我从她那里得知，艾尔莎最后终于勾引了那个老师。我从她那里得知，过了一段时间，里诺开始怀疑他和艾尔莎之间出了问题。我从她那里得知，艾尔莎为了不让里诺痛苦，放弃了那位老师。我还得知，艾尔莎消停了一个月之后，忍不住又和那个老师来往了。我从她那里得知，在痛苦了一年之后，里诺最后把这事儿说了出来，恳求艾尔莎答应依然爱他。我从她那里得知，艾尔莎对他喊道：“我已经不爱你了，我爱上别人了。”我从她那里得知，里诺扇了艾尔莎一个耳光，但只是指尖掠过她的皮肤，只是为了展示自己是个男人。这时候，艾尔莎跑到了厨房里拿了一把扫帚，对着里诺一阵乱打，里诺一点儿也没还手。

从莉拉那里我得知，我不在时，艾尔莎放学后也不回家，有时候晚上也在外面过夜，里诺会到莉拉跟前哭诉。有一天晚上莉拉对我说："你要关心关心你女儿，你要搞清楚她到底想干什么。"但她跟我说这些时，有些很不情愿，她好像对艾尔莎和里诺的命运并不关心。她补充说："你自己看着办吧，假如你事儿多，没工夫管，其实也没什么。"最后她还说了一句："我们都不适合养孩子。"我想反驳，我想说，我觉得自己是一个好母亲，我比任何人都尽心尽力，想在做好我的工作的同时让黛黛、艾尔莎和伊玛什么都不缺，但我没有说这些。我感觉当时她没生我的气，也没有生我女儿的气，艾尔莎对里诺的爱情淡了，她觉得这很正常，她只是想让这件事情尽快过去。

艾尔莎离开那个数学老师后，事情却朝另一个方向发展了，她和一个同班同学好上了，他们一起准备高中毕业考试，她马上把这件事情告诉了里诺，说他们俩之间已经结束了。这时候，莉拉上楼来——我当时在都灵——她把艾尔莎痛骂了一顿。她用方言说："你母亲是怎么教育你的，你伤害别人，自己一点都觉察不到吗？你太无情无义了。"然后她叫喊着说："你觉得自己特别了不起，是个大小姐，但你其实就是个婊子。"这是艾尔莎后来对我说的，伊玛在一旁给她作证，伊玛说："妈妈，真的，她用的就是'婊子'这个词。"

无论莉拉说了什么，我的二女儿艾尔莎都发生了变化。她不再那么轻浮，她和那个一起学习的男生也分开了，在里诺面前变得很友好，但不再和他睡在一起了，而是搬到了伊玛的房间里。她考完试，决定去她父亲和黛黛那里，尽管黛黛一直都无意和她和好，她最后还是去了波士顿。在彼得罗的帮助下，两姐妹达成谅解，她们都觉得爱上里诺对她们俩来说是一场错误。她们和好之后，在美国开心地旅行了很长时间，艾尔莎回那不勒斯时，我觉得她整个人都更开朗了，但她在我身边没待很久。她先是注册了那不勒斯大学物理系，整个人又变得轻浮而尖刻，经常换男朋友。她遭到了她的同学、那个年轻的数学老师，当然还有里诺的纠缠，和新欢旧爱搅和在一起，她没参加考试，最后一事无成。她又一次飞往美国，决定在那里上大学。她和黛黛一样，走的时候没和莉拉告别，但出乎我预料的是，艾尔莎说了莉拉很多好话。她说她明白为什么这么多年我和她一直是朋友，她一本正经地说，莉拉是她认识的最好的人。

- 37 -

但里诺却不那样认为，让人惊异的是，艾尔莎走了之后，他还是继续住在我家里。有很长时间他都很绝望，怕又回到之前的精神和物质上的贫瘠状态——他认为是我帮他摆脱了的状态。他还是继续住在黛黛和艾尔莎的那个房间里，当然他也会帮我做各种各样的事儿。当我出发时，他会开车把我送到火车站，会帮我拿行李，当我回来时他会来接我。他成了我的司机、行李员还有管家。他需要钱时，会很客气、很自然地向我张口要。

有时候我有些心烦，我提醒他有义务要照顾他母亲。他明白我的意思了，会消失一段时间，但他迟早又会回来，嘟囔着说，莉拉从来不在家里，待在空荡荡的家里让他很难过。要么就抱怨说："她跟我一个招呼都不打，她坐在电脑前写东西。"

莉拉写东西吗？她在写什么？

刚开始，我的好奇心并不是很强，并没特别想知道答案。那时候我已经快五十岁了，处于成功的巅峰，每年甚至会出两本书，而且卖得很好。对于我来说，阅读和写作已经成为了一种职业，就像所有的职业一样，开始让我很沉重。我记得自己当时想：假如我是她的话，我会在沙滩上晒太阳。我又想：假如写作对她有好处，那样最好了。我又想别的事情了，逐渐把这事忘了。

- 38 -

黛黛和艾尔莎的离开给我带来了很大伤痛。最让我难过的是，她们俩最终还是选择了她们的父亲，而不是我。当然，她们很爱我，会很想念我。我不停给她们写信，有时候很难过，就给她们打越洋电话，也不考虑电话费。我喜欢黛黛的声音，她跟我说："我经常梦见你。"艾尔莎给我写的信让我很感动："我在到处找你用的香水，我也想用。"但归根结底，她们还是离开了，我失去她们了。她们的每封信、每个电话都证明了：尽管她们对于我们的分离感到难过，但她们和父亲在一起时没有和我在一起的那些矛盾，而且父亲是她们真正进入世界的切入点。

有一天早上，莉拉用一种很难描述的语气对我说："你再让伊玛住在城区里，一点儿意义也没有，你让她去罗马找尼诺吧。大家都看得出来，她也想对两个姐姐说：'我和你们一样。'"她的话让我很难受，就好像她不是给我提了一个中肯的意见，而是建议我和我的小女儿也分开。她好像在说：这样对伊玛有好处，对你也好。我回答说："假如伊玛离开我的话，那我的生活就没意义了。"但她微笑了，说："谁说生活应该有意义？"然后她开始取笑我那种忙忙碌碌的写作。她用开玩笑的语气说："意义就是一段段黑线，就像虾子身体里的屎。"她让我歇一阵子，最后感叹了一句："每天忙忙碌碌，有什么必要。"

我心里不舒服了很久。一方面我想，她想让伊玛也离开我。另一方面，我想，她说得对，我应该让伊玛靠近她父亲。我不知道，我是应该紧紧抓住唯一在我跟前的女儿，还是为了她好，重新和尼诺建立联系。

但最后这一点也很难实现，最近一次选举就是一场考验。伊玛才十一岁，但她已经对政治充满了热情。我记得她给父亲写信，还给他打电话，说她会全力支持他，而且希望我能帮助他。但那时候我比之前更讨厌社会党人。见到尼诺的那几次，我对他说了类似这样的话："你现在变了，我都快认不出你了。"我甚至会用一种夸张的修辞说："我们出生于一个贫穷、充满暴力的地方，索拉拉兄弟都是犯罪分子，他们想攫取一切，但你们更加糟糕，你们是一个洗劫所有人的帮派，你们制定法律只是为了防止其他人洗劫。"他很愉快地回答我说："你对政治一窍不通，你永远都不会懂的，你还是玩文学吧，不要谈论你不懂的事。"

但后来状况急转直下。一件很久之前的贿赂案，因为法官态度的忽然转变而浮出水面，虽然大家对贿赂习以为常，就像那是一条不成文、却最受尊重的规定。那些涉案的高级官员，人赃俱获的刚开始看起来没几个，好像案情被高估了，但后来牵扯的人越来越多，成了这个国家的管理层的真实普遍的状况。在选举之前，尼诺没有上次那么从容。因为我已经有自己的声誉和影响力，他利用伊玛想让我公开支持他。为了不让女儿失望，我就答应了她，但实际上我躲开了。伊玛很气愤，她重申她会支持她父亲。尼诺想让伊玛出现在他的一个宣传短片里，伊玛很振奋，我提出了反对。我左右为难，一方面我不允许伊玛去——让她伤心在所难免，一方面我在电话里对尼诺大喊："你把阿尔伯特、莉迪亚放到你的短片里，你不能这样利用我的女儿。"他再三坚持，后来有些迟疑，最后只能放弃。我强迫他对伊玛说，小孩子不能出现在那些短片里。但她明白是我不让她公开出现她父亲的身边。她对我说："妈妈，你不爱我，你让黛黛和艾尔莎去和她们的父亲一起生活，我和我爸爸一起待五分钟都不行。"尼诺没能再次当选，伊玛哭了起来，她说这都是我的错。

总之一切都很复杂。尼诺心灰意冷，变得很难打交道。有一段时间，我觉得他是那次选举唯一的牺牲品，但事情并非如此，很快整个政党系统都被颠覆了，我失去了他的消息。选举者对于以前的老政党很不满，对新政党和新新政党也同样愤怒。假如人们之前对那些要推翻政府的人充满恐惧，但现在那些打着要服务人民的旗号，但像苹果里的肥虫一样贪婪的人，也让那些选举者退避三舍。这股黑色的浪潮，之前隐藏在一片祥和的权力盛景之下，被歌功颂德、粉饰乾坤的言辞掩盖，现在这股黑浪在意大利每个角落里都在蔓延，而且事情越来越清楚，不仅仅我童年的城区是一个丑陋的地方，不仅仅那不勒斯是一个不可救药的地方。有一天早上，我在楼梯间遇到了莉拉，她看起来很高兴。她给我看了她刚买来了《共和国报》，上面有一张圭多·艾罗塔教授的照片，那个摄影师捕捉到了他满脸惊恐的表情，不知道是什么时候拍摄的，让人很难认出他来。这篇文章里有很多"听说"和"也许"，文章推测说，这位知名学者兼政治领袖，鉴于他对于意大利的腐败现实有着深刻了解，可能也会很快被叫到法官面前。

- 39 -

圭多·艾罗塔自始至终都没被叫到法官的面前，但报纸和周刊每天在谈论到腐败问题时都会提到他。在当时的情况下，我很高兴彼得罗在美国，黛黛和艾尔莎也在海外开始了她们各自的生活。我担心的是阿黛尔，我想我至少应该给她打个电话。但我很犹豫，我想：她一定会认为我很享受，很难让她相信，事情并非如此。

最后我决定给马丽娅罗莎打电话，我觉得和她方便说话一些，但我错了，我已经有很多年没和她联系了，她接电话时口气冷冰冰的。她用一种带刺儿的口吻说："亲爱的，你真是成果丰硕啊！到处都能看到你的文章，打开任何一份报纸或杂志都能看到你的名字。"她说了自己的情况，这是之前从来没有过的事情。她提到了一些书、文章，还有旅行，让我震撼的是，她已经离开大学了。

"为什么？"我问。

"大学让我很恶心。"

"现在呢？"

"现在什么？"

"现在你靠什么生活？"

"我家里有钱啊。"

但她马上很懊悔自己说的话，她很不自在地笑了一下，主动提到了她父亲。她说这事儿迟早都会发生。她提到了弗朗科，她嗫嚅着说，弗朗科是第一批明白这一点的人：要么迅速改变一切，要么局势会越来越艰难，就再也没有任何希望了。她很生气地说："我父亲想着你可以通过深思熟虑，这里改改，那里改改，但当做出的改变太少，或者几乎没有改变时，你不得不进入一个谎言系统，要么你和其他人一起说谎，要么你就出局了。”我问她：

“圭多·艾罗塔拿钱了吗？他没做错什么吧？”

她很紧张地笑了一下：

“拿了，但他是非常清白的，他一辈子都没拿过任何不属于他的钱，一里拉也没有。”

然后她又说到了我，几乎是一种生气的口吻，她又一次强调说：“你写得太多了，但已经不能给我带来惊喜了。”尽管是我打的电话，但是她先挂的电话。

马丽娅罗莎对她父亲的双重评价，最后被证实是真的。围绕着圭多·艾罗塔的媒体热潮慢慢消散了，作为一个无辜的有罪者，或者是一个有罪的无辜者，他又把自己关进了书房。我觉得这时候我可以打电话给阿黛尔了。她用带着讽刺的语气，感谢我的关心，她好像比我更了解黛黛和艾尔莎的学习和生活，她说了这样一句话：“这个国家真的没办法待了，小人当道，善良的人都得赶紧移民。”我问她，我能不能向圭多·艾罗塔问好，她说：“我代你向他问好，他在休息。”然后她充满敌意地说：“他唯一犯的错误，就是他周围全是些没有底线的新文盲、贱民、不择手段往上爬的年轻人。”

那天晚上，电视上出现了前社会党议员乔瓦尼·萨拉托雷的影像——那时候他已经五十岁了，不再是一个年轻人，他也被列入了那份人数越来越多的腐败分子名单。

- 40 -

这个消息让伊玛尤其受打击。从她开始懂事的短短几年里，她没见过尼诺几次，但父亲已经成为了她的偶像。她经常在同学面前炫耀，也在老师面前炫耀，她给所有人看一张照片：在蒙特奇托里奥宫的门口，她和她父亲手拉手。假如让她描述她将来想要嫁的男人，她会不假思索地说：“当然会是一个很高很帅、黑头发的男人。”当她得知，她父亲会像城区里的任何人一样被关进监狱，她那时候正在成长，觉得监狱是非常可怕的地方，她毫不掩饰地说自己很害怕。我没办法让她放下心来，她失去了我曾让她拥有的一点平静和安详，她经常在梦里抽泣，会在半夜醒来要和我一起睡。

有一次，我们遇到了尼诺的妹妹玛丽莎，她的衣着很糟糕，整个人很崩溃，比平时看上去更加愤怒。她没注意到伊玛的情绪，就说：“尼诺真是活该，他一直都只想着自己，你非常了解他，他从来都没有帮助过我们，他只在亲戚面前表现得刚正不阿，真是一个混账！”我的女儿受不了玛丽莎说的任何一个字，她把我们撇在大路上，自己跑开了。我马上和玛丽莎告别，去追伊玛，我想安慰她。我说：“你不应该把这种话放在心上，你父亲和他妹妹玛丽莎从来都合不来。”但从那时候开始，我不再当着她的面说尼诺的不是，甚至不在任何人面前说尼诺的不是。我想起来之前我曾为了帕斯卡莱和恩佐的事情去找过他。任何人都需要有一个天堂里的圣人的保佑和指点，才能不迷失于这个晦暗的世界，虽然尼诺和其他圣人神仙不同，但他对我有过帮助。现在“圣人”都掉到了地狱里了，要了解他的状况，我不知道应该找谁。我只能从他的律师那里了解到一些不是很可信的消息。

- 41 -

我不得不说，莉拉对尼诺的命运从来都没表现出任何兴趣。她听到尼诺惹上官司身陷囹圄，就好像那是一件很可笑的事情。她用一种很了解情况的语气提到了一个细节，就好像这件小事可以说明一切，她说："每次他需要钱时，都会去找布鲁诺·索卡沃要，他当然从来都没把钱还给布鲁诺。"然后她说她可以想象发生了什么事情。她微笑着把两只手握在一起，说："他觉得自己比所有人都强，一有机会就想展示出这一点。假如他做了什么错事，那也是为了赢得别人的喜爱，显示自己很聪明，为了爬得更高。"她就说了这么多，然后她就当尼诺不存在一样。她对于帕斯卡莱和恩佐的事有多热心，对于这位前议员阁下就有多漠视。也有可能，莉拉在电视和报纸上一直在追踪着尼诺的消息，他现在经常上电视，脸色苍白，忽然间头发都花白了，目光就像一个闷闷不乐的孩子。他嘟哝着说："我发誓，这不是我做的。"当然她从来都没有问过我知不知道尼诺的事情，能不能见到他，他要面临什么样的命运，他父亲、母亲和弟弟妹妹都有怎样的反应。后来没什么明确的原因，她对伊玛又产生兴趣，又开始照顾她。

一方面她把儿子撇给了我，里诺就像是一个对别的主人产生了感情的小狗，不再对之前的主人摇尾巴，一方面她又开始对我女儿非常关心，伊玛一直对情感都很饥渴，她黏上了莉拉。我看见她们俩一起聊天，一起出去，莉拉对我说："我带她去植物园、博物馆还有卡波迪蒙特逛逛。"

我们在那不勒斯居住的最后一段时间里，莉拉总是带着伊玛出去，她把对这个城市的热情传递给了伊玛，点燃了伊玛对这个城市的好奇。伊玛满脸崇拜地对我说，莉娜阿姨懂得很多东西。我很高兴，因为莉拉带着伊玛在外面逛，能缓解她对父亲的担忧。她的有些同学在家长的指示下，辱骂她，让她感到很愤怒，作为萨拉托雷的女儿，她也失去了老师之前对她的关注。但事情不仅如此，从伊玛的陈述中，我得知了一些非常详细的信息，就是莉拉现在脑子里考虑的事儿。她一连几个小时趴在电脑前写的东西，并非关于那不勒斯那些有纪念意义的建筑，而是和她从来都没对我讲过的一个巨大计划有关。她已经不再像之前那样把我也卷入她的激情里了，她把我女儿当成了她交流的对象。她对伊玛讲了她学到的东西，她把伊玛拉去看让她充满热情，或者只是有些好奇的东西。

- 42 -

伊玛的接受能力很强，她能很快记住所有东西，是她告诉我马尔蒂里广场的历史。在过去，这个广场对于我和莉拉是那么重要，但我对它的历史一无所知。莉拉仔细研究了那个广场的历史，讲给伊玛听。有一天早上我们一起去买东西，伊玛把她听到的事情讲给我听，我觉得她把那些历史信息与她和莉拉的想象完全混合在一起了。她说："妈妈，在十八世纪时这里还是田野，有一些树木、农民的房子，还有一些小旅店。有一条街道直直地通往大海，叫做基亚亚的'圣卡塔林纳坡'，名字是从那个角落的教堂来的，那是一座很古老的教堂，但不怎么漂亮。一九四八年五月十五日之后，这个地方枪毙了很多爱国主义者，他们当时想要宪法和议会。波旁王朝的费迪南多二世国王想让人看到和平恢复了，就决定修建一条‘和平路’，然后在广场上立了一根柱子，上面有一尊圣母像。当那不勒斯宣布归顺意大利王国，波旁家族的统治者被赶走了，朱塞佩·克罗纳·迪斯提亚诺市长请雕刻家恩里科·阿尔维诺把那根上面顶着圣母的柱子变成一个纪念碑，纪念那些为自由而牺牲的人。当时恩里科·阿尔维诺在柱子的根基上放了四头狮子，象征着那不勒斯革命的伟大时刻：一七九九年的狮子受了致命伤；一八二〇年起义的狮子被一把剑刺中，但它仍在空中撕咬；一八四八年的狮子代表着爱国主义力量被镇压，但他们没有认输；一八五九年的狮子是一个威风凛凛的胜利者。还有，妈妈，之前的那个和平圣母被取代了，现在柱子上面放了一位非常美丽的女士，就是解放世界的维多利亚女神：维多利亚的左手拿着一把宝剑，右手拿着一个花环，是献给那些为了自由而牺牲的那不勒斯人，那些为了人民的解放被杀死的、被送上断头台流血牺牲的人。”

我经常感觉，莉拉利用过去的这些历史来淡化伊玛现在的遭遇。她给伊玛讲述的那不勒斯的历史起源，总是会发生一些很糟糕和丑陋的事情，才逐渐形成一栋漂亮的建筑、一条街道、一座古迹——但这些最后都会被遗忘，失去意义，恶化，变好再恶化，一切都是按照一种无法预测的潮流在起伏变化：先是平静如水，然后掀起波浪，形成瀑布。莉拉的模式中，最重要的是提问题：谁是牺牲者？狮子是什么意思？斗争、断头台、和平路、圣母、维多利亚是什么时候的事儿？这些故事很连贯，有前因后果。现在的基亚亚富人区之前是国王和阔佬住的地方。还有格里高利在他的书信里提到的沼泽，这片沼泽一直延伸到海滩上，那些野生的灌木丛也一直往上蔓延到沃美罗。十九世纪时人们对这片地进行了改造，在铁路工人开垦之前，这里不宜居住，每块石头都被腐蚀了，但之前还是有不少精美的古建筑，也被当时的人们打着改造的旗帜拆除了。“阔地”是有待改造的地区之一，指的是卡普安纳门到诺拉纳门之间的那片土地，这个地区尽管后来被改造过，但还是保留了原来的名字。莉拉一直都在强调那个名字——“阔地”，她喜欢这个名字，伊玛也喜欢。“阔地”和改造，不宜居和宜居，破坏和毁坏的狂热，把五脏六腑都挖出来，热衷于把老街道重新命名，修建、规整和设计新的街道，目的是为了掩盖之前的罪恶，巩固新世界，但旧世界随时都可能会回来占上风。

莉娜阿姨说，“阔地”之前叫这个名字，它本质上并不是一片荒地，实际上这个地方过去有别墅、花园和喷泉。就在那里，维科侯爵修建了一座宫殿，还有一座大花园，叫做“天堂”。花园里有很多隐秘的水流，妈妈，最有名的是一棵高大的白桑树，上面放了一些细得几乎看不见的引水管子，水从枝条上落下，像雨水或者像瀑布一样，从树干上落下。你明白了吗？这个地方以前是维科侯爵的“天堂”，然后成了阔地侯爵的“阔地”，然后是尼古拉·阿莫尔市长的治理区，后来又成了“阔地”，最后繁荣起来，一步一步到现在。

“啊！那不勒斯！”莉娜跟我女儿说，“真是一座美妙绝伦的城市。在这里人们讲着各种各样的语言，伊玛，这里修建了一切，也破坏了一切。这里的人不相信别人的废话，他们更爱自己吹牛。这里有维苏威火山，时刻提醒着你：再伟大的人类事业，那些最精美的作品，大火、地震、火山的灰烬还有大海，几秒时间就会让它们都化为乌有。”

我默默地听伊玛讲这些，有时候我很不安。是的，伊玛是平静下来了，但这是因为莉拉给她灌输了那么多辉煌和黯淡的故事，那不勒斯城循环往复的历史：一会儿光辉夺目，一会儿又变得灰暗和疯狂，然后一切又恢复了，又开始熠熠生辉。那就像一片云在太阳下面飘着，让人感觉是太阳在跑，变成一个苍白、羞怯的圆盘，几乎要消失，但最后云消了，太阳忽然变得很耀眼，需要用手挡住眼睛。莉拉说那座带着“天堂”花园的宫殿，成了一片废墟和荒野，居住其间的要么是那些仙女、树精、农牧神、林神，要么是死人的鬼魂，要么是上帝派到城堡里或者普通人家里的，诱惑他们犯罪或是考验他们的魔鬼，如果这些人的灵魂是善良的，他们死后会得到奖赏。她们俩最喜欢的是鬼故事，那些关于夜晚的想象都很精彩、生动。伊玛对我说，波西利波的尽头，就是离海边没几步远的地方，在噶耀拉对面仙女洞的上面有一座有名的建筑，那里经常闹鬼。她对我说，在维科·圣曼达多和维科·蒙德拉戈内两栋宫殿里也有鬼。莉拉答应她，她们会一起去桑塔露琪娅的街上，找一个叫“大脸”的鬼，因为那个鬼的脸很宽，但他很危险，如果有人打搅他，他会丢大石头砸人。莉拉对她说，还有很多小孩的鬼魂住在披佐法尔科内和其他地方。在诺拉纳门那里，晚上经常会看到一个小女孩的鬼魂。真的有鬼吗？鬼到底存在不存在？莉娜阿姨说那些鬼是存在的，但不是在楼里，也不是在小胡同或者“阔地”的老城门那里。她说，那些鬼存在于人们的耳朵和眼睛里，当人们向里看而不是向外看时，也存在于人们正要说的话里，还有考虑问题的头脑里，因为我们说的话，还有我们的想象都充满了鬼魂。“这是真的吗？妈妈？”

“是的，”我回答说，“也许是的，如果莉娜阿姨这么说，那可能是真的。”“这个城市充满了大大小小的故事，”莉拉跟伊玛说，“你在去博物馆、美术馆，尤其是国家图书馆时，也能看到鬼魂，在书里你可以看到很多。比如说你打开一本书，马萨尼埃罗就会跳出来。马萨尼埃罗是一个非常有趣但很可怕的鬼魂，他会让穷人发笑，让富人胆颤。”伊玛特别喜欢的情节是，他用一把剑不是直接杀死马达罗尼公爵还有公爵的父亲，而是杀死了他们的画像，咔嚓，咔嚓！她觉得最有趣的地方就是，马萨尼埃罗用宝剑砍掉了画像中公爵和他父亲的头，或者把画像里那些残暴的贵族吊死。“把画像里的头砍掉，”伊玛难以置信地笑着说，“把画像里的人吊死。”在砍完公爵的首级，把恶人吊起来之后，马萨尼埃罗穿着一件天蓝色的丝绸衣服，上面有银线绣的花，脖子上戴着一条金链子，帽子上戴一枚钻石做的别针，他去集市了。“妈妈，他就是那样去的，就像一个侯爵、公爵和国王一样昂首挺胸，但他其实是一个庶民，一个渔夫，他既不会读书，也不会写字。莉娜阿姨说，在那不勒斯会发生这样的事情，都是堂而皇之的，不用假装确立法令，假装整个地方的情况比之前好。在那不勒斯不用偷偷摸摸，可以心满意足、堂而皇之地向前走去，超越过去。”

一位大臣的故事让她很震撼，因为涉及我们这个城市的博物馆，还涉及庞贝古城。伊玛用严肃的语气说：“妈妈，你知道吗？有一个国家机构的大臣——纳西阁下，他是一百年前的人民代表。他接受了一个负责挖掘庞贝古城的人的礼物，那是一尊很有价值的雕像。你知道吗？他让人把庞贝发掘的那些最好的艺术品复制了一份，用来装点他的特拉帕尼别墅。妈妈，这个纳西，尽管他是意大利王国的大臣，他为所欲为：别人给他送了一尊雕像，他收下了，他觉得放在家里很有面子。有时候人们会犯错误，因为父母从小没教给你什么是公共财产，人们都不知道这是犯错误。”

我不知道，她最后这句话是莉娜对她讲的，还是她自己的想法。无论如何我不喜欢这句话，我决定进行干预。我小心翼翼，但清清楚楚地对她说：“莉娜阿姨跟你讲了很多有意思的事情，我很高兴，当她对某个问题产生兴趣时，谁都拦不住。但你不应该相信，一个人做坏事是因为粗心大意。伊玛，你不要相信这一点，尤其是假如这些事情涉及一些达官贵人、部长、议员、银行家还有克莫拉分子的话。你也不应该相信，这是一个死循环的世界，一会儿好，一会儿坏，然后又会好起来。我们需要不懈地努力，一步一步脚踏实地，无论周围发生什么事情，我们都要小心，不要犯错误，因为犯了错误是要付出代价的。”

伊玛的下嘴唇在颤抖，她问我：

“爸爸再也不能参加议会了吗？”

我不知道说什么才好，她也意识到了这一点。就好像为了鼓励我给她一个正面答复，她小声说：

“莉娜阿姨说会的，他会回到议会的。”

我犹豫了很久，最后我下定了决心。我说：

“不，伊玛，我觉得不可能。你爱爸爸，这一点并不需要他是一个重要人物。”

- 43 -

那是一个错误的答复。还是像往常一样，尼诺逃脱了，摆脱了他落入的陷阱。伊玛知道这件事之后很高兴。她要求去见她父亲，但尼诺消失了一段时间，很难联系到他。当我们终于约定了一个时间，他把我们带到了梅格丽娜的一家披萨店里，他不像往常那么活跃。他很焦虑，有些心不在焉。他对伊玛说，永远都不要相信那些政治同盟，他说他自己是左派的牺牲品，其实那不是真正的左派，那简直比法西斯还要糟糕。他向女儿保证："你等着看吧，爸爸会把一切都理顺的。"

随后，我在报纸上看到了很多尼诺的文章，言辞都很极端，他又重新提出了很久之前他的观点：国家的司法权应该受行政权控制。他很愤怒地写道：法官前一天还在和那些破坏国家心脏的人斗争，第二天他就让人们相信，那颗心脏已经生病了，需要丢弃。为了不被丢弃，他在拼命地抗争，他转变了政治立场，越来越偏向右派。一九九四年，他又兴高采烈地坐进了议会。

伊玛很幸福地得知她父亲又成了萨拉托雷阁下，那不勒斯地区对他的支持率很高。伊玛得知这个消息之后，马上对我说："你虽然写书，但你没莉娜阿姨那么有远见。"

- 44 -

我并不生气，从根本上来说，我女儿只是想让我看到，我对她父亲不公平，我没明白他是好人。但她说的那句——"你虽然写书，但你没有莉娜阿姨那么又远见"，带来了一个出人预料的结果。我开始发现，莉拉——一个在伊玛眼里很有远见的女人，在五十岁时又正式回到了书本里，她又开始学习，甚至是写作了。彼得罗之前已经推测出，她做出的那种选择就是一种治疗，可以对抗失去蒂娜带来的焦虑和不安。在城区的最后一年，我再也不满足彼得罗的推测，还有伊玛跟我讲的那些，我一有机会就和莉拉谈论这个问题。我会问她：

“你为什么会对那不勒斯产生这么大的兴趣？”

“这有什么不对的吗？”

“没什么不对，我倒是很羡慕你。你学习是出于兴趣，我读书写作只是因为工作。”

“我没在学习。我只是随便看看宫殿、街道和古迹，然后我就去找找和那些地方相关的信息，就这些。”

“这就是学习啊！”

“你这么觉得啊？”

她总是在回避话题，不想跟我说实话。但有时候，她会劲头十足地谈到这个城市，就好像那不勒斯不是由那些平常的街道，还有我们每天都看到的地方组成，她给我揭示了这个城市闪亮的一面。她三言两语就把这座城市变成了这个世界最值得欣赏的地方，一个充满意义的地方，每次跟她聊两句，我的脑子里就会充满火花，又回到了我自己的事情上。我出生和成长在这个城市，但我从来都没想着去了解它，真是太疏忽了。现在我要第二次离开这座城市，但我对我出生的地方基本一无所知。彼得罗过去已经指责了我的无知，现在我自己也在自责。听莉拉说那些，我意识到自己才疏学浅。

和往常一样，她很容易就学会了很多东西。她好像能赋予每栋建筑、每块小鹅卵石重要的意义，她那种丰富的想象力，让我想放下自己正在写的那些乏味的东西，和她一起学习那不勒斯的历史。但那些“乏味的东西”耗尽了我的力气，我写的那些东西让我过着舒适的生活，我有时候夜里也在工作。有时候在寂静的房间里，我会停下来想，也许在同一时刻，莉拉也醒着，也许她像我一样，也在写东西，也许她正在总结她在图书馆里看到的东西，她在写自己的感想，在写自己的故事。也许她对于真实的历史并不感兴趣，她只是要找到一些激发她想象的东西。当然，她会以那种即兴的方式，忽然对某件事情产生兴趣，之后这种兴趣会变弱，会消失。就我所知，现在她一会儿研究王宫旁边的陶瓷厂，一会儿收集关于马热拉的圣彼得罗的信息，一会儿又在搜集外国游客在那不勒斯居留的痕迹。她觉得那就像追踪一些迷人又让人讨厌的事儿。她说，一个世纪又一个世纪，所有人都赞美海港、大海、船只、城堡、高大的维苏威火山和它愤怒的火焰，还有这座城市的大剧院、花园、菜园和大楼，但一个世纪又一个世纪，人们都在抱怨这里的低效、腐败、物质和精神的贫困。在那些宏伟的建筑后面，在浮华的名号还有众多享有厚禄的高官后面，没有任何一个机构能有效运作起来，没有井然的秩序，只有纷乱的人群，还有在拥挤的街上各种卖东西的人。人们说话声音都极大，满街小混混还有叫花子。啊！没有任何一个城市像那不勒斯这么喧闹，这么嘈杂。

有一次，她跟我说了暴力问题。她说，她以为这是我们城区的特点。从我们出生起，我们对暴力就已经司空见惯了，我们一辈子都不断经历着暴力。我们想：这是我们命不好。你记不记得我们以前骂人，想尽办法羞辱别人？你记不记得安东尼奥、恩佐、帕斯卡莱、我哥哥、索拉拉兄弟打人和被人打的事情，还有我和你挨过的打？你记不记得我父亲把我从窗子扔了出去？现在，我正在看一篇关于烧炭圣约翰的老文章，它解释了“烧炭”是怎么来的。我以为那里之前有煤炭，或者有卖炭的人，但实际上并不是这样，那是一个堆垃圾的地方，每个城市都有。那个地方叫做“炭坑”，脏水横流，人们会把动物的死尸丢在那里。从古代开始，那不勒斯的“炭坑”就位于烧炭圣约翰。那个区域当时被称为“烧炭广场”，在大诗人维吉尔的时代，每年都举行“烧炭比赛”，那是一种角斗士表演，但不是杀死对手才收场，而是练武的机会。讲这些时，她喜欢用引用一些古意大利语，她觉得很有意思，她讲得津津有味。但很快这不再是“表演”和“演习”的地方了，人们不仅仅会把动物的尸体和垃圾丢在那里，开始有了人和人之间的相互残杀。在那里，他们发明了一种打“猎物”的游戏。你记得吗？我们小时候也向别人丢石头——恩佐把一块石头砸到了我头上，我头上现在还有一块疤，他事后为了补救就送给了我一束花楸果。在烧炭广场上，人们开始是丢石头，后来动用兵器，他们会相互残杀，流尽最后一滴血。那些叫花子、阔佬和王公贵族都会跑去看人们为了报复而相互残杀。当某个强壮英俊的小伙子被致命的利剑刺中，倒地而死，那些叫花子、市民、国王和王后会拼命鼓掌，欢呼声直达云霄。啊！暴力、折磨、杀害、撕裂。莉拉的语气里带着恐怖和诱惑，她用混杂着方言的意大利语给我讲述这些事情，她还引经据典——不知道她在哪里看到并记下来的。她说，整个地球都是一个巨大的炭坑。有时候，我想，假如在一个报告厅里，她一定会让很多听众入迷，但我后来想到了她真实的状况。她是一个没有上过几天学的五十岁的女人，她不懂得研究方法，她不知道什么是可靠文献，她读书时会产生激情，会把那些真实和虚假的东西混合起来，她会加入自己的想象，除此之外没有别的。她感兴趣的，能给她带来乐趣的，好像就是那些腐烂的东西，那些残杀的场景，残缺的四肢，挖下来的眼睛，打破的头。后来这些都被掩盖了，根据历史记载，那个地方是被一座献给洗礼者圣约翰的教堂还有一座圣奥古斯汀修道院掩盖了，这家隐修修道院的图书馆藏书非常丰富。她笑着说："下面是鲜血，上面是上帝、和平、祈祷和书本。这就是圣约翰和'炭坑'的结合，也就是说'烧炭圣约翰'的名字来源。这条路我们走了几千次，莱农，那里距离火车站、福尔切拉和法院都非常近。"

我知道烧炭圣约翰那条路，我非常清楚，但我不知道背后的故事。她跟我谈了很久。我怀疑，她说这些就是让我感觉到，她跟我口述的那些东西，实际上她已经写下来了，是我不知道结构的一本巨著的部分。我想：她到底在想什么，她的意图是什么？她只是想整理她出去逛和阅读时看到的东西，或者是她想写一本关于那不勒斯的书，一本自然是永远也不会完成的书，但这本书会帮助她一天一天把日子过下去。现在不仅是蒂娜消失了，索拉拉兄弟也消失了，恩佐也消失了，我迟早也会带着伊玛离开，无论如何，这本书会帮着她活下去吗？

- 45 -

在移居都灵之前，我和她在一起度过了很长时间，那是一场温情的告别。一九九五年夏天的一天，我们谈了各种各样的话题，谈了好几个小时，但最后她谈到了伊玛。那时候伊玛已经十四岁了，她很活泼，也很漂亮，她刚刚取得了初中毕业证。她非常真诚地赞美了伊玛，语气中没有掺杂其他东西，我听她说着那些赞美的话，我感谢她在艰难的时刻帮助了伊玛。她有些不满地看着我说：

“我一直都在帮助伊玛，不只是现在。”

“是的，但在尼诺遇到麻烦之后，你对她的帮助非常大。”

她也不喜欢我这样说，她心情有些混乱。她不想把她对伊玛的关注和尼诺联系在一起，她提醒我说，她从开始就很关心伊玛。她说，她这么做是因为蒂娜很爱伊玛。她接着说：“也许蒂娜比我更爱伊玛。”然后她有些不高兴地摇了摇头。

“我不懂你。”她说。

“有什么不懂的？”

她变得很烦躁，好像想对我说什么，但一直忍着没说。

“我不懂你这么长时间以来，怎么一次也没想到过。”

“想到什么，莉拉？”

她沉默了一秒钟，然后垂下了眼睛。

“你还记得《全景》上的那张照片吗？”

“哪张照片？”

“就是你和蒂娜在一起的照片，旁边写着她是你的女儿。”

“我当然记得了。”

“我想过蒂娜被带走了，可能是因为那张照片。”

“也就是说？”

“他们想把你女儿偷走，但实际上那是我的女儿。”

她说了她的想法，那天早上，我切实地感觉到了之前一直折磨着她的那一千种推测。各种想象和顽固的念头，到那时候依然折磨着她，我之前都没注意到这一点。十几年过去了，她一直没有平静下来，她的脑子没法为她女儿找一个安静的角落。她嘟哝着说：“你老是上电视，上报纸，你满头金发，很漂亮，非常优雅。也许他们是想问你要钱，而不是针对我，谁知道呢，现在我什么都不知道了，事情发生了，然后转向了。”

她说，恩佐和警察说过这种可能，也和安东尼奥说过，但警察和安东尼奥都觉得没这种可能。但她跟我说这件事情时，好像很确信事情真是那样。谁知道她心里还有没有想着别的什么事，一些我从来都没意识到的事情。她的小农齐亚被当作我的小伊马可拉塔带走了吗？我的成功是她女儿被绑架的诱因？她对伊玛的关注是一种焦虑，还是一种保护和守卫？她想象着那些绑架她女儿的人，会把那个弄错了的孩子扔掉，会回来把那个正确的带走？或者还有别的可能？她想过什么，她还在想什么？为什么她现在才跟我说了这种可能？她想在我离开她之前惩罚我，给我灌输最后的毒药？啊，我明白为什么恩佐最后离开了，和她一起生活太让人悲痛了。

她意识到，我很担忧地看着她，她说起了她读的那些书，就好像为了挽回局面。但这时候她变得前言不搭后语，痛苦令她的面部线条变得扭曲。她忽然笑着说，那些罪恶冷不丁地就会冒出来。“你在上面放上教堂、修道院、书本——这些东西看起来是那么重要，”她用讽刺的语气说，“你在那些书本上投入一生，但罪恶会顶破地板，从你意想不到的地方冒出来。”后来她平静下来了，又说起了蒂娜、伊玛还有我，用一种缓和的语气，几乎是想为刚才她说的话道歉。她说：“当四周特别安静的时候，我会有很多想法，我不会太留意这些想法是否说得通。只有在那些糟糕的小说里，人们才会想着正确的事情，说着正确的话，事情总有个前因后果，有一些可爱的人和一些可恶的人，有好人和坏人，最后有一个让人安心的结局。”她嘀咕着说：“也有可能，蒂娜今天晚上就会回来，她之前去哪儿了，谁在乎呢，重要的是她又回到了这里，她会原谅我的疏忽。你也要原谅我。”她说着拥抱了我，最后说：“你走吧，走吧，你要做一些更精彩的事儿，要比你之前做过的那些更棒。我和伊玛非常亲近，也是因为担心有人把她带走。你真的很爱我儿子，虽然你女儿离开他了，你忍受了他多少事情啊，谢谢。我很高兴，我们做了那么长时间的朋友，我们会一直是朋友。”

- 46 -

蒂娜被带走了，因为她被当成我的女儿——她的这个想法让我心神不宁，并不是因为我觉得她说得有道理，我想着她内心那些错综复杂的情感，尝试厘清这些。我甚至想到了，过去了那么长时间之后，因为一些很偶然的原因，在那些最没有意义的事情下面，隐藏着的流沙——莉拉后来给她女儿起的名字，是我小时候最爱的布娃娃的名字，就是被她扔到地窖里的那只娃娃。那是我第一次想象这个娃娃，但我没有想太久，我感觉面对的是一口深井，里面只有星星点点的亮光，我退缩了。人与人的每种强烈的关系都充满了圈套，假如你希望这种关系得以延续，那你要避免这些圈套。在当时的情况下，我就是那么做的，最后我觉得我又一次证明了，我们之间的友谊有多么辉煌和黑暗，还有莉拉的痛苦有多么漫长和纠结。当我去都灵时，心里想着恩佐说的是对的：莉拉根本没法过一个很安稳的晚年。她留给我的最后印象是：一个五十一岁的女人，看起来要比实际年龄年老十岁，她有时说话会非常激动，脸会变得绯红，她的脖子也会红起来，她的目光很迷离。她用手捏住裙子扇风，我和伊玛会看到她的内裤。

- 47 -

都灵的一切都已经安排好了：我在伊莎贝拉桥附近找了一套房子，把我和伊玛的大部分东西都搬到了那里。我记得，我们出发时，火车刚刚离开那不勒斯，我女儿坐在我对面，她看起来有些忧伤，好像第一次为离开那不勒斯感到难过。我非常疲惫，因为那几个月我一直都来来回回地忙碌，准备我们需要的东西。我很疲惫，因为那些我做的事情，也因为那些忘记做的事情。我坐在座位上，从窗口看着那不勒斯的城郊，还有渐渐远去的维苏威火山。就在那时候，我忽然想到了——那就像一个浮子忽然冒出水面，我确信莉拉在写那不勒斯时，一定会写蒂娜，正是因为包含着一种难以言说的痛苦，她写的东西一定会不同寻常。

产生了这个想法之后，我就很难把它抹去。在都灵的那些年，我在那家规模很小，但很有前途的出版社做主编，我觉得自己备受青睐时，说起来我那时候要比十几年前我眼里的阿黛尔更强大，我的这种想法变成了一种希望，一种祝愿。我很希望莉拉有一天给我打电话，会对我说："我有一部手稿，一些乱七八糟的东西，一些随想，总之有一些东西，我想让你看看，想让你帮我改改。"我肯定会马上读一遍，我会过一道手，让它读起来能被人接受，也可能我会一段一段地重写。尽管莉拉的思想非常活跃，记忆力惊人，她一辈子都在看书，有时候她会跟我说，有时候她会瞒着我，但她的根基不够，她没有任何小说家的技能。我很担心她会把那些漂亮的段落乱七八糟地堆积在一起，把那些精彩的片段放到错误的地方。那时，我从来都没有想过她会写一些乏味的故事，一些人云亦云的话，相反，我很确信她会写出一些高水准的文字。有一段时间，我很难做出一个让人满意的出版计划，我最后甚至想到去审问里诺——他经常出现在我家里，他不打电话就会来，说他来打个招呼，但一住就是几个星期。我问他：“你母亲还写东西吗？你从来都没看看她在写什么吗？”但他说：“是的，还在写，但我不记得了，那都是她的事，我不知道。”我再三问他。我想象着在出版书目里加入她写的那本书，我会极力推广它，自己也能沾点光。有时候我给莉拉打电话问她的近况，我不会直截了当而是小心翼翼地问她：“你对那不勒斯的兴趣还有吗？你还一直在记笔记吗？”她很机械地回答：“什么兴趣？什么笔记？我是一个像梅丽娜一样的老疯子，你还记得梅丽娜吗？谁知道她还活着没有。”我就只好放过这个问题，谈别的事情。

- 48 -

在我们打电话时，我们经常会谈到那些死去的人，也会提到还活着的人。

她的父亲费尔南多去世了，过了没几个月，农齐亚也死了。这时候莉拉和里诺搬到她以前出生的那套房子里去了，那房子是之前她掏钱买的，但现在她的弟弟妹妹认为那是父母的财产，他们也想分一部分，这让她不胜其烦。

斯特凡诺又一次心脏病发作，也死了。他们甚至都没来得及叫救护车，他就面朝下倒下去了。玛丽莎和几个孩子离开了城区，尼诺终于出手帮助了她，他不仅在克里斯皮街上的一家律师事务所给她找了一个秘书的职位，还给她钱让她供几个孩子念大学。

还有一个我从来都没机会认识的人也死了，那是我妹妹埃莉莎的情人。她离开了城区，但她、我父亲还有我的两个弟弟都没有告诉我。我从莉拉那里得知她去了卡塞塔，她在那里认识了一个律师，是一个市政府顾问，她又一次结婚了，但没邀请我参加婚礼。

我们会聊到这些事情，她会跟我说城区所有的新闻。我跟她谈论我女儿、彼得罗的事，彼得罗现在和一个比他大五岁的同事结婚了。我会跟她说我正在写的东西，还有我在出版社的经历。只有一两次，我会问我最关心的问题：

“假如有一天，你写点什么东西——这只是一种假设啊，你会不会给我看？”

“类似于什么样的东西？”

“任何东西，里诺说你一直待在电脑前。”

“里诺是在胡说。我在上网，我想看看电子产品的新动向，这就是我做的事情，在电脑前，我不写东西。”

“你确信吗？”

“当然了，我有没有回过你的电子邮件？”

“没有，你真让我生气。我一直给你写邮件，你从来都不给我回。”

“你看到了吗？我从来都不给任何人写邮件，包括你。”

“好吧。假如你写了什么东西，你会让我看吗，你会让我出版吗？”

“你才是作家啊！”

“但你没回答我。”

“我回答你了，但你假装不明白，要写东西，需要渴望留给后世一些什么东西，我连活下去的欲望都没有了，我从来都没有像你那么强的生活欲望。就在我们说话的当口，假如我能把自己删除了，我会更高兴的，我怎么可能会写作呢。”

她经常说想把自己删除掉，但从九十年代末开始，尤其是二〇〇〇年之后，这成了她的一个开玩笑的口头禅。那当然是一个比喻，她喜欢这个比喻，在不同的情况下她都使用过这个比喻。在我们这么多年的友谊里，我从来都没听她说过她想自杀，即使是蒂娜失踪后那些可怕的日子里。“自我删除是一种听起来很美的计划，”她说，“我再也受不了了，电脑看起来是那么干净，但实际上很脏，非常脏，你不得不到处留下痕迹，就像你不停在身上拉屎撒尿一样，但我不想留下任何东西，我最喜欢的键是删除键。”

这种狂热的想法在有些阶段非常真实，在其他时候没那么较真。我记得关于我的知名度，她说了一些很阴险的话。她有一次说：“唉，为了一个名字，生出多少事儿啊！出不出名，那只是用一根小绳子绑着装着血肉、语言、屎和小心事的袋子。”这时候，她一直在开我的玩笑：“解开绳子，埃莱娜·格雷科的那个袋子还在，同样管用，当然有些马马虎虎，没有成就，也没有过错，直到袋子破裂。”心情最糟糕时，她会苦笑着说：“我想把自己的名字解开，拆散，丢掉，忘记。”但其他时候，她会放松一些。比如说，我给她打电话，就是想让她跟我说说她写的东西，尽管她矢口否认她在写东西，竭力回避这个话题，但我觉得我给她打电话时，可能是她创造力最旺盛的时候。有一天晚上，我发现她有点忘乎所以，她又说了她的虚无主义思想——那些伟大的人做了这样那样的事情，但是他们是生来就有那些品质，那有什么可说的，那就像在抽签时抽到好签，那有什么可欣赏的，但她表达地绘声绘色，充满想象力。啊，假如她想的话，她对语言的运用太自如了。她好像有一种秘密意图，想抹掉所有事情的意义。可能是因为这个原因，她开始让我很伤心。

- 49 -

我的危机是在二〇〇一年冬天降临的。那时候我的状态起起伏伏，但总归还是很有成就感。每年黛黛和艾尔莎都会从美国回来，有时候是独自回来，有时候带着她们各自的男朋友。黛黛继承了他父亲的衣钵，艾尔莎很快就在大学里谋得了一份教职，教授对于我来说非常神秘的代数。两个姐姐回来时，伊玛也会腾出时间和她们待在一起。全家人又重聚了，我们四个女人相聚在都灵的家里，要么一起在城市里闲逛，我们彼此关注，相互很亲密，我们很幸福能在一起待一段时间。看着她们，我想：我真是幸运啊！

但在二〇〇二年圣诞节，发生了一些让我很抑郁的事。三个女儿都回来了，而且她们待的时间很久。黛黛刚和一个看起来很严肃的伊朗籍工程师结婚了，他们生了一个儿子，叫哈米德，那时候一岁多，非常活泼。艾尔莎是带着一个波士顿的同事回来的，他也是一个数学家，比艾尔莎还孩子气，很爱说话。伊玛也从巴黎回来了，她在那里学了两年哲学，她带了一个男同学回来，是一个个子很高、有点儿丑的法国人，几乎不怎么说话。那个十二月真是太幸福了，我五十八岁，已经当了外婆，我抱着哈米德，我记得那是圣诞节晚上，我和小外孙坐在一个角落里，看着几个女儿年轻、充满活力的身体。她们都很像我，但又和我完全不同，她们的生活和我的生活相去甚远，但我觉得她们是我的延伸。我想：我吃了多少苦，经历了多少事情啊！每一步都好像要跌倒了，但我都挺住了。我离开了城区，又回到那里，又成功地摆脱了那里。没有任何东西会把我和我生的几个女儿拉下水去，我们都得救了，我没有让她们任何一个沉沦下去。噢，她们已经属于其他的地方和其他的语言。她们会认为，意大利是这个星球上很漂亮的一个地方，同时她们会觉得，这是一个微不足道、没有前途的角落，只适合度假。黛黛经常跟我说："你来美国嘛，你可以住在我家里，在那里你同样可以做你的工作。"我嘴上答应了，说迟早都会去的。她们为我感到自豪，但她们谁也不会忍受我太长时间，就连伊玛也一样。这个世界发生了巨大的变化，世界越来越属于她们，越来越不属于我了。但这样也好——我抱着哈米德想——最重要的是这些姑娘都很出色，她们没遇到任何我之前遇到的那些障碍。她们有自己的想法、需求和希望，有着自己的声音、自我意识和展现自我的方法，那是我想都不敢想的，很多人也都没那样的运气。在那些比较富裕的国家，一般人都会掩盖世界其他地方的恐怖，当恐怖引发的暴力涉及我们的城市和生活，我们才会受到震动，才会警惕。一年之前我被吓得要死，我给黛黛、艾尔莎还有彼得罗打了很长时间的电话，我从电视上看到飞机撞上了纽约的双子塔，那就像用火柴头轻轻摩擦了一下，就点燃了火焰。下面的世界是地狱，我的几个女儿知道，但没有切身体验过，她们对发生的事感到愤恨，但同时她们都在积极享受生活的幸福，珍惜眼前的机会。她们把自己成功富裕的生活都归结于她们的父亲。但是我，我没有任何优势，我是她们优越感的根基。

当我这么想时，发生了一件让我很失落的事情。三个女儿把她们的男人带到了一面书架前，书架上放着我的书。极有可能的是，她们从没读过其中任何一本，可以肯定一点，我从来都没看到过她们读，她们也没跟我提过。现在她们拿起其中一本开始翻阅，甚至大声读了其中一些句子。这些书产生于我生活的环境，源自曾经吸引我和影响了我的一些思想，我一步一步地跟随我的时代，在反思中构思了这些故事。我指出了那个时代的问题，把这些问题展示出来。我已经设想了不知道多少次，会让这个世界实现救赎的改变，但这些都没实现。我用了那些日常的语言来说明日常的东西。我集中分析了一些主题：劳动、阶级矛盾、女性主义、边缘人。现在我听着自己写的那些句子被随意念出来，感觉很尴尬。艾尔莎——黛黛要尊重我一些，伊玛很慎重——用带着讥讽的语气，朗诵我的第一本小说，她还读了关于男性捏造女性的章节，还读了那本得过很多奖的书。她的声音巧妙地突出了那些文字里的缺陷，还有过于激昂的话。我曾经视为不容置否的真理支持的那些意识形态，现在已经过时了。尤其是她读的时候突出了一些词汇，她会把那些听起来没有任何意义、已经被弃用的词汇，饶有兴趣地重复两三遍。她到底在做什么？就像在那不勒斯那样开个玩笑吗——我女儿的语气当然是从那里学到的——她一行一行地读，是不是在展示，所有那些和翻译版本整整齐齐排在一起的书，其实没什么价值呢？

我想，只有艾尔莎的同伴——那个年轻的数学家觉察到我女儿已经伤害到我了。他打断了艾尔莎，把书从她手里拿了过去，向我请教关于那不勒斯的事情，就好像那是一个想象中的城市，就像那些勇敢的探险者探索并报道的地方。节日的时光很快就过去了，但从那时候开始，我内心发生了变化。我时不时会拿起我的书看几页，我觉察到了那些文字的脆弱。我一直以来的不自信越来越明显了，我越来越怀疑自己的作品，还有我的能力。但同时我想象莉拉写的那本书变得越来越重要了。假如刚开始，我想着那是一个草稿，我很乐意和她一起进行修订，做出来一本书，通过我的出版社进行出版，但现在那本书成了一个完成的作品，就像是一块真理石，让我的那些书黯然失色。我惊异地想：从她的电脑文件里，迟早会冒出来一篇小说，会不会要比我的小说好得多？是不是我从来都没有写出一本值得记忆的小说，而这么多年，她一直在写一本传世之作？莉拉小时候写《蓝色仙女》时表现出的天分，让奥利维耶罗老师很震撼，现在她老了，她会不会展示出她所有的力量？在这种情况下，她的书会成为——可能仅仅对于我而言——我失败的证明。读了那本书，我会明白自己本应该怎么写作，但我没做到。这时候我曾经的自我要求、努力不懈的学习、我出版的每行字每页纸都会黯然失色，就像暴风雨来临的大海，乌云覆盖了一切，连紫色的地平线也会消散。作为一个来自落后地区的作家，我获得了广泛的认可，最终会展示出贫瘠可怜的内涵。我几个女儿的成功，我获得的名利，甚至是我的最后一个情人——一个理工大学的教授，比我小八岁，他有一个儿子，已经离了两次婚了，我每个星期都会去他山上的房子和他约会，这些都不再让我觉得满意。我的整个生命，只是一场为了提升社会地位的低俗斗争。

- 50 -

我很小心，不想让抑郁的情绪占上风，我给莉拉打电话的次数也少了。我已经对她不抱希望了，但我很害怕，我害怕她会对我说：你要不要看看我写的东西，我已经写了很多年了，我给你发电子邮件。假如我发现她闯入了我的工作领域，让我之前写的东西变得不值一提，我很清楚自己有什么反应。我当然会像面对《蓝色仙女》时那样，充满崇拜和欣赏，我会毫不犹豫地发表她的作品，我会想尽一切办法让所有人了解到它的价值。我已经不是那个几岁大的小女孩，发现了同桌有惊人的天分，现在我是一个成熟女人，已经有稳固的地位。莉拉自己也经常说——有时候是开玩笑，有时候很严肃："埃莱娜·格雷科——拉法埃拉·赛鲁罗的天才女友。"那种命运和角色的忽然转化，会让我彻底毁灭。

那个阶段一切都还不错。我的外表看起来还比较年轻，生活很充实，工作也还忙碌，在社会上有一定声誉，这让我不会想太多，我只是偶尔会感到不悦。后来的几年就非常难过，我的书卖得越来越不好，我失去了出版社的工作，我的身体在发胖变形，我感觉自己老了，而且担心后面的生活会变得贫穷黯淡。当我按照十几年前的思维模式工作时，我就应该意识到，一切都已经不一样了，包括我自己。

二〇〇五年我去了那不勒斯，我遇到了莉拉，那是非常艰难的一天。她身上的变化更大了，她尽量想表现得友好，有些神经质地和所有人打招呼，话很多。看到出现在城区每个角落里的非洲人和亚洲人，闻到陌生饮食的味道，她显得很兴奋。她说："我没有像你一样去世界各地旅行，但是你看，世界自己跑到我跟前来了。"在都灵也一样，世界各地的人都涌了进来，我喜欢她轻描淡写地描述这种变化。但只有到了城区，我才意识到那里的居民发生了变化。基于一种坚实的传统，以前的方言很快被接受了，那种神秘的语言正在通过不同的发音方式、不同的句法和情感，悄悄地发生着改变。楼房灰色的石头上有一些临时的牌子，以前的那些合法不合法的交易和新买卖混合在一起，在新的文化背景下，暴力也揭开了新的篇章。

也就是那次，我们听到消息说吉耀拉的尸体出现在小花园那里。那时候我们还不知道她是死于心脏病，我以为她是被杀死的。她躺卧在地，看起来非常庞大。她的变化应该曾经让她很痛苦，她以前很漂亮，她选择了英俊的米凯莱·索拉拉。我想，我现在还活着，然而我感觉自己和她一样，像一具庞大的身体了无生机地躺在那个荒凉的地方。我的心境的确是这样的，我虽然非常在意自己的身体，但我也无法接受自己，我走路时越来越不自信，我的所有表现，已经不再是我几十年来习惯的样子。从小到大，我感觉自己和吉耀拉是那么不同，但现在我发现我和她那么像。

莉拉好像没太关注年老的问题。她一边大声说话，一边很有力地做手势，跟来往的人打招呼。我没再问她的那本书的事，我觉得无论她对我说什么，我都不会舒心。那时候我已经不知道怎样才能走出抑郁，我不知道自己能抓住什么。问题已经不在于莉拉的作品，还有她的写作品质了，或者说，我已经不需要她对我的威胁才能感受到：从六十年代末到现在，我写的那些东西已经失去了分量，我已经不像十几年前那样可以在公众场合畅所欲言，我已经没有读者了。见证了那场悲惨的死亡之后，我意识到我焦虑的性质变了。现在让我觉得烦恼的是，我写的任何东西都没能经受得住时间的考验。那些顺利出版的书取得了小小的成功，让我几十年都生活在幻觉里，让我觉得自己在做一件非常有意义的工作。但忽然间这个幻觉淡去了，我没办法再相信那些作品的重要性。从另一个方面来说，莉拉的一切也已经过去了：她在父母留下的小房子里过着黯淡的生活，不知道在电脑上写满什么样的见闻和想法。我想象，或许有这种可能，她的名字——就像她说的小绳子或者别的什么东西，在她成为一位老女人时，或者在她死后，会和一部非常重要的、唯一的作品联系在一起。和我写的成千上万页纸不同，她只有一本书，她从来都没享受过我写那些书时享受的成功，但她的书会流传下去，在几百年后还会有人不停地读了又读。莉拉拥有这种可能，但我已经浪费了自己的机会。我的命运和吉耀拉的一样，但莉拉的命运会有所不同。

- 51 -

我就这样放任自流地过了一段时间。我工作很少，从另一个方面来说，出版社和其他人也没让我做更多的事情。我不见任何人，我只是和几个女儿通电话，每次时间都很长，我坚持让她们把话筒给我的外孙和外孙女，我像小孩子一样和他们说话。艾尔莎也生了一个儿子，叫康拉德。黛黛给哈米德生了一个妹妹，叫做埃莱娜。

他们用幼稚的声音说出非常清楚、准确的话，这让我想起了蒂娜。在我心情最阴郁时，我确信莉拉写下了她女儿的故事，写得非常细致，我越来越确信，她把女儿的故事和那不勒斯的故事融合在一起，用一种没有受过高等教育的人具有的率真写出来，也许是因为这个缘故，会获得惊人的效果。然后我明白那只是我的一种想象，我不由自主把我的焦虑、嫉妒、敌意和情感都搅和在一起。莉拉没这方面的野心，她从来都没有过野心，要做任何扬名立万的事，都需要爱自己，但她告诉我，她一点儿也不爱自己。在最抑郁的那些夜晚，我甚至想象她故意把自己的女儿弄丢了，是因为她不想看到自己的延续：她的讨人厌、她的邪恶，还有那种漫无目的的智慧。她想把自己抹去，那是因为她受不了自己，她一直都无法容忍自己，她一辈子都是这样，这使她把自己封闭于一个小小的活动范围，当这个地球在打破所有地域的限制时，她却越来越封闭。她从来都没坐过火车，没去过罗马。她从来都没坐过飞机，她去过的地方少得可怜，当我想到这一点时，我为她感到惋惜，我会笑几声，起身来到电脑前给她写邮件。我曾无数次跟她说："你来找我吧，我们一起待一阵子。"那时候我很肯定，莉拉并没写稿子，她永远不可能写什么稿子。我一直高估了她，她永远不会写什么流传百世的东西，这让我心情好一些了，但同时我又觉得深深的遗憾。我爱莉拉，我希望她继续存在，我希望我能使她继续存在，我觉得这是我的任务。我确信她从小就把这个任务交给了我。

- 52 -

后来，那本题为《友谊》的小说，就是在那种虚弱的状况下诞生的。当时我在那不勒斯，是一个下雨天。当然了，我很清楚，我把莉拉的事情写出来，这违背了我们之间的约定，我知道她一定会受不了。但我相信，假如这本书写得很好，她最后会对我说："我很感激你，有些话是我没勇气说的，你替我说了出来。也有这种可能，那些觉得自己注定要从事艺术事业的人，尤其是要从事文学的人，他们写作时就好像那是上天赋予他们的使命，但实际上，没有任何人赋予他们什么使命，是他们自己授权自己成为作家。我们在听别人说这些话时，会感到懊恼：你写的这些破玩意儿，我一点儿也不感兴趣，看了让人觉得很讨厌，谁让你写的。"在短短几天时间里，我写了一篇小说，有好几年我一边希望，一边又畏惧莉拉也在写这个故事，我甚至想象着她笔下的每个细节。我这么做是因为她身上的所有一切，或者说我从小归到她身上的一切，在我看来，都要比我发生在我身上的事情更有意义，更能打动人。

我在一家小宾馆的房间里完成了初稿，那个房间有一个小阳台，正好可以看到维苏威火山，也能看到半圆形的灰暗城市。我本应该通过手机打电话给莉拉，告诉她：我写了我们、蒂娜还有伊玛的故事，你要看吗？只有八十页，我可以去你家里给你大声读一遍。我没有那么做是因为担忧，她不仅明确地禁止我写她，也禁止我提到城区里的人和事。过去我提到城区时，她迟早都会找机会告诉我，我写的书很糟糕。尽管她会用很痛苦的语气，但她会说：要么你就讲述事情本来的样子，乱七八糟堆在一起，要么你就按照自己的想象虚构一个故事主线。我既不能做到第一点，也不能做到第二点。因此我没理会她，我心想：她一定会像往常一样，说她不喜欢那本小说，她会假装什么事儿也没有，过几年她会让我明白，或者对我直说，我应该有更高的追求。我想，假如由她决定的话，实际上我不应该出版任何东西。

那本书出版了，我有很久都没有受到过那么多赞赏，得到大家的承认让我觉得很幸福。《友谊》的出版，避免让人们把我列入那些大家都认为已经过世，但实际上还活着的作家。我以前的书又继续在书店销售了，读者又对我产生了兴趣，虽然我已经很年老了，但我的生活又变得丰富起来。刚开始，我觉得那是我到那时候为止写得最好的一本，但后来我一点儿也不喜欢了，是莉拉让我开始痛恨这本书。因为书出版之后，她一直拒绝和我见面，她拒绝和我谈论，她也没有骂我或扇我耳光。我不停给她打电话，给她写了无数邮件，甚至回到城区和里诺交谈，但我一直都没有见到她。同时她儿子也从来没对我说：我母亲这么做，是因为她不想见你。他像往常一样漫不经心，嘟哝了一句："你知道她的，她现在老是在外面，手机要么一直关机，要么就忘在家里，有时候晚上也不回来睡觉。"我不得不想到，我们的友谊已经结束了。

- 53 -

事实上，我并不知道这本书什么地方得罪她了，是整个故事还是某个细节。我觉得，《友谊》好就好在它很通畅，用很简洁的方式讲述了我们俩的生活，揭示了命运的反复无常，从我们丢失两个布娃娃开始，到后来蒂娜的失踪。我到底做错了什么？我想了很长时间，她生气会不会是因为那个故事的结尾？相对于小说的其他地方，在结尾时我更多地采用了想象和虚构。在这本书里我讲述了真实发生的事：莉拉试图让尼诺关注伊玛，在尼诺面前称赞伊玛，但她在和尼诺说话时，一时疏忽把蒂娜弄丢了。但很明显，故事中虚构的部分让读者可以感同身受，但对真实经历过这些事的人来说，那是一种可耻的写法。总之，我有很长时间都相信，这本书最成功的地方也是让莉拉最受伤害的地方。

但后来我改变了想法。我确信，她躲着我是因为别的原因，就是我讲述那两个布娃娃的方式得罪了她。我通过艺术手法夸大了它们消失在地窖里的时刻，我放大了失去那两个布娃娃给我们带来的伤痛，为了达到感人的效果，我给其中一个丢失的布娃娃起的是那个失踪的孩子的名字。所有这些，都自然而然让读者把孩童时代丢失的“假女儿”和成人时期丢失的真女儿联系在一起。莉拉一定觉得，这是一种不诚实、哗众取宠的写法，就好像我利用我们童年时代一个重要的时刻、她的女儿，还有她的痛苦来赢得我的读者。

我只是在说我的推测，我需要和她面对面，听听她给我解释让她愤恨的事。我有时候会感觉很愧疚，我理解她。有时候，我很痛恨她做出的选择，正好在我们都老了，需要相互关怀和支持的时候，她把我完全排除在她的生活之外。她一直都是这样：当我不顺着她的意思来，她就会把我排除在外，她惩罚我，破坏我写了一本好书的乐趣。我很恼怒，现在她上演的这出人间蒸发的剧情，除了让我担心，还让我很生气。这也许和小蒂娜没什么关系，也许和蒂娜的幽灵也没关系。莉拉一直都在想着蒂娜，有时候她是一个四岁的女孩——这是最无法忘记的，有时候她已经长大成人，但模样不是很清晰，就像伊玛一样，是一位三十岁的女人。也许，一切只是和我们俩有关：她希望我能做出她的环境和本性阻止她做的事情，但我没办法达到她的期望，她为我的不足感到气愤，为了报复，她把我贬低得一无是处，就像她对自己做的。我日复一日地写作就是为了赋予她形状，塑造她，让她平静下来，这样我也会平静下来。

尾　声

归　还

- 1 -

写完这个故事，我自己也无法相信，我感觉这个故事永远都不可能结束。写完之后，我很耐心地重读了几遍，主要目的并不是要修订这些文字，而是为了查看莉拉有没有进入我的电脑对这些文字进行了修改，即使是只字片语。但我不得不承认，所有这些句子都是我一个人写的。莉拉经常威胁我，说她要进入我的电脑里，她其实没那么做，也许她也做不到。一直以来这都是我作为一个对网络、电缆、链接和电子一无所知的老女人的想象，莉拉并没有介入这些文字，这都是我写出来的东西。或者我那么投入地想象她可能会写的东西，还有她的写法，我已经没办法区分什么是我的，什么是她的了。

通常，在我努力写作时，我会打电话给里诺，问他母亲有没有消息。他什么都不知道，警察只是把他叫去三四次，给他看了一些没人认领的女尸，失踪的年老女人很多。有几次我自己也会回那不勒斯，在城区他住的房子里和他见面。那套房子更晦暗、破败了。莉拉真的什么也没留下，任何属于她的东西都找不到了。至于她儿子，我觉得他比平时更加茫然，就好像他把母亲从脑子里彻底抹去了。

我回到城区是因为两场葬礼，先是我父亲过世了，然后是莉迪亚——尼诺的母亲也过世了。我没有出席多纳托的葬礼，并不是因为怨恨，而是因为那时我在国外。当我回城区参加我父亲的葬礼时，城区很骚动，有一个年轻男人在图书馆入口那里被杀了。当时我想，这个故事可以一直持续下去，那些处于社会底层、没有任何资源的孩子，为了提升自己，他们从那些破旧的书架上拿书来看，就像我和莉拉小时候那样。现在，那些诱人的空谈、许诺、欺骗和流血事件，妨碍了我的城市还有整个世界真正变好。

回去参加莉迪亚的葬礼那天是个阴天，整个城市好像很安静，我自己也觉得很安静。尼诺出现了，他一直在高谈论阔，开玩笑，大笑，就好像我们参加的不是他母亲的葬礼。我看到他发胖了，整个人笨重浮肿，成了一个头发稀少、身体粗壮、不停自我吹嘘的老男人。葬礼结束后，摆脱他并非易事。我不想听他说话，也不想看到他，他让我想起了被浪费的时光，白白的辛苦。我很害怕他会留在我的脑海里，会让我和周围一切都变成他那样。去参加这两场葬礼时，我都事先预留了时间去看帕斯卡莱。在那些年里我一有机会都会去看他，他在监狱里学习很努力，他学完了高中课程，最近他取得了天文地理专业的毕业证书。

“假如我知道要得到高中毕业证和大学学位，只要有空闲时间，关在一个地方，不用担心赚钱养家的问题，把一些相关的书都背下来，那我早就学成了。”有一次，他用一种开玩笑的语气对我说。

现在他已经是一个老先生了，说话时平静安详，他比尼诺要耐老，他在我面前很少说方言。小时候他父亲教给他的那些高尚理想，他一个字都没忘记。莉迪亚的葬礼之后，我去看他，我跟他说了莉拉失踪的事，他笑了起来。他说：“她一定在某个地方，做那些充满智慧和想象力的事儿。”他有些感动地说起了小时候，我们在城区图书馆遇到的那次，老师给那些借书最多的人颁奖，结果第一名是莉拉，后面全是莉拉的家人，其实都是莉拉在用她家人的借书证在借书。啊，鞋匠莉拉，模仿肯尼迪夫人的莉拉，艺术家和装修设计师莉拉，工人莉拉，程序员莉拉，莉拉总在同一个地方，但总是那么出格。

“谁把蒂娜带走了？”我问他。

“索拉拉兄弟。”

“你确信吗？”

他笑了，露出几颗坏牙。我明白他说的不是真的，也许他根本不认识蒂娜，他也不关心这事儿。但他想表达的是他不容置疑的信仰，那是基于他小时候在城区的经历建立的信仰，虽然他一直在读书，已经取得了大学毕业证书，他背负着那些秘密使命走南闯北，还有算到他身上的那些犯罪行为，但他还是坚持自己的信仰。他对我说：

“你想不想知道，是谁杀死了那两个混蛋？”

在他的眼睛里，我忽然看到了一种让我害怕的东西——一种无法消除的怨恨。我说不，他摇了摇头，脸上的笑容保持了一会儿。他柔声说：

“你看吧，莉拉想清楚了，会出现的。”

但我还是没有任何关于她的线索。回那不勒斯的那两次，我在城区里散步，出于好奇我会向周围的人打听她：没人记得她，或许他们假装不记得。我也没能和卡门聊聊她，罗伯特死了，她离开了大路上的加油站，和一个儿子住在福尔米亚。

我写了这么多到底有什么用。我的目的是抓住她，让她回到我身边，我可能到死都不会知道自己有没有做到。有时候我想她到底消失在哪里了。在深海？在一个只有她知道的裂缝或者地道里？还是一个里面装满强酸的旧浴缸里？还是在她详细谈过的、以前留下的炭坑里？在荒山里，一个被遗弃的教堂地下室里？还是在莉拉非常熟悉，但我并不知晓的那些诸多的空间里，她现在和她女儿在一起？

她会回来吗？

她们会一起回来，年老的莉拉和成熟的蒂娜？

今天早上，我坐在面对波河的小阳台上，我在等她。

- 2 -

每天早上七点，吃完早点，我带着最近才买的拉布拉多去报刊亭买报纸。我早上的大部分时间都在瓦伦蒂诺公园和狗玩，看几眼报纸。昨天我从外面回来，我在我的信箱上看到了一个用报纸包起的包裹，我有些不安地拿了过来。那个包裹上面没有任何标识，说明它是给我的而不是给其他人的，上面没有任何纸条，也没有写我的名字。

我小心翼翼地把包裹从侧面打开，我就知道那是给我的。我还没完全把包在外面的报纸拆开，蒂娜和诺从记忆里一跃而出。我马上就认出了两个布娃娃，那是在几乎六十年前，被我们扔到城区一个地窖里去的——我的娃娃是莉拉丢下去的，莉拉的娃娃是我丢下去的。它们的确是我们后来一直没找到的布娃娃，我们下到地窖里去找了。因为这两个娃娃，莉拉推动我去堂·阿奇勒——那个孩子们心中的强盗和恶魔的家里，堂·阿奇勒说他没有拿，也许他想着是他儿子阿方索偷了我们的娃娃，因此他给我们赔了钱，让我们去买新娃娃。但我们没有用那些钱买娃娃——我们怎么能用别的娃娃取代蒂娜和诺呢？我们买了一本《小妇人》，这本小说使莉拉写了《蓝色仙女》，使我成为今天的我——很多书的作者，尤其是一本非常成功的小说的作者，这部小说的题目是《友谊》。

那栋楼房的前厅很寂静，听不到房子里的声音。我很不安地看着四周，我希望莉拉从A楼梯或者B楼梯里出来，或者从空荡荡的门房那里出现：很消瘦，头发灰白，弯着腰。这是我那时最大的愿望，比渴望我的几个女儿带着外孙忽然回来更强烈。我期望她用往常那种开玩笑的语气对我说：你喜欢这个礼物吧？但她没有出现，我开始痛哭。这就是她做的事情：她欺骗了我，她把我拉到她想去的地方，从我们成为朋友开始，她一直都是这样，她一辈子都在利用我的身体和我的生活，讲述她得到救赎的故事。

哦，也许不是这样。也许那两个娃娃经过了半个多世纪，出现在了都灵，只是证明她现在很好，她还在意我，她打破了自己的界限，终于开始周游世界，这个世界已经比她的世界还小。现在进入老年，她开始过上了另一种生活，那是她年轻时，别人不允许她过的，她自己也不愿意过的生活。

我进了电梯，把自己关在屋子里。我仔细地看着那两个娃娃，我闻到了它们身上散发的霉味儿，把它们靠着我写的那些书的书脊放着，我看到它们那么简陋粗糙，百感交集。真实的生活和小说不一样，过去的生活没有凸现出来，而是陷于黑暗。我想：现在莉拉那么清楚地浮现出来了，我应该放弃继续找她。

“那不勒斯四部曲”系列完整目录

第一部

引　子　抹去所有痕迹

童　年　堂·阿奇勒的故事

青春期　鞋子的故事

第二部

青　年　新名字的故事

第三部

中　年　离开的，留下的

第四部

壮　年　失踪的孩子

老　年　坏血统的故事

尾　声　归还

陈　英　译